Jan Steinbach

MIT DIR FÜR IMMER

MAX SCHMELING UND ANNY ONDRA

Roman

atb aufbau taschenbuch

Das Zitat von Seite 98 stammt aus:
Erich Kästner, *Das Rendezvous der Künstler*,
Neue Leipziger Zeitung vom 26. April 1928

FSC
www.fsc.org
MIX
Papier | Fördert
gute Waldnutzung
FSC® C083411

ISBN 978-3-7466-4038-9

Aufbau Taschenbuch ist eine Marke
der Aufbau Verlage GmbH & Co. KG

1. Auflage 2024

www.aufbau-verlage.de
10969 Berlin, Prinzenstraße 85

Satz Greiner & Reichel, Köln
Druck und Binden CPI books GmbH, Leck, Germany

Printed in Germany

TEIL 1

1930–1933

MAX

KAPITEL 1

Zwischen New York und Bremerhaven
Juli 1930

Er hätte vor Glück außer sich sein müssen. Es war das höchste Ziel, das sich ein Boxer stecken konnte: der Titel des Weltmeisters im Schwergewicht, des Champion of the World. Sein größter Traum war in Erfüllung gegangen. Nichts hatte in der internationalen Sportwelt mehr Strahlkraft, kein Sportler wurde mehr vergöttert. Doch jetzt, wo er dieses Ziel erreicht hatte, fühlte sich der Sieg wie eine Niederlage an. Auch Wochen nach dem Kampf war ihm noch immer nicht nach Feiern zumute. Stattdessen musste er sich jeden Tag zwingen, aufzustehen, weiterzumachen und nicht dem Trübsinn zu verfallen.

Umso froher war er gewesen, als sein Aufenthalt in New York endete und er endlich das Schiff betreten konnte, das ihn zurück nach Deutschland bringen sollte. Die *Bremen*, der modernste Ozeandampfer der Welt, die, angetrieben von riesigen Kesselanlagen und Maschinen, hinaus in den wogenden Atlantik pflügte, unbeirrbar dem alten Kontinent entgegen.

An Bord hatte er viel Zeit zum Nachdenken, und so mischte sich in seine Freude, in sein Heimatland zurückzukehren, bald auch Sorge. Denn nach allem, was passiert war, war er nicht sicher, wie er von der deutschen Öffentlichkeit empfangen werden würde.

Die Weltmeisterschaft. Im Vorfeld hatte alles so vielversprechend begonnen. Der Kampf Max Schmeling gegen Jack Sharkey war wochenlang überall das dominierende Gesprächsthema. Auf den Titelseiten der New Yorker Zeitungen gab es keine anderen Schlagzeilen mehr. Sogar die Berichte über die verheerende Weltwirtschaftskrise waren auf die hinteren Seiten gewichen. Das Duell der Giganten im Schwergewicht stellte alles andere in den Schatten.

Das Trainingscamp war jeden Tag von Reportern belagert gewesen, ebenso das von seinem Konkurrenten Jack Sharkey, und jeder Kommentar, den sie abgaben, jedes Stirnrunzeln, das beobachtet wurde, fand sich in den Zeitungen wieder, begleitet von Mutmaßungen, was es jeweils zu bedeuten habe. Welche Strategien für den Kampf ersonnen wurden und wer sich dadurch möglicherweise einen entscheidenden Vorteil verschaffe.

Am Kampftag selbst war dann ganz New York auf den Beinen. Achtzigtausend Zuschauer passten ins Yankee Stadium, und die Karten waren innerhalb von Minuten vergriffen. Ein Hexenkessel erwartete Max, der in den Ring trat und sich von einer johlenden, brüllenden und dampfenden Menge umgeben fand.

Drei Runden lang hagelten die Schläge vom Titelverteidiger Jack Sharkey, der im Kampf aufs Ganze ging, auf ihn ein. Drei Runden lang tat er alles, um die prasselnden Angriffe zu parieren, während ihm selbst nur wenige, wenn auch unvermutet schlagkräftige Konter gelangen. In der vierten Runde glaubte Max dann, eine Chance zu bekommen. Er hätte schwören können, der *Choleriker im Ring*, wie Sharkey genannt wurde, zeigte erste Anzeichen von Müdigkeit. Je länger er selbst im Ring blieb, so sein Kalkül, umso größer die Möglichkeit, den Kampf am Ende zu dominieren, mit seiner Ausdauer und dem Durchhaltewillen, für den er berühmt war. Er sah eine realistische Chance, wieder Oberwasser zu bekommen.

Doch kurz vor dem Gong am Ende der vierten Runde änderte sich alles. Keine Strategie hätte sie darauf vorbereiten können. Sharkey, der wild um sich schlug, landete wie aus dem Nichts heraus einen Tiefschlag unterhalb seiner Gürtellinie. Max konnte sich kaum erinnern, was danach geschah. Er ging sofort zu Boden. Kämpfte gegen Schwindel und Bewusstlosigkeit, wurde angezählt, versuchte vergeblich, wieder hochzukommen, bis ihn endlich der Gong erlöste.

Alles war wie im Nebel. Er wusste noch, dass er gepackt und in seine Ecke gezogen wurde. Wie die Massen brüllten und tobten. Er sah Joe, seinen Manager, der auftauchte und wie ein Wasserfall auf ihn einredete. Sah die Punktrichter, die zusammengerufen wurden und sich berieten. Dann der Ringsprecher, der übers Mikrophon verkündete: »Jack Sharkey disqualifiziert. Der Sieger und neue Weltmeister: Max Schmeling!«

Er traute seinen Ohren nicht. Im Stadion brach die Hölle los. Der Lärm brandete durch die Arena, es gab Chaos auf den Rängen, Proteste, Gebrüll, ein furioses Durcheinander.

Als hätten sich die Zuschauer in einen einzigen Organismus verwandelt, in ein wildes Tier, das mit der Absicht, alle zu verschlingen, jederzeit in den Boxring springen könne. Und Max, kaum bei Bewusstsein, wurde von seinen Helfern in die Garderobe getragen, wo es noch eine Weile dauern sollte, bis er realisierte, was gerade passiert war: Er war der neue Weltmeister im Schwergewicht.

Während er nun auf der *Bremen* an der Reling stand und tief in Gedanken versunken auf das wogende Meer hinaussah, ertönte laut eine krähende Stimme hinter ihm.

»Na, Max? Bläst du immer noch Trübsal?«

Es war Joe Jacobs, sein Manager, der gut gelaunt an die Reling trat. Er zwinkerte ironisch, seine obligatorische Zigarre wippte im Mundwinkel, und schob sich den Hut schief auf den Kopf, was ihm ein verwegenes Aussehen verlieh. Die getrübte Stimmung seines Schützlings schien ihm keine allzu großen Sorgen zu bereiten.

»Du bist steinreich geworden. Und rechtmäßiger Weltmeister. Es gibt Schlimmeres, würde ich sagen.«

»Du weißt genau, dass die Sache für mich nicht vorbei ist«, sagte Max düster. »Ich hätte den Titel nicht annehmen dürfen. Das wäre die richtige Entscheidung gewesen.«

»Ach, jetzt hör auf damit. Du bist Weltmeister. So sind nun mal die Regeln. Das kann dir keiner nehmen.«

»Ein schöner Weltmeister bin ich. Der erste in der Geschichte, der seinen Sieg durch Disqualifikation errungen hat.« So was hatte es im Boxen zuvor noch nie gegeben. »Dieser Kampf ist nichts wert, egal, was du sagst.«

Joe nahm die Zigarre, die er nie rauchte und auf der er immer nur herumkaute, ohne sie je anzuzünden, mit großer Geste aus dem Mund und deutete mit der Spitze auf Max.

»Du bist Weltmeister«, verkündete er. »Das ist, was bleibt. Denk besser nicht über den Rest nach.«

»Nein. Was bleibt, ist, dass der Kampf nichts wert war. Das weißt du genau.«

Als Max in seiner Garderobe im Yankee Stadium wieder zur Besinnung gekommen war, hatte er beschlossen, den Titel nicht anzunehmen. Das wäre nur anständig, fand er. So sähe wahrer Sportsgeist aus. Doch in der Kabine hatten alle wie wild auf ihn eingeredet, um ihn vom Gegenteil zu überzeugen. Sein Trainer, sein Manager und sämtliche Helfer. *Mach das nicht,* hatten sie gesagt. *Nimm den Titel an. Du hast ihn rechtmäßig bekommen.* Immer noch benommen von dem Tiefschlag, hatte er sich überreden lassen. Obgleich sein Gefühl ihm sagte, dass er die falsche Entscheidung traf.

»Ich könnte den Titel immer noch zurückgeben.«

»Quatsch. Ich sag dir, was du tust: Du zeigst allen, dass du den Titel verdienst. Du erwirbst dir das Recht, Weltmeister genannt zu werden. Und zwar in jedem Kampf, der von nun an kommt. Du zeigst, dass du den Titel nicht umsonst trägst. Der große Max Schmeling, *der schwarze Ulan vom Rhein,* eher ein Gott als ein Sterblicher. Beweise den Leuten, dass du Weltmeister bist. Dann wird keiner mehr über den Kampf gegen Sharkey reden.«

Max schüttelte den Kopf. *Der schwarze Ulan vom Rhein* –

diesen Spitznamen hatte Joe ihm für das amerikanische Publikum verpasst. Ein Werbegag, der gut funktioniert hatte auf der anderen Seite des Ozeans. Dass Max aus Hamburg stammte und nicht vom Rhein, war Joe dabei nicht so wichtig gewesen.

»Außerdem«, fügte sein Manager hinzu, »bist du jetzt ein reicher Mann, vergiss das nicht. Das ist nicht zu unterschätzen. Die Kampfbörse war astronomisch hoch.«

»Ja, und um ein Haar hätten wir sie nicht bekommen«, konnte sich Max nicht verkneifen zu erwähnen. »Die New Yorker Boxkommission hat den Sieg immer noch nicht anerkannt.«

»Dass die zahlen mussten, habe ich durchgesetzt«, meinte Joe vergnügt. »Legt euch nicht mit Joe Jacobs an, sage ich immer. Umgerechnet ungefähr siebenhundertfünfzigtausend Reichsmark, oder? Für einen einzigen Kampf. Das kann sich sehen lassen.«

Joe legte den Arm um seine Schulter, kaute theatralisch an der kalten Zigarre und deutete in den Himmel, als liefe dort der Film vom Kampf im Yankee Stadium.

»Achtzigtausend Menschen. Karten zu Höchstpreisen auf dem Schwarzmarkt. Die Menge hat getobt. Es war Wahnsinn. Und wer alles da war. Allein deine Landsleute: Marlene Dietrich, Josef von Sternberg, Ernst Lubitsch … Du hättest die Dietrich kennenlernen können, stell dir vor.«

»Die kenn ich längst«, meinte Max abwehrend. Er war ihr vor einem halben Jahr im Romanischen Café an der Gedächtniskirche vorgestellt worden, als sie noch in einem

Theater am Ku'damm spielte und sie kaum einer kannte. Bevor sie über Nacht ein Weltstar geworden war.

»Dann hättest du sie *mir* vorstellen können«, empörte sich Joe. »Ich hätte ihr den Hof gemacht. Mir hätte sie nicht widerstehen können. Nicht, wenn ich meinen Charme spielen lasse. Du kennst Joe Jacobs, der lässt sich keine Chance entgehen.«

Nun konnte sich Max ein Lächeln nicht verkneifen. Und offenbar war das genau, was sein Manager bezwecken wollte, denn mit einem warmen Lächeln zwinkerte er ihm zu.

»Du zeigst es ihnen, Max! Wenn einer es verdient hat, Weltmeister zu sein, dann du.«

»Ich gebe auf«, lachte er. »Du hast gewonnen.«

Eine Stimme ertönte hinter ihnen an Deck.

»Ich denke, das Wort *aufgeben* gibt es in deinem Sprachschatz nicht. Das sagst du immer.«

Max Machon stand dort, sein Boxtrainer, mit Hemd und Tweetjacke und Knickerbocker, elegant wie immer. Machon hatte ihn auf der ganzen Reise begleitet. Mit keinem anderen Menschen hatte er in den letzten Jahren mehr Zeit verbracht als mit ihm. Tatsächlich betonte Max immer wieder, dass dieses Wort für ihn nicht existiere.

»Es sei denn, Joe taucht auf«, meinte er lachend. »Dann muss ich es wieder aufnehmen.«

»Ja, gegen Joe hat keiner eine Chance«, lachte Machon und schlug spielerisch mit einer zusammengerollten Zeitung nach ihm. Der Manager sprang sofort in Boxerpose, die Zigarre fest zwischen den Zähnen, und hob die Fäuste, als wolle er den Kampf gegen zwei Berufsboxer aufnehmen. Max lachte, bis er sah, dass es eine Ausgabe der *Weltbühne* war, die Max Machon in der Hand hielt.

»Noch mehr Zeitungen aus Deutschland?«, fragte er.

Sein Trainer wirkte verlegen. Max konnte sich schon denken, was das zu bedeuten hatte. Nicht nur die amerikanischen Zeitungen waren voll Spott und Empörung darüber gewesen, wie er den Titel errungen hatte. In der Heimat galt er neuerdings als *Weltmeister im Liegen*, weil der Tiefschlag ihn zu Boden gehen lassen hatte.

»*Die Weltbühne*«, sagte Max und deutete auf die zusammengerollte Zeitung. »Steht was drin über mich?«

»Ach, nichts Wichtiges. Und wen interessiert das schon.«

»Dann zeig mal her.«

Machon sah aus, als wolle er die Zeitung lieber über die Reling werfen, als sie seinem Freund zu geben, reichte sie ihm dann aber widerwillig. Max schlug sie auf und blätterte sich auf der Suche nach dem Artikel über den Kampf im Yankee Stadium durch das Blatt.

»Es ist nicht das erste Mal, dass du mit Spott überzogen wirst«, sagte Machon. »Du weißt doch, wie das ist. Dann kommt ein Sieg, und alle Schreiberlinge jubeln dir wieder zu.«

Da war der Artikel. *Endlich ein Sieger,* lautete die Überschrift. Er kritisierte die nationale Begeisterung, die Max Schmeling mit diesem Kampf ausgelöst hatte. *Bewahren Sie Ihr letztes bisschen Verstand, soweit es Ihnen Adolf Hitler nicht fortgepustet hat,* stand dort in der Einleitung. Man solle den Kampf nüchtern betrachten, denn der Sieg sei bei Licht betrachtet alles andere als herrlich, auch wenn es ein deutscher sei. *Es ist da die merkwürdige Unstimmigkeit, dass der Besiegte auf seinen eigenen Beinen fortging, während der Sieger, dem es auch in den vier Runden nicht gut gegangen war, halb ohnmächtig auf der Bahre abgeschleppt werden musste.* Der Artikel war gezeichnet von *Carl von Ossietzky*. Es tat weh. Max hatte neulich mit ihm noch ein paar Worte bei einem Empfang gewechselt. Er war ein Autor mit Prinzipien, kein Schreiberling von der *B.Z.*, der seine Fahne nach dem Wind drehte. Seine Sehnsucht, nach Deutschland zurückzukehren, schwand. Was würde ihn dort erwarten, den wenig ruhmreichen Sieger aus dem Yankee Stadium?

Er hätte den Titel doch zurückgeben sollen, sagte er sich.

»Ach, was weiß der schon?«, wiegelte Machon ab. »Ist der etwa Boxer? Na, siehst du.«

»Kommt, Männer«, sagte Joe. »Wir gehen was essen. Es wird höchste Zeit. Außerdem sind eine Menge Leute auf dem Schiff, die dich interessieren könnten.«

Max winkte ab. Auf seinen bisherigen Reisen zwischen Amerika und Deutschland hatte er sich zwar gern auf den Ozeandampfern mit anderen Prominenten zusammengetan, die ebenfalls die Zeit totschlagen mussten. Doch bei dieser Überfahrt hatte er wenig Lust auf Gesellschaft.

»Das ist mein Ernst«, begann Joe. »Du glaubst nicht, wen ich gesehen habe …«

»Es ist mir egal«, ging Max dazwischen. »Ich lass mir was auf die Kajüte bringen. Geht ohne mich essen.«

Seine beiden Freunde versuchten, ihn zu überreden, aber sie wussten, dass man ihn besser in Ruhe ließ, wenn er es unbedingt wollte. Daher zogen sie sich zurück, und er blieb allein an der Reling, wo er mit Blick übers Meer die würzige Seeluft einsog.

Er wollte sich auf das Gute konzentrieren, das ihn in Deutschland erwartete. Zurück in Berlin würde er, wie stets nach längerer Abwesenheit, zuallererst die *Roxy-Bar* besuchen, danach zur verrauchten Kneipe von Aenne Maenz, der berühmtesten Wirtin der Stadt, um Senfeier und Bouletten zu essen, und vielleicht noch ins Romanische Café. Er würde überall Freunde treffen, zufällig und unabhängig von Uhrzeit und Wochentag. Mitglieder der *Gesellschaft*, wie sie sich selbst nannten, einer bunten Truppe von Malern, Schriftstellern, Kunstsammlern, Showgirls, Rennfahrern und Schauspielern, die in den Cafés und Bars im Westen der Stadt zusammentrafen. Eine große Familie, verbunden durch den Schein des Rampenlichts, und da spielte es keine Rolle, ob einer nun als Dramatiker oder als Radrennfahrer um die Gunst des Publikums kämpfte. Sie waren Arbeiter des Unterhaltungsbetriebs, und für Max, dessen Bühne der Boxring im Sportpalast war, waren sie wie eine Truppe von Schaustellern, die zusammenhielten wie Pech und Schwefel.

Er wusste, im *Roxy*, dessen Spitzname *Vermisstenstation* war, weil dort alle Freunde anzutreffen seien, die man sonst nirgendwo fand, würde man ihm einen warmen Empfang bereiten, egal was in der Presse über ihn stand. Was ihn ein wenig über die Schmach, die ihn in der deutschen Öffentlichkeit erwartete, hinwegtröstete.

Doch er konnte nicht verleugnen, dass man selbst im *Roxy* die flirrende Unruhe zu spüren bekam, die über dem Land lag. Die Hyperinflation war noch nicht lange her, und wieder brach eine Wirtschaftskrise über sie herein. Heerscharen von Arbeitslosen bevölkerten Straßen und Parks. Die Not wurde überall sichtbar, und das Vertrauen in die Politik war längst verloren gegangen. Im *Roxy* sprachen nicht wenige von einer Zeitenwende, die bevorstand. Und so sehr er sich auf das Wiedersehen mit der *Gesellschaft* freute, lösten diese ungewissen Aussichten auf die Zukunft Sorge in ihm aus.

Doch in einem hatte Machon recht: Er war niemand, der aufgab. Egal, was die Zukunft in Deutschland für ihn bereithielt, er würde kämpfen und sich nicht unterkriegen lassen. So wie er es immer gehalten hatte.

ANNY

KAPITEL 2

Berlin-Westend

Juli 1930

Anny Ondra atmete die duftende Sommerluft ein. Vom Balkon ihrer Wohnung erwartete sie ein prachtvoller Ausblick auf die Grünanlage des neu angelegten Sachsenplatzes, ein Meisterwerk der modernen Stadtgartenplanung. Das Gelände war einer brandenburgischen Naturlandschaft nachempfunden und erstreckte sich mit Waldkiefern, Eichen und einem in einer Senke angelegten See bis hin zu einer Felsformation aus Rüdersdorfer Kalkfelsen und Teppichen von Wildblumen, die der Illusion den letzten Schliff gaben. Sie liebte diesen Anblick und die Ruhe, die der Park ausstrahlte.

Überhaupt war die Wohnung, die sie erst kürzlich bezogen hatte, perfekt für ihre Bedürfnisse: großbürgerlich, neu gebaut, ganz in der Nähe der Stadt und dennoch im idyllischen Grün, scheinbar weit weg vom Trubel der Großstadt. Wobei diese Ruhe genauso Illusion war wie die brandenburgische Wildnis, denn der Kurfürstendamm mit seinen Lichtspielhäusern und die quirlige Lebendigkeit rund um die Gedächtniskirche waren nur einen Steinwurf entfernt. Im Grunde hätte sie es besser nicht treffen können, wenn nur dieses ständige Geschrei nicht wäre, das ihr den letzten Nerv raubte.

»Was ist denn da draußen los?«, beschwerte sich Karel aus der Wohnung, ihr Freund und Geschäftspartner, der mit einem Stapel Drehbücher auf der Chaiselongue hockte. »Hat das Kind denn keine Mutter?«

Anny trat an den Balkon und sah hinunter. In der Etage unter ihr war ein Kinderwagen vor die Balkontür geschoben worden, in dem ein Säugling alles herausschrie, was die kleine Lunge hergab. Und keiner kam, um den Wurm zu trösten.

»Sie könnte das Kind wenigstens im Innern der Wohnung schreien lassen«, meinte Karel gequält, »dann würden wir keine Ohrenschmerzen bekommen.«

Anny trat zurück, schloss die Balkontüren und legte den Messingriegel um. Das Schreien wurde leiser, beinahe war es ausgesperrt. Schade zwar um die laue Sommerluft, die nicht länger hereinzog, aber wenigstens verloren sie nicht die Nerven.

»Ich geh runter und beschwere mich.«

»Lass doch, Karel. Ich will keinen Ärger im Haus.«

»Du machst ja auch keinen Ärger. Den macht sie, weil sie sich nicht um das Kind kümmert.«

»Warte. Noch Kaffee für dich?« Sie trat an den Servierwagen, den das Dienstmädchen hereingeschoben hatte. »Und sieh mal, ich habe Madeleines. Unser Konditor macht die ganz wundervoll. Möchtest du?«

Das Ablenkungsmanöver funktionierte. Sie reichte ihm die hauchdünne Porzellantasse, goss Kaffee ein und legte das Gebäckstück auf den Unterteller. Er verschlang die Madeleine und tauchte danach wieder in das Drehbuch ab, das aufgeschlagen auf seinen Knien lag. Ein neuer Stoff, der ihnen angeboten worden war. Seit sie ihre eigene Filmfirma gegründet hatten – die Ondra-Lamač-Film GmbH, damit sie endlich unabhängig von Geldgebern waren –, konnten sie sich vor angebotenen Drehbüchern kaum retten. Wer hätte je gedacht, dass sie so erfolgreich sein würden.

»Hast du das hier schon gesehen?«, fragte er und deutete auf das Manuskript auf seinem Schoß. »Eine Mischung aus Operette und Komödie. Passt perfekt zu uns.«

»Nein, noch nicht. Ich komme kaum mit dem Lesen hinterher.«

»Dann hör's dir an.« Er beugte sich vor, den Blick voller Begeisterung. »Es geht um eine junge Frau, sie ist frech und unabhängig, und sie verdreht einem Mann den Kopf. Einem Mann, der in Scheidung lebt …«

»In *Scheidung*?«

»Ja, herrlich delikat. Dann kommt die Erbtante, die nicht will, dass er sich scheiden lässt und mit Enterbung droht. Ein schönes Durcheinander, das viel Potenzial hat. Wir sollten uns direkt dransetzen.«

Anny musste lächeln. Sie wusste schon, was Karel mit Potenzial meinte. Es ging darum, den Film mit Szenen vollzupacken, in denen alles gezeigt wurde, was in der Gesellschaft als unerhört galt. Was die lustvolle Provokation anging, war er wie ein kleiner Junge, der versessen darauf war, ein Feuerwerk abzufackeln.

»Bist du nicht gerade mit deiner Militärklamotte beschäftigt?«, fragte sie. »Hast du überhaupt Zeit, dich mit neuen Drehbüchern zu beschäftigen?«

Militärfilme waren nichts für sie. Da machte sie lieber nebenher Projekte, die sie selbst entwickelte. Oder sie spielte in Filmen anderer Regisseure mit. Inzwischen gingen sie ab und zu getrennte Wege. Auch wenn es erst nicht leicht für ihn gewesen war, hatte Karel sich daran gewöhnt, dass sie ihren eigenen Kopf hatte und sie nicht mehr wie Pech und Schwefel zusammenklebten, wie es zu Beginn ihrer Karriere in Prag noch der Fall gewesen war.

»Ja, schon«, murmelte er abwesend mit dem Drehbuch in der Hand. »Aber das hier, Anny – der Papagei der Erbtante stirbt, und alle denken, die Tante ist tot. Sie wollen erben! Das ist Gold wert.« Er blätterte wild in den Seiten. »Da gibt es eine Beerdigungsszene ... Wie wäre es, wenn da aus Versehen Lachgas im Spiel ist? Das Mädchen könnte mit ihrer Tollpatschigkeit dafür verantwortlich sein, und alle Trauergäste lachen bis zur Besinnungslosigkeit, ob sie wollen oder nicht. Sie lachen Tränen und stolpern um den Sarg herum. Ein riesiges Durcheinander. Was meinst du, Anny?«

Sie lachte schallend. »Finde ich fabelhaft!«

Solche absurden Ideen waren typisch für ihn, ein bisschen Zirkus, ein bisschen Anarchie, und das Ganze gewürzt mit Gesangseinlagen und Artistik. Damit waren sie bei den Tschechen berühmt geworden und – wer hätte das je für möglich gehalten – inzwischen selbst bei den Deutschen, die einen Film nach dem anderen von ihnen wollten und nicht genug bekamen.

»Aber was ich nicht verstehe«, meinte sie kopfschüttelnd, »ist, wie du im Moment überhaupt an neue Filme denken kannst.«

Er sah verwundert auf. »Woran soll ich denn sonst denken?«

»Hast du gar keine Angst vor der Premiere nächste Woche?«

»Du meinst unseren ersten Tonfilm?«

»Natürlich. Das ist keine Kleinigkeit.«

Die Branche wurde kräftig durchgeschüttelt von der technischen Neuerung. Man sprach von einer neuen Ära, und niemand wusste, ob die Stummfilmstars nicht sang- und klanglos untergehen würden. »Wie kannst du dir nur so sicher sein, dass wir damit genauso erfolgreich sein werden wie mit den Stummfilmen?«, gab sie zu bedenken. »Davon hängt alles ab.« Sie deutete auf das Drehbuch auf seinem Schoß. »Auch, ob wir überhaupt neue Projekte machen können.«

»*Die vom Rummelplatz*«, sagte er wie zu sich selbst den Titel ihres ersten Tonfilms und lächelte versonnen beim Gedanken an die Ideen, die er hier untergebracht hatte: eine kleptomanische Frau, die ihren Ehemann in den Ruin trieb. Ein Mädchen, das auf einem auseinanderfallenden Klavier versuchte, ein Stück zu spielen. Eine Schlägerei unter Frauen, bei der es ziemlich handfest und wenig damenhaft zur Sache ging. Alles ganz nach seinem Geschmack.

Natürlich war die Premiere in seinen Augen keine große Sache. Er war ein Spieler, kein Buchhalter. Und wenn ein Film mal wieder alle Einnahmen auffraß, ließe sich zur Not ein weiteres Mal der Schmuck der Mutter verpfänden. Damit hatten sie über die Jahre reichlich Erfahrungen gesammelt.

Anfangs hatte er damit auf Anny Eindruck gemacht – ein Bonvivant mit großen Zielen, der wenig darüber weiß, wie sich grauer Alltag anfühlt –, obwohl er eigentlich nicht besonders attraktiv war. Ein bisschen zu blass, ein bisschen dicklich und mit etwas zu hoher Stirn. Inzwischen sah sie ihn mit anderen Augen. Aber Karel und sie waren Freunde und Geschäftspartner geblieben, nachdem sich die Liebe davongemacht hatte, und sie schätzte diese Freundschaft sehr.

»Ich hab einfach ein gutes Gefühl, was *Die vom Rummelplatz* angeht«, sagte er. »Mach dir keine Sorgen wegen der Premiere.«

»Der Film wird immerhin darüber entscheiden, ob wir den Übergang zum Tonfilm schaffen. Oder glaubst du, der Stummfilm läuft als eigenes Genre weiter, wie so viele sagen? Weil nur er die wahre Kunst verkörpert?«

»Nein, das glaube ich nicht«, meinte er entschieden. »Der Stummfilm ist tot. Sobald der Tonfilm technisch Standard ist, wird es ihn nicht mehr geben, da wette ich drauf.«

Doch das machte ihre Sorgen vor der Premiere nur größer.

»Keine Angst, Anny. Du wirst kein Tonfilmopfer werden, davon bin ich überzeugt«, behauptete er genauso bestimmt. »Deine Stimme hält stand. Keine Quietschstimme, kein Dialekt, nichts. Du schaffst den Übergang zum Tonfilm.«

»Ich hoffe nur, du behältst recht, Karel.«

Er stand auf und warf das Drehbuch auf die Chaiselongue.

»Lies dir das durch. Ich möchte gern deine Meinung dazu hören.«

Dann trat er an die Balkontür und zog sie vorsichtig auf. Von dem schreienden Kind war nichts mehr zu hören.

»Ich glaube, die Luft ist rein.«

Er trat auf den Balkon und atmete die Sommerluft ein.

»Wirklich schön hast du es hier, Anny. Auch wenn es mir ein bisschen zu verschlafen wäre.«

»Deine Wohnung am Kurfürstendamm ist auch nicht zu verachten. Und da ist kräftig was los auf der Straße.«

»Stimmt.« Er lachte. »Wer hätte das gedacht, als wir vor zwei Jahren nach Berlin gekommen sind, oder? Ich meine, in Prag waren wir berühmt, ja. Aber hier kannte uns kein Mensch. Und jetzt sind wir reich geworden, Anny.«

»Ich denke oft an die Pension am Zoo zurück, wo ich zuerst gehaust habe. Nachts strahlte die Kinoreklame ins Zimmer. Es war furchtbar laut, man konnte kaum schlafen.«

»Stell dir vor: Jetzt leuchtet dein eigener Name von den Schautafeln.«

Sie hob bescheiden die Schultern. Sie wusste selbst, wie berühmt sie geworden war in Deutschland, und dazu passte die mondäne Umgebung in Westend ganz gut, dem neuen Viertel der Künstler und Intellektuellen. Aber im Grunde war ihr all das nicht wichtig. Was sie schätzte, war, dass sie hier zur Ruhe kam.

Karel schien zu ahnen, was ihr durch den Kopf ging.

»Dass es dir hier nicht zu einsam ist«, kommentierte er. »Hast du schon den Ringelnatz kennengelernt? Den Dichter? Der wohnt doch über dir, oder?«

»Wir sagen uns Guten Tag, wenn du das meinst.«

»Ach, Anny, du kannst dich doch nicht immer so verkriechen. Ich weiß, du magst den Rummel um deine Person nicht. Die Empfänge und die Bälle. Trotzdem. Du musst mal rauskommen, was erleben. Menschen kennenlernen. Du sehnst dich doch nach …«

Er stockte … *nach Liebe*. Seinem mitfühlenden Blick nach zu urteilen war es das, was er hatte sagen wollen. Er konnte eben doch empathisch sein, ihr Karel. Seit sie kein Paar mehr waren, sondern Freunde und Geschäftspartner, machte er sich viel mehr Sorgen um ihre Gefühle als vorher.

»Ich weiß, du magst es häuslich«, sagte er. »Du magst eine Umgebung, wo du ganz du selbst sein kannst. Aber … wie willst du da jemanden kennenlernen? Jemanden, mit dem du eine Zukunft aufbauen kannst.«

Er sagte es vorsichtig und tastend, als wolle er ihre Grenzen nicht überschreiten. Aber es war ja kein Geheimnis, dass sie oft allein war, während er von einer Liebschaft zur nächsten taumelte. Aktuell war es eine junge Schauspielerin, deren Namen sie vergessen hatte und die sich von der Liaison vermutlich Vorteile für ihre Karriere versprach. Anny hatte den Klatsch darüber gehört.

»Wer sagt denn, dass ich jemanden kennenlernen will?«, fragte sie herausfordernd.

»Meine Liebe, das will jeder. Du lebst nur für deinen Beruf oder ziehst dich zurück. Du musst dich mal wieder verlieben.«

»Verlieben? Darauf kann ich verzichten.«

»Warum? Wer verzichtet denn auf so was?«

»Was soll dann aus meiner Karriere werden? Die Leute wollen nicht, dass eine Filmdiva Mann und Kinder hat.«

»Ach, so eine Liebelei, die muss ja nicht öffentlich sein. Das kriegen die Klatschblätter gar nicht mit, was du privat machst. Du kannst einfach …«

Weiter kam er nicht. In diesem Moment fing das Kind unter ihnen zu schreien an. Na also, dachte Anny erleichtert, Thema beendet. Sie trat zur Balkontür, um sie wieder zu verschließen. Dabei bemerkte sie, dass vorm Nachbarhaus Umzugswagen standen. Karel, der ihrem Blick folgte, sah sie ebenfalls. Arbeiter tauchten auf und schleppten ein Klavier über den Gehsteig.

»Wohnt da nicht diese ältere Dame?«, fragte er. »Wie's aussieht, zieht sie aus. Wusstest du das?«

»Nein.« Sie schob ihn beiseite und schloss die Tür, um das Gekreische auszuschließen. »Mal sehen, wer nebenan einzieht. Hoffentlich keiner, der Lärm macht.«

Das bedauernswerte Kind unter ihnen steigerte sich so in Rage, dass die verschlossene Tür auch nicht mehr half.

»Wer auch immer da einzieht«, meinte Karel und verzog das Gesicht, als hätte er Zahnschmerzen. »Schlimmer kann's kaum werden, oder?«

Anny sah dem Klavier nach, das auf der Ladefläche des Lastwagens verschwand. Es kann immer noch schlimmer werden, dachte sie in einem Anflug von Schwermut, verkniff sich den Kommentar jedoch, weil sie wusste, dass Karel sie nur auslachen würde. Wer auch immer dort einzog, es würde nicht der Mensch sein, der ihre Einsamkeit verscheuchte. Den musste sie woanders finden.

Seufzend wandte sie sich ab und sagte: »Gut, gib das Drehbuch schon her. Ich werde es mir ansehen.«

MAX

KAPITEL 3

Bei seinem ersten Besuch im *Roxy*, frisch in Berlin-Tempelhof gelandet, nachdem ihn ein Kleinflugzeug aus Bremerhaven hergebracht hatte, trat Max mit Hut und Mantel durch die Schleuse der Bar und sah sich gespannt um, welche bekannten Gesichter ihm ins Auge fielen.

Zuerst bemerkte er jedoch einen fremden jungen Mann, der sich neben dem Eingang in einem scherzhaften Disput mit einem anderen Mann befand und drohend die Faust hob.

»Pass ma uff, watte sagst«, rief der Jüngling, »sonst hau ick dir unter de Gürtellinie, dette Weltmeister wirst!«

Schallendes Gelächter folgte, und als sich der Scherzbold umdrehte, um zu sehen, wer alles seinen fabelhaften Witz gehört hatte – schaute er Max direkt ins Gesicht.

Der Junge erkannte natürlich sofort, wer vor ihm stand, und hatte den Anstand, rot anzulaufen und verschämt zu Boden zu sehen. Doch wer wusste schon, dachte Max, ob es wirklich Anstand war und nicht vielmehr Angst vor seiner Erscheinung. Nicht umsonst hatte ihm Joe Jacobs den Spitznamen *schwarzer Ulan vom Rhein* verpasst. Mit seinen knapp eins neunzig, dem breiten Kreuz und den schwarzen Haaren konnte er schon beeindruckend aussehen, merkwürdigerweise in besonderem Maße, wenn er einen auf den Leib geschneiderten Anzug trug und die Noblesse des teuren Zwirns den Kontrast zu den Muskeln unterstrich.

Der Junge verkroch sich zwischen seine Freunde, woraufhin Max beschloss, ihn nicht weiter zu beachten. Trotzdem war ihm die Bar nun verleidet. Ausgerechnet im *Roxy* hätte er sich einen anderen Empfang gewünscht. Zudem wurde die Bar ihrem Spitznamen *Vermisstenstation* an diesem Abend nicht gerecht. Es waren kaum bekannte Gesichter anwesend, von guten Freunden ganz zu schweigen. Und als er den Zeitungsständer inspizierte, um es sich zuerst mal mit einem Abendblatt bequem zu machen, da wurde ihm mit Blick auf die Schlagzeilen bewusst, dass sich die Presse in Deutschland weiterhin nicht auf seine Seite geschlagen hatte.

Der Tonfall, den von Ossietzky in der *Weltbühne* gesetzt hatte, führte sich in allen Blättern fort. *Max Schmeling, der Weltmeister im Liegen. Ein großer Witz.* Die meisten Zeitungen waren voller Karikaturen und Satiren, als hätten sich alle für die Jagd auf ihn verabredet. Es gab nur wenig Stimmen, die ihn in Schutz nahmen.

Er verlor die Lust daran, im *Roxy* herumzusitzen, und spazierte weiter. Im Romanischen Café sah er Bertolt Brecht am Tresen stehen, einer der größten Boxfans unter den Intellektuellen in Berlin. Lustigerweise zusammen mit dessen engen Freund Paul Samson-Körner, ehemaliger Deutscher Meister und ein frühes Vorbild für Max. Zwar glaubte er nicht, dass die beiden in den Chor der Spötter einstimmen würden, wenn sie ihn sähen. Schon gar nicht Samson-Körner, der wusste, wie flüchtig die Gunst des Publikums war. Im Gegenteil, sie würden ihm sicher freudig gratulieren und ihm gut zusprechen. Trotzdem hatte Max keine Lust auf dieses Gespräch.

Lieber sah er bei *Schwanneckes Weinstuben* vorbei, einem exklusiven Lokal in der Rankestraße mit Biedermeiermöbeln, Stofftapeten und schweren Vorhängen, in dem sich die Berliner Theater-Prominenz traf. Hier wurde er zwar mit Glückwünschen überschüttet, kaum dass er in das verrauchte, laute und weinselige Lokal trat, denn auch diese Leute kannten die Höhen und Tiefen im Scheinwerferlicht. Er schüttelte zahllose Hände und ließ sich auf die Schulter klopfen, als wäre er ein strahlender Sieger. Trotzdem wusste jeder der Anwesenden, was im Yankee Stadium passiert war. Und je länger er inmitten von Showgirls und Theaterleuten hockte, die das Thema bei den fröhlichen Plaudereien bemüht umschifften, desto sicherer wurde er sich, dass er sich für eine Weile aus der Öffentlichkeit zurückziehen wollte.

Er brauchte ohnehin eine neue Wohnung, sein Zuhause platzte aus allen Nähten. Da konnte er die Zeit nutzen, sich darum zu kümmern.

Schon nach ein paar Tagen wurde er in Neu-Westend fündig, dem großzügigen, baumreichen Vorort, der an den Ausfallstraßen jenseits des Reichskanzlerplatzes entstand. Er hörte von einer älteren Dame, die ihre Wohnung am Sachsenplatz aufgab, und schlug sofort zu. Während also rund um die Gedächtniskirche der Trubel und die Partys unverändert weitergingen, organisierte er seinen Umzug.

Einer der ersten, der am Sachsenplatz hereinschneite, um das neue Quartier zu begutachten, war sein Freund und Trainer Machon. In Knickerbocker und mit Schirmmütze schritt er über das Fischgrätparkett durch die hallenden Räume, sah sich in den leeren Zimmern um, nickte anerkennend und trat schließlich ans Fenster, von wo aus er einen prachtvollen Blick auf den Sachsenplatz mit der gewaltigen Grünanlage hatte.

»Sag mal, Max, wohnt nicht nebenan die berühmte Anny Ondra?«, fragte er und lugte zum Platz.

Seine Stimme verriet, dass er diesen Umstand äußerst interessant fand. Es lebte eine Menge Prominenter am Platz. Doch die Ondra war die Erste, nach der er sich erkundigte. Noch so einer, dachte Max, und kommentierte leicht genervt: »Ach, die!«

»Was denn? Kennst du sie etwa persönlich?«

»Sie nicht, aber ihr Kind. Und das geht mir gehörig auf die Nerven, kann ich dir sagen.«

Max öffnete seine Balkontür und lauschte. Er wollte das übliche Geschreie vorführen, doch heute herrschte ausnahmsweise Ruhe.

»Was denn für ein Kind?«, fragte Machon überrascht.

»Es schreit nervtötend. Die meiste Zeit jedenfalls. Ständig steht da ein Kinderwagen auf ihrem Balkon. Glaub mir, das wird selbst der ausgeglichenste Mann zum Berserker.«

Machon sah stirnrunzelnd zum Nebenhaus, wo weder die Ondra noch der Kinderwagen zu sehen waren. Als bedauere er, das Kind der Ondra nicht mit eigenen Augen sehen zu können.

Unten auf dem Pflaster stand der leuchtend-blaue Cadillac seiner Nachbarin. Mit dem livrierten Chauffeur, der mit Hingabe die Kotflügel polierte, hatte er schon Bekanntschaft gemacht. Als Max mit seinem schlammbespritzten Lancia vorgefahren war, hatte der ihm Blicke zugeworfen, die er, als Junge aus dem Armenviertel, mit seiner schäbigen Kleidung von reichen Hamburgern geerntet hatte. Nicht das Fahrzeug und schon gar nicht dessen Pflege konnten mit dem Cadillac der Ondra mithalten.

Kurz erwägte er, Machon mitzuteilen, dass die Diva zu Hause sei, wenn ihr Automobil vor der Tür stand. Dann überlegte er es sich anders.

»Du bist aber nicht hier, um über die Ondra zu reden, oder?«, fragte er.

»Nein. Vor allem möchte ich wissen, was deine Leiste macht. Du warst doch im Krankenhaus in Moabit.« Machon hockte sich auf das nackte Sofa, das als einziges Möbelstück im Salon stand, zückte eine Zigarre aus der Jacketttasche und bearbeitete die Spitze mit dem Schneider. »Was sagt Professor Baetzner?«, fragte er, während er sich Feuer gab und paffend den Qualm in die Luft stieß. »Er hat sich die Sache doch angesehen?«

»Das hat er«, bestätigte Max. »Der Tiefschlag hat meiner Leiste ziemlich zugesetzt.«

»Und was heißt das?«

»Ich muss mich schonen und mein Training abstimmen.«

»Du hast also ein offizielles Attest.«

Max nickte bedächtig. Er wusste selbst, was das bedeutete.

Zunächst einmal bewies es den Tiefschlag. Die Disqualifizierung von Sharkey wurde dadurch rechtmäßig.

»Es zeigt, dass ich Weltmeister bin.«

»Soweit ein Attest als Beweis herhalten kann«, wägte Machon ab. »Du weißt ja, da wird einem oft Kungelei mit den Ärzten unterstellt.«

»Meinetwegen kann das jeder Arzt der Welt überprüfen«, blaffte Max. »Ich hab mir das ja nicht eingebildet.«

»Das weiß ich doch!«, winkte er ab.

Wichtiger war dieses Attest ohnehin aus einem anderen Grund. Denn der Vertrag, den Max in Amerika unterschrieben hatte, sah vor, dass er den Titel noch in diesem Jahr verteidigte. Einen weiteren großen Kampf würde er mit der Verletzung nicht durchstehen. Es war unmöglich.

»Mit dem Attest können wir den Kampf vielleicht verschieben«, sagte Machon. »Sonst musst du in wenigen Monaten erneut um den Titel kämpfen.«

Max brauchte Erholung. Wenn er nicht genesen wäre, hätte er keine Chance, egal gegen wen.

»Das wird denen in New York gar nicht gefallen«, sagte er. »Ich mache mir damit eine Menge Feinde.«

»Ich weiß. Die in Amerika haben ohnehin keine Lust auf einen Weltmeister im Ausland. Du bist zu weit weg, und man hat zu wenig Kontrolle über dich.«

»Und wenn ich nun mithilfe eines Attests die Titelverteidigung aufs nächste Jahr verschiebe, dann werde ich diese Befürchtung nur bestätigen.«

»Joe Jacobs ist vor Ort«, sagte Machon. »Der kümmert

sich schon darum. Und er wird deinen Titel ordentlich ausschlachten, du kennst ihn ja. Nächstes Jahr kennt dich jeder. Dann jubeln sie dir zu und nicht mehr deinem Gegner, egal gegen wen du antrittst. Du solltest warten. Wenn du jetzt kämpfst, dann ist die Gefahr, dass du verlierst, zu groß.«

Und die ganze Weltmeister-Nummer würde erst recht ein Witz werden. Er wäre auf ewig blamiert. Es war eine verfahrene Situation.

»Darüber müssen wir nachdenken«, sagte er. »Und uns mit Joe besprechen. Denn wie soll ich wissen, ob in den nächsten Monaten in New York …«

Weiter kam er nicht. Draußen fing in ohrenbetäubender Lautstärke ein Kind an zu schreien. Machon zuckte regelrecht zusammen. Er wandte sich verwundert zum Balkon.

»Siehst du, was ich meine?«, kommentierte Max, der aufstand, um die Balkontür zu verschließen. »Schöne Grüße von der Ondra.«

Er sah auf die Uhr und seufzte.

»Ich habe eh nicht länger Zeit«, meinte er. »Wir müssen ein andermal weitermachen. Ich bin verabredet.«

»*Verabredet*? Etwa mit einer Dame?«

»Nicht mit irgendeiner. Mit Olga.«

»Die Tschechowa«, schwärmte Machon. »Ich muss schon sagen, Max. Du lässt nichts anbrennen.«

»Unsinn. Wir sind nur gute Freunde.«

»Nur Freunde?« Das schien für ihn schwer vorstellbar, dass ein Mann mit der verruchten Filmdiva nur befreundet sein wollte. »Deine Freunde möchte ich haben.«

»Hast du doch«, lachte Max. »Du kannst jederzeit mitkommen, wenn du Lust hast. Aber ich muss mich jetzt beeilen, komm schon.«

Machon drückte die Zigarre an der Fensterbank aus. Er sah betont distinguiert zum Balkon, doch Max erkannte seine Enttäuschung über die Entzauberung der Ondra angesichts des Geplärres.

»Diesen Rauswurf nehme ich mal nicht persönlich«, sagte er. »Wenn du willst, nehm ich dich mit dem Automobil mit in die Stadt. Was hast du denn vor mit der Tschechowa?«

»Wir gehen in ein Lichtspielhaus.«

Seit seiner Arbeit als Schauspieler, bei der er Olga Tschechowa als Filmpartnerin kennengelernt hatte, war es ihnen zur Gewohnheit geworden, gemeinsam Filme zu sehen und anschließend im Café darüber zu diskutieren.

»Was wollt ihr euch ansehen?«, fragte Machon.

»Olga hat sich einen Film ausgesucht. Ich weiß gar nicht, worum es da geht.«

Bei einem Blick durchs Fenster sah er, dass ein Dienstmädchen auf den Balkon trat und sich um das schreiende Kind kümmerte. Na, endlich.

»Dann will ich dich nicht länger aufhalten«, sagte Machon. »Eine Diva lässt man nicht warten.«

Max nahm seine enge Jacke, die er modisch zur weiten Hose trug, setzte sich einen Filzhut auf und prüfte den Aufzug rasch im Spiegel.

»Einen guten Kumpel genauso wenig«, lachte er, und damit traten sie aus der Wohnung.

MAX

KAPITEL 4

Er ließ sich von Machon an der Ecke Kurfürstendamm absetzen. Es war ein herrlicher Sommertag, deshalb beschloss er, die letzten Meter zu Fuß zu gehen. Sonnenflecken tanzten auf dem Pflaster unterhalb der Baumkronen, bimmelnd zog eine Straßenbahn vorbei, und an den stuckverzierten Häusern flatterten im Sommerwind schmale Markisen.

Vorm Café Schilling entdeckte er Olga unter den Sonnenschirmen an einem Bistrotischchen sitzen. Mit ihrem taillierten Sommerkleid mit eng anliegendem Gürtel, dem auffälligen Hut mit Schleier und Feder und der Zigarettenspitze in der Hand sah sie aus wie die perfekte Diva. Niemand hielte es für möglich, dass sie zudem ein Pfundskerl war, mit dem sich Pferde stehlen ließen.

Der Film, bei dem sie sich kennengelernt hatten, hieß *Liebe im Ring*. Es war sein Debüt als Schauspieler und ein ziemliches Abenteuer gewesen. Er spielte die Rolle eines Boxers, der zu Ruhm gelangt – und hatte sich ganz gut geschlagen, glaubte man den Leuten aus der Branche. Auch wenn die Zeitungen lieber darüber spotteten, dass ein Sportler vor die Kamera trat, interessierte ihn das nicht. Er hatte die Arbeit geliebt und würde es jederzeit wieder tun.

Als er sich zu Olga an den Tisch setzte, sahen sich die Leute verstohlen um, sicher hauptsächlich wegen ihr, der großen Tschechowa, die natürlich alle kannten. Jedoch waren sie hier am Kurfürstendamm, wo alle viel zu kultiviert waren, um einzuräumen, die Anwesenheit der Diva wahrgenommen zu haben. Lieber gaben sie sich unbeeindruckt und schielten heimlich aus den Augenwinkeln.

»Sie denken, du bist mein Liebhaber«, sagte sie schelmisch. »Wir könnten das berühmteste Paar des Landes sein, das weißt du hoffentlich.«

Er lachte. »Ich glaube eher, sie fragen sich: Wer ist dieser unbekannte Schauspieler, den die große Tschechowa da aushält?«

»Als wenn du so unbekannt wärst«, protestierte sie. »Wenn du eine Zeitung verkaufen willst, setzt du am besten den Namen Max Schmeling groß auf die Titelseite.«

»Ob sich die Leute hier für Boulevardzeitungen interessieren?« Er sah sich auf der sommerlichen Terrasse um. »In der feinen Gesellschaft gilt Boxen immer noch als Sportart für die Unterschicht.«

»Na, egal. Dann kennen sie dich eben aus *Liebe im Ring*«, sagte sie kokett. »Und sie erkennen dich vor allem an deiner tiefen und dunklen Stimme.«

Darüber musste Max laut lachen, denn der Regisseur, der ihn unbedingt dabeihaben wollte, hatte versprochen, es sei nur ein Stummfilm und deshalb nicht so schwer zu spielen. Nach Beginn der Dreharbeiten entschied man sich jedoch dazu, doch einen Tonfilm zu drehen, was ihm einiges abforderte, und als wäre das nicht genug, sollte am Ende sogar ein Schlager von ihm eingesungen werden: *Das Herz eines Boxers.*

»Du meinst wegen meiner Gesangsleistung?«, feixte er. »Dann würden sie eher mit faulen Eiern werfen, wenn sie mich daher kennen.«

»Hör schon auf. So schlimm war es doch gar nicht.«

»Wenn eine Katastrophe nicht schlimm ist, dann gebe ich dir recht.«

»Kurt hat ein ordentliches Lied daraus gemacht.«

In der Tat. Der berühmte Sänger und Komiker Kurt Gerron, der ebenfalls bei den Dreharbeiten dabei gewesen war, hatte die Chose mit seinem Einsatz gerettet. Er hatte Max empfohlen, es mit Sprechgesang zu versuchen und mit dem Rhythmus zu arbeiten statt mit der Melodie, wodurch das Ergebnis einigermaßen vorzeigbar wurde, auch wenn Max eingestehen musste, dass er als Sänger niemals Karriere machen würde.

»Man mag das Lied durchaus, das höre ich überall«, insistierte sie. »Mir selbst gefällt es ebenso.«

»Die Stellen, an denen Kurt singt«, räumte er ein, »die sind ordentlich, das stimmt.«

Sie schlug spielerisch mit einer Servierte nach ihm. »Lass das. Es gibt keinen Grund, sich zu schämen.«

Eine junge Kellnerin mit Haube und weißer Schürze trat diskret an den Tisch, und Max bestellte einen Kaffee. Sie machten es sich gemütlich und sprachen über Olgas Filmprojekte und seine Misslichkeiten nach dem Boxkampf gegen

Sharkey, dann zahlten sie und bummelten zum Zoo. Sie erreichten die quirligen und belebten Straßenzüge rund um die Gedächtniskirche, wo seit Neustem alle hundert Meter ein Lichtspielhaus zu finden war. Der Ufa Palast am Zoo, das Capitol Theater und mittendrin, gleich gegenüber der Gedächtniskirche, das wuchtige Schlachtschiff der Unterhaltung, das Gloria-Theater. Das Haus war einer Burg nachempfunden, mit düsteren Zinnen und mittelalterlichen Fassadenfiguren, und auf dem Dach dieser Trutzburg der Unterhaltung strahlten weithin Leuchtbuchstaben: Gloria-Theater.

Olga lief auf das Eingangsportal zu und deutete auf eines der Filmplakate. »Da möchte ich rein«, rief sie begeistert. »*Die vom Rummelplatz*!«

»Wenn es das ist, was du willst …«

Er trat näher und betrachtete ebenfalls das Plakat. Da bemerkte er, wer die weibliche Hauptrolle spielte.

»Anny Ondra«, stellte er irritiert fest.

»Sie ist jetzt deine Nachbarin, oder? Die soll darin eine Bombenrolle haben. Komm, Max, kannst sie dir mal im Kino angucken.«

Auf die Ondra hatte er wenig Lust.

»Ich weiß nicht. Lass uns lieber in was anderes gehen.«

»Aber ich will mir unbedingt ihren neuen Film ansehen. Es ist ihr erster Tonfilm! Ich will wissen, wie sie sich schlägt.«

»Kennst du sie denn persönlich?«

»Natürlich. Wir haben in Prag zusammen gedreht.«

Max warf einen Blick zum Capitol Theater, an dem eine Tram vorbeiratterte, um zu sehen, was dort gegeben wurde.

»Kurt Gerron spielt mit«, quengelte Olga. »Der ist doch dein Freund.« Sie studierte das Plakat und fügte überrascht hinzu: »Und stell dir vor, Viktor Schwannecke ist dabei. Unser Wirt aus den Weinstuben! Ach, Max. Den Film müssen wir jetzt einfach sehen. Tust du mir den Gefallen? Sag schon ja.«

Er gab sich geschlagen, er konnte Olga diesen Wunsch unmöglich abschlagen. Dann halt Anny Ondra, sagte er sich. Sie kauften Eintrittskarten und betraten die Halle des Filmtheaters. Weitläufige Freitreppen und imitierte Marmorsäulen prägten das Bild, alles war übertrieben prunkvoll gehalten, mit schwerem Stuck und Wandmalereien. Der Saal, in dem der Film gezeigt wurde, verfügte über eine Loge, in der sich ihre Plätze befanden. Sie setzten sich, und es dauerte nicht lange, da wurde alles dunkel, und der Bühnenvorhang schob sich rauschend zur Seite. Das Rattern des Filmapparats drang aus dem Vorführungsraum, und ein erwartungsvolles Flüstern und Kichern erfasste den Saal.

Der Film begann mit einer geigenlastigen Ouvertüre und der übergroßen Ankündigung: »*Anny Ondra in …*« Max lehnte sich zurück und beschloss, Olga zuliebe dem Ganzen eine Chance zu geben. Dann begann die erste Szene – und gleich tauchte Anny Ondra auf der Leinwand auf: Sie saß mit zwei jungen Frauen im Zugabteil, drei Paar hübsche Frauenbeine, und kaute gelangweilt Kaugummi. Sie zog Fäden heraus, stopfte sich das Gummi wieder in den Mund und kaute ordinär weiter. Ein unerhörtes Verhalten, doch sah sie dabei so süß und unschuldig aus, so witzig und vor allem so wunderschön, dass man nicht anders konnte, als über sie zu lachen. *Das* war Anny Ondra?

In ihrer Tasche hielt sie einen Hund als blinden Passagier versteckt, der in dem Moment drauflosbellte, als der Schaffner die Billetts kontrollierte, wobei die Ondra zu husten vorgab, um von der Tasche abzulenken. Max konnte nicht anders, er lachte laut los. Ihr gelang so mühelos die Balance zwischen Unschuld und Unverschämtheit. Es war eine Freude, ihr zuzusehen. Außerdem war sie wunderschön!

Olga war vergessen. Er hockte im Dunkeln und war gefangen von der Schönheit auf der Leinwand. Anny Ondra. Diesen Namen würde er so schnell nicht wieder vergessen.

Als sie ins Licht der Kandelaber und der Leuchtreklamen auf den abendlichen Boulevard hinaustraten, war Max völlig durcheinander. Es fühlte sich an, als taumele er durch einen Traum. Die Straßen waren voller Menschen, Automobile hupten, die Tram ratterte vorbei, und Zeitungsjungen schrien die Schlagzeilen der Abendblätter heraus. Doch er war noch im Bann der Ondra, dieser kessen und entfesselten jungen Frau, die er auf der Leinwand gesehen hatte.

»Was ist los?«, fragte Olga. »Hat dir der Film nicht gefallen? Ich fand ihn ganz lustig.«

»Doch«, stammelte er. »Doch, doch.«

»Für mich es war ein großer Spaß. Allein diese Klavierszene, wo Anny trotz aller Katastrophen immer weiterspielt …« Sie lachte. »Das hat sie großartig gemacht, es war herrlich.«

Das war es zweifelsfrei, dachte Max, einfach alles daran war herrlich. Besucher strömten hinter ihnen aus dem Gloria-Palast, und es wurde eng vor dem Eingangsportal. Olga hakte sich bei ihm unter, damit sie den Boulevard entlangschlendern konnten, aber er blieb abrupt stehen. Das Pärchen, das hinter ihnen lief, wäre beinahe mit ihnen zusammengestoßen.

»Ich möchte Anny Ondra kennenlernen«, platzte es aus ihm heraus. »Kannst du das arrangieren?«

Olga wirkte überrumpelt. Sie versuchte sich an einem amüsierten Lächeln, aber es gelang ihr nicht recht.

»Sie ist deine Nachbarin. Dafür brauchst du mich nicht.«

»Bitte, Olga. Du kennst sie doch. Ich habe sie noch nie auf einem Empfang gesehen, auch nicht im *Roxy* oder in *Schwanneckes Weinstuben*. Ich wüsste nicht, wo ich sie treffen sollte.«

»Sie lebt sehr zurückgezogen«, meinte Olga, die ihm plötzlich seltsam distanziert vorkam. »Sie mag keinen Rummel, auch wenn sich das keiner vorstellen kann, der sie auf der Bühne sieht.«

»Eben deshalb musst du mir helfen! Ich bitte dich!«

Nun nahm Olga Haltung an, und es stand nicht mehr seine Freundin, sondern die Tschechowa vor ihm. Halb pikiert und halb amüsiert sagte sie: »Das musst du schon selbst tun. Zum Kuppeln eigne ich mich nicht.« Damit zog sie ihn entschlossen weiter. »Und jetzt gehen wir ins *Mampe*, was trinken«, verkündete sie kühl. »Wie wir es immer machen nach dem Kino.«

Leicht verwirrt fasste Max nach ihrer behandschuhten Hand an seinem Arm und führte sie über das Trottoir in Richtung Kurfürstendamm, wo nicht weit entfernt das rustikale *Mampe* gelegen war. Olgas Augen lagen unter ihrem Hutschleier verborgen, doch ihre Lippen wirkten seltsam schmal. Wenn er es nicht besser wüsste, würde er denken, sie sei eifersüchtig. Aber war das möglich? Sie waren nur Freunde. Oder etwa nicht? Hatte sie mehr für ihn übrig?

»Bist du mir böse?«, fragte er.

»Hätte ich denn einen Grund, dir böse zu sein?«

Das wusste er eben nicht, deswegen fragte er ja, doch jetzt eine Antwort zu geben, kam ihm riskant vor.

»Natürlich bin ich nicht böse«, lenkte sie ein. »Jetzt komm. Aber die Ondra, die musst du schon selbst kennenlernen.«

Sie nahm den Faden der Unterhaltung wieder auf, die sie auf den Terrassen des Café Schilling geführt hatten. Sprach über ihren nächsten Film, über eine Kritik im *Abendblatt*, über allerlei Tratsch, den sie im *Schwanneckes* aufgeschnappt hatte. Alles war wie immer. Allerdings konnte Max ihr an diesem Abend nur mit Mühe folgen. Er versuchte, aufmerksam zu sein, doch in seinen Gedanken war er nur bei Anny Ondra – bei ihren strahlenden Augen und ihrem kessen Auftreten. Und bei der Frage, wie zur Hölle er sie kennenlernen konnte.

MAX

KAPITEL 5

Der Gedanke an Anny Ondra ließ ihm keine Ruhe. Er hörte sich bei Freunden um, ob jemand wisse, zu welcher Gala oder zu welchem Ball er eingeladen werden müsse, um ihr wie zufällig zu begegnen und ihr vorgestellt zu werden. Doch zu seiner Überraschung bekam er überall die gleiche Antwort, nämlich die, dass sie trotz ihres kometenhaften Aufstiegs als Filmstar so gut wie niemals auf Empfängen oder gesellschaftlichen Ereignissen anzutreffen sei. Im Gegenteil, sie lebe sehr zurückgezogen.

Max musste die Angelegenheit also selbst in die Hand nehmen, wenn er Anny Ondra kennenlernen wollte – und das wollte, musste er. Nur war es eine Situation, mit der er keinerlei Erfahrung hatte.

Dass ihm flau wurde allein beim Gedanken an seine Nachbarin, machte es nicht einfacher. Zwar liebte er es zu flirten. Da war er noch nie ein Kind von Traurigkeit gewesen. Doch bisher waren die Frauen ihm nachgelaufen. Bei Anny Ondra war es anders. Er konnte schwer beschreiben, was die Diva in ihm auslöste. Es war ihre Kunst, ihre Schönheit und der Hauch eines Geheimnisses. Er fühlte sich seltsam unzulänglich, wenn er an sie dachte. War er, ein Boxer, für sie überhaupt unterhaltsam und interessant genug? Er musste nur an ihren herablassenden Chauffeur denken, und sofort plagten ihn Minderwertigkeitskomplexe.

Rastlos tigerte er durch seine Wohnung, stellte sich ans Fenster und lugte zum Nachbarhaus hinüber, doch außer dem blauen Cadillac war nichts zu sehen. »Sie ist deine Nachbarin«, hatte Olga gesagt, »dazu brauchst du mich nicht.« Er schnaubte bei der Erinnerung. Ja, sie war seine Nachbarin, das ließ sich nicht bestreiten. Aber wie sollte ihm das weiterhelfen? Er konnte schlecht hinübergehen und einfach an ihrer Tür läuten. Was, wenn sie ihn abwies? Was, wenn sie kein Interesse hatte? Allein die Vorstellung löste nacktes Grauen bei ihm aus.

Etwas peinlich berührt wurde ihm bewusst, dass er seit Ewigkeiten am Fenster stand und sehnsüchtig um die Ecke starrte. Als würde ihm nicht jedermann von der Straße aus dabei zusehen können. Eilig trat er zurück und schob die Gardine vors Fenster.

Das Klingeln an der Wohnungstür riss ihn aus den Gedanken. Orientierungslos sah er zur Uhr, er hatte ganz vergessen, dass er Besuch erwartete. Paul Damski hatte sich angekündigt, ein alter Freund und Förderer, der Boxveranstalter war und seit einiger Zeit auch technischer Leiter des Sportpalastes. Er wollte Max in seinem neuen Domizil besuchen und dabei gleich über mögliche Schaukämpfe im Sportpalast sprechen. Damski und seine Frau hatten ihn damals, als er mittellos nach Berlin gekommen war, fast wie Eltern aufgenommen.

Es klingelte erneut, diesmal deutlich bestimmter. Wie er Paul Damski kannte, stand der ungeduldig fluchend vor der Tür und war kurz davor, sie einzutreten. Er hatte ein Herz aus Gold und konnte keinem Menschen lange böse sein, aber Geduld gehörte nicht zu seinen Stärken.

Max löste sich aus seiner Starre und eilte zur Tür. Und da stand er vor ihm, schnaufend und grummelnd, mit buschigen Augenbrauen, knorriger Kartoffelnase und einem Anzug, der trotz des teuren Stoffs etwas schäbig an ihm wirkte.

»Kannst du nicht hören?«, blaffte er Max in einem Tonfall an, dass es jeden, der ihn nicht kannte, angst und bange geworden wäre. »Du musst dir deine Ohren untersuchen lassen. Du musst zum Arzt, Max, hörst du? Zum *Arzt*!«

»Ich hör dich sehr gut«, sagte Max und grinste. Er wusste, dass Damski gegenüber Menschen, die er ins Herz geschlossen hatte, besonders rüpelhaft auftrat. »Du brauchst nicht zu schreien.«

»Dann lässt du alle Gäste vor der Tür stehen? Jetzt mach schon Platz. Oder hast du es dir anders überlegt? Darf ich mir deine neue Wohnung nicht ansehen?«

Er sprach nuschelnd und mit starkem weißrussischem Akzent. Obwohl er seit langen Jahren im Berliner Exil lebte, stand er immer noch auf Kriegsfuß mit der deutschen Sprache. Max trat zur Seite, um ihn einzulassen, und Damski stampfte breitbeinig und mit vorgestreckten Schultern in die Wohnung hinein, als wolle er eine Bowlingkugel über das Flurparkett stoßen.

»Links ist das Wohnzimmer«, sagte Max und schloss die Tür. »Und rechts geht es in die Küche. Sieh dich ruhig um. Aber ganz eingerichtet bin ich noch nicht.«

Damski ging umher, kratzte sich den bulligen Nacken, sah sich um, als suchte er nach einem Makel. Doch schließlich pfiff er anerkennend.

»Als Weltmeister kann man sich was leisten«, brummte er. Es war seine Art zu sagen, dass ihm die Wohnung gefiel. »Wie hoch war denn die Börse in New York?«

»Das weißt du doch genau«, lachte Max. »Ich wette, sogar auf den Pfennig.«

Damski, der etwas ertappt lächelte, ließ sich schnaubend im Wohnzimmer auf einen Sessel fallen, wo er ein fleckiges Taschentuch hervorzog, sich den Schweiß von der Stirn wischte und danach hineinschnäuzte. »Wenigstens fürs Geschäftemachen hast du einen Sinn. Wenn du dich schon mit einem Tiefschlag zum Weltmeister boxen lässt.«

Max konnte nicht anders, er lachte. Er wusste ja, es war nur Spaß, wie Damski sprach. Er wusste, sein Freund litt insgeheim ebenso unter den gemeinen Kommentaren in den Zeitungen wie Max.

»Ich hab gehört, es geht dir gut?«, sagte Damski. »Du hast keine bleibenden Verletzungen?«

»Es geht mir gut, Paul. Ich muss mich nur eine Weile schonen.«

Damski nickte erleichtert, dann sank er gemächlich in den Sessel und ließ den Blick durch das großbürgerliche Wohnzimmer schweifen.

»Wer hätte das gedacht, vor vier Jahren, als du nach Berlin gekommen bist! Ein kleiner Junge voller Träume.« Er hob dramatisch einen Finger in die Luft und rief: »*Einen* Koffer hattest du. Der hat gereicht, für deinen ganzen Besitz. Nur ein paar Hemden und eine zweite Hose, mehr war nicht darin.«

»… und meine Boxhandschuhe.«

»Ja, und die Handschuhe. Aber sonst hattest du nichts. Nur den Ehrgeiz. Wie hoch war deine erste Kampfbörse in Berlin?«

Als wenn er das nicht exakt wüsste.

»Achtzig Mark«, sagte Max.

»Junge, Junge. Und jetzt sieh dich um.«

Um das dramatische Theater des Freundes mitzuspielen, tat Max ihm den Gefallen und folgte dessen ehrfürchtigen Blicken durch sein neues Reich. Dabei fiel sein Blick aus dem Fenster auf den blauen Cadillac.

»Du musst dich im Sportpalast sehen lassen, Max! Wenn nicht für einen Schaukampf – das geht ja nicht wegen deiner Verletzung –, dann als Ehrengast. Du bist Weltmeister. Du musst dich bei uns zeigen. Der Sportpalast war immer deine Bühne.«

»Im Moment will ich mich nirgendwo sehen lassen«, sagte er, wandte den Blick vom Cadillac ab und nahm auf dem Sofa Platz. »Ich werde eine Weile die Öffentlichkeit meiden, Paul. Das wird das Beste sein.«

»Ach, Unsinn. Du darfst dich nicht unterkriegen lassen, egal was die Presse schreibt. Du musst dich den Menschen zeigen.«

Max wusste schon, er würde keine Widerrede zulassen. Er würde so lange herumfeilschen und Theater spielen, bis er zusagte. Es war typisch für Paul Damski. Er war ein hartnäckiger Verhandler.

Plötzlich hatte Max eine Idee. *Ein hartnäckiger Verhandler.* Natürlich. Wer könnte besser für ihn Fürsprache halten als Paul Damski? Er war genau der Richtige, um die große Anny Ondra von ihm zu überzeugen: Er war ungeniert, ein Draufgänger, und vor allem ließ er nicht locker.

»Paul, du musst mir helfen.«

Damski hielt verwirrt inne. »Im Sportpalast?«

»Nein, bei einer ganz anderen Sache.«

Begeistert von seiner Idee schilderte Max ihm das Problem. Er brauche jemanden, der bei der Ondra vorfühlte, wie sie über ein Treffen mit ihm dachte, der ihr einen Strauß Blumen brachte mit den besten Wünschen von Max Schmeling und sie einlud, mit ihm einen Kaffee zu trinken.

»Du hast gegen Jack Sharkey gekämpft und gewonnen«, sagte Damski verwundert. »Du bist amtierender Boxweltmeister. Da wirst du doch einer Frau Guten Tag sagen können!«

»Es ist nicht irgendeine Frau. Es ist Anny Ondra.«

»Und die macht dir mehr Angst als Sharkey?«

Max verstummte. Er wusste, es klang idiotisch. Doch wie sollte er ihm erklären, dass er sich bei Anny Ondra unsicher und unzulänglich fühlte. Lieber würde er gegen alle Boxweltmeister der Geschichte gleichzeitig kämpfen, als bei ihr zu klingeln. Sie war die Eine, das spürte er. Doch so etwas laut auszusprechen, damit machte er sich nur noch lächerlicher.

»Ich soll also rübergehen und klingeln? Mich der gnädigen Frau melden lassen und sagen, du möchtest sie kennenlernen?« Damski zog sein Taschentuch hervor, tupfte sich das Gesicht trocken und schnäuzte erneut trompetend hinein. Dann sagte er: »Zum Lachen einfach, Max! Ich will dir den Gefallen tun!«

Er steckte das Taschentuch ein und stopfte bei der Gelegenheit sein Hemd in die Hose.

»Ich werde das Ding schon schaukeln. Mit Damen kenne ich mich aus. Wann soll es losgehen?«

ANNY

KAPITEL 6

Anny saß in ihrem Wintergarten auf dem Canapé, auf dem Schoß eine Bahn schwarzen Tülls für ein Kostüm, an dem sie gerade arbeitete, und zu ihren Füßen Whiskey, ihr kleiner Hund, der auf dem Teppichvorleger lag und vor sich hin döste.

Sie mochte diese Momente der Ruhe, in denen sie in ihrer stillen und beschaulichen Wohnung saß, die Sonne von draußen hereinfiel und neben dem Vogelgezwitscher nur das leise Ticken der Wanduhr zu hören war. Momente, in denen sie in Ruhe ihre Kostüme schneidern konnte, was sie von jeher gern tat, auch wenn sie dafür inzwischen längst Kostümbildner hatte. In herrlicher Monotonie Stoffbahnen zuschneiden, Nähte überprüfen oder Strasssteine einsticken, war ihr ein willkommener Ausgleich zur Hektik am Filmset, sie konnte dabei alles aus dem Kopf herausfallen lassen.

Das Kleid, an dem sie arbeitete, war für ihren nächsten Film gedacht, den sie mit Karel zusammen drehen würde. Die Verwechslungskomödie *Eine Freundin, so goldig wie du*, deren Drehbuch er ihr ans Herz gelegt hatte. Nach dem riesigen Erfolg von *Die vom Rummelplatz* waren sie im Tonfilm angekommen. Sie konnten jetzt machen, was sie wollten.

Adele Sandrock würde die Erbtante spielen, ein Urgestein des deutschen Films, und Anny freute sich sehr drauf, mit ihr zu spielen. Auch waren viele der anderen wieder dabei, mit denen die Drehtage kurzweilig werden würden. Felix Bressart, der die männliche Hauptrolle spielen würde, oder Siegfried Arno, ihr Partner aus *Die vom Rummelplatz*, ein unverbesserlicher Kindskopf, der hinter der Kamera genauso lustig war wie davor. Und wenn die nächste Produktion aus dem Haus Ondra-Lamač wieder ein Erfolg werden würde, wären sie endgültig angelangt auf dem Olymp des deutschen Films.

Sie rückte die Tüllbahn zurecht, fädelte den Faden ein und wählte sorgsam den Abstand zwischen zwei Stichen, als die Türklingel plötzlich in ohrenbetäubender Lautstärke losging. Beim unwillkürlichen Zusammenzucken hätte sie sich beinahe in den Finger gestochen. Verwundert sah Anny zum Flur und erblickte ihr Dienstmädchen, das aus der Küche zur Tür hetzte.

»Ich gehe schon, Frau Ondra«, rief sie ihr im Laufschritt zu, erreichte die Wohnungstür und riss sie atemlos auf. Anny hörte Stimmen aus dem Flur. Ein Mann redete polternd auf ihr Dienstmädchen ein, mit starkem russischem oder litauischem Akzent. Whiskey hob alarmiert den Kopf, jaulte ängstlich auf und sprang kurzerhand unter den Schrank in der Ecke.

»Hab keine Angst, Whiskey«, sagte sie, doch ihr Hündchen blieb unterm Schrank verschwunden.

Der Mann ihm Flur benahm sich laut und ungehobelt, faselte etwas von Frau Ondra, die er sprechen müsse, und ließ das Dienstmädchen kaum zu Wort kommen. Verärgert legte Anny die Handarbeit auf das Canapé und stand auf. Sicher war der Mann ein Verehrer ihrer Schauspielarbeit, die tauchten ständig überall auf, wollten ein Autogramm oder suchten sonst wie ihre Nähe. Aber hier in ihrer Wohnung war sie privat. Dies war ihr Rückzugsort, hier duldete sie keine unverfrorenen Eindringlinge.

Ein vierschrötiger Mann stand in der offenen Tür, mit knorriger Nase und einem ordinär großen Blumenstrauß in der Hand. Das Dienstmädchen warf Anny hilflose Blicke zu, und auch der unangemeldete Besucher, der sie nun kommen sah, unterbrach erwartungsvoll den Redeschwall. Anny trat würdevoll näher.

»Ja, bitte?«, fragte sie distanziert.

»Frau Ondra.« Er zog eine Visitenkarte aus seinem Jackett und reichte sie ihr. »Ob gnädige Frau sich anhören möchten, was ich zu unterbreiten habe? Es ist wichtig und duldet keinen Aufschub.«

Widerwillig nahm sie die Karte entgegen. *Paul Damski, Manager*, stand drauf.

»Es geht um ein Arrangement«, sagte er. »Deshalb bin ich hier.«

Sie sah irritiert von der Karte auf.

»Ach, Fotos wollen Sie?«

»Nein, das nicht.«

Er schob ihr den Blumenstrauß entgegen, den Anny in der Luft schweben ließ, ohne sich zu rühren.

»Ich hab da so 'nen Freund, Frau Ondra«, fuhr er fort. »Heißt Max Schmeling, der Weltmeister. Der fragt gnädige Frau, ob gnädige Frau nicht mal mit ihm eine Tasse Kaffee trinken gehen. Oder so was.«

»Sie haben einen Freund?«, wiederholte sie verdattert. »Der möchte mich treffen?«

Sie betrachtete fassungslos den ungehobelten Kerl und die protzigen Blumen.

»Sind Sie wahnsinnig geworden?«

»Nein, hören Sie doch. Sie müssen mit Weltmeister Schmeling sprechen, Frau Ondra. Die Blumen sind von ihm. Es geht um ein Arrangement, wie gesagt. Schmeling ist ...«

»Nein!«, rief sie. »Sie sind irre!«

Eher er antworten konnte, warf sie ihm die Tür vor der Nase zu und legte die Kette vor.

Sie wechselte ungläubige Blicke mit dem Dienstmädchen. Die beiden Frauen lauschten schweigend an der Tür, bis dieses Rumpelstilzchen aufgab und schnaufend die Treppe nach unten polterte.

»Was war das denn für ein Mensch?«, hauchte Anny.

»Ich weiß es nicht, Frau Ondra.«

»Blumen von einem Freund, sagt er? Und poltert hier herein, als ob alle nach seiner Pfeife tanzen müssen?«

»Leute gibt's«, erwiderte das Dienstmädchen. »Aber jetzt ist er ja weg. Hoffentlich.«

Sie hörten unten die schwere Tür ins Schloss fallen.

»Und wer soll dieser Schmeling sein?«, fragte Anny. »Gibt es den überhaupt?«

Das Dienstmädchen wirkte überrascht. »Max Schmeling«, sagte sie klar und deutlich, als hätte Anny akustisch nicht verstanden, worum es ging.

»Ja, das habe ich gehört. Der Name sagt mir nichts.«

»Nicht? Er ist Boxweltmeister. Er wohnt in der Nähe, das hat mir der Chauffeur erzählt. Schmeling fährt einen Lancia. Das Auto ist aber nicht besonders gepflegt. Nun, er hat keinen Chauffeur, vielleicht liegt es daran.«

»Er hat keinen Chauffeur?«, fragte Anny irritiert.

»Ich will nur sagen, Schmeling lebt in der Nachbarschaft. Es könnte daher sein, dass er diesen Mann geschickt hat.«

»Ein Boxer.« Anny schüttelte den Kopf. »Dann ist es kein Wunder, dass er so ungehobelt war. Boxen, das soll doch ein furchtbar brutaler Sport sein, nicht wahr?«

Schmeling ... Sie stapfte nach vorn zum Fenster und schob die Gardine ein wenig zur Seite. Unten tauchte der Zwerg mit den Blumen auf und marschierte breitbeinig zum Nachbarhaus, wo er verschwand. Lebte dieser Schmeling etwa in der Wohnung der älteren Dame, die ausgezogen war? Ein Witz. Sie hatte fantasiert, ein Verehrer könne dort einziehen. Aber einen brutalen Boxer hatte sie nicht vor Augen gehabt.

Sie sah sich sorgenvoll im Wintergarten um.

»Whiskey!«, rief sie. »Whiskey, komm heraus. Du brauchst keine Angst mehr zu haben.«

Unter dem Schrank war nur ein ängstliches Jaulen zu hören. Der arme Kerl musste einen furchtbaren Schrecken bekommen haben.

»Bringen Sie etwas Schinken für Whiskey!«, rief sie dem

Dienstmädchen zu. »Das arme Tier muss sich von dem Schock erholen.«

Anny betrachtete die Visitenkarte in ihrer Hand. Paul Damski, Manager. Hoffentlich sah sie den nie wieder.

»Und ich ebenfalls«, murmelte sie, trat an den Schreibtisch und warf die Visitenkarte in den Papierkorb, um sich nach dem Schrecken wieder ihrer Näharbeit zu widmen.

In den darauffolgenden Wochen war Anny nicht so beschäftigt wie üblich. Es war immer das Gleiche. Wochenlang gab es aufreibende Dreharbeiten, am Set ging es drunter und drüber, man bekam kaum Schlaf und wirbelte herum, um den Film fertigzubekommen. Dann endete die Hektik und es wurde schlagartig still. Und sie saß einsam in ihrer Wohnung in Neu-Westend, malte Märchenbilder oder schneiderte Kostüme, sah außer den regelmäßigen Besuchen von Karel kaum eine Menschenseele und wartete auf die Dreharbeiten für den nächsten Film. Ein ständiges Auf und Ab.

Zuletzt hatte sie einen Revuefilm abgedreht, der einer neuen Mode aus Hollywood folgte. Einen All-Star-Movie, bei dem namhafte Stars auftraten und sich selbst spielten, in einem Reigen verschiedener Handlungsstränge. Anny Ondra war neben Fritz Kortner, Luis Trenker, Theo Lingen und vielen anderen aufgetreten. Sogar ihre alte Freundin Olga Tschechowa war dabei gewesen, auch wenn sie in einer anderen Szene aufgetreten war und Anny ihr bedauerlicherweise nicht über den Weg gelaufen war. Es war ein Klamaukfilm mit viel Slapstick und Wortwitz, besonders ihre Szenen waren gewürzt mit ordentlich Chaos und Anarchie, und schon bald sollte er in die Lichtspielhäuser kommen.

Nach dem letzten Drehtag hieß es Adieu, und wieder saß sie zu Hause und wartete. Wen wunderte es da, wenn sie von Zeit zu Zeit in Schwermut fiel?

Whiskey machte mit einem kurzen Bellen auf sich aufmerksam. Er stand mit in den Nacken gelegtem Kopf vor ihr und sah sie mit traurigen Knopfaugen an. Offenbar spürte er, was sie sich gerade fühlte und beabsichtigte, sie zu trösten.

»Ach, Whiskey«, seufzte sie und beugte sich herab, um seinen Kopf zu kraulen, woraufhin er aufgeregt ihre Hand zu lecken begann. »Wir haben ja uns. Da wird es nie zu einsam, nicht wahr?«

Ein kurzes Bellen war die Antwort, und aufgeregt wedelte er mit dem Schwanz. Dann klingelte es an der Tür, und Whiskeys Aufmerksamkeit wurde augenblicklich abgelenkt. Er stieß ein Bellen aus, machte einen Satz auf den Flur zu, wie um einen Angriff anzudeuten, hielt dann vor der eigenen Courage inne und sah fragend zu Anny auf. Die entschloss sich, kurz selbst nachzusehen, wer da vor der Tür stand, wo sie schon zur Stelle war und das Dienstmädchen hinten in der Küche seiner Arbeit nachging.

»Lassen Sie ruhig«, rief sie in Richtung Küche und legte den Riegel um. »Ich gehe schon zur Tür.«

Auf der Schwelle stand das Rumpelstilzchen von neulich. Sie hatte die Sache längst wieder vergessen, seit dem Besuch waren mehr als zwei Wochen vergangen. Doch jetzt, wo er erneut auf der Matte stand, fiel es ihr wieder ein.

»Sie schon wieder!«, rief sie, fest entschlossen, ihm augenblicklich die Tür vor der Nase zuzuwerfen. Das fehlte noch.

»Frau Ondra«, rief er eilig. »Auf ein kurzes Wort, ich bitte Sie.«

»Geht es wieder um Ihren Freund, den Boxer?«

»Das tut es. Er schickt mich her, weil ihm kein anderer Weg einfällt, Sie kennenzulernen. Hören Sie doch kurz an, was ich zu sagen habe.«

»Ich habe viel zu tun und wirklich keine Zeit und wirklich kein Interesse, einen Preisboxer kennenzulernen.«

»Aber …«

»Ich hatte die Sache längst vergessen, zu Ihrem Vorteil, möchte ich hinzufügen, und hatte gehofft, diesem Herrn Schmeling wäre es ähnlich ergangen.«

»Im Gegenteil, Frau Ondra. Er denkt jeden Tag an Sie.«

»Das ist absurd. Er kennt mich gar nicht. Und wenn er mein Nachbar ist, warum kommt er dann nicht selbst und schickt stattdessen Sie?«

»Das ist ja das Problem. Herr Schmeling ist zwar Weltmeister, aber er ist zu feige, selbst bei Ihnen zu erscheinen.«

Ein Boxweltmeister, der Angst vor ihr hatte? Das fiel ihr schwer zu glauben. Sie war klein und zierlich und konnte es kaum mit ihm aufnehmen.

»Er steigt gegen jeden in den Ring«, sagte Damski, »kein

Gegner macht ihm Angst. Aber bei den Frauen … Sie wissen ja, wie das ist.«

Nein, das wusste sie nicht. Sie hatte nicht die geringste Ahnung, was er damit sagen wollte. Aber es war ohnehin nicht wichtig, denn dieses Gespräch würde nirgendwo hinführen. Sie wollte den Zwerg nur loswerden.

»Er hat morgen Geburtstag«, sagte Damski, »und er würde sich freuen, wenn Sie mit ihm einen Kaffee trinken.«

»Er hat Geburtstag?«

»Ja, und sein allergrößter Wunsch ist, Sie kennenzulernen. Nur auf einen Kaffee, Frau Ondra. Wäre das zu viel verlangt? Zehn Minuten Ihrer Zeit. Mehr verlange ich nicht.«

Sie würde sich mit keinem Schmeling treffen, auch nicht zu dessen Geburtstag. Das war völlig ausgeschlossen. Doch musste sie diesen Mann loswerden, ohne lange zu diskutieren, deshalb sagte sie schlichtweg: »Also gut. Zehn Minuten. Auf einen Kaffee.«

Sie würde später absagen können. Oder gar nicht erst auftauchen. Sie war niemandem verpflichtet. Schon gar nicht diesem Rumpelstilzchen, das ungefragt bei ihr aufschlug.

Der Mann strahlte sie begeistert an. »Das ist großartig, Frau Ondra«, rief er. »Am Reichskanzlerplatz, im Café Corso. Um sechzehn Uhr. Ich hole Sie ab. Schmeling wird außer sich sein vor Freude!«

Sie lächelte höflich, richtete ihren Gruß aus und drückte die Tür nachdrücklich ins Schloss. Er glaubte doch nicht allen Ernstes, dass sie mit diesem Boxer einen Kaffee trinken ging?

Hinter ihr im Flur tauchte das Dienstmädchen auf und trocknete sich die Hände an der Schürze ab.

»War das dieser Mann von neulich?«, fragte sie besorgt. »Er ist doch nicht unverschämt geworden?«

»Aber nein. Ich habe ihn abgewimmelt, ohne Probleme.«

Indem sie einer Verabredung mit einem Boxer zugesagt hatte, dessen größter Wunsch es war, an seinem Geburtstag ein paar Minuten mit ihr zu verbringen. Fast tat es ihr leid. Er würde sich Hoffnungen machen. Sie sollte ihrem Nachbarn doch Bescheid sagen, dass sich ihre Pläne geändert hätten, statt einfach nicht aufzutauchen.

»Sagen Sie doch bitte dem Chauffeur Bescheid, dass ich seine Dienste benötige. Am besten jetzt gleich.«

Das Dienstmädchen sah zur Tür, als fragte es sich, ob die Luft draußen rein sei und Anny das Haus gefahrlos verlassen könne, solange ein Irrer frei herumlief.

»Ich muss ins Büro«, fügte sie hinzu. »Er wird mir schon nicht auf der Straße auflauern.«

Dann marschierte sie in ihr Ankleidezimmer, um sich für den Stadtausflug schick zu machen, und ließ sich anschließend zu ihrem Firmensitz fahren, der sich in der quirligen Friedrichstraße befand, unweit des lärmenden Zeitungsviertels an der Kochstraße und mitten im ehemaligen Amüsierviertel der Stadt, dem leicht heruntergekommenen Zentrum der Berliner Sündhaftigkeit. Hotels aus der Kaiserzeit bestimmten das Bild, winzige Cafés, schmale Trottoirs, Droschken und fliegende Händler, und mittendrin lagen die Büroräume der Ondra-Lamač-Film GmbH.

»Frau Ondra!«, begrüßte sie eine Sekretärin erstaunt, als sie in den Vorraum trat, in dem wie so oft lebendiges Treiben herrschte. »Was kann ich für Sie tun?«

»Sie müssen etwas für mich recherchieren.«

»Sehr gern«, sagte sie und nahm sich geschäftsmäßig einen Block und einen Stift, um mitzuschreiben. »Worum geht es denn?«

»Es geht um einen Herrn.«

»Einen *Herrn*?«, kam es überrascht zurück.

»Ja, da ist ein Verrückter, der Boxer Schmeling. Der schickt dauernd jemanden und will mich kennenlernen.«

Das brachte die junge Frau aus dem Konzept. Sie ließ den Block sinken und fragte verwirrt: »Aber doch nicht Max Schmeling?«

Dann kannte die Sekretärin ihn etwa auch? So wie das Dienstmädchen? Offenbar war dieser Boxer bekannter, als Anny gedacht hatte.

Ehe sie antworten konnte, tauchte Karel in einer Tür auf und erkannte verwundert, wer da mit der Sekretärin sprach.

»Anny! Wusste gar nicht, dass du heute in die Firma kommst.«

»Und du? Bist du nicht bei Dreharbeiten?«

»Ich habe ein paar Unterlagen vergessen. Rechtskram. Die brauchen meine Unterschrift. Aber was führt dich hierher? Ich dachte, du machst ein paar Tage frei.«

Sie warf einen Blick zur Sekretärin, die immer noch verwirrt Block und Stift hielt, sich offenbar fragend, ob ein Missverständnis vorlag.

»Sag mal, Karel, kennst du einen Max Schmeling?«

»Du meinst den Boxweltmeister?« Er schenkte ihr einen amüsierten Blick. »Den berühmtesten Deutschen seit Martin Luther? *Den* Max Schmeling?«

»Ach so?«, fragte sie und schürzte die Lippen. »Dann gibt es ihn wirklich?«

Karel lachte laut auf. »Anny, du musst doch von Schmeling gehört haben. Der Weltmeisterkampf in New York? Es war auf allen Titelseiten.«

Sie warf ihm böse Blicke zu, denn sie hasste es, wenn er sie als unbedarft hinstellte. Nur weil sie diesen lächerlichen Boxer nicht kannte.

»Ich interessiere mich halt nicht für Sport«, verteidigte sie sich. »Schon gar nicht fürs Boxen. Das ist mir viel zu brutal. Wieso weißt du eigentlich davon? Du bist doch sonst für Sport nicht zu haben.«

»Weil jeder davon weiß, Anny, deshalb. Aber was ist mit ihm? Wieso interessiert dich das überhaupt?«

Anny verfiel ins Nachdenken. Die ganze Geschichte schien zu stimmen. Was für ein Irrsinn. Dann war ihr Nachbar tatsächlich berühmt und schickte einen Freund vor, weil er sich nicht traute, selbst bei ihr zu klingeln?

»Morgen ist sein Geburtstag«, seufzte sie schicksalsergeben, und weil Karel nicht zu begreifen schien, fügte sie hinzu: »Der Geburtstag von Max Schmeling.«

»Ja, und weiter?«

»Ich werde mit ihm einen Kaffee trinken müssen. Im Café Corso am Reichskanzlerplatz. Ich habe zugesagt.«

»Da gibt es Schlimmeres, oder? Vielleicht wird es interessant. Er ist viel rumgekommen in der Welt.«

»Ich hatte eigentlich nicht vor aufzutauchen.«

Doch wenn dieser Schmeling seriös war, konnte sie ihn schlecht versetzen, wie sie es sich ursprünglich vorgenommen hatte. Das schickte sich einfach nicht.

»Ich werde ihm offenbar zehn Minuten meiner Zeit spenden müssen«, seufzte sie.

MAX

KAPITEL 7

Nach seinem ersten Besuch bei Anny Ondra war Damski verstört zurückgekehrt, den Blumenstrauß immer noch in der Hand.

»Du, ich kann dir sagen, dein Herzblatt will nicht«, meinte er. »Das ist eine Frau, die legt sofort die Kette vor.«

Max ließ ihn mit hängenden Schultern in die Wohnung eintreten.

»Du musst es noch mal probieren, Paul«, sagte er.

»Du meinst, jetzt gleich?«

»Nicht heute. Überlegen wir in Ruhe, wie wir die Sache angehen. Aber ich brauche deine Hilfe.«

Wie hätte er erklären sollen, dass ihm die Sache so wichtig war? Er kannte Anny Ondra ja kaum. Da war nur ihr Bild auf der Leinwand gewesen. Trotzdem. Sie hatte etwas in ihm berührt, tief in seinem Innern. Gleich, als er sie das erste Mal gesehen hatte, war es gewesen, als wüsste er, dass sie die Eine sei. Er konnte es sich selbst nicht erklären, aber an seinen Gefühlen hatte sich nichts geändert. Er malte sich aus, mit ihr alt zu werden. Er glaubte, dass sie füreinander geschaffen seien. Er sah es vor sich, wie sie gemeinsam redeten und lachten. Wie sollte er jemandem diese Gedanken erklären?

Es musste sich für fremde Ohren völlig übergeschnappt anhören, deshalb wollte er es auf keinen Fall laut aussprechen. Aber für ihn war klar: Er musste Anny Ondra kennenlernen. Er musste die Chance bekommen, sich ihr zu zeigen als der Mensch, der er war. Das schien im Moment wichtiger als jeder Weltmeisterkampf.

»Gehst du noch mal für mich rüber?«, fragte er.

Damski schüttelte ratlos den Kopf. »Sieh dich an, Maxe. Du bist ein Prachtkerl. Überall laufen dir die Frauen nach. Du könntest fünf an jedem Finger haben. Da wirst du doch bei einer vorstellig werden können.«

Doch das war ja das Problem. Bisher hatten sich die Frauen bemüht, ihm gegenüber unterhaltsam, witzig und zuvorkommend zu sein. Meist passierte das auf Partys und Empfängen. Wie er es schaffen sollte, seine Nachbarin für sich zu gewinnen, die keinerlei Interesse zeigte, da war er ahnungslos. Er wusste nur eines mit Sicherheit: Es durfte auf keinen Fall vermasselt werden.

»Sie ist anders«, sagte er. »Sie bedeutet mir was.«

»Dann sag ihr das! Geh rüber und sag es ihr.«

Nein, das war unmöglich. Allein bei dem Gedanken bekam er heiße Wangen.

»Du musst es tun, Paul. Du musst sie überzeugen.«

Sie warteten zwei Wochen, bis sie es ein weiteres Mal versuchten, wobei sie vereinbarten, dass Damski diesmal freiheraus sagen solle, dass Max zu feige war, selbst herzukommen, und zu dessen großer Erleichterung funktionierte es. Damski kehrte mit einem breiten Grinsen aus dem Nachbarhaus zurück und verkündete: »Sie kommt zu deinem Geburtstag. Für zehn Minuten.«

Max umarmte froh und erleichtert seinen Freund. Er würde die Chance bekommen, sie von sich zu überzeugen.

»Hast du ihr gesagt, wo?«

»Ich habe ihr gesagt, dass ich sie abhole.«

»Danke, mein Freund.«

In dieser Nacht schlief Max schlecht. Er hoffte, Anny Ondra würde es genauso ergehen wie ihm. Dass sie eine Verbindung spürte, die nicht zu erklären war. Jedoch war das wohl sehr unwahrscheinlich, das wusste er selbst.

Im Gegensatz zu Nächten vor wichtigen Kämpfen, in denen er sich sammelte und sich auf seine Stärken besann und auf diese Weise in den Schlaf fand, hielt ihn diesmal die Aufregung wach. Er wälzte sich lange im Bett herum, fiel schließlich in einen unruhigen Schlaf, stand dann gewohnt früh auf, ging wie üblich eine Runde laufen, frühstückte und kleidete sich an.

Danach nahm er die Post entgegen, haufenweise Glückwunschkarten, trank mit seiner Mutter einen Kaffee und machte sich schließlich bereit für seine Verabredung im Café Corso. Der Reichskanzlerplatz war nicht weit entfernt. Als Schmuckplatz in der Kaiserzeit geplant, lag er im Herzen von Neu-Westend und war gesäumt von mondänen Geschäfts- und Bürgerhäusern sowie futuristischen Gebäudefronten der Neuen Sachlichkeit. Das Café mit der großen Außenterrasse schien ihm ein guter Treffpunkt zu sein, nicht weit von ihrem Zuhause entfernt. Er wollte Anny Ondra keinesfalls zumuten, für das Treffen eine beschwerliche Fahrt in die Stadt aufzunehmen.

Er hatte Machon mitgebracht, seinen Freund und Trainer, der kultiviert genug war, Damski auszubremsen, falls der es mit seiner Art übertrieb, oder die Konversation in Gang zu halten, wenn Max die Gesprächsthemen ausgingen. In der milden Septembersonne hockten die beiden Männer auf der Terrasse des Café Corso unter der Markise und warteten.

Da tauchte Anny Ondra mit Damski auf. Sie war atemberaubend, noch schöner als auf der Leinwand, wenn das überhaupt möglich war. Sein Herz klopfte wild drauflos. Ein Ringarzt hätte den Kopf über ihn geschüttelt. Aber er konnte nicht anders. Sie war gekommen, um ihn kennenzulernen.

Er hoffte, ihr Interesse wecken zu können. Es war nicht das erste Mal, dass er sich Sorgen machte, jemand könnte ihn langweilig und gewöhnlich finden. Besonders am Anfang seiner Berliner Zeit, als er Männern wie Bertolt Brecht und George Grosz vorgestellt worden war, trieb ihn die Sorge, intellektuell nicht zu bestehen. Doch jedes Mal hatte er die Erfahrung gemacht, dass seine Sorgen unberechtigt waren. Würde das auf *sie* auch zutreffen?

Damski trat an den Tisch, redete sofort auf sie ein, während Anny Ondra mit einem höflichen Lächeln Platz nahm. Ihren Blick konnte Max nicht deuten. Er fragte sich, mit welchen Augen sie ihn sah. Er hasste Eitelkeit und hatte sich immer geweigert, eingehender über seine Wirkung auf Frauen nachzudenken. Zwar war ihm nicht entgangen, dass er mit seiner Statur, dem Gesicht und seinem Lächeln Eindruck machte. Oft brauchte er nur schüchtern zu lächeln, und die Frauen schmolzen dahin. Aber das galt sicher nicht für Anny Ondra? Er nahm sich ein Herz und sagte, wie er es sich vorgenommen hatte, den einzigen tschechischen Satz, den er beherrschte.

»Jak se Vám daří?«, fragte er. *Wie geht es Ihnen?*

Sie wirkte überrascht, lachte süß und plauderte augenblicklich drauflos. Leider auf Tschechisch. Es sprudelte regelrecht aus ihr heraus, als wäre sie begeistert, endlich einmal wieder Gelegenheit zu haben, ihre Muttersprache zu sprechen.

»Das ist leider alles, was ich auf Tschechisch beherrsche«, sagte er verlegen. »Nur diesen einen Satz.«

»Ach so?«

Sie begann zu lachen, offenbar über sich selbst, weil sie wie ein Wasserfall geredet hatte, ohne von einem der Herren verstanden worden zu sein.

Max rückte eilig einen Stuhl für sie zurück, um sein Missgeschick zu überspielen, donnerte dabei jedoch gegen den Tisch, dass das Geschirr klirrte und der Kaffee über den Rand der Tassen zu schwappen drohte. Anny Ondra bedankte sich galant, als wäre nichts gewesen, nahm Platz und hängte das Handtäschchen an die Stuhllehne.

»Wussten Sie, dass Schmeling nicht nur Boxer ist?«, versuchte Damski, Konversation zu betreiben. »Er hat auch schon in einem Film mitgespielt.«

Ausgerechnet. Max hätte lieber mit einem anderen Thema begonnen als mit seinen bescheidenen schauspielerischen Leistungen. »Ach, hör schon auf.«

»Machon war auch dabei, hat seinen Trainer gespielt, wie im wirklichen Leben. Der Film hieß *Liebe im Ring*, er war sehr erfolgreich.«

»Ach so?«, erwiderte Anny Ondra. »Nein, den habe ich leider nicht gesehen.«

»Ich habe natürlich nicht Ihr Talent«, fügte Max verlegen hinzu. »Das versteht sich. Aber es hat großen Spaß gemacht, Theaterluft zu schnuppern.«

»Tja, die Kunst …«, kommentierte Damski.

»Darf ich eine Tasse Kaffee für Sie bestellen?«, fragte Max.

»Nein, danke, ich trinke keinen Kaffee!«

»Einen Likör?«

»Nein, danke.«

Max bemerkte, wie sie heimlich nach der Armbanduhr sah. Er fühlte sich überfordert. Seine Begleiter machten ebenfalls keine gute Figur.

»Woher kennen Sie den tschechischen Satz?«, fragte sie Max, »mit dem Sie mich begrüßt haben?«

»Den hat mir mal jemand beigebracht. Auf dem Dampfer von New York nach Bremerhaven. Ebenfalls eine Schauspielerin. Jarmila Vacková.«

»Jarmila?«, rief sie. »Was für ein Zufall. Das ist eine Freundin von mir! Wir haben schon in Prag zusammen gedreht, vor Ewigkeiten.«

Erstmals schien es, als taue sie auf. Sie erzählte von ihrer

Zeit in Prag, wo sie Jarmila in der Schauspielschule begegnet war, vom Prager Svanda-Theater und den Anfängen ihrer Karriere. Max konnte sich nur dazu gratulieren, Jarmila auf dem Schiff kennengelernt zu haben, denn jetzt hatten sie etwas, worüber sie reden konnten.

»Haben Sie in der Zeit auch Carl Lamač kennengelernt?«, grätschte Damski dazwischen, woraufhin Max ihm am liebsten gegen das Schienbein getreten hätte. Lamač war in den meisten Produktionen ihr Filmpartner, und es hieß, dass sie darüber hinaus früher ein Paar gewesen wären. Eine wirklich unglückliche Anspielung. Doch sollte Anny Ondra davon unangenehm berührt sein, ließ sich nichts anmerken.

»Nein, nicht daher«, lachte sie unbefangen. »Er hat mich beim Schlittschuhlaufen gesehen. In der Prager Altstadt. Ich habe versucht, möglichst elegant zu laufen. Dabei muss ihm wohl mein komödiantisches Talent aufgefallen sein.«

Sie lachte über ihren Witz, und Max stimmte in das Lachen ein. Sie war wie auf der Leinwand, fand er. Eine Frau, die sich selbst nicht so ernst nahm und Späße vertrug. Nur wirkte sie in Realität noch schöner.

Zehn Minuten waren schnell vorüber. Wagemutig beschloss er, die Gelegenheit am Schopfe zu packen. Er nahm sich ein Herz.

»Ich habe mir gedacht, Sie würden vielleicht gern ein bisschen mit mir durch die Gegend fahren«, sagte er.

»So, haben Sie das gedacht?«, lachte sie.

»Bitte, tun Sie mir doch den Gefallen.«

Es sah so aus, als wollte sie das Angebot reflexartig ausschlagen. Eilig fügte er hinzu: »Es ist noch warm genug für eine Fahrt mit offenem Verdeck. Nur eine kleine Runde, das können Sie nicht ausschlagen.«

»Aber ich habe doch eine Verabredung, das wissen Sie.«

»Es ist sein Geburtstag«, sagte Machon. »Können Sie den Termin nicht verschieben?«

Sie rang mit sich, sah zu Max, und ein Blitzen funkelte in ihren Augen. »Gut, ich sage den Termin ab. Aber nur, weil heute Ihr Geburtstag ist.«

Max strahlte sie an. Am liebsten wäre er vor Freude aufgesprungen und hätte die Faust in den Himmel gereckt. Sie gab ihm eine Chance.

Sie ging ins Café, um den Fernsprecher zu benutzen, und Max nahm die Ratschläge seiner Freunde entgegen, wohin er sie ausfahren könne. Mit einem Blick durch die geöffneten Fenster in den Schankraum, sah er die zierliche Gestalt der Ondra am Fernsprecher stehen.

»Fahr zum Wannsee!«, sagte Damski. »Da ist es romantisch.«

Sie sprach gar nicht in den Hörer. Auch wirkte es nicht so, als hörte sie jemanden zu. Gab sie nur vor zu telefonieren? Hatte sie gar keine Verabredung?

»Nicht zum Wannsee«, kommentierte Machon. »Viel zu viel Rummel. Außerdem ist der gleich um die Ecke. Das ist keine Spritztour.«

Anny Ondra kehrte zurück auf die Terrasse. Es konnte losgehen. Max sprang auf, sagte den Freunden auf Wiedersehen und führte seine Begleitung hinaus auf den Platz, wo sein

Lancia mit dem offenen Verdeck stand. Ein schmaler Zweisitzer, der mehr an einen Rennwagen als an eine Limousine erinnerte. Er öffnete ihr galant die Tür, ließ sie Platz nehmen, umrundete den Wagen, schwang sich hinters Steuer und startete den Motor.

Er knatterte die Reichsstraße hinaus, vorbei an der Spandauer Altstadt und von dort in die Brandenburger Herbstlandschaft hinein. Er fuhr in Richtung Birkenwerder und Bernau und drückte ordentlich auf die Tube, um zu zeigen, was bei seinem Sportwagen unter der Haube steckte. Den Arm lässig aus dem Fenster gelehnt, jagte er breitbeinig und wie ein Rennfahrer durch die Landschaft, warf ihr einen selbstgefälligen Seitenblick zu und grinste. Doch Anny Ondra verzog kaum das Gesicht.

»Wenn Sie glauben, dass Sie mir damit imponieren können, irren Sie sich gewaltig!«, kommentierte sie.

Sofort nahm er betreten den Fuß vom Gas. Auf dem Rückweg fuhr er langsamer, und sie unterhielten sich über Prag, das er kannte, weil er Jarmila einmal dort besucht und die ihn auf dem Hradschin herumgeführt hatte, ihm die Nepomuk-Brücke und die Prager Altstadt gezeigt und mit ihm Lokale und Cafés besucht hatte. Schneller, als ihm lieb war, waren sie wieder in Westend angekommen, wo er den Lancia vor ihrem Haus parkte.

Vom Balkon drang das Plärren eines Babys. Er sah, wie das Dienstmädchen von neulich sich um den Säugling kümmerte.

»Dieses Gebrüll bringt mich noch mal um«, seufzte sie und

nahm ihre Handtasche. Da Max verwundert schwieg, warf sie ihm einen überraschten Blick zu. Ihm musste anzusehen sein, was ihm durch den Kopf ging.

»Dachten Sie etwa, das Kind gehört zu mir?«, fragte sie.

»Nein«, sagte er schnell. »Jetzt nicht mehr.«

Sie bedachte ihn daraufhin mit einem unergründlichen Lächeln, und ehe sie sich verabschieden konnte, fragte er, vielleicht ein bisschen zu überstürzt, ob er sie wiedertreffen dürfe. Sie hielt elegant in der offenen Wagentür inne und zögerte.

»Ich rufe Sie mal an«, sagte sie.

»Versprechen Sie das auch?«

Es folgte wieder dieses unergründliche Lächeln. Dann verließ sie den Wagen, winkte und verschwand im Haus.

In den darauffolgenden Tagen wartete Max unentwegt auf ihren Anruf. Er wagte kaum, das Haus zu verlassen, aus Angst, eine Nachricht von ihr zu verpassen. Acht quälende Tage vergingen, ohne dass er von ihr hörte, bis er beschloss, ihre Nummer zu wählen. Sie kannten sich jetzt, er musste keinen Damski vorschicken, um die Lage zu sondieren. Zwar hätte er gern ihre Wünsche respektiert und gewartet, bis sie sich meldete, aber länger hielt er es einfach nicht mehr aus.

Als sie an den Apparat ging, schien sie überrascht, von ihm zu hören, aber sie war die Liebenswürdigkeit in Person.

»Ach, hoffentlich sind Sie mir nicht böse«, sagte sie. »Ich hatte so schrecklich viel zu tun. Wissen Sie was? Kommen Sie mit Ihren Freunden am Sonntag für eine Stunde zum Tee.«

»Am Sonntagnachmittag? Sehr gern. Ich werde meine Freunde mitbringen.«

»Dann ist es ausgemacht. Sie wissen ja, wo ich wohne.«

Damit war das Telefonat bereits wieder vorbei, und Max blieb etwas zwiegespalten zurück. Er freute sich, dass sie ihn zu einem weiteren Treffen einlud. Das Warten hatte ein Ende, und er würde sie wiedersehen. Etwas löste allerdings Unbehagen in ihm aus: Denn anders als er, der die Woche über ständig an sie gedacht hatte und der sich nach dem ersten Treffen darin bestätigt sah, sie unbedingt wiedersehen zu wollen, war sie überrascht, ihn am Telefon zu haben. Und während des gesamten Gesprächs hatte sie sich nicht so angehört, als hätte sie seit ihrem letzten Treffen auch nur einen Gedanken an ihn verschwendet.

ANNY

KAPITEL 8

Nach dem Gespräch mit Schmeling hängte Anny nachdenklich den Hörer auf. Sie wusste nicht so recht, was sie von ihrem boxenden Nachbarn halten sollte. Er sah wirklich ausnehmend attraktiv aus. Und sie fühlte sich geschmeichelt, weil ein so gut aussehender und erfolgreicher Mann ihr den Hof machte, wer täte das nicht.

Trotzdem. Die Tatsache, wie schüchtern und ungelenk er zu Anfang gewirkt hatte, war sonderbar. Sogar zwei Anstandswauwaus hatte er mitgebracht, die ihm bei der Konversation halfen und seine positiven Eigenschaften herausstrichen. Es schien, als habe dieser Sportmanager, den er vorgeschickt hatte, um bei ihr zu klingeln, nicht gelogen, als er sagte, Schmeling habe Angst vor ihr. Lag es wirklich in ihrer Macht, diesen Hünen einzuschüchtern?

Eine Frage, die ihr nicht aus dem Kopf ging. Denn andererseits steckte hinter der Fassade des unerfahrenen Verehrers ein entschlossener und zielstrebiger Mann. Ein Kämpfer aus einfachen Verhältnissen, der es bis an die Weltspitze geschafft hatte und trotzdem bescheiden geblieben war. Er wirkte nicht wie ein Aufschneider auf sie, nicht wie ein Emporkömmling. Sie hatte einen ungehobelten Gewaltmenschen erwartet, als sie sich auf das Treffen im Café Corso eingelassen hatte. Doch er schien ein Gentleman zu sein.

Andererseits: Wer wusste schon, wie es wirklich in einem Menschen aussah? Eine Sache ging ihr nicht aus dem Kopf. Als er von Jarmila sprach (sie hielt hohe Stücke auf ihre Freundin in Prag, so seltsam konnte dieser Boxer also nicht sein, hatte sie anfangs gedacht), da hätte sie gleich eins und eins zusammenzählen müssen. Denn ihre Mutter hatte von einer Romanze erzählt, die in Prag Wellen geschlagen hatte. Anny hatte den Brief wieder hervorgekramt, den ihre Mutter geschrieben hatte, um sich die Sache in Erinnerung zu rufen.

Liebste Anny!, stand darin. *Stell dir mal vor, mit Jarmila ist es weit gekommen! Sie hat sich mit einem Boxer verlobt. Mit einem Boxer! Bei uns haben Sie neulich einen Boxer beim Einbruch in eine Bank erwischt und eingesperrt.*

Eine Prager Zeitung hatte ihre Verlobung verkündet. Jarmila Vacková und Max Schmeling. Anny wusste zwar, dass so was nichts bedeuten musste, denn ihr waren auch schon so manche Liebeleien und bevorstehende Verlobungen unterstellt worden. Doch ein Funken Wahrheit steckte offenbar doch darin, denn die beiden waren in der Altstadt gesehen worden. Schmeling und Jarmila händchenhaltend …

War er also doch ein Draufgänger?

Am liebsten würde sie das Treffen am Sonntag absagen. Die Sache war ihr nicht geheuer. Außerdem: ein Boxer. Sie glaubte zwar nicht, dass Schmeling kriminell werden würde wie der Boxer aus dem Brief ihrer Mutter, das hatte er auch gar nicht nötig bei seinen Börsen, trotzdem fand sie den Boxsport abstoßend und brutal. Aber er war ihr Nachbar, da konnte sie nicht einfach absagen. Nein, sie würde sich was anderes einfallen lassen. Auf jeden Fall würde sie vermeiden, mit ihm alleine zu sein.

Als am Sonntag kurz vor drei das Dienstmädchen den Teewagen im Salon aufbaute und für vier Personen Tee und Sandwiches aufdeckte, hatte Anny eine Idee. Sie zog das Mädchen beiseite, um sich mit ihr zu besprechen, dann klingelte es schon an der Tür, und das Dienstmädchen führte das seltsame Männertrio herein, das Anny bereits aus dem Café Corso kannte. Ein derber Manager, ein kultivierter Trainer und der stattliche junge Weltmeister. Drei Herren, die unterschiedlicher nicht sein konnten.

Was für eine verrückte Welt, dachte sie, als sie die Männer eintreten sah, in der solche Herren ausgerechnet in ihrem Wohnzimmer auftauchten. Es glich einem Witz. Aber dann rief sie sich den Brief ihrer Mutter in Erinnerung, und nachdem sie die Männer begrüßt hatte, fragte sie Schmeling unvermittelt: »Wie geht es Jarmila?«

Er schien verwirrt. »Ich weiß nicht. Wieso fragen Sie?«

»Ich habe gehört, Sie wären miteinander verlobt.«

Der Schlag saß, das konnte sie ihm ansehen.

»Wir sind nur Freunde«, stotterte Schmeling. »Mehr nicht.«

Es folgte eine Stille, in der Anny ihn herausfordernd ansah. So leicht wollte sie es ihm nicht machen.

»Freunde?«, fragte sie süßlich.

»Jarmila, ich erinnere mich«, sprang Machon ein. »Ein reizendes Mädchen. Sie lenkte Max von seinen Berufssorgen ab. Aber wenn er ernste Absichten gehabt hätte, wüsste ich davon. Es war nur ein Flirt, vielleicht nicht einmal das.«

»Fragen Sie Jarmila«, fügte Schmeling hinzu, der sich wieder gefasst hatte. »Sie wird das bestätigen. Und richten Sie ihr meinen Gruß aus. Sie wird sich freuen zu hören, dass wir uns kennengelernt haben.«

Anny wollte es fürs Erste dabei belassen. Bei nächster Gelegenheit würde sie jedoch bei Jarmila nachhaken, das nahm sie sich fest vor. Sie bat die Herren, Platz zu nehmen und ließ Tee einschenken. Damski nahm Jarmila als Vorlage, um über das Filmgeschäft zu sprechen. Anny hatte sich inzwischen über den Film *Liebe im Ring* informiert, der sehr erfolgreich in den Kinos gewesen war, und dabei erfahren, dass Schmelings Leistung als Schauspieler durchaus vorzeigbar gewesen sei, was für einen Sportler nicht selbstverständlich war. Sie wolle sich den Film ansehen, sobald sie die Zeit dazu fand, sicherte sie zu.

Vor allem Damski, der als Einziger im Raum keinerlei eigene Erfahrungen im Filmgeschäft vorzuweisen hatte, äußerte sich wortreich dazu und hatte eine Menge Anekdoten auf Lager, bis er plötzlich zusammenzuckte und sich selbst mitten im Satz unterbrach. Er hatte von Schmeling einen Tritt gegen das Schienbein bekommen, was Anny nicht entgangen war, auch wenn der Boxer bemüht war, diskret vorzugehen.

»Ach, gut dass du mich erinnerst«, stammelte Damski ein

bisschen zusammenhangslos, denn niemand hatte ihn an irgendwas erinnert. »Wir haben ja eine wichtige Verabredung. Wir müssen los, leider, Frau Ondra.«

Er stand ruckartig auf, und auch Machon stellte eilig die Teetasse beiseite, um sich zu erheben. Schmeling, der sich irritiert über die hektischen Reaktionen im Raum zeigte, beeilte sich hinzuzufügen: »Ich habe mit dieser Verabredung überhaupt nichts zu tun.«

Anny lächelte in sich hinein. Dies hätte eine Szene aus einem Ondra-Lamač-Film sein können. So weltgewandt Schmeling ansonsten sein mochte, als Herzenseroberer wirkte er ziemlich ungeübt.

Er blickte sie erwartungsvoll an, und sie sagte schicksalsergeben: »Bleiben Sie noch auf ein Tässchen, Herr Schmeling? Ich bringe die Herren zur Tür. Schade, dass Sie schon gehen müssen.«

Nachdem sie die Männer zur Tür gebracht hatte, gab sie ihrem Dienstmädchen ein Zeichen und gratulierte sich dazu, einen Plan gefasst zu haben, bevor sie ins Wohnzimmer zurückkehrte, wo Schmeling nervös auf dem Canapé saß.

»Wollen wir ein paar Filmschlager hören?«, fragte sie. »Ich habe gerade neue Platten bekommen.«

»Aber ja! Sehr gern.«

Sie selbst konnte zwar wenig Interesse für Schlager aufbringen, aber auf diese Weise ließ sich das Dienstmädchen hereinrufen, das eine Schellackplatte auflegte, die Kurbel des Grammophons betätigte und die Nadel auf die Scheibe setzte.

»Solange Sie nicht *Herz eines Boxers* hören möchten«, kommentierte Schmeling leicht zerknirscht, was Anny zum Lachen brachte.

»Keine Sorge«, sagte sie. »Diese Scheibe besitze ich nicht.«

Das Dienstmädchen setzte den Plattenarm vorsichtig ab und verließ daraufhin den Raum. Es rauschte und knisterte, kitschige Geigen ertönten, ein Rundfunkorchester und die vertraute Stimme von Willy Fritsch: »*Liebling, mein Herz lässt dich grüßen.*«

Schmeling rutschte flatterig auf dem Canapé herum und knetete nervös seine Hände, während er ihr ein Lächeln schenkte und höflich dem Schlager zuhörte.

»Willy Fritsch wohnt gleich um die Ecke«, sagte sie laut, um die Musik zu übertönen. »Wussten Sie das? Am Kaiserdamm.«

»Ach ja? Nein, das wusste ich nicht.«

Ihm war anzusehen, dass er weder über Schauspieler noch über Schlager reden wollte. Er wollte sich mit ihr unterhalten, statt der lauten Musik zu lauschen. Als das Lied endete, wurde die Tür von außen geöffnet und zu Schmelings Erstaunen kehrte das Dienstmädchen zurück. Wie Anny es mit der jungen Frau verabredet hatte, hob sie den Plattenarm, wechselte die Scheibe und betätigte wieder die Kurbel. Dann setzte sie die Nadel ab und verschwand mit den ersten Takten von »*Wenn die Elisabeth nicht so schöne Beine hätt*« aus dem Raum. Um drei Minuten später, als das Lied endete, erneut dienstbeflissen einzutreten und die Platte zu wechseln: »*Was kann der Sigismund dafür, dass er so schön ist?*«

Schmeling wurde klar, dass er niemals länger als drei Minuten mit Anny allein sein würde, ohne polternd vom Dienstmädchen unterbrochen zu werden. Anny, die sich gar nicht für Schlager interessierte, lauschte angeregt den Klängen aus dem Grammophon, und Schmeling tat es ihr anstandsvoll gleich. Es brachte ihn zunehmend aus dem Konzept, dieses Theater. Er wand sich unbehaglich auf dem Sitz, bis Anny scheinheilig fragte: »Machen Sie sich denn nichts aus Musik?«

»Doch, doch!«, sagte er überfordert. »Ich höre gern Schlager.«

Sie konnte nicht anders, sie lachte drauflos. Es war nicht sehr höflich, ihren unerfahrenen Verehrer auszulachen, das wusste sie selbst, aber der schien so gequält, dass sie es nicht länger aushielt. Da erst durchschaute er ihr Spiel, und im gleichen Moment lachte er mit, und zwar so laut und befreiend, als hätte er selbst sich diesen Streich ausgedacht. Sie saßen da und lachten, und auf einmal hatte Anny das Gefühl, dass sie vielleicht Freunde werden konnten. Oder wenigstens gute Nachbarn. So verkehrt konnte dieser Schmeling nicht sein.

Nachdem er gegangen war, erwischte Anny sich dabei, beschwingt durch die Wohnung zu wirbeln und einen dieser unsinnigen Schlager vor sich hin zu summen. Ihre Gedanken drehten sich um den attraktiven Weltmeister, der in ihrer

Gegenwart unsicher und befangen war. Er hatte etwas Jungenhaftes an sich, trotz der hünenhaften Gestalt.

Aber wenn er doch nur ein neureicher Preisboxer auf Trophäenjagd war? Sie wusste, was eine Liebelei mit ihr für sein Renommee bedeuten würde. Zwar sagte ihr Gefühl, dass er sie aufrichtig bewunderte und nicht ihrem Glanz als berühmte Schauspielerin verfallen war. Trotzdem. Sicher konnte sie sich ihrer Sache nicht sein. Und das Letzte, was sie brauchen konnte, waren ähnliche Schlagzeilen wie die in Prag über Jarmila. So amüsant sie sein Werben fand, so geschmeichelt sie sich fühlte, sie wollte sie es lieber dabei belassen.

Überhaupt. Ihr Leben war erfüllend genug, auch ohne eine Liebelei. Ihre Arbeit an den Filmsets, die oft sämtliche Kräfte aufsog, die erholsamen Stunden daheim, in denen sie schneiderte und malte, ihre Freundschaft mit Karel und die gemeinsame Arbeit in ihrer Firma, die sie anregend und erfüllend fand. Natürlich fühlte sie sich manchmal auch einsam, das blieb nicht aus, wenn man wie sie ständig unter Leuten war und plötzlich allein zu Hause auf die nächste Rolle wartete. Trotzdem. Bei alldem brauchte sie keinen Liebhaber, schon gar keinen berühmten, mit dem sie die Klatschspalten dominieren würde. Besser, sie schlug sich diesen Schmeling aus dem Kopf.

Am nächsten Morgen stand sie früh auf, um in die Friedrichstraße zu fahren, wo Karel mit ihr über die Besetzung des nächsten Films sprechen wollte. Sie tollte ein wenig mit Whiskey herum, der wie sie früh aktiv war, und wies ihr Dienstmädchen an, dem Chauffeur Bescheid zu geben, dass er den Cadillac bereithalte. Dann nahm sie Mantel und Handtasche und ging nach unten. Auf dem Platz stand vor ihrer himmelblauen Limousine ratlos der Chauffeur in seiner Livree und mit einem riesengroßen Strauß Blumen in der Hand.

»Der lag auf der Motorhaube, Frau Ondra«, sagte er. »Wissen Sie, woher der kommt?«

Sie sah zum Nachbarhaus hinüber. Hinter den Fenstern von Schmelings Wohnung war nichts zu erkennen.

»Ich habe so eine Idee«, sagte sie.

Sie ließ den Strauß auf die Rückbank legen und fuhr in die Stadt. Unterwegs sah sie wieder und wieder zu den Blumen hinüber, lächelte und schüttelte den Kopf. Sie ließ den Strauß im Büro in eine Vase stellen und dachte nicht länger darüber nach.

Bis am nächsten Morgen wieder ein Blumenstrauß auf der Motorhaube des Cadillacs lag. Dieser sah noch größer und prachtvoller aus als der vom Vortag. Diesmal ließ sie die Blumen hochbringen in ihre Wohnung, bevor sie in den Wagen stieg und sich in die Stadt fahren ließ.

Erst als sie am dritten Morgen wieder einen Blumenstrauß auf ihrer Limousine fand, begriff sie langsam, dass Schmeling die Sache offenbar durchziehen wollte. Sie wusste, dass er jeden Morgen früh zu einem Dauerlauf aufbrach, und wie's aussah, legte er dabei die Blumen ab. Amüsiert und geschmeichelt wollte sie abwarten, wie lange er das durchhielt. Sie meldete sich nicht, reagierte nicht auf die Blumen, die nach und nach ihre Wohnung füllten und es eng werden ließen in ihrem Wohnzimmer, und gab sich unbeeindruckt. Erst nach acht Tagen knickte sie ein. Sie hielt es nicht länger aus, ihn auf Abstand zu halten, inzwischen umgeben von einem ganzen Meer aus Blumen, setzte sich aufs Canapé vor den Fernsprecher und ließ sich mit ihm verbinden.

ANNY

KAPITEL 9

Anny stand am Fenster und schob die Gardine ein wenig zur Seite. Sie erwartete ihren Nachbarn erneut zum Tee. Er war hartnäckig gewesen, das musste sie ihm zugestehen. Egal, wie lange sie ihn zappeln ließ, er gab einfach nicht auf. Das sprach für ihn – und machte sie neugierig.

Zwar wusste sie immer noch nicht, was sie von diesem Schmeling halten sollte. Er war sich bestimmt klar darüber, dass er unverschämt gut aussah. Er wusste, was sein Aussehen und sein jungenhafter Charme bei Frauen auslöste. Dazu der sagenhafte Erfolg, der viele anzog. Damit ließen sich andere sicher leicht um den Finger wickeln.

Aber wenn er lächelte und seine Augen dabei aufleuchten ließ, und wenn er sie ansah, als gäbe es nur sie auf der Welt, dann löste das wider besseres Wissen ein Gefühl in ihr aus, als wäre sie im freien Fall. Es war wirklich zu blöd. Sie wollte sich auf keinen Fall in diesen Schmeling verlieben.

Da war eine Stimme, die ihr zuflüsterte, sie sei das perfekte Accessoire für diesen Preisboxer, der in einen Geldtopf gefallen war und von der High Society umworben wurde. Ein Filmstar wie Anny Ondra würde seinen Aufstieg perfekt machen. Was, wenn er doch nur auf Trophäenjagd war?

Unten am Platz tauchte er auf, mit strahlendem Lächeln und einen Blumenstrauß in der Hand. Als wisse er, dass sie am Fenster lauerte, sah er auf – und ihr direkt in die Augen. Eilig zog sie die Gardine vor, auch wenn das wenig souverän wirken würde. Zu spät, um darüber nachzudenken.

Es klingelte, und sie räusperte sich, zupfte ihr Kleid zurecht und brachte sich in Position. Ihr Dienstmädchen ließ ihn derweil herein. Sie nahm die Blumen entgegen und führte ihn in den Salon, wo er Anny freudig und mit Handkuss begrüßte, ganz alte Schule.

Das Grammophon, das auf einer Kommode seinen Dornröschenschlaf fristete, fiel in sein Blickfeld.

»Keine Musik heute?«, fragte er schelmisch.

»Nein. Es sei denn, Sie möchten gern?«

Er lachte, und irgendwie schien das Eis diesmal gleich zu Beginn gebrochen. Sie nahmen Platz und bedienten sich am Teewagen. Ohne seine Anstandswauwaus, die ihn bisher flankiert hatten, wirkte er viel unbefangener. Die Schüchternheit war verflogen, und er war nicht mehr zwanghaft bemüht, Konversation zu betreiben. Stattdessen war er aufrichtig interessiert an ihr und ihrem Leben. Zu ihrer Verwunderung verloren sie sich in einer stundenlangen Plauderei.

Niemals hätte sie gedacht, dass sie mit einem Boxweltmeister die Zeit verquatschen könne. Doch wider Erwarten entdeckten sie eine Menge Gemeinsamkeiten. Sie redeten lange über den Zirkus und das Varieté, dieses besondere Biotop, in dem ihrer beider Karrieren begonnen hatten. Er erzählte von seiner Zeit im Luna-Park, dem Vergnügungspark am oberen Ende des Kurfürstendamms, wo er umgeben von Schießbuden, Karussells und Akrobatenzelten Boxkämpfe geführt hatte. Ein Junge aus ärmlichen Verhältnissen, der es bis auf die Bühne des Luna-Parks geschafft hatte und dessen Kopf voller Träume war.

»Als ich *Die vom Rummelplatz* gesehen habe«, gestand er ihr leicht verlegen, »wollte ich Sie unbedingt kennenlernen.«

»Weil die Kulisse des Films der Rummel ist?«, fragte sie. »Und wir da gemeinsame Wurzeln haben?«

»Ja«, sagte er. Ein Lächeln folgte und ein charmantes Aufleuchten in seinen Augen. »Das auch«, fügte er hinzu.

Anny erzählte daraufhin von ihren Tanznummern, von den Clownsauftritten und ihrer Artistik, mit der sie sich im Showgeschäft zuallererst einen Namen gemacht hatte. Von den ersten Filmen, die sie mit Karel gedreht hatte, und wie sie in Prag plötzlich bekannt geworden war. Auch sie hatte große Träume gehabt, erzählte sie ihm, und trotzdem fühle sich dieses Leben als Filmdiva im Rampenlicht unwirklich an, genau wie sie sich immer noch nicht an die Tatsache gewöhnt habe, über einen Cadillac samt Chauffeur zu verfügen, statt mit der Tram zu fahren.

Diese sonderbare Existenz auf der Bühne, die ihrer beider Leben ausmachte, verband sie, begriff Anny. Die Licht- und Schattenseiten in der Öffentlichkeit, ihre Siege und Niederlagen, die Teil beider Karrieren waren. Dass sie jedoch Boxkämpfe eher brutal und abstoßend fand, während Schmeling sich für den Film und die Schauspielerei begeistern konnte, übersah er dabei großzügig, wie sie amüsiert feststellte.

Er hörte ihr aufrichtig zu, wenn sie von sich und ihrer Arbeit erzählte, voller Interesse und Begeisterung, als wäre jedes Wort von ihr wichtig und bedeutend. Wann passierte das schon, dass ein Mann einer Frau wirklich zuhörte?, fragte sie sich, während sie von ihrer Arbeit mit Alfred Hitchcock erzählte und er staunend lauschte. Mitten im Satz sah sie auf und stockte dann, als sie sich in seinen dunklen Augen verlor. Wieder war da dieses Gefühl, als wäre sie im freien Fall.

Es klopfte. Die Tür wurde aufgestoßen.

»Frau Ondra?«

Das Dienstmädchen. Anny räusperte sich, beinahe war sie erleichtert über die Störung, denn so bemerkte Schmeling nicht, was in ihr vorging.

»Denken Sie an Ihren Termin in der Friedrichstraße? Der Chauffeur wartet schon.«

»Ach herrje!« Sie sah erschrocken zur Uhr. Wie war das möglich? Sie hatten fast zwei Stunden lang geplaudert. Es hatte sich angefühlt wie Minuten.

»Ich halte Sie auf?«, fragte Schmeling alarmiert.

»Es tut mir so leid. Ich hätte gleich sagen sollen, dass meine Zeit beschränkt ist. Ich …«

»Ich bitte Sie. Arbeit ist Arbeit. Ich weiß, wie das ist.«

Ihr blieb kaum Zeit, sich umzuziehen und frisch zu machen, weshalb sie sich schweren Herzens von Schmeling verabschiedete, denn zu gern hätte sie sich länger mit ihm unterhalten. Zum Glück hatte er Verständnis für ihren plötzlichen Aufbruch. Er erhob sich höflich vom Canapé und sah sie mit seinem typischen schiefen Lächeln an.

»Dann sind wir jetzt Freunde?«, fragte er.

Ohne nachzudenken, rief Anny: »Ja!« Sie strahlte wie ein Kind. »Wir sind jetzt Freunde.«

Er lachte zufrieden, wobei es in seinen Augen ironisch aufblitzte, dann verbeugte er sich galant und ließ sich vom Dienstmädchen zur Tür bringen.

Ein paar Tage später lag eine Karte in ihrem Briefkasten, deren Absender Max Schmeling war. Es war eine Einladung in den Sportpalast. Anlässlich einer Boxveranstaltung sollte Schmeling offiziell als Weltmeister begrüßt werden. Und er lud sie ein, ihn zu diesem Ereignis zu begleiten.

Anny betrachtete lächelnd die Karte, während sie am Frühstückstisch saß und einen Kaffee trank. Es sprach nichts dagegen, die Einladung anzunehmen, denn sie waren ja jetzt, was immer das bedeutete, Freunde. Und sie wusste, der Sportpalast an der Potsdamer Straße, den sie hauptsächlich aus den Zeitungen und vom berühmten Sechs-Tage-Rennen kannte, war für Schmeling so etwas wie ein zweites Zuhause. Seine große Bühne, der Ort seiner großen Triumphe, die Arena, in der er von seinem Publikum gefeiert wurde. Es war nicht einfach irgendeine Einladung, das begriff sie sofort. Kein Besuch im Lichtspielhaus mit anschließendem Getränk im Romanischen Café. Im Gegenteil. Dies war eine große Ehre, die er ihr zuteilwerden ließ.

Der technische Leiter im Sportpalast war Paul Damski, den

sie schon ausreichend kennengelernt hatte und hinter dessen raubeiniger Art laut Schmeling ein Herzensmensch stecke. Der hatte die Idee gehabt, den Weltmeister zur Einstimmung auf einen Schaukampf zu präsentieren. Damit er endlich gebührend gefeiert werden konnte – mit stehenden Ovationen vor einer ausverkauften Halle.

Anny hatte zwar wenig Interesse daran, sich einen Boxkampf anzusehen. Zwei halb nackte Männer, die sich vor tosender Menge gegenseitig blutig schlugen, also wirklich. Aber Schmeling zuliebe entschloss sie sich mitzukommen. Sie würde einmal versuchen, sich so einen Kampf anzusehen. Denn dies war seine Bühne, die er ihr zeigen wollte. Sein Reich, in dem er gefeiert und gefürchtet war.

Stundenlang stand sie vorm Kleiderschrank. Was zog man zu einer Sportveranstaltung an? Nicht zu glamourös, vermutete sie, aber eine zu sportliche Freizeitgarderobe wäre sicher auch ein Fehler. Sie entschied sich für ein schlichtes weißes Kostüm mit einem Pelzjäckchen. Ein guter Kompromiss. Als sie sich angekleidet die Haare frisierte, fuhr bereits die Limousine vor. Er wurde höchste Zeit. Sie schlüpfte in ihre hohen Schuhe und huschte die Treppe hinunter.

Wie jedes Mal, wenn sie mit dem Wagen in die Stadt fuhr, flegelte sie sich auf die Rückbank. Im dunklen Fond des Wagens war sie nicht zu sehen, und sie konnte anonym durch die Straßen fahren, geschützt in einem Kokon, wie sie es am liebsten mochte. Der Cadillac jagte über die Boulevards, jenseits der Scheiben leuchteten die Gaslaternen und die elektrischen Beleuchtungen der Kaufhäuser und Restaurants. Hinterm Nollendorfplatz bremste der Chauffeur plötzlich ab. Schlachtrufe waren von draußen zu hören. Anny hielt sich am Türgriff fest und spähte vorsichtig hinaus. Eine Menschenmenge hatte sich auf der Straße versammelt, es wurde skandiert und gebrüllt. Dann waren da Trillerpfeifen der Polizei, und sie sah berittene und bewaffnete Einsatzkräfte, die von allen Seiten herbeikamen. Es flogen Pflastersteine, Knüppel wurden geschwungen, auf der Straße brach ein furchtbares Chaos aus.

Anny beugte sich vor, um besser sehen zu können.

»Was um Himmels willen ist da los?«, fragte sie.

»Das sind die Leute vom Rotkämpferbund.«

»Die Kommunisten? Hier in Schöneberg?«

Normalerweise fanden die Straßenkämpfe in den Arbeiterbezirken in Wedding und Neukölln statt, neuerdings auch in Mitte rund um das Regierungsviertel. Die Kommunisten gegen die Nazis, die Nazis gegen die Kommunisten, und alle zusammen gegen das System. Doch hier in Schöneberg?

»Das muss mit der Reichstagswahl zu tun haben«, sagte der Chauffeur. »Bis zur Wahl müssen wir wohl vermehrt damit rechnen. Ich nehme einen anderen Weg. Kein Grund zur Sorge.«

Er setzte den Cadillac zurück und bog in eine Seitenstraße, wodurch das Schlachtfeld jenseits des Seitenfensters ins Blickfeld rückte. Anny beobachtete, wie fliehende Protestler von Polizisten mit Schlagstöcken gejagt wurden. Die Leute schrien und prügelten und waren außer sich.

Sie hatte keine Ahnung von Politik. Sie wünschte nur, dass

es mit der ständigen Gewalt endlich vorbei wäre. Dass mal durchgegriffen würde. Und dass irgendwer die Wirtschaftskrisen in den Griff bekäme und die Arbeitslosigkeit.

Aber ob die Reichstagswahl am 30. September etwas daran änderte? Der Chauffeur beschleunigte, und die Kommunisten verschwanden aus ihrem Blickfeld. Der Lärm der Protestler verklang. Kurz darauf tauchte an einer belebten Kreuzung der Sportpalast auf. Ein riesiger Kasten mit Säulen und Bogenfenstern und einer weithin sichtbaren Leuchtschrift.

»Ich fahre rechts ran«, sagte der Chauffeur.

Schmeling wartete wie vereinbart am Seiteneingang auf sie. In seinem maßgeschneiderten Anzug und mit dem tiefschwarzem und pomadisiertem Haar sah er umwerfend aus. Sie hakte sich bei ihm unter und ließ sich durch die Menge ins Gebäude lotsen. Was für ein Bild gaben sie ab! Anny war klein und zierlich, während Schmeling ein breitschultriger Hüne war. Arm in Arm verstärkte sich dieser Eindruck nur, sie wurde noch puppenhafter, er noch muskulöser.

Ihr gefiel dieser Kontrast, der ein bisschen an eine ihrer Komödien erinnerte. Und ihm schien es ebenfalls zu gefallen, denn immer wieder sah er zu ihr hinab, und in seinem Gesicht tauchte ein verschmitztes Lächeln auf, als würde er platzen vor Stolz, sie am Arm zu haben.

Die Arena im Sportpalast war wie das Innere eines Wals. Ein riesiger, bauchiger Saal, der erhellt wurde von zahllosen elektrischen Birnen. Massen von Menschen, die dicht gedrängt auf den Rängen hockten und den Saal aufheizten.

»Da seid ihr ja endlich!«

Damski tauchte auf, in Hosenträgern und mit Zigarre im Mundwinkel. Er packte Schmeling unsanft am Arm.

»Wird höchste Zeit. Die Leute werden unruhig.«

Er zog den Hünen wie ein Hündchen hinter sich her, schimpfte vor sich hin, schlüpfte dabei in seine Anzugjacke, sah sich um – und entdeckte Anny.

»Sie!«, kommandierte er mit der Zigarre zwischen den Zähnen. »Gehen Sie mit meiner Frau!«

Anny sah sich irritiert um, da tauchte wie auf Kommando neben ihr eine sehr schlanke Dame mittleren Alters auf, die mütterlich lächelte und sie sanft beiseitezog.

»Wir gehen auf eine Tribüne«, sagte sie. »Ich führe Sie hoch, Frau Ondra. Herr Schmeling wird dazustoßen, sobald der Kampf begonnen hat.«

Anny folgte der Frau hinauf zur Tribüne, wo es weniger eng und vor allem nicht so überfüllt war. Die Frau führte sie zu einer Sitzreihe, die im Schatten lag und kaum einsehbar war, damit Anny anonym bleiben konnte. Unten in der Arena stand ein von Scheinwerfern ausgeleuchteter Boxring, der sie an eine Theaterbühne erinnerte. Die Menge raunte, als Damski sich zwischen den Seilen hindurch in den Ring quetschte und ein Mikrophon in die Hand nahm.

»Meine Damen und Herren«, brüllte er.

Es quietschte in den Lautsprechern, Damski verzog das Gesicht, dann nahm er erneut das Mikrophon.

»Bevor wir mit dem heutigen Schaukampf beginnen, habe ich eine Überraschung für Sie. Eine Sensation. Begrüßen Sie mit mir …«

Er hob theatralisch den Arm und deutete auf den Gang, in dem Schmelings Silhouette auftauchte. Der Boxer ging im Dunkel auf die grell erleuchtete Bühne zu.

»Frisch eingetroffen aus Neuyork in den Vereinigten Staaten von Amerika«, rief Damski ins Mikrophon. »Ein Sohn unseres Landes, der ausgezogen ist, um die Welt zu erobern, und nun ruhmreich zurückkehrt …«

Unruhe entstand. Wieder ging ein Raunen durch die Menge. Rufe ertönten. Die Menschen ahnten offenbar, wer hier vorgestellt werden würde, es wurde geflüstert und gezischelt. Schmeling hatte nun den Ring erreicht und trat aus dem Schatten ins Scheinwerferlicht.

»Der amtierende Weltmeister im Schwergewicht«, brüllte Damski. »Max Schmeling!«

Die Menge begann zu tosen. Im ersten Moment glaubte Anny, es wäre Jubel. Sie würden frenetisch klatschen, wie Damski es vorhergesagt hatte. Aber dann waren es eben doch Pfiffe, die sie hörte. Einzelne Buhrufe mischten sich darunter. Und plötzlich war der Bauch des Wals erfüllt von einem wilden Pfeifkonzert.

Schmeling trat dennoch in den Ring, wenn auch mit steifen Bewegungen. Er stellte sich ins Scheinwerferlicht, aufrecht und mit durchgestrecktem Rücken. Seinen Gesichtsausdruck konnte sie auf die Entfernung nicht erkennen. Aber, mein Gott, was für eine Demütigung!

Die Menge buhte und pfiff, und es schien, als würde sie jeden Moment den Ring stürmen. Damskis Frau legte tröstend ihre Hand auf Annys Unterarm.

»Ich habe befürchtet, dass so was passiert«, sagte sie voller Bedauern. »Die Zeiten haben sich geändert.«

Anny hörte auch Jubel. Aber nur vereinzelt. Nein, es blieb dabei. Schmeling wurde niedergepfiffen.

»Aber wieso?«, fragte sie flüsternd. »Was ist passiert?«

»Die Menschen leiden Not. Die Weltwirtschaftskrise, Sie wissen schon. Da wollen sie keinen Weltmeister, der nach einem Tiefschlag mit einem Vermögen belohnt wird. Auch nicht, wenn er aus einfachen Verhältnissen stammt. Er ist jetzt keiner mehr von ihnen.«

Damski riss trotz der Pfiffe den Arm von Schmeling in die Höhe, wie ein Ringrichter, der nach einem Kampf den Sieger verkündete. Was die Pfiffe nur weiter anheizte. Anny konnte es kaum aushalten. Statt vermuteter Ovationen für ihren Freund, jetzt das! Sie wurde Zeugin seiner Demütigung, ausgerechnet bei ihrer ersten Abendverabredung. Wie hart musste ihn das treffen. Der Sportpalast war doch die Arena seiner großen Siege, hier war er stets als Liebling der Massen gefeiert worden.

Endlich wurde Schmeling erlöst, er verließ den Boxring, und der Schaukampf begann. Sowie er durch den Gang aus der Arena verschwunden war, verstummten die Buhrufe. Die Vorstellung ging weiter, als wäre nichts gewesen. Kurz darauf tauchte er auf ihrer Tribüne auf. Setzte sich mit steinernem Gesicht zu ihr, aufrecht und würdevoll. Seine Augen, die sonst leuchteten, wenn er sie ansah, waren jetzt unergründlich.

»Es tut mir leid, dass Sie das mit ansehen mussten«, sagte er. »Ich wünschte, ich hätte Ihnen das erspart.«

Er lächelte gequält. »Ich muss bleiben, bis die Vorstellung vorüber ist. Wenn ich jetzt gehe, mache ich alles nur schlimmer. Aber wenn Sie ...«

»Nein, ich bleibe«, sagte sie entschieden.

Er nickte und wandte sich der Arena zu. Im Ring wurde bereits gekämpft. Der Gong zur ersten Runde war längst erklungen. Anny kannte weder die Namen der beiden Boxer, noch interessierte sie sich für den Kampf. Sie betrachtete Schmeling von der Seite. Sie wünschte sich, sie könnte etwas tun. Doch es gab nichts, das sie sagen konnte. Keine Worte des Trostes würden ihn erreichen.

Nach einer Weile griff sie im Schutze der Dunkelheit nach seiner Hand. Das war wohl etwas mehr, als was Freunde taten, aber das war ihr nun egal.

ANNY

KAPITEL 10

Im Gewühl vor dem Sportpalast achtete kaum jemand auf sie. Max gab sich aufgeräumt, doch sie konnte spüren, wie sehr die Demütigung an ihm nagte.

»Max, mach dir nichts draus«, sagte sie. »Das kommt überall mal vor. Das interessiert mich gar nicht. Die Menschen sind nun mal so.«

Er sah mit gerunzelter Stirn herab, schenkte ihr ein verwundertes Lächeln. Erst da wurde ihr klar, dass sie ihn geduzt hatte.

»Du hast recht«, erwiderte er. »So sind die Menschen.«

Jetzt breitete sich ein Grinsen in seinem Gesicht aus.

»Was nun?«, fragte er. »Wozu hast du Lust?«

»Wenn du lieber nach Hause möchtest …«

»Nein«, sagte er entschieden. »Das ist unser Abend. Den lassen wir uns nicht verderben.«

Er ließ den Blick über die fortströmenden Menschen gleiten. Sie hatten geplant, ins Kabarett zu gehen oder zu einer der vielen Kleinkunstbühnen. Aber was, wenn sich dort über den *Weltmeister im Liegen* lustig gemacht würde? Das brächte sie nur in weitere peinliche Situationen.

»Wie wär's mit *Schwanneckes Weinstuben*?«, schlug er vor.

»Das ist eine großartige Idee!«

Denn Zugang in dem kleinen Lokal hatten nur eingetragene Mitglieder, meist Schauspieler und Theaterregisseure, die zu einem erlesenen Kreis gehörten. Einerseits, um dadurch die Polizeistunde zu umgehen, andererseits konnten die Berühmtheiten unter sich bleiben, was ohnehin allen am liebsten war. Anders als im Romanischen Café, das schräg gegenüber lag und für jeden zugänglich war, würden sie im *Schwanneckes* keine weiteren unangenehmen Überraschungen erleben. *Die beiden Lokale liegen keine drei Minuten auseinander*, hatte Kästner mal melancholisch darüber geschrieben. *Aber für manchen dauert der Weg von einem zum anderen Jahrzehnte, und die meisten legen ihn nie zurück.*

Kaum betraten sie die engen, urigen Räumlichkeiten in der Rankestraße, die an einem Salon aus dem vergangenen Jahrhundert erinnerten, da wurden sie von allen Seiten willkommen geheißen. Eine Menge bekannter Gesichter war unter den Gästen. Karel war da! Er hockte in einer verschwiegenen Ecke, mit einer jungen Schauspielerin, und hob verwundert die Augenbraue, als er Anny im Gefolge von Max Schmeling entdeckte. Er schenkte ihr ein zweideutiges Lächeln, denn er wusste ja, wie selten sie ausging und dass es mit ihrem hünenhaften Begleiter zu tun haben musste, dem sie höchstens zehn Minuten ihrer Zeit widmen wollte, weil er nun mal Geburtstag hatte. Anny überzeugte sich rasch, dass keiner sonst zu ihr hersah, dann streckte sie Karel die Zunge raus, woraufhin er ihr gut gelaunt zuprostete.

Kurt Gerron begrüßte sie freudig, Siegfried Arno war da, und Olga Tschechowa, die schon leicht einen sitzen hatte und Anny flüsternd zu ihrem Fang gratulierte. Max wurde wie gewohnt ein Glas Milch über den Tresen gereicht. Anny dagegen bekam ungefragt einen Rhein-Hessen, ihre Vorlieben, musste sie feststellen, waren eben nicht so bekannt.

Max schlug vor, sich an einen verschwiegenen Tisch zu setzen, doch sie wurden belagert von Freunden, von denen die meisten schon etwas *tipsy* waren, wie er amüsiert kommentierte. Max war bekannt dafür, niemals Alkohol zu trinken. Jedoch schien es ihn nicht im Geringsten zu stören, wenn andere über die Stränge schlugen, wie Anny bewundernd feststellte. Im Gegenteil, er fühlte sich sichtlich wohl in dem alkoholgeschwängerten Durcheinander. Ein Moralapostel wäre er demnach schon mal nicht.

Gerade hatten sie sich von ihren Freunden losgeeist, um einen freien Tisch anzusteuern, da tauchte Hans Albers hinter ihnen auf und legte den Arm um Max.

»Na, wie fühlt es sich an, Weltmeister zu sein?«, begrüßte er ihn und schlug ihm freundschaftlich auf die Brust. »Herzlichen Glückwunsch, mein …« Er stockte. »Anny! Das ist ja … hallo.«

»Wie es sich anfühlt?«, erwiderte Max. »Ganz ehrlich, als hätte ich einen Kampf verloren.«

»Wegen dem, was in den Zeitungen steht? Ach, Unsinn.«

Er berichtete in knappen Worten, was im Sportpalast passiert war, als er den Massen als Weltmeister präsentiert werden sollte, und Albers' Blick wurde weich.

»Nimm's dir nicht zu Herzen, Max«, sagte er. »Mit so was muss man immer rechnen.«

Da sah Anny im Augenwinkel, wie Karel aufstand und sich einen Weg durch die Menge bahnte. Er marschierte direkt auf sie zu. Unauffällig wedelte sie mit der Hand, um ihn zu verscheuchen. Doch er grinste nur dreist.

Wenn sich Max fünf Minuten mit dem Tratsch rund um die Person Ondra beschäftigt hatte, wovon sie ausging, dann wusste er, in welchem Verhältnis sie und Karel gestanden hatten. Warum konnte Karel sie nicht in Ruhe lassen!

»Du bist der König, Max«, sagte Albers. »Daran werden sich alle erinnern.«

Max schnaubte. »Ein komischer König bin ich. Einer, der erst beweisen muss, dass seine Regentschaft legitim ist. Meine Krone, Hans, die hat keinen Glanz.«

Karel erreichte die kleine Runde. Wie Anny befürchtet hatte, begriff Max sofort, um wen es sich bei dem untersetzten Mann handelte. Sein Gesicht versteinerte sich, als Karel ihm zum Weltmeistertitel gratulierte, doch er blieb ausgesucht höflich. Anny bekam kaum etwas von dem Smalltalk mit, den die Männer daraufhin führten, viel zu groß war die Sorge, dass die Situation eskalierte.

Heimlich trat sie Karel auf den Fuß. Der rief laut: »Autsch!«, lachte und schien sich nicht daran zu stören, dass sie ihn böse anfunkelte.

Kurt Gerron rettete sie, der von hinten rief, Max solle ihm zeigen, wie er seine Linke am besten einsetze, und zum Glück entschuldigte Max sich und ging hinüber.

»Ich wollte nur Guten Tag sagen«, sagte Karel beschwingt, »wo man dich so selten im Nachtleben antrifft. Wenn ihr Lust habt, setzt euch zu uns an den Tisch!«

»Du Lump!«, flüsterte sie. »Verschwinde, aber schnell.«

Er lachte vergnügt, knuffte ihr brüderlich in die Seite, empfahl sich und verschwand wieder in der Menge.

Albers überging die Störung. »Der Abend muss hart für Max gewesen sein«, nahm er den Faden wieder auf. »Ausgerechnet im Sportpalast. Seiner heiß geliebten Kampfarena.«

Und dann noch in meiner Gegenwart, fügte Anny in Gedanken hinzu. *Sicher wollte er mir mit diesem Auftritt imponieren.*

»Wir dürfen uns nichts vormachen, Anny. Wir stehen alle auf dem Hochseil, und unten in der Arena sitzen Leute und warten auf einen falschen Tritt!«

»Auf dem Hochseil?«, fragte sie irritiert.

»Es ist unser Beruf. Wir sind wie Schausteller im Zirkus. Egal, wie reich und berühmt wir sind, wir balancieren alle auf dem Trapez. Die Leute bewundern uns, sie jubeln uns zu. Und doch warten sie still und heimlich auf einen falschen Tritt. Darauf, dass wir katastrophal abstürzen.«

Max kehrte zurück, und sie verzogen sich endlich an einen abgelegenen Tisch. Von da an wurden sie in Ruhe gelassen. Anny wusste, in der verschwiegenen Öffentlichkeit des *Schwanneckes* waren sie sicher. Hier würde keiner etwas an die Revolverblätter durchstoßen. Jeder durfte sich benehmen, wie er wollte, da konnte sie ruhig stundenlang mit einem Boxweltmeister quatschen.

Max schien gar nicht persönlich zu nehmen, dass sie sich kaum fürs Boxen interessierte. Im Gegenteil, seine ganze Aufmerksamkeit galt ihr. Er wollte alles über sie wissen und lauschte ihren Meinungen und Ansichten, als wäre, was sie sagte, ungeheuer wichtig.

Die Nacht verging wie im Fluge, und als sich das Lokal leerte und Freunde sich verabschiedeten, hielten sie inne und tauschten lange Blicke.

»Kinder, wir ziehen noch weiter«, damit trat Kurt Gerron an ihren Tisch. »Kommt mit, das wird ein Spaß.«

Max las in ihrem Gesicht, was sie von dem Vorschlag hielt. Er bedankte sich herzlich bei Gerron und entschuldigte sie beide, sie seien müde und müssten nach Hause.

»Es ist wirklich schon spät …«, sagte Anny andeutend.

Woraufhin Max sofort aufsprang, ihren Mantel besorgte und sie zurück nach Neu-Westend brachte.

Es war tief in der Nacht, als sie am Sachsenplatz ankamen und sich auf der Straße verabschiedeten. Anny ging fest davon aus, dass er versuchen würde, sie zum Abschied zu küssen. Insgeheim sehnte sie sich sogar danach.

Doch was wäre dann?, fragte sie sich. Er war immer noch ein berühmter Boxer. Und sie eine Filmdiva. Eine Liebelei hätte ungeahnte Folgen. Das musste sorgfältig überdacht werden.

Vorsichtshalber hob sie ein wenig hochmütig den Kopf und schlüpfte in die Rolle der Eisprinzessin. Mal sehen, ob er es trotzdem wagte. Doch er las ihre Körpersprache genau, verneigte sich höflich und versicherte ihr, wie sehr er den gemeinsamen Abend genossen habe. Dann wünschte er ihr eine gute Nacht. Das war's. Kein Versuch, sie zu küssen. Sofort bereute sie, sich abweisend verhalten zu haben.

»Ich habe eine Idee«, rief er plötzlich.

»Ja? Was denn?«

»Hast du morgen frei?«

Sie überlegte. Es gab momentan keine Dreharbeiten, und der Rest ließe sich absagen.

»Ich denke schon. Wieso fragst du?«

»Ich möchte dir was zeigen. Außerhalb von Berlin. Wir machen einen Ausflug. Wie hört sich das an?«

Ihr Herz klopfte aufgeregt. Er hatte sich von ihrer Distanz also doch nicht einschüchtern lassen.

»Hört sich wundervoll an«, sagte sie.

»Dann sehen wir uns morgen. Um zehn.«

Er wandte sich ab und spazierte zum Haus. Anny sah ihm lächelnd hinterher. Von wegen Partylöwe und Tausendsassa. Es schien ihn gar nicht zu frustrieren, dass sie ihn zappeln ließ. Er blieb beharrlich am Ball, egal, welche Signale sie ihm sendete. Was immer sie am Anfang über diesen Boxer gedacht hatte, sie musste erkennen: Er war der perfekte Gentleman.

Am nächsten Morgen stand sie wieder ratlos vor dem Kleiderschrank. Es war zu blöd: Wochenlang war sie gleichgültig bis amüsiert gewesen, was das hartnäckige Werben ihres

Nachbarn anging. Doch jetzt, wo sie beim Gedanken an ihn plötzlich Herzklopfen bekam, hatte sie Angst, nicht hübsch genug zu sein. Oder ihm nicht länger zu gefallen. Fand er sie nicht zu klein? Würde nicht eine Frau mit einer anderen Statur besser zu ihm passen?

Whiskey, der die Stimmungslage seines Frauchens erspürte, schlich ruhelos um ihre Füße und machte mit hellem Bellen auf sich aufmerksam. Anny streichelte ihn zu ihrer beider Beruhigung, entschied sich für ein schlichtes Wollkleid und verließ hektisch die Wohnung.

Max wartete unten am Sportwagen auf sie. Obwohl es gestern spät geworden war, sah er aus wie aus dem Ei gepellt. Mit Tweedanzug und Schirmmütze machte er einen geradezu feschen Eindruck.

»Anny!«, rief er und strahlte, als könne er sein Glück kaum fassen, sie zu sehen. »Da bist du ja.«

»Ein bisschen zu spät, tut mir leid.«

Mit einem Lächeln hielt er ihr galant die Wagentür auf. Sie schlüpfte hinein, er umrundete den Wagen und schwang sich hinters Steuer.

»Ich bin gespannt«, sagte sie. »Wo geht es hin?«

Er lächelte vieldeutig. »Bad Saarow.« Dann warf er ihr einen Seitenblick zu. »Warst du schon mal da?«

Sie war einmal mit Karel dagewesen. Es war ein kleiner, malerischer Ort am Scharmützelsee. Sie erinnerte sich an die Fischerboote auf dem weiten See, die sie vom Badestrand aus beobachtet hatten, und an die kleinen Dörfer mit den Feldsteinkirchen.

»Einmal«, sagte sie. »Aber nur kurz.«

Dass sie ausgerechnet mit Carl Lamač dort gewesen war, behielt sie lieber für sich. Max jagte mit dem Sportwagen lustvoll über Stock und Stein, durch Pfützen und Schlaglöcher, die Tachonadel stieg zitternd höher, bis er plötzlich erschrocken innehielt und sie auf achtzig, dann siebzig Kilometer absacken ließ. Er warf ihr einen zerknirschten Blick zu, worüber sie jedoch nur herzlich lachte.

In Saarow angekommen, holperte der Lancia durch das Dorf und vorbei an einem Wäldchen zu einer Künstlerkolonie auf der Anhöhe, in der laut Max eine Menge Berliner Prominente ein Sommerhaus hatten. Anny sah lauschige Gärten hinter Holzzäunen, sah Kiefern und Erlen und dahinter versteckte Häuser in den verschiedensten Baustilen – mit Giebeln aus Backstein, mit Reetdächern, teils mit modernen Fassaden im Bauhausstil und dann wieder slawisch anmutende Holzmansarden. Und zwischen den Grundstücken tauchte das Glitzern auf dem Wasser des Scharmützelsees auf.

Sie glaubte, Max würde zum Badestrand wollen, aber stattdessen fuhr er unvermittelt rechts ran und hielt an einem Holzzaun.

»Da ist es!«, sagte er.

Anny legte schützend die Hand über die Augen und sah zu einem schmalen, hohen Haus mit einem meterhohen Spitzgiebel, der wie ein Pfeil in den Himmel ragte.

»Da ist was?«, fragte sie.

Es war eher eine kleine Villa als ein Sommerhaus und

wirkte mondän und einladend zugleich. Weiß getüncht, mit Reetdach und umgeben von einem riesigen Garten.

Max lachte. »Das gehört mir.«

»Du machst Witze.«

»Wenn ich es doch sage.«

Anny sprang aus dem Wagen und lief zum Zaun.

»In dieser Idylle besitzt du ein Haus?«

»Neuerdings. Als die Wirtschaftskrise ausgebrochen ist, wollte ich ein bisschen Geld anlegen. Ich dachte, falls es wieder zur Hyperinflation kommt, investiere ich besser ein Teil meines Geldes. Ich habe mir das Sommerhaus gekauft.«

»Das ist ja herrlich!«

»Die meisten Häuser in der Kolonie gehören Künstlern aus Berlin. Bruno Krauskopf wohnt da unten, Willy Fritsch dort drüben, und mein direkter Nachbar ist Josef Thorak.«

Vögel zwitscherten im Garten, der Wind strich durch das Laub der Bäume und Wespen trudelten umher.

»Es ist wie im *Schwanneckes*«, fügte er hinzu. »Man ist in der *Gesellschaft.*«

Sie wären unter sich, wollte er damit andeuten. Hier würden sie wie normale Menschen behandelt werden. Kein Rummel, keine Revolverblätter, keine Öffentlichkeit.

»Und es gehört dir ganz allein?«, fragte sie verträumt.

»Im Moment schon«, sagte er und warf ihr einen rätselhaften Seitenblick zu. »Komm, ich zeige dir was.«

Er führte sie ums Haus herum in den Garten. Auf der Rückseite befand sie eine Überraschung. Anny traute ihren Augen nicht.

»Ein Swimmingpool!«

»Damit habe ich mir einen Traum erfüllt«, sagte er. »In Amerika habe ich das oft gesehen.«

Anny kannte Swimmingpools nur aus den Illustrierten.

»Das ist ja herrlich«, rief sie. »Warum hast du nichts gesagt? Dann hätte ich einen Badeanzug mitgebracht.«

Er lächelte auf eine Weise, als ließe sich so ein Ausflug jederzeit nachholen. Dann zog er einen Schlüsselbund hervor und öffnete die Tür. Zu ihrer Überraschung waren die Räume im Innern leer. Ihre Schritte hallten in einem großen Wohnraum, dessen bodentiefe Fenster zum Swimmingpool wiesen.

»Das Haus ist gerade erst bezugsfertig. Nur …« Verlegen sah er sich um, als suche er nach richtigen Worten.

»Nur?«, hakte sie nach.

»Ich müsste die Einrichtung auswählen …«

Er stockte wieder, kratzte sich am Hinterkopf, schien zu überlegen, wie er am besten weitermachte.

»Und dazu hast du noch keine Zeit gefunden?«, half sie ihm auf die Sprünge.

»Wie wär's, wenn du mir dabei hilfst?«, platzte er heraus. Eilig fügte er hinzu: »Du hast bestimmt ein besseres Händchen, was das Schöne angeht. Weil du eine Frau bist. Und überhaupt.« Er räusperte sich. »Dann … würde es auch dir gefallen.«

Da begriff sie, was er sagen wollte: *Wenn du willst, baue ich uns ein Nest. Du darfst bestimmen, wie es aussehen wird. Vor allem dir soll es gefallen.*

Es wurde still in dem leeren Wohnzimmer. Sie wandte sich ab und gab vor, sich alles genau ansehen zu müssen, um ihr klopfendes Herz unter Kontrolle zu bekommen. Dann stemmte sie die Hände in die Hüften.

»Jawohl, ich habe eine Menge zu der Einrichtung zu sagen«, sagte sie streng. »Da bist du bei mir an der richtigen Adresse. Männer haben keinen Sinn für so was.«

Ein Nest. Das war genau das, was sie sich wünschte. Hier draußen, fernab vom Trubel der Großstadt, wäre es möglich für sie, ganz normale Menschen zu sein.

Ihr Tonfall schien ihn zu amüsieren. Er hatte ihr Spiel längst durchschaut und stand da und lächelte wie ein Buddha.

»Nein, wir haben keinen Sinn«, bestätigte er.

Er nahm behutsam ihre Hand, mit einer Sanftheit, die sie einem so muskulösen Mann niemals zugetraut hätte. Anny unterdrückte den Impuls, sie wegzuziehen und Distanz zu schaffen. Sie nahm allen Mut zusammen. Dann sah sie ihm tief in die Augen.

»Wann sollte man damit anfangen, sich einzurichten?«, fragte er. »Was denkst du?«

»Ich weiß nicht«, hauchte sie. »Am besten fängt man sofort damit an. Wozu noch länger warten?«

»Ja. Wozu warten«, sagte er, beugte sich herab und küsste sie auf die Lippen.

MAX

KAPITEL 11

September 1930

Die gelöste Stimmung im Auto passte nicht so recht zu dem Bild auf den Straßen. Die Stadt sah zerrupft und geschunden aus, wie ein Strand nach einer Sturmflut, nur lagen statt Treibgut Flugblätter, Scherben und lose Pflastersteine herum. Reste von Wahlplakaten, vom jeweiligen Gegner zerrissen und übermalt, und Trümmer von zerschlagenen Schaufenstern und demolierten Läden.

Im Fond der überfüllten Limousine spielte die Reichstagswahl keine Rolle. Es wurde gesungen, gelacht und gescherzt. Joe Jackson aus New York war in Berlin eingetroffen und begleitete die muntere Runde auf ihrem Ausflug nach Grunewald.

Max Machon saß ebenfalls im Wagen, zusammen mit seiner Braut Hedi, die kichernd Filmschlager sang. Daneben hockte eingequetscht Paul Damski, der es sichtlich genoss, der blonden Hedi fast auf dem Schoß zu sitzen, und der mit seiner kratzigen Stimme mitsang, wobei er die Textunsicherheiten mit Lautstärke ausglich.

Dabei war die Ruhe auf den Straßen nach den Krawallen und Gewaltexzessen der vergangenen Wochen nur trügerisch, denn nach der Wahl stand die schwierige Regierungsbildung an. Aber an diesem Tag wollte sich keiner davon die Stimmung vermiesen lassen.

»Denkst du wirklich, das fällt nicht auf?«, rief Machon von hinten.

»Du meinst, wenn wir alle im Filmatelier einfallen?« Max lachte. »Genau deswegen nehme ich euch ja mit. Damit es *nicht* auffällt.«

»Aber wir sind alle im Boxgeschäft!«, rief Jacobs aus, die kalte Zigarre zwischen den Zähnen. »Mit Film haben wir nichts zu tun. Die riechen sofort Lunte, wenn du dein Mädchen begrüßt.«

»Und ob wir was mit dem Filmgeschäft zu tun haben«, erwiderte Max. »Das weiß jeder.«

»Er meint unseren eigenen Film«, erklärte Machon von der Rückbank. »*Liebe im Ring*.«

Bei der Erinnerung daran, dass Machon darin einen Trainer gespielt hatte, schmiegte sich Hedi stolz an ihn. Wie viele Frauen fand sie den Umstand, dass er in einem Film mitgewirkt hatte, bedeutend eindrucksvoller als seine Erfolge im internationalen Boxgeschäft.

»Max ist ein Boxer mit Schauspielambitionen«, sagte Damski. »Das wissen alle. Er hat viele Freunde beim Film. Wir fallen nicht weiter auf, da bin ich sicher.«

»Aber wenn ihr einen Film macht, warum spiele ich dann nicht mit?«, fragte Jacobs. »Ich bin der Manager. Die Rolle wäre perfekt. Von Show verstehe ich was.«

Daraufhin begann er von Marlene Dietrich zu schwärmen, mit der er sich zusammen auf der Leinwand sah, und im Fond des Wagens ging alles wieder in fröhlichem Durcheinander unter.

Am Ende des Kurfürstendamms war die Silhouette des Luna-Parks zu sehen, mit den geschwungenen Türmen, der Wasserrutschbahn und den vielen Fähnchen. Max dachte an die Anfänge seiner Karriere, dort im Park bei Amateurkämpfen, und staunte mal wieder, was sich seitdem alles getan hatte. Dann zog der Park vorüber, und sie fuhren in den Stadtteil Grunewald hinein. Unweit der S-Bahnstation erreichten sie die Filmstudios, die in einem ehemaligen Tattersall untergebracht waren, einer königlichen Reithalle samt Restaurant und Personalflügel. Der riesige Gebäudekomplex war frisch renoviert und zu einem Tonfilmstudio nach den neuesten technischen Standards umgebaut worden.

Anny erwartete sie am Pförtnerhäuschen. Zu gern wäre Max auf sie zugestürmt, hätte sie in die Luft geworfen und geküsst. Wie jedes Mal ging ihm das Herz über, wenn er sie sah. Aber das musste er sich verkneifen. In der Öffentlichkeit war Anny nur eine Freundin. So wie Olga und viele andere aus dem Filmgeschäft.

Sie drehten momentan rund um die Uhr, weshalb er Anny kaum zu Gesicht bekam. Daher die Idee, sie in den Grunewald-Ateliers zu besuchen. Seine Freunde hatte er mitgebracht, damit sein Auftauchen unverdächtig wirkte. Und natürlich, um den Eingeweihten seine neue Freundin zu präsentieren.

»Da seid ihr ja«, raunte sie. »Kommt rein.«

Sie sah ebenfalls aus, als wäre sie ihm am liebsten um

den Hals gefallen. Aber sie zwinkerte nur verschwörerisch, wandte sich an den Pförtner, klärte ihn auf und führte die Besuchergruppe herein. Max griff in Vorbeigehen nach ihrer Hand, sie schmiegte sich kurz an seine Schulter, und rasch drückte er ihr einen Kuss auf. Dann traten sie in die Halle, in der das große Tonfilm-Atelier untergebracht war.

Die Dreharbeiten waren im vollen Gange. Kameraleute und Tontechniker positionierten ihr Equipment, die Kulissen wurden umgebaut, und mittendrin stand Adele Sandrock, im Kostüm der altbackenen Erbtante, die sie in diesem Film spielte. Die große Volksschauspielerin, höchstpersönlich.

»Herr Schmeling?«, trat sie verwundert auf ihn zu.

»Ich bin es«, scherzte er, um seine Befangenheit zu überspielen. »Keine Sorge, ich habe nicht vor, in Ihrem Film mitzuspielen.«

»Unsinn. Ich habe Sie in *Liebe im Ring* gesehen. Die Kritik hat es nicht gut mit Ihnen gemeint.«

»Das ist sehr freundlich von Ihnen«, sagte er. »Aber ich habe es nicht geschafft, sie fulminant vom Gegenteil zu überzeugen. Es war kein K.o.-Schlag.«

»Da mag sein. Aber Sie wollen doch nicht aufgeben?«

Er lachte. »Aufgeben ist ein Wort, das es in meinem Wortschatz nicht gibt.«

Anny tauchte hinter Adele Sandrock auf und gab ihm ein Zeichen. Noch herrschte Drehpause, und der Pulk der Besucher störte nicht weiter. Das würde sich bald ändern. Sie hatten verabredet, sich in ihrer Garderobe zu treffen, um für ein paar Minuten alleine zu sein.

Er sah sich um und versuchte den Moment abzupassen, in dem er ungesehen verschwinden konnte. Da entdeckte er Carl Lamač. Oder Karel, wie Anny ihn nannte. Er saß auf einem Klappstuhl, von dem aus er die Regie führte.

Max spürte sofort einen Stich in seinem Herzen. Er wusste ja, dass Lamač und Anny nur noch ein freundschaftliches Verhältnis unterhielten, alles andere war Vergangenheit. Trotzdem keimte die Eifersucht in ihm auf. Worüber er sich ärgerte, weil er es dumm und eitel fand.

Dennoch kam er nicht umhin, sich zu fragen, was Anny damals an diesem Mann gefunden hatte. Eine Schönheit war er nicht, außerdem doch viel zu alt. Vor allem fehlte ihm das Talent zur Treue. Für Max zeigte sich der Wert eines Mannes daran, wie er seine Frau behandelte. Wenn man sich für eine Frau entschieden hatte, durfte es neben ihr keine mehr geben. Es war eine Frage der Haltung, des Prinzips. Lamač jedoch hatte Anny mehr als einmal betrogen. Was in Max Augen von großer Charakterschwäche zeugte.

Adele Sandrock wandte sich der Besuchergruppe zu, und plötzlich tauchte Gitta Alpár auf, Operettenstar und Filmdiva, die ebenfalls am Set zu Besuch war. Joe Jacobs, sonst nie um Worte verlegen, stand da wie vom Donner gerührt. Er war nicht einmal in der Lage, der Diva die Hand zu küssen. Damski und Machon mussten die Konversation übernehmen, und selbst Adele Sandrock runzelte verwundert die Stirn, da der bis dahin quirlige Jacobs wie eingefroren die überirdisch schöne Frau anstarrte.

Max nutzte die Gelegenheit und schlich davon. Verließ

die Atelier-Halle und lief hinüber zur Star-Garderobe, die er, ohne anzuklopfen, betrat. Doch der Raum war leer. Wo war Anny? Im Korridor ertönten Stimmen. Zwei Bühnenarbeiter näherten sich. Eilig verbarg er sich hinter der Tür.

»Hitler weiß doch in Wirklichkeit gar nicht, wie er seine Versprechungen erfüllen soll. Außer großen Worten ist da nichts.«

»Na, wenigstens werden wir von ihm nicht verkauft. Das einfache Volk ist dem nicht egal.«

»Und was soll das bringen? Jetzt gibt es eine große Koalition, und alles wird nur unstabiler.«

Die beiden verschwanden hinter einer Ecke, und er wagte sich wieder in den Flur.

»Max!« Ein Flüstern hinter ihm. »Hierher!«

Anny streckte den Kopf aus der Tür einer Sologarderobe.

»Was machst du denn da drüben?«, flüsterte er. »Versteckst du dich?«

»Nein. Die Star-Garderobe habe ich Frau Sandrock überlassen. Jetzt komm.«

Mit zwei großen Sätzen war er in der kleinen Garderobe, wo Anny eilig die Tür hinter ihm schloss. Endlich konnten sie sich in die Arme fallen. Er nahm ihren kleinen Körper hoch, dann sank sie in seine Arme und er beugte sich herab zu einem leidenschaftlichen Kuss. Wie gern würde er alles um sie herum vergessen, sich ganz in dem Kuss verlieren. Aber sie mussten vorsichtig sein, damit keiner sie entdeckte. Durften sich nicht zu viel Zeit für sich nehmen, damit ihr Fehlen nicht auffiel. Es war frustrierend!

Anny, die spürte, dass etwas nicht stimmte, löste sich aus seiner Umarmung und sah ihn fragend an.

»Muss denn dieses Versteckspiel wirklich sein?«, meinte er. »Es ist doch zu blöd.«

»Was denkst du, was los ist, wenn es rauskommt!«

»Meinetwegen kann das jeder wissen. Es gibt nichts, wofür ich mich schäme.«

»Ach, Max, ich schäme mich doch auch nicht! Wir sollten das nur überlegt angehen. Denk nur an die Presse.«

Es klopfte an der Tür, und sie wichen auseinander. Na also, dachte Max vergrätzt. Ihnen blieb nicht einmal dieser kurze Moment. Er hatte Anny zwei Tage nicht gesehen, und jetzt verhielten sie sich wie Geheimagenten. Es war zum Haareraufen.

Machon lugte durch den Türspalt. Er schien Max düstere Blicke nicht zu bemerken.

»Hier seid ihr!«, sagte er und schlüpfte hinein.

»Ihr dürft nicht so auffällig sein. Es hätte jeder hier reinkommen können. Und dann wärt ihr aufgeflogen.«

»Es spricht sich doch eh rum«, knurrte Max, dem dieses unsinnige Versteckspiel immer weniger gefiel.

»Nicht, wenn ihr das vernünftig angeht«, sagte sein Manager. »Eure Freunde wissen Bescheid, aber sonst darf es keiner erfahren. Das geht sofort an die Presse.«

»Es steht schon jetzt eine Menge Mist über mich in den Zeitungen«, sagte Max mit verschränkten Armen.

»Annys Karriere steht aber auch auf dem Spiel«, erwiderte Machon. »Ich wäre da nicht so leichtfertig.«

Annys Karriere … Er wechselte einen Blick mit ihr. Sie wirkte ängstlich und verunsichert. Gerade wollte er ihre Hand nehmen, um ihr zu zeigen, dass er fest an ihrer Seite stand und bereit war, sie zu beschützen, da flog die Tür erneut auf und er zog die Hand eilig zurück.

Lamač stürmte rein. »Anny, bist du fertig für die nächste Szene? Wir haben …« Er stockte.

Das klappte ja wunderbar mit dem verschwiegenen Rendezvous, dachte Max kopfschüttelnd.

Anny erklärte rasch, worüber sie sprachen. Lamač gehörte zwar zu den Eingeweihten, trotzdem hatte Max wenig Lust, ausgerechnet mit diesem Mann zu erörtern, was in seinem Privatleben vorging. Schon gar nicht, wenn es um seine Liebe zu Anny ging. Doch die Anwesenden diskutierten ungehindert weiter, während sie dabei die Tür im Auge behielten. Es stellte sich heraus, dass Lamač der gleichen Meinung war wie Machon.

»Stell dir nur den Aufruhr vor, den das verursachen würde, Anny«, sagte Lamač. »Der Boxweltmeister und die Filmdiva. Ihr wärt auf allen Titelseiten.«

»Ihr müsstet sofort heiraten oder euch trennen«, stimmte Machon zu. »Eins von beiden. Sonst kämt ihr nicht zur Ruhe.«

»Und willst du heiraten?«, fragte Lamač Anny, die ihn mit bösen Blicken zu verstehen gab, dass eine Heirat jetzt kaum das Thema für diese Besprechung sei. Max machte die Frage ebenfalls wütend, aber er hielt sich Anny zuliebe zurück. »Denk an deinen Marktwert, Anny«, fuhr Lamač fort. »Ein

Star, der sich verheiratet? Der Kinder bekommt? Der Zauber wäre gebrochen, jede Illusion futsch. Du lebst von deinem Nimbus als Diva.«

Anny schien verunsichert, die Worte verfehlten nicht ihre Wirkung. Das Ganze erinnerte Max stark an die Situation nach dem Kampf gegen Sharkey, wo alle auf ihn einredeten, den Weltmeistertitel nicht abzugeben. Aber diesmal ging es nicht um ihn. Und Anny wirkte überfordert. Sie warf Max unglückliche Blicke zu.

Jetzt nahm er zärtlich ihre Hand. Er lächelte. Die Angst, dass ihre Ratgeber recht hatten, war ihr deutlich anzusehen. Sie wusste ja, er würde es am liebsten in die Welt hinausschreien. Und sie schien sich zu fragen, ob sie seinen Wünschen entsprechen sollte.

Nein. Er würde das beenden.

»Wenn du möchtest, halten wir unsere Verbindung geheim«, sagte er. »Das ist kein Problem.«

»Bist du sicher, Max?«, fragte sie und klammerte sich an ihn wie eine Ertrinkende.

»Ja. Du entscheidest, was das Richtige für dich ist. Ich stehe in jedem Fall zu dir.«

»Und du bist mir wirklich nicht böse?«

Jetzt war ihm egal, dass sie nicht allein in der Garderobe waren. Er beugte sich vor und küsste sie zärtlich auf den Mund. Sollten die anderen denken, was sie wollten.

»Unsinn«, sagte er. »Das könnte ich gar nicht.«

Sie seufzte schwer. »Dann soll es geheim bleiben. Ja, Max?«

Er nickte feierlich, und sie fügte unglücklich hinzu: »Wir

wissen nicht, was passiert, wenn es öffentlich wird. Was bleibt uns sonst übrig, Max?«

»Was uns übrig bleibt?« Er zwinkerte. »Darauf habe ich eine Antwort: Bad Saarow.«

Ihr gemeines Liebesnest. Dort konnten sie sich als Paar füreinander bekennen, fernab von der Öffentlichkeit.

»Bad Saarow«, wiederholte Anny sehnsuchtsvoll. »Da sind wir für uns allein.«

Dort gäbe es kein Versteckspiel, und die wenigen Nachbarn wussten eh Bescheid, weil sie zu Max Freunden zählten. Dorthin würden sie ihre Zweisamkeit verlagern, bis auf Weiteres.

»Dann können wir jetzt weiterdrehen?«, fragte Lamač und beendete damit die Gedanken an Bad Saarow. Entschuldigend deutete er zur Tür. »Es warten alle, Anny.«

Max nahm in der Atelier-Halle Platz. Die Besuchergruppe durfte von der Seite bei den Dreharbeiten zusehen. Jacobs, der sich offenbar Hals über Kopf in Gitta Alpár verliebte, hatte nur Augen für die Operettendiva. Max dagegen sah Anny bei ihrer Arbeit zu. Wie sie quicklebendig die Bühne dominierte, ein Mädchen zum Pferdestehlen, das gleichzeitig den Glamour eines Stars verströmte. Diese blonde, hübsche, kesse, liebe kleine Ondra. Er konnte sein Glück kaum fassen. Nein, es störte ihn nicht, seine Liebe geheim zu halten. Er wusste, er würde sie ganz für sich allein haben. In ihrer Idylle in Bad Saarow, in der es niemanden gab außer sie zwei und ihre Liebe.

MAX

KAPITEL 12

Januar 1931

Im Schein der Bogenlampen traten Max und Anny aus dem Wintergarten auf die verschneite Friedrichstraße. Sie hatten sich bei Claire Waldoff königlich amüsiert, die mit ihrer schnoddrigen Schamlosigkeit und ihrem Berliner Witz den Saal zum Toben gebracht hatte. Max drückte den angeklebten Bart fest und schlug den Mantelkragen hoch. Am liebsten hätte er sich eine Sonnenbrille aufgesetzt, doch damit würde er nur unerwünschte Aufmerksamkeit auf sich lenken.

Ein grelles Licht zischte auf. Ein Fotograf. Daneben der Reporter eines Revolverblattes, der Anny zurief: »Wie hat Ihnen das Programm gefallen, Frau Ondra?«

Max senkte den Kopf. Ohne stehenzubleiben, rief Anny frohgemut: »Famos. Claire Waldoff ist immer ein Erlebnis. Wenn Sie mich jetzt entschuldigen.«

»Stellen Sie uns Ihren Begleiter vor, Frau Ondra!«

Sie stolzierte würdevoll weiter, als perlten dergleichen Indiskretionen von ihr ab. Der Reporter rief ihren Namen und wiederholte seine Bitte, doch Anny machte sich nicht die Mühe stehenzubleiben. »Ich habe leider keine Zeit«, rief sie und stieg in den Cadillac am Straßenrand.

Max kletterte hinter ihr in den Wagen, zog die Tür zu und

gab dem Chauffeur ein Zeichen, woraufhin die Limousine anfuhr. Die Reporter achteten nicht weiter auf sie, sondern suchten die herausströmende Menge nach anderen Prominenten ab.

»Das war knapp«, kicherte Anny.

»Sie haben mich nicht erkannt! Sie hatten keine Ahnung.«

Der Streich war ihnen erneut gelungen. Inzwischen konnte Max dem Versteckspiel durchaus etwas abgewinnen. Es war kindisch, das wusste er, aber sich zu verkleiden und Reporter an der Nase herumzuführen, bereitete ihm von Zeit zu Zeit diebische Freude.

In Neu-Westend angekommen, begleitete er Anny in ihre Wohnung. Whiskey, ihr kleines Hündchen, freute sich über alle Maßen, die Liebesbekundungen seines Frauchens an der Tür entgegenzunehmen. Selbst Max wurde mit einem freudigen Bellen bedacht, auch wenn der Hund trotz verschiedener Versuche, ihn mit einer Wurst zu bestechen, einen gewissen Abstand hielt.

»Joe Jacobs kommt morgen nach Berlin«, erzählte Max. »Wegen der Titelverteidigung.«

Ihr Lächeln erstarb ein wenig. »Das heißt, du musst bald in die Vereinigten Staaten reisen?«, fragte sie bekümmert.

»Demnächst, ja«, meinte er zerknirscht. »Joe sagte, er plant eine Schaukampftournee. Wir werden kreuz und quer durch die Staaten reisen.«

Sie nickte tapfer, doch er erkannte, dass die Neuigkeit sie traf. »Ich würde ja auch am liebsten bei dir bleiben, Anny. Aber …«

»Ach was, Max, ich weiß doch, dass dein Beruf dich viel reisen lässt. Außerdem, wenn du schon gehen musst, ist der Zeitpunkt eigentlich passend. Ich drehe in den nächsten Monaten einen Film nach dem anderen. Ich hätte sowieso wenig Zeit.«

Sie schlüpfte aus dem Mantel und hängte ihn an die Garderobe. Wie um jeden Abschiedsschmerz zu verscheuchen, lachte sie demonstrativ. »Und du bist sicher, dass Joe Jacobs nicht nur wegen Gitta Alpár kommt?«, fragte sie amüsiert.

»Du meinst, der Weltmeisterkampf ist nur ein Vorwand?« Er fiel in das Lachen ein. »Bei Joe weiß man nie.«

Joe Jacobs hatte sich unsterblich in die Ungarin verliebt. Eine platonische Liebe zwar, und glücklicherweise sah die Operettendiva das Ganze mit Humor, aber Jacobs war ziemlich hartnäckig, was Gitta Alpár anging. Sie habe die Ausstrahlung einer Hoheit, meinte er, und gleichzeitig sei sie eine Ungarin, wie sie im Buche steht: Ein Mädel aus der Puszta, das gleich in den Sattel springt, um ihre Herde zusammenzutreiben.

»Er weiß aber, dass Gitta vergeben ist?«, fragte Anny.

»Er will sie nur anhimmeln. Mehr nicht.«

Ein lautes Poltern drang aus dem Treppenhaus. Max legte den Finger an die Lippen, dann spähten sie durchs Guckloch. Joachim Ringelnatz stolperte betrunken zu seiner Wohnung hoch, hielt sich am Geländer fest, lallte etwas und stolperte weiter. Sie kicherten erstickt, schlichen von der Wohnungstür weg und warteten, bis über ihren Köpfen die Tür ins Schloss fiel. Dann schlich sich das Bedauern und der Abschiedsschmerz in ihre Augen zurück.

»Du musst mir nur eines versprechen«, sagte sie. »Wenn du schon nach Amerika gehst und mich allein zurücklässt …«

»Alles.«

»Verbringst du vorher mit mir ein Wochenende in Bad Saarow? Nur wir zwei?«

Er nahm sie in den Arm und küsste sie.

»Mindestens ein Wochenende. Nur wir zwei.«

»Dann wird es nicht so schlimm sein, wenn wir getrennt werden«, sagte sie. »Wenn wir uns einsam fühlen, denken wir einfach an Saarow. In Gedanken sind wir dann zusammen.«

Max gefiel die Idee. Er hob sie hoch wie eine Puppe und trug sie auf den Armen hinüber ins Schlafzimmer. Am nächsten Morgen schlich er aus der Wohnung, gerade rechtzeitig, bevor es an seiner Tür klingelte und Joe Jacobs auftauchte.

»Du kommst mit über den Atlantik«, befehligte er beim Eintreten. »Ich habe ein paar Schaukämpfe für dich organisiert, im ganzen Land. Mit der Ruhe ist es jetzt vorbei.«

»Aber was ist mit dem Weltmeistertitel? Werde ich gegen Sharkey kämpfen?«

»Erst mal müssen wir Frieden stiften und dich dem amerikanischen Publikum wieder in Erinnerung rufen. Du warst zu lange fort, und die Zahl deiner Freunde drüben hat sich verringert.«

»Ich war krank, Joe! Ich konnte nicht kämpfen.«

Er machte eine wegwerfende Handbewegung, als spielte

das keine Rolle. Ihn brauchte Max nicht überzeugen. Er habe ein paar Scharmützel mit der New Yorker Boxkommission hinter sich, erklärte er, die auf eine schnelle Titelverteidigung drängten. Sie hatten eine Regelveränderung durchgesetzt, wonach ein Tiefschlag wie der im Kampf gegen Sharkey in Zukunft erlaubt wäre. Was den Sieg von Max weiter in Misskredit brachte. Im Gegenzug hatte Joe verkündet, Max sei bereit, gegen jeden zu kämpfen, und zwar überall im Lande – außer in New York.

»Die sind durchgedreht«, erzählte er kichernd. »Sie haben mir mit allem Möglichen gedroht, aber ich habe gesagt, wenn Schmeling nicht gegen Foul geschützt wird, verteidigt er seinen Titel nicht.«

»Und was passiert jetzt?«

»Wir müssen einen anderen Veranstaltungsort finden. New York ist aus dem Rennen. Lass das meine Sorge sein.«

»Aber wer wird kämpfen? Ist es Sharkey?«

»Die Dachorganisation der US-Boxverbände hat eine Rangliste möglicher Gegner erstellt. Im Moment sieht alles nach Young Stribling aus.«

Max wusste, er war ein aufsteigender Stern am Boxhimmel. Doch der Weltmeistertitel?

»Alle warten auf den Kampf gegen Sharkey! Ich will Revanche, Joe.«

»Die Meinungen gegen Sharkey sind schlecht. Die New Yorker stehen eben nicht für das ganze Land. Sharkey ist momentan auf Rang drei. Mein Schiff geht Ende der Woche. Am besten begleitest du mich.«

»Das ist unmöglich«, entfuhr es ihm.

Sein Wochenende mit Anny würde ihm sonst entgehen. Ein paar Tage in Saarow, das war das Mindeste, was er ihr bieten konnte, bevor er zum anderen Ende der Welt aufbrach. Er wollte auf dieses Wochenende auf keinen Fall verzichten.

Jacobs wirkte irritiert. Sonst stürzte sich Max nach Zeiten des Abwartens und Erholens immer freudig ins nächste Abenteuer. Erst als er den Grund für die Zurückhaltung erfuhr, grinste er breit und klopfte ihm wohlwollend auf die Schulter.

»Die Frauen! Natürlich, das verstehe ich. Wie wäre es, wenn Anny dich als deine Braut begleiten würde? Sie kann dich nach den Kämpfen pflegen und dir die Zeit versüßen? Dich anfeuern, wenn du im Ring stehst.«

Bei der Vorstellung musste Max lachen.

»Sie hasst das Boxen. Und sie hat ihr eigenes Geschäft.« Voller Zuneigung und Stolz fügte er hinzu: »So eine Frau ist sie nicht.«

Bad Saarow war tief eingeschneit, als er und Anny das Künstlerhaus erreichten. Max setzte den Kamin in Gang, und sie machten einen langen Spaziergang durch die verwaiste Kolonie, am See entlang und durch die verschneiten Wälder, bis das Häuschen bei ihrer Rückkehr aufgewärmt war und sie es sich vor dem Kamin gemütlich machen konnten. Draußen legte sich die frostige Dämmerung über das Land, der Schnee leuchtete in der aufziehenden Dunkelheit, und vollkommene Stille machte sich breit. Als gäbe es nur sie beide auf der Welt.

Aneinandergeschmiegt und eingehüllt in eine Decke erzählte Max am prasselnden Kamin von Joe Jacobs und seiner Idee, dass Anny ihn begleitete. Max amüsierte sich prächtig, und Anny stimmte in sein Lachen ein.

»Um Gottes willen«, rief sie. »Und dann müsste ich dir überall dabei zusehen, wie du verprügelt wirst?«

»Du kannst ja während der Kämpfe im Hotel bleiben. Oder eine Revue besuchen. Und mich dann anschließend pflegen.«

Anny legte schmunzelnd den Kopf an seine Schulter. Eine Weile sagte sie nichts, dann fragte sie nachdenklich: »Hättest du das gerne? Dass ich dich begleite?«

Er verstand ihre Sorge, denn sie beide wussten, dass andere Sportler von ihren Frauen überallhin begleitet wurden.

»So meinte ich das nicht«, beeilte er sich zu sagen. »Nein, Anny. So eine Frau will ich nicht.«

»Ja, aber …«

Er unterbrach sie, indem er seinen Finger an ihre Lippen legte. Doch so leicht ließ sie sich nicht zum Schweigen bringen.

»Du hast so viel Interesse für meine Arbeit als Schauspielerin. Du begeistert dich für das Filmgeschäft. Ich dagegen kann mich so gar nicht mit dem Boxen anfreunden. Ich habe immer nur Angst um dich. Manchmal wünschte ich, du würdest erst gar nicht in den Ring steigen.«

Er hob ihr Kinn, damit sie ihm in die Augen sah. Die Trennung würde nicht leicht werden, für beide nicht. Dennoch wollte Max nichts an ihrem Leben ändern. Schon gar nicht wollte er, dass Anny ihren Beruf für ihn aufgab.

»Ich will nur dich«, sagte er. »So wie du bist.«

Dann erstickte er jeden Zweifel in einem leidenschaftlichen Kuss.

Nach dem Wochenende machte sich Max schweren Herzens auf den Weg nach Bremerhaven, wo Joe Jacobs schon auf dem Ozeandampfer auf ihn wartete. Die winterliche Ruhe auf dem Promenadendeck half Max, seiner Sehnsucht nach Anny nachzugeben. Ungestört ihr Foto zu betrachten, die Wolkenbänke über dem Horizont heraufziehen zu sehen und sich nach Bad Saarow zu träumen. Kurz vor New York besann er sich dann schweren Herzens auf das, was ihm bevorstand: die Verteidigung des Weltmeistertitels.

Gemeinsam mit Joe Jacobs betrachtete er bei der Einfahrt die Skyline der Stadt. Das Empire State Building stand kurz vor der Einweihung, es sollte größer werden als der Eiffelturm. Vom Hudson River aus sahen sie den Hauptblock, der mit fünfundachtzig Stockwerken in den Himmel ragte, darüber Stahlrahmen und Gerüste und schmale Kräne in schwindelnder Höhe.

»Das höchste Gebäude der Welt«, sagte Joe Jacobs. »Beeindruckend, findest du nicht?«

»Schade, dass ausgerechnet New York ein weißer Fleck auf unserer Karte ist. Ich hätte gern mal wieder eine Zeit lang dort gelebt. Es ist doch wie ein zweites Zuhause.«

»Ach, warte es ab, Max.« Joe stieß ihm gut gelaunt in die Seite. »Die New Yorker Boxkommission wird uns schon verzeihen – wenn wir den Titel verteidigt haben. Und danach werden wir oft genug zurückkehren.«

Sie blieben nur eine Nacht in New York. Am nächsten

Morgen ging es weiter Richtung Süden. Für die kommenden Wochen standen Termine überall im Land an, Schaukämpfe, Pressetreffen und gesellschaftliche Ereignisse. Max war überall in den Zeitungen, und egal, wohin er kam, jubelten ihm die Menschen zu.

Im Frühjahr kam dann die Nachricht, wer als Gegner für die Titelverteidigung in den Ring stieg. Es war William Young Stribling, wie Joe Jacobs vermutet hatte. Cleveland war als Austragungsort bestimmt worden, und Joe kümmerte sich voller Tatendrang ums Marketing, um Sponsoren, Zeitungen, Gesellschaftsempfänge und Veranstaltungen. Wie ein Tier arbeitete er rund um die Uhr, während sich Max ganz auf das Training konzentrierte.

Als sie in Cleveland eintrafen, wurden sie von einer Motorrad-Eskorte der Polizei unter Sirenengeheul durch die Stadt begleitet. Die Straßen waren gesäumt von Menschen, die winkten und jubelten, und Autokolonnen voller Journalisten fuhren hinter ihnen her, bis zu dem Quartier, das sie außerhalb der Stadt bezogen.

Max wollte unbedingt mit Anny telefonieren, doch erst am Tag vor dem Kampf gelang es ihm, sie an den Fernsprecher zu bekommen. Die Dame von der Vermittlung stellte eine Verbindung her, und er wurde ins Séparée der Hotelhalle gerufen, wo er das Gespräch entgegennehmen und ihr endlich von seinen Abenteuern erzählen konnte.

»Anny!«, rief er glücklich. »Bist du es?«

Eine Stimme, zweifelsfrei die ihre, wurde vom Rauschen der Leitung geschluckt.

»Was sagst du? Anny!«

Jetzt wurde die Stimme deutlicher.

»Ich sage nur, wie schön, dich zu hören!«

Er presste die Muschel ans Ohr. »Hörst du mich denn?«

»Hier kann dich nichts übertönen. Es ist mitten in der Nacht.«

Siedendheiß fiel ihm ein, dass er die Zeitumstellung nicht bedacht hatte, als er der Vermittlung den Auftrag erteilt hatte, die Verbindung herzustellen. Er entschuldigte sich tausendmal, doch Anny lachte nur und bat ihn, ihr die Neuigkeiten aus Übersee zu berichten.

Er erzählte ihr, wie Stribling, der einen Flugschein besaß, mit einem Propellerflugzeug über seinem Trainingscamp Loopings flog, nur um Max einzuschüchtern. Oder wie Al Capone ihm zum Abendessen eingeladen habe und Joe mit bleichem Gesicht meinte, da könne man nicht absagen, und wie dann der Gangster nicht aufgetaucht sei, weil man ihn, wie sie später erfuhren, festgenommen habe.

»Wegen seiner vielen Verbrechen?«, fragte Anny.

»Nein. Wegen einer Steuersache. Aber fürs Erste ist er hinter Gittern. Und ich bin um das Treffen drumrumgekommen.«

Er erzählte von den Städten, die er gesehen hatte, von den Menschen, die ihm begegnet waren, und von Kämpfen, die er gewonnen hatte. Danach bat er Anny, ihm nun alles zu erzählen, was sie in der Zwischenzeit erlebt habe. Ob in Berlin alles seinen Gang ginge. Sie berichtete von dem üblichen Tohuwabohu bei den Dreharbeiten und von neuen Filmprojekten, die anstanden. Sie habe sehr viel zu tun und kaum Zeit, über etwas anderes nachzudenken. In ihrem kleinen Unternehmen lief alles wie geschmiert. Max hätte ihr stundenlang zuhören können, doch ihre Zeit war begrenzt. Am Ende fragte sie: »Wann ist denn dein Kampf, Max?«

Typisch Anny. Sie wusste es nicht.

»Morgen. Punkt 21 Uhr findet das Wiegen statt.«

»Ohje. Dann wünsche ich dir viel Glück, mein Lieber.« Mit aufgesetzter Fröhlichkeit fügte sie hinzu: »Und dass du mir gewinnst, hörst du?«

»Zu Befehl! Ich gewinne.«

»Und komm mir in einem Stück zurück. Lass dich nicht zu sehr verprügeln. Hast du mich verstanden?«

»In einem Stück. Mach ich.«

Ihre Stimme wurde weich. »Versprichst du mir das auch?«

»Fest versprochen, Anny. Ich werde keinen einzigen blauen Fleck abbekommen. Nicht für den Rest meines Lebens.«

Sie kannte diese Art der Selbstironie von ihm, trotzdem spürte er, wie seine Späße sie trösteten. Er lauschte auf das Rauschen in der Leitung. Tausende von Kilometern waren zwischen ihnen.

»Ich vermisse dich, Anny.«

»Ich dich auch. Ich denke oft an Saarow.«

Das tat er ebenfalls. Es fiel ihm unendlich schwer, den Hörer aufzuhängen. Aber er musste zurück zum Training. Joe Jacobs wartete auf ihn. Er sagte ihr, wie sehr er sie liebe, dann beendete er das Gespräch und kehrte in die Sporthalle zurück.

Am Kampftag zog er unter Jubel in das neu erbaute Clevelander Stadion ein, das vierzigtausend Besucher fasste und mit Bogenlampen prachtvoll ausgeleuchtet war. Young Stribling, gut aussehend und mit ebenmäßigen Zügen, empfing ihn gut gelaunt und siegessicher am Ring. Die Wettbüros hatten 7:5 gegen Max gewettet. Stribling, der *Knochenbrecher*, wie ihn die Zeitungen nannten, galt als Favorit. Der junge Boxer trat als Erster in den Ring. Jetzt ging es ums Eingemachte. Wenn Max diesen Kampf verlor, wäre der Tiefschlagsieg alles, was von ihm als Weltmeister übrig blieb. Er musste Stribling schlagen, um jeden Preis.

Mit dem Gong zur ersten Runde ließ er jeden Gedanken aus dem Kopf fallen. Es existierten nur der Ring und sein Gegner. Er ließ sich von seinen Instinkten lenken. Schlag, Konter, eine schnelle Rechte. Das Toben in der Arena bekam er kaum mit. Stribling schaffte es immer wieder, ihn in die Defensive zu bringen. Es sah nicht gut aus für Max.

Ab der sechsten Runde spürte er dann die zunehmende Erschöpfung des Gegners. Jetzt ließe sich mit seiner Ausdauer der Kampf drehen. Er übernahm die Initiative, drosch auf Stribling ein und traf ihn mehrfach mit einer schweren Rechten. Der Gegner taumelte, sein Gesicht schwoll an und war bald voller Blessuren.

In der siebten Runde kehrte er für Max überraschend schwungvoll zurück und verpasste ihm serienweise Haken. Kurz sah es aus, als glitte sein in Sichtweite gerückter Sieg davon. Doch in der nächsten Runde riss er wieder das Heft des Handelns an sich, wendete endgültig das Blatt und schlug wie besessen auf Stribling ein.

Nach dem Gong zur fünfzehnten Runde bäumte Max sich auf, nahm alle verbliebenen Kräfte zusammen und schlug ihm einen wuchtigen Haken gegen das Kinn, so dass er torkelnd hintüberfiel. Stribling versuchte, sich aufzuraffen, doch ihm fehlte die Kraft dazu. Und sein Trainer, der sah, wie sinnlos ein weiteres Aufstehen seines Schützlings war, warf das Handtuch. Augenblicklich rief der Ringrichter: »Sieger durch Technischen K.o. und damit alter und neuer Weltmeister: Max Schmeling.«

Die Menschen sprangen jubelnd von ihren Sitzen. Der Saal tobte. Max nahm alles wie im Nebel wahr. Sein Arm wurde in die Luft gerissen, und endlich drang es zu ihm durch: Er hatte den Titel verteidigt. Diesmal nach allen Regeln der Kunst. Er war alter und neuer Weltmeister in der Königsklasse des Boxschwergewichts.

Es dauerte Tage, bis er sich von den Blessuren erholte. Er nahm Blumen und Glückwunschschreiben entgegen. Der Sieg war ein Traum, trotzdem wollte er zurück. Nichts wünschte er sich mehr, als Anny in den Arm zu nehmen.

So wartete er sehnsüchtig auf den Tag, an dem sie den Ozeandampfer zurück nach Deutschland bestiegen. Kurz bevor sie sich einschifften, besorgte Joe Jacobs alle deutschen Zeitungen, die er auftreiben konnte. Und wieder saß Max auf dem Promenadendeck und bekam im Liegestuhl einen ersten Eindruck davon, wie man in Deutschland über ihn dachte. Er war auf allen Titelseiten, und diesmal überschlug man sich mit Lob und Bewunderung.

Im *12-Uhr-Blatt* waren Prominente befragt worden: *Was*

taten Sie in der Schmeling-Nacht? Unter anderem Hans Albers, wie Max amüsiert feststellte, der offenbar geschlafen und erst durch den Reporter vom Sieg seines Freundes erfahren hatte. Und Heinz Rühmann kam zu Wort, der die Nacht vorm Rundfunkgerät gesessen und zuvor Max' Horoskop gelesen habe: »*Seine Sterne stehen so gut, dass er heute gar nicht verlieren kann.*«

Woanders mischten sich nationalistische Töne in die Berichte. Nicht nur in den Kampfblättern der Rechten. Im *Börsen-Courier* las Max: *Schmelings Sieg kann man nutzen, um den Glauben des Auslands an Deutschlands unerschöpfliche Energien zu stärken, für die Schmeling ein glänzendes Beispiel ist.*

Mochten sie glauben, was sie wollten. Er genoss es einfach, von allen gefeiert zu werden. Nach dem schmählichen Sieg im Vorjahr fühlte es sich wie eine Genugtuung an.

In Bremen wurde er von feiernden Massen in Empfang genommen, ebenso in Hannover, wo er einen Zwischenstopp einlegte, und schließlich auf dem Tempelhofer Feld. Als er mit dem Stahlvogel auf die geteerte Bahn niederging und vor dem Hanger der Lufthansa ausrollte, wartete die begeisterte Menge auf ihn. Die Menschen brauchten dringend Ablenkung, klärte ihn sein Trainer Machon auf: Ein erneuter Bankenkrach hatte stattgefunden, und das, obwohl das Land mit der Wirtschaftskrise ohnehin am Boden lag. Da seien alle guten Nachrichten mehr als willkommen.

Max ließ sich bereitwillig feiern. Zwar wäre ihm lieber gewesen, ein Jahr früher bejubelt worden zu sein. Seine Freude wäre da sicher ungetrübter gewesen. So blieb ein leichter Beigeschmack, als er die nicht enden wollenden Handschläge und Glückwünsche entgegennahm.

Nach den Begrüßungszeremonien wollte er so schnell wie möglich nach Saarow. Anny wartete dort auf ihn. Am Flughafen hätten sie sich schlecht in die Arme fallen können, und selbst wenn es bei einem freundlichen Handschlag geblieben wäre – der sich für beide quälend angefühlt hätte –, die Reporter hätten zu tuscheln begonnen. Also brachte er alle Verpflichtungen hinter sich und raste mit dem Lancia hinaus zum Scharmützelsee.

Welch ein Glück sie hatten, über dieses Versteck zu verfügen. Fernab der Stadt, wo eine Krise die nächste jagte und ganze Bezirke im Elend versanken, wo sich Sturmtrupps von SA und Rotfront Straßenschlachten lieferten und die Brüning-Regierung schwach und zerstritten war. Fernab von den Reportern der Revolverblätter und von der Öffentlichkeit, die glaubte, ein Anrecht auf ihrer beider Privatleben zu haben, verfügten sie über einen Ort nur für sich allein.

Er erreichte die Künstlerkolonie am Spätnachmittag, als sich die Sonne dem Horizont zuneigte und alles in ein goldenes Licht tauchte. Sofort stürmte er in den Garten und rief Annys Namen. Zuerst war sie nirgends zu sehen, dann entdeckte er sie am Swimmingpool, wo sie sich wie eine Badenixe aus einem Ufa-Film räkelte, eine Illustrierte sinken ließ und über den Rand der Sonnenbrille zu ihm aufsah. Eine Diva wie aus dem Bilderbuch.

Aber die Pose war nur ein Spaß, das erkannte er sofort. Sie

war genauso aufgeregt wie er. Und lange hielt sie das Spiel nicht durch. Lachend sprang sie auf, rief seinen Namen und stürzte sich mit Anlauf in seine Arme. Endlich waren sie vereint.

»Du darfst nie wieder fortgehen«, hauchte sie. »Ab jetzt musst du für immer bei mir bleiben.«

»Wir haben jetzt alle Zeit der Welt für uns! Es stehen fürs Erste keine Reisen mehr an.«

Er würde sich den Sommer über regenerieren müssen, langsam mit dem Training anfangen und seine nächsten Kämpfe planen. Bis zum Herbst würden sie in ihrer Blase in Saarow bleiben können, bis dahin gab es keine Termine.

»Wir werden den ganzen Tag faulenzen«, rief Anny.

»Und durch die Heide streifen. Und zur Jagd gehen.«

»Und die Abende vorm Kamin verbringen.«

Es war ein wundervoller Plan. Ein ganzer Sommer in Saarow. Nur sie beide, und der Rest der Welt wäre ausgeschlossen. Als er Anny fest in den Armen hielt, konnte er nicht ahnen, dass dieser Sommer der Schönste seines Lebens werden würde. Dass die unbeschwerten Zeiten nicht mehr ewig andauerten und bereits dunkle Wolken am Horizont aufzogen. Doch schon jetzt, im Abendlicht vor ihrem Sommerhaus, glaubte er, der glücklichste Mann der Welt zu sein. Ein ganzer Sommer mit Anny! Was, fragte er sich, könnte er sich mehr für sein Leben wünschen?

ANNY

KAPITEL 13

März 1932

Anny war spät dran, als sie die schmalen Büroräume in der Friedrichstraße betrat. Der Vorraum war erfüllt vom Lärm der Sekretärinnen, dem Geklacker der Schreibmaschinen und dem Klingeln der Telefone. Keiner achtete auf sie, als sie, sorgsam die Hutnadel entfernend, auf den Besprechungsraum zumarschierte und durch die Bürotür schlüpfte.

Karel hockte zusammen mit Artur Hohenberg, einem ihrer Teilhaber, an dem riesigen Schreibtisch mit den gedrehten Säulen, der den Raum dominierte. Ihre kleinen Büroräume wirkten furchtbar altmodisch, mit den samtbezogenen Sesseln, den geschnitzten Wandvertäfelungen und den türkisfarbenen Vorhängen, trotzdem liebte Anny ihr Reich.

»Der Film ist wieder zugelassen«, hörte sie Hohenberg beim Eintreten sagen. »Aber nur für bestimmte Personenkreise in geschlossenen Veranstaltungen, wie es heißt.«

Karel hob den Kopf. »Anny! Da bist du ja endlich!«

»Am Potsdamer Platz war alles verstopft«, entschuldigte sie sich. »Habe ich was verpasst?«

»Nein, wir reden über die Verfilmung von Remarque«, sagte Hohenberg. »Mit unserem Projekt haben wir noch gar nicht angefangen.«

»*Im Westen nichts Neues?*«, fragte sie. »Der darf wieder gezeigt werden?«

»Die Rechten laufen dagegen Sturm«, erwiderte Karel. »Sie versuchen alles, um ihn zu verhindern. Aber er läuft.«

»Und werden wieder weiße Mäuse im Saal ausgesetzt?«

Das war bei der Premiere in Berlin passiert, woraufhin Panik im Publikum ausgebrochen war. Überall im Land hatte es solche Störungen in den Lichtspielhäusern gegeben, durch Stinkbomben, Kinobesetzungen und sogar durch Überfälle von nationalsozialistischen Schlägertrupps. Bis der Film schließlich abgesetzt wurde.

»Das nicht«, meinte Hohenberg. »Aber leicht hat es der Film trotzdem nicht.«

Sie legte ihren Hut ab und nahm Platz.

»Zum Glück machen wir Komödien. Da haben wir nichts zu befürchten.«

»Warten wir es ab«, murmelte Hohenberg.

»Wie meinst du das?«, fragte sie.

»Die Rechten haben es nicht nur auf Antikriegsfilme abgesehen. Denen ist der *jüdische Einfluss* auf den Film, wie sie es nennen, ein Dorn im Auge.«

»Aber wir sind ja keine Juden.«

Er lächelte. »Das nicht. Aber euer Humor ist jüdisch.«

»Wie soll denn Humor eine Religion haben?«, fragte sie. »Gibt es so was überhaupt? Und wenn schon, was wollen sie dagegen unternehmen?«

Sein nachsichtiges Lächeln irritierte sie. Hohenberg strahlte stets die kultivierte Würde eines k.u.k.-Offiziers aus, womit er sie an ihren verstorbenen Vater erinnerte, der für Österreich-Ungarn gedient hatte.

»Frag die Nazis«, sagte er amüsiert.

»Unsere Filme sind ganz harmlos«, insistierte sie. »Und mit der Zensur haben wir uns bisher noch immer einigen können.«

Hohenberg zwinkerte ihr als Antwort zu, auf die Weise, wie ihr Vater es getan hatte, wenn sie etwas nicht begriff.

»Dann wollen wir hoffen, dass es dabei bleibt«, wechselte er das Thema. »Hast du das Drehbuch für *Kiki* gelesen, Anny?«

Bereitwillig ging sie drauf ein. Und ob sie das hatte! Es war einfach grandios. Freudig zog sie das Manuskript aus ihrer Handtasche und legte es auf den Tisch.

»In einem Rutsch«, sagte sie begeistert. »So was Gutes habe ich lange nicht mehr in die Finger bekommen.«

»Du bist natürlich die Kiki, die Hauptfigur«, sagte Hohenberg. »Die Rolle ist wie für dich geschaffen. Du wirst einfach perfekt sein.«

Kiki war ein Mädchen, das mittellos in eine Großstadt kam und von einer Karriere als Revuestar träumte. Es war eine Geschichte voll atemlosem Witz und voller Grotesken. Ein wahres Feuerwerk der Komik.

»Natürlich ist die Rolle für Anny wie geschaffen«, meinte Karel ungeduldig. »Hans Zerlett hat sie ihr ja auf den Leib geschrieben! Vor allem ist es sein Drehbuch, das großartig ist.«

Erstaunt sah Anny auf. Hörte sie da eine Verstimmung

raus? Auf dem Schreibtisch sah sie die gestrige Ausgabe des *Berliner Tageblatt* liegen. Konnte das der Grund für seine schlechte Laune sein?

»Bist du böse wegen des Artikels?«, fragte sie. »Wegen dem, was der Kritiker geschrieben hat?«

»Ach, Unsinn. Warum sollte ich?«

Weil Anny in dem Artikel gefeiert worden war, während Karel mal wieder kaum Erwähnung fand. Die Kritiker taten so, als sei Anny allein für den Erfolg ihrer Filme verantwortlich und nicht das ganze Team. *Sie hat etwas von Buster Keatons kalter Schönheit und seiner akrobatisch-tänzerischen Gliederbegabung*, hatte der Kritiker geschrieben. *Dieser ungewöhnliche Typ des Girl-Golems ist ein Schatz, den unsere Industrie nicht zu würdigen weiß*. Mit anderen Worten: Sie sei zu gut für Produktionen der Ondra-Lamač-Film GmbH.

Entschieden sagte sie: »Wenn wir alle zusammenarbeiten, entstehen unsere besten Filme. Hans das Drehbuch, du die Regie, Otto an der Kamera und ich als Hauptfigur.«

»Und ich als Produzent«, fügte Hohenberg verschmitzt hinzu. »Einer muss sich schließlich um die Finanzierung kümmern.«

Karel schien fürs Erste versöhnt. Er wusste ja, dass Anny nichts dafür konnte. Er nahm das Drehbuch zur Hand, und kurz darauf waren alle drei darin vertieft. Planten Drehstätten, Besetzungen und Handlungsstränge. Erst als sich Hohenberg verabschiedete und sie und Karel allein waren, wagte sie, ihn erneut auf die Kritiken anzusprechen.

»Nimm's dir nicht zu Herzen. Wenn es nach mir ginge, würdest du alle Lorbeeren ernten. Wir machen das doch zusammen.«

Er lächelte entwaffnet. »Das macht dich so einzigartig, Anny. Ich kenne keine Diva, die so bescheiden ist.« Seufzend fügte er hinzu: »Vielleicht weiß die Industrie dich wirklich nicht zu würdigen.«

Er orderte bei den Sekretärinnen Tee, während von draußen der Lärm der Friedrichstraße zu ihnen hinaufdrang.

»Was macht eigentlich Max?«, fragte er.

»Max? Der ist wieder in Amerika. Ach, ich sehe ihn viel zu selten. Warum musste ich mich ausgerechnet in einen Boxer verlieben?«

»Wenn schon ein Sportler, dann wäre es besser ein Angler gewesen, nicht wahr!«

Sie lachte, auch wenn sie ihn schrecklich vermisste.

»Der Weltmeisterkampf, richtig?«, fragte Karel mitfühlend. »Das wird nicht leicht für ihn. Er muss ja seinen Titel verteidigen.«

»Er ist deswegen überall im Land unterwegs. Schaukämpfe, Pressetermine, frag mich nicht, was noch. Jedenfalls wird er viel zu lange fort sein.«

»Er kämpft gegen Sharkey. Da guckt die ganze Welt hin.«

Ja, Sharkey, dachte sie. Der Boxer, der ihm vor zwei Jahren mit dem Tiefschlag zum Weltmeister gemacht hatte. Wie es wohl dieses Mal laufen würde.

»Wir haben telefoniert«, sagte sie. »Wenigstens das. Stell dir vor, er hat Roosevelt getroffen.«

»Den amerikanischen Präsidenten? Du machst Witze.«

»Wenn ich es sage. Er hat Max alles Gute für den Kampf gewünscht. Er hat sogar deutsch mit ihm gesprochen.«

»Der amerikanische Präsident spricht *deutsch*?«

»Er war wohl mal eine Zeit lang in Heidelberg. Jedenfalls sagte er, als Max sich für sein Englisch entschuldigt hat: *Never mind, Max. Wir wollen deutsch miteinander reden.*«

Max war ganz beseelt von der Begegnung gewesen. Für die Politik in Deutschland war Boxen etwas Anrüchiges. Und damit Hindenburg einem die Hand schüttele, meinte Max, müsse man mindestens adelig sein.

»Dann ist der amerikanische Präsident nicht für Sharkey?«, fragte Karel ungläubig.

»Das hat er nicht gesagt. Nur, dass er sich nichts mehr wünsche als Freundschaft zwischen unseren Völkern.«

Karel pfiff anerkennend durch die Zähne. »Respekt. Dein Max erlebt schon was. Ich bin wirklich gespannt auf den Kampf.«

»Ich dagegen wünschte, er wäre schon vorüber.«

»Aber fieberst du denn nicht mit?«

»Wenn Max grün und blau geschlagen wird? Sicher nicht.«

»Du bist mir eine! Du weißt aber, dass der Kampf im Radio übertragen wird? Die halbe Welt hört zu.«

»Ehrlich, Karel, ich habe nicht vor, dafür aufzubleiben. Es reicht, wenn ich am nächsten Morgen erfahre, wer gewonnen hat. Das ist nichts für meine Nerven. Ich hoffe nur, dass Max nicht allzu schwer verletzt wird.«

Karel amüsierte sich königlich über ihr Desinteresse an

dem Kampf, über den alle sprachen, obwohl doch ihr Liebhaber daran beteiligt war. Doch Anny machte es, wie angekündigt: Sie ging an dem Abend früh ins Bett und versuchte einfach zu schlafen. Als auf der anderen Seite des Ozeans der Gong zur ersten Runde geschlagen wurde, brannte bei ihr längst kein Licht mehr.

Am nächsten Morgen erwachte sie trotzdem wie gerädert, denn viel Schlaf hatte sie trotz der Vorsätze nicht bekommen. Sie warf sich den Morgenmantel über und hielt nach ihrem Dienstmädchen Ausschau, das versprochen hatte, einen Schwung Morgenblätter mitzubringen. Sie fand sie in der Küche, wo sie das Frühstück vorbereitete.

»Frau Ondra!«, rief sie, wie um Anny zu warnen, doch da hatte sie das oberste Blatt schon in der Hand. Die Schlagzeile schrie es ihr entgegen. Max hatte verloren. Der neue Weltmeister hieß Jack Sharkey.

»Herr Schmeling war der Bessere, Frau Ondra. Es ist ein Skandal.«

Anny ließ sich auf einen Stuhl sinken und überflog den Artikel. Offenbar gab es eine Menge Kontroversen wegen des Siegs. Sharkey habe fünfzehn Runden lang offensichtlich zurückgelegen und doch sei ihm anschließend der Sieg nach Punkten zugesprochen worden. Joe Jacobs, der offenbar in der Hitze des Gefechts in den Ring gesprungen war, hatte das Mikrophon an sich gerissen und gebrüllt, sie seien um den Sieg beraubt worden. Überall herrschte Empörung. Der New Yorker Bürgermeister und selbst der Chef der New Yorker Boxkommission, in dem Max doch einen Feind zu sehen glaubte, waren der Ansicht, Sharkey habe den Sieg nicht verdient.

Trotzdem blieb es dabei: Schmeling war nicht länger Weltmeister im Schwergewicht. Er musste den Titel abgeben.

»Das Frühstück ist gleich fertig, Frau Ondra.«

»Danke. Aber ich glaube, ich habe keinen Appetit.«

Erst musste sie wissen, wie es Max ging. Den ganzen Vormittag wartete sie auf ein Lebenszeichen von ihm. Gegen Mittag traf endlich ein Telegramm ein. Max wolle sich so schnell wie möglich auf den Weg nach Hause machen. Er würde das nächste Schiff nehmen.

Nichts über seine Verletzungen. Nichts darüber, wie er die Niederlage verkraftete. Anny schob ihre Sorgen beiseite. Es ging ihm gut, das musste für den Moment reichen. Ein weiterer Drehtag für *Kiki* stand an, und sie war reichlich spät dran.

Während sie sich zum Drehort begab, fiel ihr siedend heiß ein, dass Artur Hohenberg eine französische Produktionsfirma mit ins Boot geholt hatte und sie daher bald nach Paris fahren würden, um dort einen Teil der Dreharbeiten durchzuführen. Sie hoffte inständig, dass Max sich beeilte und sie sich nicht verpassten. Kaum auszudenken, dass er nach Berlin käme und sie wäre in Paris.

Den Tag über vergaß sie beinahe ihre Sorgen. Die Dreharbeiten liefen wie am Schnürchen. Alle fühlten sich pudelwohl, Schauspieler und Filmcrew waren hochmotiviert und voller Spiellaune. Alles um Anny herum stimmte, und sie spürte, dass der Film außergewöhnlich werden würde. Beinahe hatte sie ein schlechtes Gewissen deswegen, wo Max doch einen Tiefpunkt in seiner Karriere verkraften musste.

Ein paar Tage später verfolgte sie in der Presse, wie Max in Bremerhaven von fünftausend begeisterten Menschen mit stehenden Ovationen begrüßt wurde. Die Ehrerbietung war größer als nach dem Sieg im Vorjahr. Einem Reporter sagte er, dass er sich in seinem Landhaus in Saarow-Pieskow von dem Kampf erholen werde, was sich für Anny wie eine geheime Botschaft anfühlte: *Wir werden bald vereint sein, meine Liebe, komm schnell zu unserem Versteck.*

Am Abend seiner Ankunft in Berlin, die von der Presse ausführlich begleitet worden war, machte sie sich heimlich mit dem Wagen auf den Weg zum Scharmützelsee. Und tatsächlich, als sie das Häuschen in der Kolonie erreichte, stand er in seiner Jägerkleidung am Holzzaun und sah ihr entgegen, als hätte er dort auf sie gewartet.

Er wirkte mitgenommen. Nach dem Kampf gegen Stribling hatte er braun gebrannt und erholt ausgesehen, als wäre er aus dem Urlaub gekommen. Jetzt sah sie, dass er im Kampf übel zugerichtet worden war.

Sie sprang aus dem Wagen und fiel ihm in die Arme.

»Max! Ich bin so froh, dass du in einem Stück bist.«

»Mir blieb ja nichts anderes übrig«, scherzte er. »Das habe ich dir ja versprechen müssen.«

»Wenigstens hörst du auf das, was ich sage!«

Sie schmiegten sich eng aneinander. Trotz der Scherze konnte sie seine Niedergeschlagenheit deutlich spüren. Sie wusste ja, es gab ein Gesetz in der Boxwelt: *They never come back!* Keiner, der im Schwergewicht den Titel verloren hatte, holte sich ihn ein zweites Mal.

»Es bleibt doch dabei, oder?«, fragte sie. »Was du immer sagst?«

Er runzelte die Stirn. »Ich weiß nicht, was du meinst.«

»Das Wort *aufgeben* gibt es in deinem Wortschatz nicht.«

Er sah zu ihr herab und lächelte. Es war, als wäre seine Niedergeschlagenheit für den Moment fortgewischt. Dann begann er zu lachen, sein Brustkorb hob und senkte sich.

»Natürlich bleibt es dabei. Was denkst du, Anny!«

Er hob sie hoch wie eine Puppe, sie schrie theatralisch, und er trug sie lachend ins Haus. Später lagen sie eng aneinandergeschmiegt vor dem Kamin, in dem ein Holzfeuer knisterte. *Wenn es nach mir ginge,* dachte Anny, *könnte es für immer so bleiben. Wir zwei auf dem Fell vorm Kamin.* Aber sie wusste, schon morgen früh würde sie zurück in Berlin sein müssen.

»Wie lange wirst du bleiben, um dich zu erholen?«

»Nicht lange«, sagte er voller Bedauern. »Ich muss zurück in die USA, Anny. So schnell wie möglich.«

»Was gibt es dort noch zu tun?«

»Ich werde gegen das Urteil ankämpfen. Sie müssen mich noch mal antreten lassen. Ein dritter Kampf soll eindeutig klären, wer der Bessere ist, Sharkey oder ich.«

Schweigend schmiegte sie sich an ihn. Es war klar, was das bedeutete. Für Zweisamkeit bliebe nicht viel Zeit. Weder in seinem noch in ihrem Leben. Sie würden es halten müssen wie bisher. Jeden Moment genießen, der möglich war. Und nicht an das Morgen denken.

Ein paar Wochen später fuhr Max wieder nach Amerika, und Anny stürzte sich in die Arbeit. Beide beschäftigten sich kaum mit dem, was in diesem Sommer in Deutschland passierte. Das Volk wurde mal wieder zur Wahlurne gerufen, nachdem es erneut eine Regierungskrise gegeben hatte. Die NSDAP war mit gut siebenunddreißig Prozent die stärkste Kraft geworden. Adolf Hitler war inzwischen deutscher Staatsbürger und befand sich auf einem Deutschlandflug, einer Tournee mit einem Flugzeug, wo er pressewirksam verkündete, dass er dreißig Parteien in Deutschland wegfegen werde. An den Krisen und der Arbeitslosigkeit änderte das wenig.

Kiki hatte derweil Premiere im Atrium, dem wuchtigen Lichtspielhaus an der Bundesallee, das mit einem rundförmigen Bau und zahllosen Pilastern dem römischen Kolosseum nachempfunden war. Anny wünschte sich nichts mehr, als dass Max da wäre und verkleidet unten im Parkett säße. Es war zum Haare raufen. Die anderen Stars hatten ihre Partner dabei. Alle bis auf Karel, der wieder ein Techtelmechtel mit einer blutjungen Schauspielerin hatte.

Sie achtete kaum auf den Film, sondern sah immer wieder hinunter zum Parkett, wo die Menschen lachten und klatschten und sie sich ihren Max herbeisehnte. Nach dem Film bekamen Anny und Karel stehende Ovationen. Die Premiere war ein Riesenerfolg. Ihr bisher bester Film, hieß es überall.

Während Max derweil in New York einen wichtigen Kampf gewann, gegen einen Gegner, den Sharkey nicht hatte schlagen können, machte sich Anny nach der Premiere von *Kiki* erneut auf nach Paris, wo nach dem Erfolg des Films eine weitere Produktion mit der französischen Produktionsfirma geschmiedet worden war. So begann für sie der Herbst, in dem sich alles änderte.

Später würde sie sich fragen, zu welchem Zeitpunkt ihnen die Sache außer Kontrolle geraten war. Ob einige Reporter Verdacht geschöpft hatten, als Max Schmeling auf der Rückreise von New York das Schiff in Cherbourg verließ, um nach Paris zu reisen? Es hieß, er habe geschäftliche Verabredungen. Dennoch hängten sie sich an den Boxer ran. Und obwohl er sie nach einer Viertelstunde abgehängt hatte und für den Rest des Tages in Paris verschwunden blieb – waren Anny und Max hier entdeckt worden?

Möglich auch, dass sie in Prag aufgefallen waren, wo sie nach ihrer beider Rückkehr Annys Mutter besuchten und anschließend gemeinsam in ein Kino gingen. Waren sie dort gesehen worden? Oder war es am Ende so gewesen, dass jemand aus ihrem Umfeld geredet hatte?

Es spielte letztlich keine Rolle. Eines Morgens bekam Anny beim Frühstück von ihrem erbleichten Dienstmädchen eine Zeitung gereicht. Dort stand es in großen Lettern: *Liebesaffäre Max Schmeling – Anny Ondra!*

Anny begriff sofort. Sie waren aufgeflogen. Bloßgestellt in der Öffentlichkeit. Das Spiel war aus. Der Bericht, den sie hektisch überflog, enthielt Mutmaßungen und Unterstellungen, wenig davon hatte Bestand. Aber das änderte nichts an der Schlagzeile.

Machte es Sinn zu dementieren? Würden sie damit durchkommen? Glaubte man ihnen, nur befreundet zu sein?

Aber dann wäre es unmöglich, sich weiter zu sehen. Es würde keine Zukunft für sie geben. Dieser Spießrutenlauf in der Öffentlichkeit war unmöglich. Nein, sie mussten sich trennen, sofort.

Verzweifelt hängte sie sich an den Apparat und versuchte vergeblich, Max in Saarow zu erreichen. Zunehmend aufgelöst rief sie bei der Nachbarin an. Es sei sehr dringend, sie solle Max suchen gehen. Mit jeder Minute war sie aufgelöster, und als Max endlich am Apparat war, konnte sie nicht mehr an sich halten.

»Alles ist jetzt aus«, rief sie. »Unsere ganze Beziehung zu Ende.«

»Was? Wovon redest du?«

Sie konnte keinen klaren Gedanken mehr fassen.

»Alles aus!«, rief sie. »Aus.«

»Anny! Was, um Gottes willen, *was* ist aus?«

»Der *Herold*«, schluchzte sie.

»Welcher Herold denn? Was meinst du?«

»Der *Berliner Herold*. Er liegt hier vor mir.«

»Das Skandalblatt?«

»*Liebesaffäre Max Schmeling – Anny Ondra!*«, las sie vor. »Das ist die heutige Schlagzeile.«

Stille am anderen Ende. Max brauchte ebenfalls Zeit, um den Schock zu verdauen.

»Max, wir müssen uns trennen. Das ist der einzige Ausweg.«

»Nein«, sagte er reflexhaft. »Ich will mit dir zusammen sein. Ich will mich nicht trennen!«

»Wir können es nicht länger verheimlichen. Man wird uns nicht abnehmen, dass wir nur Freunde sind. Wir *müssen* uns trennen!«

»Warte. Lass uns in Ruhe darüber nachdenken.«

»Es ist doch alles klar!«

Ihre Karriere, ihr guter Ruf, alles stand auf dem Spiel.

»Anny!« Seine Stimme wurde ruhig und entschlossen. »Keine übereilten Entscheidungen! Bleib, wo du bist. Beweg dich nicht vom Fleck. Ich komme.«

Sie wollte widersprechen, doch er schnitt ihr das Wort ab. »Ich komme«, wiederholte er. »Ich bin schon unterwegs.«

Es dunkelte bereits, als er den Sachsenplatz erreichte. An ihrer Wohnungstür klingelte er Sturm. Anny schnäuzte sich eilig die Nase, damit er nicht sah, dass sie geweint hatte. Als er eintrat, holte sie tief Luft, um ihm ihren Entschluss mitzuteilen. Sie mussten sich trennen, gleich heute, bevor noch mehr Schaden angerichtet wurde.

Doch Max ließ sie gar nicht erst zu Wort kommen.

»Es gibt eine Möglichkeit, wie wir aus der Sache rauskommen«, sagte er. »Ohne uns zu trennen.«

»Aber was denn für eine? Ich verstehe nicht.«

»Wir streiten gar nichts ab. Und wir werden keinen Skandal bieten.«

Das war ein Widerspruch. Beides war unmöglich. Doch da ging er vor ihr auf die Knie, so dass sie beinahe auf Augenhöhe waren, und nahm ihre Hand.

»Anna Sophie Ondráková«, sagte er, woraufhin ihr das Herz stehenblieb. »Willst du meine Frau werden?«

Sie war unfähig, etwas zu sagen. Gleich würde sie aufwachen. Nichts hiervon war Realität.

Doch Max wirkte plötzlich verändert. Gerade noch die Ruhe in Person, schluckte er und sah ängstlich auf. Wie so oft in solchen Situationen, überspielte er das mit einem Witz.

»Zuerst müssten wir aber etwas anderes tun.«

Verwirrt fragte sie: »Was denn?«

»Wir sollten deiner Mutter schreiben, dass ich um deine Hand anhalten will. Ob sie ihren Segen geben wird, dass du dich mit einem primitiven Boxer verloben willst?«

Die Anspielung auf Jarmila und den Boxer, der in eine Bank eingebrochen war, ließ den Knoten platzen. Sie lachte drauflos, wobei ihr ein riesengroßer Stein vom Herzen zu fallen schien, dann umarmte sie ihn stürmisch.

»Das wird sie niemals erlauben«, flüsterte sie.

TEIL 2

1933–1939

MAX

KAPITEL 14

März 1933

Von den Fackelzügen und den Aufmärschen der vergangenen Wochen war an diesem friedlichen Vormittag nichts mehr zu sehen. Der breite Boulevard strahlte eine zeitlose, kaiserliche Behäbigkeit aus. Max fuhr mit seinem frisch erstandenen 12-Zylinder-Maybach, einem herrlich eleganten Zweisitzer, die Prachtstraße zum Stadtschloss hinauf. Sein Weg war gesäumt von Hotels, Bankhäusern, großbürgerlichen Geschäften und ausländischen Gesandtschaften. Nirgends war eine Hakenkreuzfahne gehisst.

Er war gerade erst aus Prag zurückgekehrt, nachdem er und Anny mit dem Maybach ihre Mutter besucht und bei der Gelegenheit gleich ein paar Tage Ferien gemacht hatten. Es war für sie beide eine große Erleichterung gewesen, Berlin für ein paar Tagen zu entkommen. Denn ihre Romanze bestimmte die Titelseiten aller Illustrierten. Keine Zeitung kam ohne das neue Traumpaar des Landes aus. Max verstand erst jetzt, wie präzise Annys Einschätzung gewesen war, was den Sturm in den Boulevardblättern anging. Eine lose Verbindung wäre unmöglich gewesen. Nur mit der offiziellen Verlobung hatten sie dem *Berliner Herold* ein Schnippchen schlagen und ihre Beliebtheit retten können.

Derweil überschlugen sich die politischen Ereignisse in Deutschland, und es hätte durchaus wichtigere Themen gegeben. Nach den Reichstagswahlen im November hatte es eine wackelige Mehrheit unter Kanzler Schleicher gegeben, die sich nicht lange halten konnte. Von Papen hatte sich mit Hitler zusammengetan und Hindenburg dazu gebracht, Hitler zum Reichskanzler zu ernennen. Es folgten Massendemonstrationen von Sozialdemokraten und Kommunisten und im Gegenzug Siegeszüge und Fackelmärsche der Nationalsozialisten. Die ganze Stadt schien auf den Beinen zu sein. Die NSDAP setzte SA-Truppen und Hilfspolizisten ein, die politische Gegner drangsalierten. Dann der Reichstagsbrand und die darauffolgenden Verordnungen, die Pressefreiheit und Versammlungsfreiheit außer Kraft setzten. Verhaftungswellen bei Kommunisten und Sozialdemokraten folgten, Ermächtigungsgesetze, Verordnungen und immer wieder Nazi-Aufmärsche.

Egal, mit wem er sprach, alle waren sich einig: *Nun wird es anders.* Und ob dieser Umstand begeisterte oder niederschmetterte, das lag daran, wer sprach. Denn viele freuten sich insgeheim, dass endlich durchgegriffen wurde. Dass sich jemand nach all den Jahren des Chaos anschickte, im Land aufzuräumen.

Max fuhr den Maybach rechts ran und hielt vor dem Geschäft seines Schneiders, Herrn Molldauer, der in der Beletage residierte. Ein Glöckchen bimmelte, als Max den Laden betrat, und er tauchte ein in die gediegene Atmosphäre der Monarchenzeit, mit edlen Mahagonimöbeln und schweren

Stoffvorhängen. Hinterm Tresen hing noch ein Bild vom alten Kaiser mit Kindern, Enkeln und Urenkeln, es fiel in der Umgebung nicht weiter auf.

Hier gab es keine Konfektion wie rund um den Spittelmarkt, wo in Hutfabriken und Nähhallen Pariser Modelle serienmäßig nachgeschneidert wurden und wo sich viele einkleideten, die nicht ins Kaufhaus gehen wollten. Hier herrschte die Noblesse altehrwürdiger Handarbeit.

Wer hätte, ging es ihm durch den Kopf, als er noch ein Junge aus dem Hamburger Armenviertel war, der zertretene Schuhe und fadenscheinige Hemden trug, je gedacht, dass er einmal in so einem Geschäft Stammgast werden würde?

»Herr Schmeling!«

Molldauer persönlich tauchte hinterm Tresen auf. Ein älterer Herr mit Lachfältchen und Wohlstandsbauch, der auf vornehme Weise verbindlich wirkte.

»Welch eine Freude, Sie hier zu sehen.«

»Ganz meinerseits«, sagte Max. »Ich brauche nämlich einen Anzug. Und zwar für ein außergewöhnliches Ereignis.«

»Einen Hochzeitsanzug, nehme ich an?«, fragte Molldauer und hob verlegen die Hände. »Sie müssen mir verzeihen, Herr Schmeling. Aber die Zeitungsjungen brüllen es einem überall entgegen. Man kann die Ohren nicht davor verschließen.«

»Ich weiß. Wir sind wohl so was wie das Traumpaar der deutschen Revolverblätter.«

»Ich wollte Ihnen nicht zu nahetreten.«

»Aber nicht doch. Es gibt nichts zu verbergen. Wir sind

sehr glücklich. Und ich brauche tatsächlich einen Hochzeitsanzug. Was schlagen Sie vor?«

Herr Molldauer klatschte dezent in die Hände, und seine Nichte, eine blasse Frau mit dem Körper eines Knaben eilte herbei, einen Block und ein Maßband in der Hand. Max und sie kannten sich, da sie schon als Teenager liebend gern im Laden ihres Onkels gewesen war, und er zwinkerte ihr zu, was ihr ein verschmitztes Lächeln entlockte.

»Kommen Sie, ich zeige Ihnen ein paar Stoffe«, sagte Molldauer. »Wir haben noch reichlich Zeit, wie ich das verstanden habe?«

»Wir feiern im Juli«, sagte Max. »Ich muss aber in zwei Wochen in die Vereinigten Staaten. Und ich werde erst kurz vor der Hochzeit zurück sein.«

»Das wird kein Problem sein. Wenn Sie …«

Lärm drang von der Straße herauf. Ein Spielmannszug spielte einen Marsch. Neugierig sah Max hinab auf den Boulevard. Eine größere SA-Einheit marschierte die *Linden* hinunter, im Stechschritt und in brauner Uniform. Es wurden Fahnen getragen, die Männer hatten ihre Sturmriemen heruntergezogen und gebarten sich äußerst martialisch.

Ein weiterer der zahllosen Propaganda-Märsche dieser Tage. Max wollte die Einheit schon ignorieren, als ihm bewusst wurde, dass Molldauer Jude war. Betreten wandte er sich seinem Schneider zu, aber der strahlte übers ganze Gesicht, als er ans Fenster trat.

»Ist das nicht großartig?«, rief er.

Max wusste darauf nichts zu erwidern.

»Jetzt kehrt wieder Ordnung ein«, sagte Molldauer.

»Denken Sie das?«

»Aber ja. Wie zu Kaisers Zeiten! Warten Sie es nur ab.«

Ein Mitarbeiter rief ihn zum Telefonapparat. Molldauer entschuldigte sich höflich und eilte davon.

Max sah ihm ratlos hinterher. Seine Nichte blieb schweigend stehen, Maßband und Block fest umklammert. Der Lärm der Marschierenden drang weiterhin herauf.

»Ist er begeistert oder von allen guten Geistern verlassen?«, fragte Max mit gedämpfter Stimme.

»Ich weiß es nicht. Er glaubt, es kommt nicht so schlimm, was die Juden angeht.«

»Das wollen wir hoffen. Trotzdem.« Er sah dem Sturmtrupp nach, der am Schlossplatz verschwand. »Was denken Sie?«

»Bis zum Herbst«, sagte sie, »wird es für die Juden wahrscheinlich noch schlechter. Danach können sich alle in den neuen Realitäten einrichten. Das glaube ich wenigstens.«

Als Max wieder auf die Prachtstraße trat, war der Spuk vorüber. Sein Anzug war in Auftrag gegeben, und er fuhr zurück in den Westteil der Stadt. Rund um die Gedächtniskirche wirkte alles wie immer. An den Lichtspielhäusern prangten die Filmplakate, in den Cafés wurde geraucht und debattiert, und in den Läden und auf dem Trottoir herrschte ein quirliges Durcheinander.

Gern hätte er mit Anny über den Besuch bei Molldauer gesprochen, doch die war vollständig von ihren aktuellen Dreharbeiten beansprucht. Sie arbeitete rund um die Uhr, so dass er sie kaum zu Gesicht bekam. Gestern war sie spät abends völlig erschlagen neben ihm ins Bett gefallen, und während er wie ein Boxtrainer ihre verspannten Muskeln massierte, erzählte sie unter wohligen Seufzern, welche Ideen ihr Kostümbildner am Set für mögliche Hochzeitskleider hatte. Die Veränderungen im Land spürte sie trotz der vielen Arbeit ebenfalls. Sie vertraute ihm an, dass sie Unbehagen empfand angesichts der Zeitenwende.

»Es ist, als springe man in einen Abgrund, von dem man nicht weiß, wie tief er ist«, sagte sie. »Dieses ganze Geschrei ist unerträglich.«

»Ach, das ist doch alles nur Tamtam«, beruhigte er. »Es wird sich schon fügen. Klappern gehört zum Geschäft.«

»Für dich ist das leicht zu sagen, du bist Deutscher. Was ist mit mir? Bin ich Teil dieses Volks, von dem alle reden?«

»Aber ja. Tschechen, Österreicher, Ungarn – die gehören doch seit jeher zusammen. Das ist untrennbar verknüpft.«

»So wie die Juden mit allen untrennbar verknüpft sind?«

Er dachte an Molldauer und seine Reaktion auf den SA-Trupp. Hatte sie recht mit ihren Sorgen? Einer Laune folgend, hielt er am *Roxy* in der Joachimsthaler Straße, um auf gut Glück zu schauen, ob sich einer seiner Freunde zufällig dort rumtrieb. Er wollte sehen, wie sehr die Bar heute dem Spitznamen *Vermisstenstation* gerecht wurde. Er hatte Glück. Gleich beim Eintreten entdeckte er vertraute Gesichter. Sein Freund Ernst Deutsch, ein Theaterschauspieler, der sich privat fürs Boxen begeisterte und mit dem Max schon manche Nacht durchgefeiert hatte. Und mit ihm am Tisch seine Freundin Renée Sintenis, die androgyne Bildhauerin mit dem Bubikopf und den großen braunen Augen.

An ihren Gesichtern erkannte er gleich, dass sie über die neue Zeit sprachen. Und offenbar gehörten sie nicht zu den Menschen, die hoffnungsvoll gestimmt waren. Ihre Mienen wirkten besorgt und deprimiert.

»Wie kannst du nicht verzweifeln, Max?«, fragte Sintenis, nachdem er sich zu ihnen gesetzt hatte. »Bei allem, was passiert? Du siehst doch, was die Nazis vorhaben. Sie machen gar keinen Hehl daraus.«

»Warten wir es doch erst ab«, beschwichtigte er. »Wie viele Regierungen hatten wir in den letzten Jahren? Ich habe nicht mehr mitgezählt.«

Gern hätte er noch etwas hinzugefügt, Allgemeinplätze, die man überall hörte. Zum Beispiel, dass die Nazis Großmäuler seien und schnell entzaubert würden. Oder dass von Papen und Hindenburg Hitler schon zähmen würden. Aber die beiden hätten schnell gemerkt, dass er sich nicht gut genug auskannte.

Mit den Gedanken war er ohnehin eher bei Anny und seiner Verlobung und darüber hinaus bei den anstehenden Kämpfen in den Vereinigten Staaten.

»Du denkst also auch, der Spuk ist bald vorbei?«, fragte Sintenis herausfordernd. »Dass die Nazis schnell abwirtschaften? Woher nimmst du die Überzeugung?«

»Ich weiß es nicht, Renée. Wirklich nicht. Aber wollen wir nicht optimistisch sein?«

Sie stieß einen tiefen Seufzer aus. »Es wird alles anders werden, Max, denk an meine Worte.«

»Falls Hitler in sechs Monaten wieder aus dem Amt fliegt«, sagte Max in dem Versuch, die Stimmung mit einem Scherz zu heben, »wüsste ich jedenfalls, was er als Nächstes tun sollte. Er sollte in die Neue Welt gehen und dort ein großer Entertainer werden. Denn vom Showgeschäft versteht er was. Er beherrscht die Massen. Die Leute sind wie von Sinnen.«

Ernst Deutsch konnte dem Gedanken etwas abgewinnen. Zum ersten Mal lachte er. Wie Max war Deutsch aus der Lunapark-Welt hervorgegangen, und er wusste, was ein Entertainer brauchte.

Max sah sich in der Bar um.

»Wo ist eigentlich Fritz?« Fritz Kortner, der große Schauspieler des expressionistischen Theaters. »Er ist doch sonst immer dabei, wenn ihr hier seid.«

»Dann weißt du es gar nicht?«, fragte Sintenis.

»Nein. Was denn?«

»Er war in Kopenhagen auf Tournee, als Hitler an die Macht kam. Er hat beschlossen, nicht zurückzukommen. Er hat Angst um sein Leben.«

Kortner hatte schon einige Rangeleien mit den Nazis gehabt, weil er sich als Sozialdemokrat engagierte. Aber war das nicht übertrieben? Oder schätzte Kortner die Situation realistisch ein? Man munkelte von Gefängnissen der SA, die überall in Berlin in Kellern und Hinterhöfen entstanden, den sogenannten KLs, den Konzentrationslagern. Wäre Kortner tatsächlich in Gefahr?

»Er ist nicht der Einzige«, sagte Deutsch. »Reihenweise hauen die Leute ab. Es soll Todeslisten geben.«

»Ist denn noch jemand weg, den wir kennen?«, fragte Max.

»George Grosz zum Beispiel«, sagte Sintenis.

Grosz! Es war eine Überraschung, doch gleichzeitig verstand er, weshalb. Mit seinen Antikriegsbildern und den Karikaturen der Militärs hatte er sich mächtige Feinde gemacht. Max war ihm verbunden, seit Grosz ihn porträtiert hatte. Dieser freundliche, stille Mensch, der privat so anders war als seine aufsehenerregenden Werke.

»Noch in der Nacht der Ernennung Hitlers zum Reichkanzler haben sie sein Atelier gestürmt«, sagte Deutsch. »Aber er war schon in New York. Er unterrichtet jetzt dort an der Kunsthochschule.«

Sicher wäre das nur vorübergehend. Wenn sich der Staub der neuen Zeit erst gelegt hätte, würden sie schon alle wiederkommen. Das hoffte er zumindest.

»Kinder, ich bestelle uns einen Schnaps«, seufzte Deutsch und winkte zum Tresen. »Für dich nicht, Max, ich weiß. Aber Renée und ich, wir können einen vertragen. Nicht wahr?«

Renée Sintenis nickte, und in ihre großen braunen Augen schlich der Anflug eines Lächelns.

An Max gewandt sagte sie: »Aber du hast sicher andere Dinge im Kopf. Eure Hochzeit ist ja *das* Thema überall. Wie geht es Anny?«

Er setzte zu einer Antwort an, als ihm plötzlich etwas einfiel. Er wandte sich alarmiert an Deutsch.

»Ernst! Was ist mit Bertolt Brecht? Haben Sie ihn in eines dieser neuen Gefängnisse gebracht?«

Schon vor dem Machtwechsel hatten die Nazis massiv seine Aufführungen gestört. Zum ersten Mal an diesem Tag machte sich Max ernsthafte Sorgen.

»Er ist geflohen«, sagte Deutsch. »In der Nacht nach dem Reichstagsbrand.«

»Ein Glück für ihn«, fügte Sintenis hinzu. »Sie haben seine Wohnung gestürmt und alles durchsucht. Er war offenbar ganz oben auf der Liste.«

Ernst Deutsch winkte wieder zum Tresen.

»Und Paul?«, fragte Max. »Was sagt der dazu?«

Sein Boxkollege Paul Samson-Körner war einer der engsten Freunde Brechts. Wie war ihm zumute, jetzt, wo der Dichter ins Exil fliehen musste und die Nazi-Schläger sein Hab und Gut auseinandernahmen?

Das Gesicht von Deutsch verdunkelte sich.

»Samson-Körner hat um Aufnahme in die SA und NSDAP gebeten«, sagte er bitter. »Er will mit seiner ganzen Kraft mithelfen, das Dritte Reich zu errichten.«

Das Gespräch im *Roxy* hatte Max aufgewühlt. Dennoch war er in den darauffolgenden Tagen ganz von den Vorbereitungen für seine Amerikareise eingenommen. Die politischen

Ereignisse rückten in den Hintergrund. Auch mit Anny sprach er kaum mehr über die Veränderungen, da sie erst spät abends nach Hause kam und meist müde und erschöpft war. Zudem bedeutete die Amerikareise für sie, dass es wieder einmal Abschiednehmen hieß.

»Ich wünschte, ich würde weniger arbeiten«, seufzte Anny unglücklich. »Damit wir, bevor du nach Amerika fährst, mehr Zeit füreinander hätten.«

»Wir haben beide einen Beruf, der uns fordert. So ist es nun mal.«

»Trotzdem ...« Sie suchte unglücklich nach Worten. »Wenn wir nur ...«

»Ich weiß schon, was du sagen willst«, sagte er und strich ihr liebevoll eine Strähne aus dem Gesicht. »Wir kommen zu kurz.« Seufzend fügte er hinzu: »Diesen Kampf noch, Anny. Danach kommt der Sommer. Bad Saarow. Unsere Hochzeit. Dann holen wir alles nach.«

»Versprichst du mir das auch, Max?«

»Das tue ich«, sagte er und küsste sie zärtlich.

Wenigstens blieben ihnen diese letzten Nächte vor der Abreise, in denen sie eng umschlungen im Bett lagen, bevor sie morgens aufstanden und sich widerwillig trennten, um aus der gemeinsamen Blase herauszutreten und an ihren jeweiligen Karrieren zu arbeiten. Für Max ging es ab jetzt um den nächsten Weltmeisterkampf. Darauf musste er sich konzentrieren. Er wollte unbedingt eine Neuauflage des Kampfes Sharkey gegen Schmeling. Und dazu brauchte er spektakuläre Gegner – und Siege.

Joe Jacobs kümmerte sich auf der anderen Seite des Ozeans darum, Max ins Gespräch zu bringen. Ein neuer Schwergewichtsboxer war auf die Bühne der Sportwelt getreten. Sein Name war Max Baer. Er wurde bereits für den Titelkampf gegen Sharkey gehandelt. Joe bemühte sich deshalb, einen Kampf gegen Baer zu organisieren, damit Max nach einem Sieg die Boxkommission zu seiner Nominierung gegen Sharkey zwingen würde. Wenn es eine Chance gab, als Weltmeister zurückzukehren, wollte er sie unbedingt nutzen.

Bei herrlichstem Wetter und vollauf beschäftigt mit seinen Plänen bekam er in Neu-Westend wenig mit von dem, was in der Stadt passierte. Machon, der regelmäßig fürs Training vorbeikam, erzählte ihm vom Juden-Boykott am ersten April. SA-Posten seien vor Läden aufgezogen, deren Besitzer jüdisch waren. Schaufenster seien beschmiert worden, Inhaber misshandelt und Kunden vom Betreten der Läden abgehalten.

Ende April dann, wenige Tage vor seinem Aufbruch nach Übersee, fuhr Max zu einem Mittagessen nach Schöneberg. Der *Motorclub von Deutschland* hielt eine Art Stammtisch im *Hahnen* am Nollendorfplatz. Eine bunte Truppe aus Rennfahrern, Sportlern, Industriellen und anderen Autobegeisterten, zu der Max gern dazustieß. Da Anny vor der Kamera stand, war es die perfekte Ablenkung von seinen Vorbereitungen.

Wie immer war die Atmosphäre im *Hahnen* sehr einladend. Licht fiel durch die großen Fenster, es gab hell getünchte Wände, Kirschholzparkett, und unter Art-Déco-Lampen waren Tische mit schneeweißem Leinen eingedeckt. Die Männer plauderten über Autos und Motorräder, über vergangene Rennen auf der Avus und tauschten lachend altbekannte Anekdoten aus.

Gerade wurde das Dessert aufgetischt, da trat ein Mann in einer SA-Uniform in den Raum und schlug die Hacken zusammen. Alle unterbrachen die Gespräche und sahen überrascht auf. Der Uniformierte wandte sich an Max.

»Herr Schmeling, der Führer bittet Sie, mit ihm in der Reichskanzlei zu essen.«

Erstauntes Schweigen am Tisch. Das konnte nur ein Witz sein. Aber der Uniformierte verzog keine Miene. Hinter ihm vor dem Fenster stand eine dunkle Regierungslimousine.

»Mich?«, fragte Max verdattert. »Jetzt gleich?«

»Wenn Sie nichts anderes vorhaben?«

Max sah in die Runde. Es herrschten Unglaube und Verwirrung.

»Ich habe schon gegessen«, sagte er verwirrt.

»Dann isst du eben noch mal«, kam es von einem der Rennfahrer. »Mensch, der Führer!«

Max musste das verdauen: Der Reichskanzler wollte ihn persönlich empfangen. So etwas kannte er nur aus Amerika.

»Jetzt mach schon, Max! Geh.«

Er legte die Stoffserviette beiseite und erhob sich. Nun war es Bewunderung, was er in den Gesichtern der Männer las. Einer von ihnen wurde vom Reichskanzler zu einer privaten Audienz eingeladen!

Der SA-Mann hielt ihm die Tür zur Rückbank der Limousine auf, und Max nahm Platz. Seltsam, dachte er. Nicht nur, dass Hitler ihn einlud. Er wusste offenbar auch, wo Max zu finden war.

Sie fuhren zum Reichskanzlerpalais in der Wilhelmstraße. Der Altbau, ein barockes Stadtschlösschen, lag mitten im Regierungsviertel. Max folgte dem Uniformierten in das altehrwürdige Gebäude und über die Freitreppe hinauf in einen repräsentativen Saal. Dort ließ er ihn allein, kurz drauf öffnete sich die Tür und eine Gruppe Männer spazierte herein. Vorneweg Adolf Hitler, der neue Reichskanzler. Gefolgt von Göring, Goebbels und von Papen. Fast die ganze Reichsregierung tauchte in dem kleinen Saal auf. Max traute seinen Augen nicht.

Ohne Umschweife kam Hitler auf ihn zu und sagte freundlich: »Guten Tag, Herr Schmeling, das ist aber nett von Ihnen, dass Sie gekommen sind. Ich wollte Sie zum Essen bitten.«

Er war kleiner, als Max sich ihn vorgestellt hatte. Jedoch wirkte er ganz natürlich, das Verkrampfte der öffentlichen Auftritte fehlte gänzlich.

»Aber man sagte mir, dass Sie schon gegessen haben.«

Offenbar hatte Max ihn mit der Absage nicht verärgert, denn er fügte heiter hinzu: »Dann lassen Sie uns ein bisserl plaudern, die Herren werden schon nicht verhungern derweil.«

Wie Max begriff, meinte er damit seine Regierungsmitarbeiter, die offenbar nun, da er gegessen hatte, mit ihrem

Essen warten mussten. Was für den übergewichtigen Göring der Anlass war, lauthals lachend zu verkünden: »Ich bestimmt nicht!«

Die Herren begannen mit einer lässigen Plauderei, bei der es ums Boxen und um seine Kämpfe ging. Scherzend kommentierte Goebbels, dass nicht nur Max eine gute Figur im Sportpalast mache. Er spielte damit auf die großen Propagandareden an, für die der Sportpalast berühmt geworden war, und bei denen es seine Rolle gewesen war, die Massen aufzuheizen, bevor Hitler die Bühne betrat.

Goebbels bekleidete das Ministerium für Volksaufklärung und Propaganda, das frisch gegründet worden war. Dieser Mann wäre in Zukunft zuständig für Presse, Rundfunk, Film, Theater. Er kam auf den Film zu sprechen und lobte den Einfluss, den das kleine Tschechenvolk auf die deutsche Filmkultur habe. Anny Ondra sei eine wirkliche Bereicherung, und sie stehe nicht allein.

Von Papen, der Vizekanzler, brachte dann das Thema Amerika auf den Tisch. Er sinnierte über die Vor- und Nachteile der Neuen Welt gegenüber Europa und fügte ironisch hinzu: »Aber davon können Sie sicher ein Lied singen, Herr Schmeling.«

Max wusste nicht, wie die neuen Machthaber zu seinem Ruhm auf der anderen Seite des Atlantiks standen. Deshalb lenkte er lieber mit einem Witz über seinen Filmschlager ab: »Tut mir leid, vom Singen verstehe ich nichts.«

Woraufhin von Papen meckernd lachte. Hitler mischte sich lächelnd ins Gespräch und sagte, er wolle sich in diesen Streit nicht einmischen, welcher Kontinent es besser habe, aber die Vereinigten Staaten seien ein wirtschaftsstarkes Land und ihm bereite es Sorge, dass es dort Kräfte gebe, die im Dritten Reich eine Gefahr sehen.

»Vielleicht fragt man Sie ja drüben, wie es in Deutschland aussieht«, sagte er freundlich. »Dann können Sie den Schwarzsehern sagen, wie friedlich hier alles ist und wie es vorangeht.«

Etwa zwanzig Minuten standen sie beisammen, wobei die Atmosphäre, gemessen an dem Ort, an dem sie stattfand, ungezwungen und gelöst war. Dann verabschiedete Hitler sich, die Herren schickten sich an, zu Tisch zu gehen, und in der Tür stehend wandte sich Hitler nochmals zu ihm um.

»Ach, Herr Schmeling? Lassen Sie es mich wissen, wenn Sie mal Probleme haben.«

Damit schloss er die Tür hinter sich und ließ Max allein. Einer seiner Adjutanten begleitete ihn zurück zur Limousine, die ihn wieder nach Schöneberg brachte, wo der Maybach vorm *Hahnen* auf ihn wartete. Immer noch geschmeichelt davon, von der ganzen Staatsführung empfangen worden zu sein, dachte Max über das Gespräch nach. Amerika. Seltsam, dieses Thema schien nicht zufällig aufgekommen zu sein. Und plötzlich begriff er. Keiner kannte die Macht der öffentlichen Meinung besser als Hitler, und natürlich wusste er, dass Max in Amerika unzählige Interviews geben würde. Sicher ahnte er, welche Fragen Max gestellt bekäme. Und wusste, wie wichtig seine Antworten darauf wären.

Deshalb hatte er ihn in die Staatskanzlei holen lassen, wurde Max bewusst. Es war eine Aufforderung. Er hatte einen Auftrag bekommen, vom Führer höchstpersönlich.

ANNY

KAPITEL 15

Karel hatte Anny ins Büro bestellt, um über künftige Projekte zu sprechen. Ihr aktueller Film war so gut wie abgedreht, und Karel wollte ihre Meinung zu neuen Stoffen hören. Lieber hätte sie damit gewartet, bis Max auf dem Weg nach Amerika war, aber er hatte heute ohnehin Verabredungen, deshalb spielte es keine Rolle. Karel waren verschiedene Projekte angeboten worden, zudem hatte er ihren Hausautor Hans Zerlett eingeladen, auf dessen Drehbücher ihre größten Erfolge zurückgingen und der ein paar neue Ideen hatte, die er präsentieren wollte.

Karel und Hans Zerlett waren schon anwesend, als Anny eintraf. Die beiden schienen tief im Gespräch vertieft. Allerdings redeten sie nicht über Filmideen, wie Anny schnell begriff, sondern über das Ereignis der Stunde, über das die ganze Filmwelt sprach: Goebbels Rede im Kaiserhof.

Der neue Minister hatte die Filmschaffenden in das Hotel am Potsdamer Platz geladen und im Saal einen Vortrag gehalten, über die Zukunft des Films und wie er sich seiner Ansicht nach unter den neuen Machthabern zu entwickeln habe. Karel war dort gewesen, als Einziger aus der Runde, und so erfuhren sie aus erster Hand von dem Treffen.

»Setz dich zu uns«, sagte Karel und brachte Anny eilig auf den Stand. »Es waren wirklich alle da. Das *Who's Who*, wie die Amerikaner sagen. Ein Saal voller Prominenz. Auf keiner Gala habe ich so viele berühmte Gesichter gesehen.«

»Und Goebbels?«, fragte Hans Zerlett. »Wie ist er angekommen?«

»Es war nicht gerade ein Heimspiel. Die Filmwelt ist international und nicht so deutschtümelnd, wie er es gerne hätte. Aber er hat sein Bestes gegeben.«

»Es hat ihm doch keiner offen widersprochen?«

»Wo denkst du hin! Alle waren höflich. Aber die Zurückhaltung war spürbar.«

Karel erzählte, wen er alles getroffen hatte, und Anny ließ den Blick durchs Fenster auf die belebte Friedrichstraße schweifen. In den Cafés saßen Geschäftsleute und Reisende aus der Provinz, an den Litfaßsäulen klebte Reklame, Zeitungsjungen und Blumenmädchen boten ihre Ware feil, Droschken und Automobile fuhren vorbei. Alles schien wie gewohnt weiterzugehen.

Doch wer genau hinsah, entdeckte die beschmierten Ladenfronten. *Kauft nicht bei Juden.* Und hie und da ein zerschlagenes Fenster, das mit Pappe abgeklebt war. Auch entdeckte sie eine Hakenkreuzfahne hinter einer Scheibe.

»Goebbels hat gleich klargemacht, dass die Nazis nicht nur den Rundfunk für sich beanspruchen«, erzählte Karel, »sondern auch den Film. Und dass sich eine Menge ändern muss. Der Film soll der Führung der Nazis folgen.«

»Und wie haben die Leute reagiert?«, fragte Hans Zerlett.

»Gar nicht. Sie konnten ihn ja schlecht ausbuhen.«

»Aber was genau soll sich ändern? Hat er das gesagt?«

»Nicht direkt. Er hat nur von der Filmkrise geredet.«

Anny wandte sich überrascht vom Fenster ab.

»*Filmkrise*? Was denn für eine Filmkrise?«

Karel hob amüsiert die Schultern. Er wusste selbst, es war absurd. Denn nichts hatte in den Krisenjahren so floriert wie der Film. Dafür waren die zwanziger Jahre berühmt gewesen, und mit dem Tonfilm hatte die Filmwirtschaft nun ein neues Zeitalter anbrechen lassen. Die Lichtspielhäuser waren brechend voll. Die Leute verlangten nach immer neuen Filmen.

»Der deutsche Film ist ungemein erfolgreich«, rief sie. »Von Hollywood abgesehen, der Erfolgreichste der Welt. Und er spricht von einer Filmkrise?«

»Er meinte eher die geistige Krise, Anny.«

Karel räusperte sich und imitierte den Minister in Tonfall und Gestik: »Und die bleibt bestehen, solange wir nicht den Mut haben, den deutschen Film von der Wurzel aus zu reformieren.«

Hans Zerlett schüttelte ratlos den Kopf. Karel hingegen, der einen teuflischen Spaß daran hatte, den Minister weiter zu imitieren, fuhr fort.

»Der Film kann nur gesund werden«, ereiferte er sich, »wenn er sich wieder auf sein Deutschtum besinnt und im deutschen Wesen die Wurzeln der Kraft sucht.«

Sein Tonfall wurde laut und beißend: »Der Liberalismus bedeutet in Wahrheit Anarchie des Geistes!«

Hinter dem Milchglas hielten die Vorzimmerdamen inne und reckten die Köpfe.

»Sei besser leise«, zischte Anny. »Du weißt nie, wer zuhört.«

Doch Karel zwinkerte nur und lachte in sich hinein.

»Er will Kontrolle über den Film«, stellte Hans Zerlett fest.

»So ist es«, sagte Karel. »Kontrolle, Gleichschaltung und Verstaatlichung. Auch wenn er dafür blumigere Worte gefunden hat.«

Anny fragte sich, was das für sie bedeutete. Sie hatten schon immer Scharmützel mit der Zensurbehörde ausgetragen, wenn es um Details ging. Aber ihre Filme waren unpolitisch. Vielleicht änderte sich für ihre Arbeit gar nichts?

»Stellt euch vor«, sagte Karel. »Zum feierlichen Ausklang ließ Goebbels das Horst-Wessel-Lied anstimmen.«

Das war so absurd, da musste sogar Hans Zerlett lachen.

»Konnte das einer der Anwesenden auswendig?«

»Kaum. Alle haben verunsicherte Blicke gewechselt und wenig textsicher mitgesungen. Ein grandioser Witz eigentlich, ich wünschte, ich hätte diesen Einfall bei einem unserer Filme gehabt.«

»Nur war es kein Witz«, sagte Hans Zerlett.

»Nein. Es zeigt, wohin die Reise geht: Die gesamte Filmindustrie singt das Horst-Wessel-Lied! Ich sage euch, das ist das Fanal für die Zukunft.«

»Aber … die Nazis haben doch keine Ahnung vom Film«, wandte Anny ein.

»Lass das nicht Goebbels hören«, sagte Karel. »Der hält sich für einen Fachmann.«

»Will er die Zensur verschärfen?«

»Nein, Anny.« Karel lächelte nachsichtig. »Viel mehr als das. Hast du die Sache mit der Ufa noch nicht gehört?«

Da musste sie passen.

»Der Ufa-Vorstand«, erzählte er, »hat gleich am nächsten Tag den Beschluss gefasst, alle jüdischen Mitarbeiter zu entlassen.«

»Das ist nicht dein Ernst!«

»Doch. Infolge *nationaler Umwälzungen in Deutschland*, wie sie es nannten. Die ziehen das durch.«

»Alle, sagst du?«

Anny hätte nicht sagen können, wer alles betroffen war, aber dass es im Filmgeschäft viele jüdische Mitarbeiter gab, war bekannt.

»Erst mal alle, die exponiert sind«, sagte Karel. »Schauspieler, Regisseure und Produzenten. Die unsichtbaren Mitarbeiter können fürs Erste bleiben.«

»Sei froh, dass du keine Jüdin bist«, scherzte Hans Zerlett.

»Aber …« Sie dachte fiebrig nach, wer ihrer Kollegen Jude war. »Was ist denn mit Fritz Lang? Oder Billie Wilder? Die Ufa kann doch nicht auf ihre größten Stars verzichten.«

»Offenbar schon.«

»Filme ohne jüdische Künstler sind undenkbar«, empörte sie sich. »Denkt nur an die größten Erfolge der letzten Jahre.« Sie begann alles aufzuzählen, was ihr spontan einfiel: »*Der blaue Engel. Der Kongress tanzt. Die drei von der Tank-*

stelle. Alle von Juden gemacht. Mit jüdischen Schauspielern. Sogar mit jüdischen Komponisten, denkt nur an Hollaender und Heymann.«

Langsam wurde ihr klar, was das in der Konsequenz für ihr Umfeld bedeutete.

»Was ist mit Kurt Gerron?«, rief sie. »Oder Siegfried Arno? Was mit Gitta Alpár? Die Menschen lieben sie. Das sind ihre Stars, die sie im Kino sehen wollen.«

»Ich glaube, Goebbels weiß selber nicht, was er da anrichtet«, sagte Karel. »Das ist ja der Witz. In seiner vermaledeiten Rede hat er gesagt, welche Filme er selbst bewundert. Ihr glaubt es nicht …«

»Welche Filme waren das?«, fragte Anny.

Karel nahm die Finger zu Hilfe, um sie aufzuzählen.

»*Panzerkreuzer Potemkin* von Eisenstein«, begann er.

»Eisenstein ist ein Jude«, sagte Hans Zerlett.

Karel hob den zweiten Finger.

»*Die Nibelungen* von Fritz Lang.«

»Jude.«

»Anna Karenina, oder *Love*, der Stummfilm mit Greta Garbo, von Irving Thalberg.«

»Jude.«

Karel stieß ein ersticktes Lachen aus, als er den vierten Finger hob. »Sogar *Rebell*, dieser völkische und anti-demokratische Film, den Hitler so liebt und den er zigmal hintereinander gesehen haben soll. Der wurde von Luis Trenker und Kurt Bernhardt gemacht.«

»Bernhardt ist Jude«, ergänzte Hans Zerlett.

Das Ganze schien Anny surreal. Sie starrte Karel an, als wartete sie auf eine Pointe.

»So wie du haben die meisten im Kaisersaal auch geguckt«, kommentierte er.

»Das wird sich die Ufa bestimmt noch mal überlegen!«

»Bist du dir so sicher?«

»Wenn die Leute nicht mehr ins Kino gehen, werden sie sich ihre Stars zurückholen.«

»Das glaube ich nicht, Anny. Wir denken immer, wir sind unersetzbar, oder? Wir sind berühmt! Doch so ist es nicht. Sobald wir einen Schritt zurücktreten, kommen andere an unsere Stelle. In dem Moment, in dem wir nicht mehr an der vordersten Linie stehen, hat uns das Publikum vergessen. Als hätte es uns nie gegeben. Glaub mir, keiner braucht uns. Jeder ist ersetzbar.«

Anny sah zu den Filmplakaten, die an den Bürowänden hingen. Die Dokumente ihres kometenhaften Erfolgs. Seit Jahren gab es für sie nur eine Richtung, nämlich nach oben.

»Du denkst, du bist eine der begabtesten Schauspielerinnen unserer Zeit?«, fragte Karel.

Erschrocken wollte Anny widersprechen, doch er ließ sie nicht zu Wort kommen.

»Natürlich bist du viel zu bescheiden, um dir das je einzugestehen. Aber es stimmt. Selbst Mary Pickford, die früher dein großes Vorbild war, hast du längst überflügelt. Ohne dich wäre unsere Firma nichts.«

Er hob die Hände, wie um zu zeigen, dass sie leer waren.

»Und dennoch, Anny. Wenn du eine Jüdin wärst, würden sie dich eher heute als morgen auf die Straße setzen. Und weißt du, was passieren würde? Eine zweitklassige arische Frau würde deine Stelle einnehmen. Punktum. Eine Frau, die keinen Sinn für den richtigen Zeitpunkt hat und tollpatschig über die Bühne stolpert. Und sehr bald würde kein Hahn mehr danach krähen. Die Leute würden einfach Filme gucken, die ein bisschen schlechter sind, als sie es gewohnt waren. Das war's. Ende der Geschichte.«

Ihre Fans liebten sie, hätte sie am liebsten eingewandt. Doch da erinnerte sie sich daran, was Hans Albers gesagt hatte. Sie lebten wie Seilartisten im Zirkuszelt. Das Publikum bewunderte sie – und sehnte sich nach einem falschen Tritt.

»Aber … Was machen wir jetzt?«

»Wir machen Filme«, sagte Karel.

»Du meinst, wir machen einfach weiter?«

»Wir werden uns irgendwie durchlavieren. Abwarten. Es wird nichts so heiß gegessen wie gekocht.«

»Vielleicht suchen wir uns einen Schauspieler, der den Nazis nahesteht«, schlug Hans Zerlett vor. »Für die männliche Hauptrolle unseres nächsten Films.«

»Einen waschechten Nazi. Eine großartige Idee!«

Die beiden begannen sofort, Namen auszutauschen. Anny wurde derweil still. Der Boden unter ihren Füßen fühlte sich wacklig an. Lebten sie viel näher am Abgrund, als sie es je für möglich gehalten hatte? Karel wandte sich ihr zu und schenkte ihr ein mitfühlendes Lächeln.

»Wir müssen abwarten, was kommt, Anny«, sagte er. »Von nun an sind wir Filmschaffende von Goebbels Gnaden. Besser wir stellen uns gut mit ihm.«

An diesem Abend musste sie sich von Max verabschieden, für den es morgen nach Amerika ging. Anny wäre mit ihm stattdessen am liebsten nach Bad Saarow gefahren, um sich dort für ein paar Wochen zu verkriechen. Durch die Wälder streifen, zur Jagd gehen, barfuß am Badestrand entlangschlendern. Aber das war unmöglich.

»Was, wenn meine Karriere jetzt zu Ende ist?«, fragte sie bange, als sie abends auf dem Canapé saßen.

»Ach, Anny.« Er nahm sie zärtlich in den Arm. »Wir wissen doch gar nicht, was kommt. Warte erst einmal ab, wohin sich alles entwickelt.«

Allein seine Anwesenheit, seine starken Arme, die sie hielten, vermochten es, sie ein wenig zu beruhigen. Trotzdem. Da war ein Gefühl, als zöge ein Sturm auf. Als könnte keiner einschätzen, was am Ende auf sie zukäme.

»Das ist leicht für dich zu sagen«, meinte sie. »Aber ich bin Tschechin und keine Deutsche. Egal, was du über die Freundschaft der Völker sagst, ich frage mich, habe ich hier überhaupt eine Zukunft?«

»Wir haben nur eine neue Regierung, das ist alles. Die werden sich schon wieder einkriegen. Außerdem …« Er strich ihr mit dem Finger sanft eine Strähne aus dem Gesicht. »Ich habe dir ja schon gesagt, dass ich in der Staatskanzlei war. Goebbels hat dich lobend erwähnt. Das ist ein gutes Zeichen.«

Sie fuhr hoch. »Goebbels hat *mich* erwähnt?«

»Wenn ich es doch sage. Und dann hat er vom Volk der Tschechen und ihren positiven Einfluss auf den deutschen Film gesprochen.«

Bedeutete das, die Ondra-Lamač-Film GmbH war aus der Schusslinie? Ungeachtet der Tatsache, dass Karel und sie keine Deutschen waren?

»Wir müssen uns halt gut stellen mit den neuen Machthabern«, sagte Max. »Dann wird unsere Karriere unbeschadet weitergehen.«

Anny war da skeptischer. Doch wenn Goebbels persönlich ihnen ein Freifahrtschein ausstellte …

»Du wirst schon sehen«, fuhr Max fort. »Wir werden beide noch so manchen Gipfel in unserer Karriere erklimmen. Noch ist es nicht vorbei, weder für dich noch für mich. Der einzige Unterschied ist nur, dass wir es nicht mehr allein tun. Wir machen es gemeinsam. Ich stehe an deiner Seite, und du stehst an meiner. So ist es doch?«

Sie schmiegte sich an ihn und vergrub ihr Gesicht in seiner Armhöhle. »So ist es, Max! Wir haben uns.«

Das Gefühl, dass ein Sturm bevorstand, ließ sich dennoch nicht so ganz verscheuchen. Keiner konnte sagen, wohin sie dieser Sturm am Ende hinpusten würde. Oder ob von ihrer Arbeit und ihrer Karriere noch etwas übrig blieb. Sie musste einfach hoffen, dass die Stürme der neuen Zeit sie beide verschonen würden.

MAX

KAPITEL 16

New York,
Mai 1933

Wie jedes Mal war es ein erhebendes Gefühl, New York zu betreten. Max liebte alles an dieser Stadt. Die prachtvollen Stadtvillen, die umgeben waren von kühler Eleganz, die mit großen Limousinen verstopften Straßen, den Central Park. Und immer wieder wurde sein Blick von den klassizistischen Fassaden der Hochhäuser hinauf in den Himmel gezogen. Hätte er doch nur Anny mitnehmen können! Hier wäre sie auf andere Gedanken gekommen.

Seit der Machtübernahme fühlte sie sich unwohl, denn Berlin veränderte sich. Die Filmwirtschaft, das Theater, die Künstlerszene. Er glaubte, New York wäre da die geeignete Kur für sie gewesen, um alles für eine Weile hinter sich zu lassen. Denn die Stadt erinnerte ein bisschen an das weltoffene, bunte und vielfältige Berlin der zwanziger Jahre. Nur ohne Straßenschlachten und ohne politisches Chaos.

New York hätte ihr bestimmt gutgetan. Er hätte mit ihr durch die Straßenschluchten spazieren, ihr seine Lieblingsrestaurants zeigen oder im Village mit Joe Jacobs Partys feiern können. Max nahm sich vor, das einmal nachzuholen, wenn kein Kampf um den Weltmeistertitel anstand. Im nächsten Jahr vielleicht.

Nachdem er sein Hotel am Central Park bezogen hatte, hockte er mit Joe Jacobs in einem Diner, aß Burger und besprach anstehende Termine. Er hatte seinem Manager die neue Schallplatte von Gitta Alpár mitgebracht, worüber er so gerührt und begeistert war, dass er Max in einer herzlichen Umarmung beinahe erdrückte. Jacobs versprach, sie all seinen Freunden vorzuspielen, damit der Ungarin auch in Amerika der Ruhm zuteil würde, den sie verdiente.

Eine Kellnerin mit gestärkter Bluse und einer Haube im Haar nahm kaugummikauend die Bestellung entgegen. Joe versuchte sofort, mit ihr zu flirten, doch sie lachte ihn schallend aus und verschwand ohne ein Wort. Woraufhin er sichtlich zufrieden mit seinem Flirtversuch den Terminkalender rausholte.

Eine Rundreise in den USA stand an, eine stolze Anzahl an Schaukämpfen, unterbrochen von Empfängen und Gesellschaften. Zeitungsinterviews hatte Max schon eine Reihe gegeben, und er hoffte, dass ihn die Presse nun ein wenig in Ruhe ließ. Und der wichtigste Termin war zweifelsfrei der letzte Kampf im Yankee Stadium gegen Max Baer, auch wenn kein Titel auf dem Spiel stand. Bei einem Sieg würde ihm keiner mehr den erneuten Weltmeisterkampf gegen Sharkey streitig machen können. Von wegen *they never come back*.

»Baer ist, wie es bei euch heißt, Halbjude, wusstest du das?«, fragte Jacobs.

Max sah verwundert von seinem Burger auf.

»Schon. Aber spielt das eine Rolle?«

Sein Manager lachte so laut und schallend, dass sich andere Gäste im Diner nach ihnen umdrehten.

»In Deutschland spielt es sehr wohl eine Rolle«, sagte Jacobs. »Wir wissen, was bei euch zu dem Kampf in den Zeitungen steht. Und hier ist es genauso.«

Max hatte nur den Weltmeistertitel im Kopf. Und den Weg, den er dafür beschreiten musste. Dabei interessierte ihn wenig, dass der Kampf gegen Baer politisch aufgeladen war.

»Ich will nur einen guten Fight«, sagte er. »Und mich danach auf Sharkey konzentrieren.«

»Mal sehen, ob Baer das auch so sieht ...«

Jacobs warf ihm eine Zeitung auf den Tisch, so dass Max die Schlagzeile lesen konnte. Er stand ganz oben auf Seite eins. *Max Baer: Jedes Mal, wenn ich eine Rechte bei Schmeling lande, werde ich sagen, das ist eine für Hitler.*

Max lächelte gequält. Er begriff die Marketingidee dahinter, auch wenn es wenig schmeichelhaft für ihn war.

»Ich bin Sportler«, sagte er. »Für mich geht es nur darum, wer der Bessere im Ring ist.«

»Dann sorge dafür, dass du es bist«, sagte Jacobs und hielt nach der Kellnerin Ausschau, um nach dem Essen einen Kaffee zu bestellen.

Max blieb nicht viel Zeit im Diner, denn er wurde auf einem Empfang in der deutschen Botschaft erwartet. Er konnte nicht absagen und freute sich zumindest auf das Treffen mit dem Generalkonsul, dem er schon häufiger in New York begegnet war. Paul Schwarz war ein gemütlicher Mann mit roten Pausbacken und einem Schnauzer, dem das

Leben zahllose gutmütige Lachfältchen ins Gesicht gezeichnet hatte.

»Herr Schmeling!«, begrüßte ihn der Konsul freudig. »Wie schön, zur Abwechslung mal ein angenehmes Gesicht aus Deutschland zu sehen.«

Max wusste nicht, was er damit meinte, und lenkte mit einem Scherz ab. »Warten Sie bis nach dem Kampf gegen Baer, Herr Konsul. Dann ist mein Gesicht vielleicht nicht mehr so schön.«

Schwarz lachte herzlich und schlug ihm auf die Schulter.

»Ich habe die Zeitungen gelesen, Herr Schmeling«, sagte er freundlich, bedachte ihn dabei jedoch mit einem unergründlichen Blick. »Deutschland kommt ja gut weg in den Interviews, die Sie hier geben. Ich wusste gar nicht, dass Sie politisch interessiert sind.«

»Das bin ich auch nicht. Ich bin Sportler, kein Politiker.«

»Dafür sind Sie sehr engagiert, was die neue Führung in Deutschland angeht.«

»Hitler persönlich hat mich gebeten, ein gutes Wort für unser Land einzulegen«, gestand er. »Damit die Menschen hier nicht zu schlecht von uns denken. Wir sind doch befreundete Nationen, die Deutschen und die Amerikaner.«

Schwarz betrachtete ihn forschend. »Aber glauben Sie tatsächlich, dass die Juden nichts zu befürchten haben in Deutschland?«

»Ich kann es mir nicht vorstellen. Das sind doch nur Geburtswehen. Die Nazis sind Prahlhänse, sonst nichts. Es wird sich einrenken.«

»Das alles geht schief«, sagte Schwarz abrupt, und seine Fröhlichkeit war wie weggewischt. »Wissen Sie, Herr Schmeling, es wird in Deutschland ein Blutbad geben. Es endet alles im Krieg.«

»*Krieg*?« Max lachte. »Aber es kann doch gar keinen Krieg geben, wer soll denn wen angreifen? Hitler mit seinen hunderttausend Mann etwa?«

Mehr ließ der Versailler Vertrag nicht zu, Deutschland war demilitarisiert worden, die Wirtschaft lag am Boden, und auf den Straßen der Hauptstadt waren immer noch die Versehrten aus dem letzten Krieg zu sehen, denen ein Bein oder ein Arm oder ein Auge fehlte. Da von einer Mobilmachung zu sprechen, schien absurd.

Aber Schwarz bleib dabei: »Es gibt Krieg, ich sage es Ihnen. Es gibt Krieg, Herr Schmeling.«

Dann, als wäre ein Schalter umgelegt worden, kehrte die Heiterkeit in sein Gesicht zurück, und er begrüßte eine Baronesse, die wie aus dem Nichts auftauchte und Max ihre Aufwartung machen wollte. Es ergab sich an diesem Abend keine weitere Möglichkeit, mit dem Konsul allein zu sprechen. Alle auf dem Empfang wollten mit Max reden. Sie brannten darauf, Neuigkeiten aus Deutschland zu hören. Die neuen Verhältnisse hatten in Amerika höhere Wellen geschlagen, als er geglaubt hatte. Alle Zeitungen schrieben über Hitler und das neue Deutschland. Jeder versuchte, sich ein Bild von dem zu machen, was im Herzen Europas vor sich ging.

Jetzt war es doch gut, dachte er dabei, dass Anny ihn nicht nach New York begleitet hatte, um auf andere Gedanken zu kommen. Denn sie hätte diese Unterhaltungen sicher nicht gut aufgenommen. Sie machte sich ohnehin so viele Sorgen, und vor allem die Prophezeiung von Schwarz hätte ihr Angst gemacht.

Die Leute wollten auch über diejenigen sprechen, die das Land verlassen hatten. Über die Prominenten, die Kommunisten und vor allem die Juden. Thomas Mann hatte sich in Paris aufgehalten, als die Nazis an die Macht kamen, Alfred Kerr in Prag – und beide waren nicht nach Deutschland zurückgekehrt. Weil sie keine Lust hatten, wie es hieß, sich von barbarischen Nazis anpöbeln oder gar totschlagen zu lassen. Bertolt Brecht und Kurt Weill hatten das Land gleich zu Beginn fluchtartig verlassen, und seitdem folgten ihnen jede Woche weitere Schriftsteller und Kulturschaffende.

Max konnte immer nur sagen, er verstehe nicht viel von Politik und glaube, dass sich alles wieder einrenke. Er sei ein Deutscher und liebe sein Land. Die neue Regierung tue viel gegen die Arbeitslosigkeit, es herrsche Aufbruchstimmung im Land, zudem stabilisierten sich die Verhältnisse. Es gäbe keine Straßenkämpfe und keine Unruhen mehr. Man müsse daran glauben, dass sich in Deutschland alles zum Guten entwickle.

Max war froh, als er endlich die Gesellschaft verlassen konnte. Am späten Abend stieg er zu Joe Jacobs Stadtwohnung im Herzen von Manhattan hinauf. Sein Manager hatte Freunde geladen und Essen bringen lassen, alle hockten ungezwungen beisammen, plauderten und empfingen Max wie einen alten Freund. Wie so oft, wenn Max sich mit anderen einen gemütlichen Abend machte, wurden um ihn herum alle betrunkener und fröhlicher, während er sich mit einem Wasser in der Hand über sie amüsierte.

Auch hier interessierten sich alle für das, was in Deutschland vor sich ging. Max erzählte von seinem Besuch in der Reichskanzlei, womit er schlagartig zum Star des Abends wurde. Alle im Raum waren Juden, wurde ihm klar. Wie überhaupt die meisten seiner New Yorker Freunde. Einen Bericht aus der Machtzentrale von Hitler und Goebbels aus erster Hand zu bekommen, war für sie ein großartiges Spektakel.

»Was sagt denn der Führer überhaupt dazu«, rief jemand belustigt, »dass du gegen den Juden Max Baer boxen wirst?«

»Ist das denn nicht im Neuen Reich als Rassenschande verboten?«, fragte Jacobs mit der kalten Zigarre im Mund.

Sie lachten schallend und zogen Max auf, der nicht anders konnte, als in ihr Lachen einzustimmen.

Später nahm ihn Jacobs zur Seite. Das Thema war für ihn noch nicht beendet. »Mal im Ernst, Max. Du musst aufpassen. Du bist immer noch Publikumsmagnet hier in den Staaten. Dass du in der Öffentlichkeit nur Gutes über das neue Regime sagst, das kostet dich Sympathien.«

»Was die Juden angeht, stimme ich überhaupt nicht mit Hitler überein. Du weißt das.«

»Ich schon. Wir alle hier im Raum. Nur bin ich mir nicht sicher, ob das reicht.«

»Ich bin nun mal Deutscher. Was soll ich machen?«

Jacobs schien einen Moment darüber nachzudenken, dann sagte er mit schelmischem Lächeln: »Gewinnen! Und uns den Titel zurückholen.«

Ein paar Wochen später war es so weit. Nach seiner Tournee kehrte Max nach New York zurück, um gegen Baer zu kämpfen. Es war Sommer, und eine unerträgliche Hitze lag über der Stadt. Max litt unter dem Wetter. Der Schweiß lief ihm nur so runter, er fühlte sich unkonzentriert und seltsam schlapp. Und als wäre das nicht genug, litt er zunehmend unter der Trennung von Anny. Da er ständig unterwegs war, gab es kaum eine Möglichkeit, eine der Überseeverbindungen, die im Vorfeld angemeldet werden mussten, zu bekommen. Sie hatten seit Wochen nicht miteinander telefoniert. Er hatte keine Ahnung, wie es ihr ging. Es war eine zusätzliche Belastung. Wenn sie bei ihm wäre, glaubte er am Abend vor dem Fight, würden ihm Hitze und Kopfschmerzen weniger zu schaffen machen.

Am Kampftag wurden die Beschwerden noch schlimmer. Es fiel ihm schwer, sich zu konzentrieren. Etwas stimmte nicht. Er fühlte sich leer, als wäre er gar nicht anwesend. Die Scheinwerfer des Yankee Stadium heizten die Temperaturen weiter auf. Das Rasen und Toben des Publikums, das fest mit seinem Sieg rechnete, drang nur gedämpft zu ihm durch.

The Battle of the Maxes war ausgerufen worden. Max Baer, der ihm sogar äußerlich ähnlich sah, wirkte fit und angriffslustig. An seiner Hose trug er einen Davidsstern. Der Gong zur ersten Runde erklang, und sein Gegner landete sofort einen Treffer. Und noch einen. Max war zu langsam. Er konnte die Trägheit in seinem Körper nicht überwinden, war kraftlos und unpräzise. So etwas hatte er noch nie erlebt.

»Beweg dich, um Himmels willen«, schrie Machon in der Pause. »Beweg dich doch!«

Max kämpfte weiter, doch er fand nicht ins Spiel hinein. Nichts funktionierte. Ab Runde acht bemerkte Baer, dass er seinen Gegner ungestraft attackieren konnte. Eine Serie von harten Schlägen folgte, die Max nicht zu kontern imstande war. In der zehnten Runde schickte Baer ihn mit krachenden Schlägen zu Boden. Max versuchte, auf die Beine zu kommen, hörte, wie das Publikum ihn im Chor auszählte. Mit reiner Willenskraft stemmte er sich noch einmal hoch.

Er wusste: Ein Schlag, richtig platziert, konnte ihn jetzt töten. Baer musste das nicht einmal beabsichtigen. Trotzdem. Er durfte nicht aufgeben.

Der Ringrichter ging dazwischen. Er brach den ungleichen Kampf ab: »Technische Überlegenheit, der Sieger ist Max Baer.« Alles fühlte sich an wie ein schlechter Traum.

Die Arena tobte. Max Baer wurde von den Massen gefeiert. Joe Jacobs kam leichenblass auf ihn zugelaufen. Machon half ihm aus dem Ring. Max stand wie unter Schock. Er spürte nichts. Doch eine Erkenntnis drang zu ihm durch: Er hatte nicht einfach verloren, er war von Baer deklassiert worden.

Die Männer führten ihn in die Kabine, raus aus der Arena, in der sein Gegner frenetisch gefeiert wurde.

»Das war keine Niederlage«, sagte Machon fassungslos, »das war ein Zusammenbruch.«

»Du hast von Anfang an gespielt, als wolltest du einen Pudding an die Wand nageln.«

Max konnte nichts erwidern. Geschlagen und gedemütigt ging er unter die Dusche. Noch nie hatte er auf so eine Weise verloren.

Er brauchte lange, um sich zu erholen. In den folgenden Tagen verließ er kaum das Hotelzimmer. Jacobs und Machon kamen ihn besuchen, um zu sehen, wie es ihm ging. Die körperlichen Blessuren waren nicht der Rede wert. Etwas anderes nagte an ihm.

»Was war nur mit dir los?«, fragte Machon.

»Ich weiß es nicht. Mein Körper hat nicht reagiert. Ich stand neben mir.«

Sein Trainer ließ sich ratlos in einen Sessel sinken.

»Wir wissen alle, was diese Niederlage bedeutet«, sagte er.

Max nickte düster. Die Deklassierung durch Baer schleuderte ihn in hohem Bogen aus dem Bewerberfeld für die Weltmeisterschaft.

»Es ist vorbei«, sagte Max. »Ich werde nicht nochmals gegen Sharkey antreten.« Bitter fügte er hinzu: »*They never come back.*«

Machon widersprach nicht. Sein Stern sank, das wusste auch sein Trainer. Jüngere drängten nach, und dieser Weltmeisterkampf wäre die letzte Chance gewesen, nochmals auf die große Bühne zurückzukehren.

»Hast du schon was aus Deutschland gehört?«, fragte Max.

»Nein. Aber die Begeisterung wird sich in Grenzen halten, dass du gegen einen Halbjuden verloren hast.«

Es würde sich zeigen, wie die neuen Machthaber das auffassten. In den USA war mit dieser Niederlage seine Karriere jedenfalls zu Ende. Er war nun auf Deutschland angewiesen. Er musste sich dort ein neues Leben aufbauen.

Sie buchten eine Schiffspassage. In den Wochen vor der Abfahrt verfiel er in tiefe Depressionen. Er wollte keine Zeitungen sehen, niemanden empfangen. Er sehnte sich nach Anny. Außer ihr wollte er niemanden um sich haben. Nur war Anny nicht zu erreichen. Sie drehte in München und würde noch eine Weile in Süddeutschland sein. Es gelang nicht, eine Telefonverbindung herzustellen. Er würde warten müssen.

Seine Situation war zum Verzweifeln. Ihm war immer klar gewesen, dass die Karriere eines Boxers auf brüchigem Boden stand. Doch niemals hatte es sich so existenziell angefühlt, niemals war er dem Absturz so nahe gewesen.

»In Deutschland werden wir mit dem Training wieder anfangen«, tröstete ihn Machon. »Noch sind nicht alle Messen gesungen. Wir legen direkt los, wenn wir zurück sind.«

Max lächelte schwach. »In Deutschland werde ich zuallererst etwas anderes zu tun haben.«

»Ich verstehe nicht. Was meinst du?«

»Hast du das wirklich vergessen? In vier Wochen ist meine Hochzeit.«

ANNY

KAPITEL 17

München

Sommer 1933

Anny sehnte sich nach Berlin. Besser gesagt nach Bad Saarow. Sie sehnte sich nach langen Spaziergängen mit Max am Scharmützelsee, nach ihrer ruhigen Zweisamkeit im großen Garten und nach Abenden vorm Kamin, in dem das Feuer prasselte. Und nach Whiskey, ihrem Hündchen, der in Saarow von Nachbarn versorgt wurde und auf ihre Rückkehr wartete.

Sie war mit Karel und der gesamten Filmcrew in München abgestiegen, um *Fräulein Hoffmanns Erzählungen* abzudrehen, eine Komödie, die im ländlichen Bayern spielte. Mit reichlich Außenaufnahmen in den Voralpen, mit Frauen in Dirndl und Männern in Lederhosen. Doch der Film zündete nicht. Alles an ihm war mühsam und behäbig, nichts funktionierte.

Dabei drehten sie in der gleichen Konstellation wie bei *Kiki,* ihrem Meisterwerk. Karel führte Regie, Hans Zerlett schrieb das Drehbuch, Otto Heller stand hinter der Kamera und Anny besetzte die Hauptrolle. Trotzdem. Der Funke sprang nicht über, es war, als arbeiteten alle mit angezogener Handbremse.

Einer der Gründe dafür war sicher die männliche Hauptrolle, die von Mathias Wieman gespielt wurde. Seine Besetzung war Karels Idee gewesen. Zwar hatte Wieman bislang nur ernste Rollen gemimt, meist Ärzte oder Offiziere in Melodramen. Aber er war glühender Nazi, und ihm wurden enge und exklusive Kontakte zu Goebbels nachgesagt.

Karel erkannte natürlich, dass Wieman kein Komödien-Talent hatte. Das Drehbuch, dem es ohnehin an der üblichen Leichtigkeit fehlte, wurde durch Wiemans fehlendes Gespür für Timing nur schwerfälliger. Zudem redete der Schauspieler beim Essen gern endlos von der neuen Zeit und der Großartigkeit des Dritten Reichs, während Karel und Zerlett meist still und freundlich zuhörten. Anny aß am liebsten allein.

Sie hatte ohnehin andere Probleme. Nachdem Max in New York gegen Max Baer, diesen sogenannten Halbjuden, verloren hatte, warf man ihr vor, verantwortlich zu sein. »*Schmeling ist A.O. gegangen*«, hieß es überall. Durch die Verbindung mit ihr sei er abgelenkt und könne keine Höchstleistungen mehr erbringen. Ihr allein sei das Leistungstief zuzuschreiben. Ein schrecklicher Vorwurf, den sie kaum ertrug. Sie fragte sich unentwegt, ob vielleicht etwas dran sein könne. Zwar glaubte sie nicht, dass Max ihretwegen verloren hatte, trotzdem flüsterte tief in ihr drin eine böse Stimme, dass sie es sei, die den deutschen Helden zu Fall gebracht hatte. Dass Max ohne sie besser dastünde.

Stapelweise gingen Schmähbriefe ein, bei denen ihre Herkunft zum Thema gemacht wurde. »*Du böhmische Tippel-Schickse machst unsern Max kaputt!*«, stand in einem, in einem anderen: »*Im Dritten Reich ist kein Platz für zersetzende Elemente wie dich!*« Der Hass und die Bosheit, die ihr entgegenschlugen, trafen sie unvorbereitet.

Sie gehörte nicht zur Gemeinschaft, las sie daraus. Sie hatte in Deutschland nichts verloren. Sie war die sündige Eva, die den strahlenden deutschen Max die verbotene Frucht reichte und damit alles verdarb. Sie sollte besser verschwinden.

Auch das traf sie hart. Tschechen, Deutsche, Juden, Österreicher … sie lebten doch seit Jahrhunderten friedlich zusammen. Böhmen mit der Hauptstadt Prag war immer ein Schmelztiegel der Kulturen gewesen. Woher kam plötzlich dieser Hass?

Und was wäre, fragte sie sich, wenn sich die neue Führung diesem Urteil anschloss? Wenn sie nicht länger gebraucht wurde im neuen Deutschland?

Wenn nur Max da wäre! Sie sehnte sich danach, von ihm in den Arm genommen zu werden. Sie wünschte, er würde ihr versichern, dass sie einen festen Platz in Deutschland und an seiner Seite habe. Dass nicht sie für seine Niederlage verantwortlich sei.

Es war zum Verzweifeln. Dass alte Freundschaften in diesen Zeiten keine Rolle mehr spielten, das hatten schon andere schmerzhaft erkennen müssen. Gitta Alpár kam ihr in den Sinn, die ihren Mann Gustav Fröhlich zu einem Termin mit Goebbels begleitet hatte. Zuerst war sie unsicher gewesen, ob sie gehen sollte, da sie Jüdin war. Gustav hatte ihr dazu geraten, doch am Eingang, wo es am Einlass mit ausgesuchter Freundlichkeit hieß: »Bitte, Herr Fröhlich«, habe der Mann an der Tür ihr die ausgestreckte Hand vorgehalten. »Nein«, habe er voller Abscheu gesagt. »*Sie* nicht.«

Gitta bekam seitdem kein Engagement mehr, und obwohl sie schwanger war und ein Kind von Gustav erwartete, reichte er die Scheidung ein. Dabei war die Ungarin auf dem Gipfel ihres Ruhms angekommen. Wenige waren in Deutschland so berühmt wie Gitta. Und doch war von heute auf morgen ihre Karriere beendet, und auf dringendes Anraten von Freunden war sie in die Schweiz geflohen. Gustav Fröhlich trat nach ihrer Flucht in die NSDAP ein. Zu den Treffen mit Goebbels ging er von jetzt an allein.

Zwar war Anny überzeugt, dass Max zu einer solchen Herzlosigkeit nicht fähig war. Dass er zu ihr halten würde, egal, was die Öffentlichkeit über sie dachte. Trotzdem fragte sie sich, ob sie nicht zu einer Belastung für ihn wurde. Ob sie nicht Rücksicht nehmen musste, ob er das wollte oder nicht. Denn Gittas Schicksal bestätigte sie in dem, was Karel gesagt hatte: »Berühmtheit schützt uns nicht. Wir sind alle austauschbar.« Wäre es nicht besser für Max, wenn sie sich trennten?

In Gedanken versunken, trat sie durch die Empfangshalle des Gasthofs, als sie eine Stimme hinter sich hörte.

»Anny! Da bist du ja.«

Es war Karel, an der Seite von Wieman, der ihr scheinbar unbeschwert zulächelte, doch Anny kannte ihn gut genug, um zu erkennen, dass etwas nicht stimmte.

»Auf ein Wort?«, fragte er leichthin und deutete auf den

Gastraum des Hotels. Zu Wieman sagte er: »Wir sehen uns beim Außendreh, Mathias.«

Wieman schien etwas pikiert, nicht mit in den Gastraum eingeladen zu werden, doch er ließ sie allein.

Karel führte sie ins Restaurant, in dessen behäbiger Atmosphäre Pflaumenkuchen gegessen und Kaffee getrunken wurde. Ein trügerisch idyllischer Nachmittag.

»Was ist denn los?«, fragte Anny beunruhigt.

Er führte sie zu einem Tisch und hob die Hand.

»Fräulein! Einen Sherry, bitte«, rief er. »Und für dich?«

Anny schüttelte nur den Kopf.

»Und einen Tee für die Dame.«

Er rückte ihr den Stuhl zurecht und setzte sich neben sie. Mit einem Seufzer sagte er: »Es geht um die neuen Gesetze für die Filmwirtschaft. Artur hat mich angerufen, um die Sache zu besprechen.«

»Sind die denn ein Problem? Bei uns ist doch alles in Ordnung?«

»Wie man's nimmt.« Er schenkte ihr ein schiefes Lächeln. »Von unseren sechs Teilhabern sind vier Juden.«

»Nein«, hauchte sie. Das hatte sie nicht gewusst.

Andererseits sollte es sie kaum überraschen. Es passierte alle Tage. Gitta Alpár, über die sie gerade noch sinniert hatte, hieß mit bürgerlichem Namen Regina Klopfer, war blond und blauäugig, und sie war Jüdin. Es war im Grunde immer egal gewesen. Aber jetzt durften Juden nicht mehr im Film arbeiten. Und ohne ihre Teilhaber, wurde ihr schlagartig klar, wären sie bankrott.

»Sind denn plötzlich alle Juden?«, fragte sie verwirrt.

»Nur die, die es vorher schon waren«, erwiderte er. »Dass Artur Jude ist, wusstest du.«

Artur Hohenberg … Jetzt, wo er es sagte.

»Du weißt, die neuen Gesetze sind eindeutig, was Juden in der Filmbranche angeht. Sie werden uns verlassen müssen.«

»Aber … was ist mit ihnen? Was haben sie vor?«

»Teils wollen sie nach Prag zurückgehen. Teils sich ins Private zurückziehen. Es sind ja keine besonders rosigen Zeiten für filmbegeisterte Juden.«

»Und was ist mit uns? Können wir dann überhaupt weitermachen? Oder sind wir jetzt bankrott?«

Die Serviererin brachte Sherry und Tee. Karel hob das Glas, um ihr zuzuprosten, und kippte den Alkohol hinunter.

»Du hast nicht zufällig noch Angebote aus Hollywood?«

Erschrocken sah sie auf. Meinte er das ernst?

»Ich würde gehen, wenn ich welche hätte. Nur Carl Lamač, meine liebe Anna Sophie, den kennt dort keiner. Alle reden nur von Anny Ondra, dem Leinwandstar. Deshalb werde ich wohl bleiben müssen.«

»Aber …«

»Noch sind wir nicht bankrott. Aber wenn wir zurück in Berlin sind, müssen wir uns dringend was einfallen lassen.«

Vor dem Gasthof hupte es laut. Anny hob verwirrt den Kopf. Der Klang der Hupe kam ihr vertraut vor.

»Ach so, das habe ich vergessen«, sagte Karel. »Dein Rosenkavalier wollte nach München kommen und dich abholen. Wir sind ja mit den Dreharbeiten so gut wie durch.«

»Max?«, hauchte sie.

»Er ist seit gestern aus Amerika zurück. Er hat sich gleich auf den Weg gemacht. Tja, das muss Liebe sein.«

Sie sprang auf und lief zum Fenster. Hinter den Geranien sah sie unten auf dem Kopfsteinpflaster den vertrauten Maybach. Max lehnte lässig in der offenen Tür, den Hut verwegen in die Stirn gezogen und ein breites Grinsen im Gesicht.

»Max!«, rief sie.

Ohne auf Karel zu achten, stürzte sie aus dem Restaurant nach draußen. Mit den hohen Schuhen trippelte sie, so schnell es ging, über den Schotterweg. Max entdeckte sie, lachte glücklich, rief ihren Namen und lief auf sie zu, um sie in seine Arme zu nehmen.

»Was machst du hier?«, fragte sie atemlos.

»Na, ich bin gekommen, um dich abzuholen!«

»Aber da musst du ja den ganzen Tag unterwegs gewesen sein. War das nicht zu anstrengend? Du solltest dich ausruhen nach dem Kampf.«

»Ich musste einfach dein Gesicht sehen. Ich habe es nicht länger ausgehalten.«

»Ach, Max!«

Sie umarmte ihn stürmisch. Jetzt, wo er da war, wurde alles leicht, nichts hatte mehr Bedeutung. Seine Niederlage in New York, die Schmähbriefe, die sie bekommen hatte, die Schieflage ihrer Filmgesellschaft. Alles fühlte sich weit entfernt an.

»Fahren wir nach Bad Saarow, Anny?«, flüsterte er in ihr Ohr. »Nur wir zwei?«

»Saarow«, hauchte sie. »Es gibt keinen Ort, an dem ich lieber wäre.«

»Wann kannst du weg?«

Es gab noch eine Szene, die sie abdrehen musste. Die Aussicht, danach dieses Filmprojekt, den Hauptdarsteller, ja sogar Karel und die Bavaria augenblicklich hinter sich zu lassen, war wundervoll.

»Gleich morgen früh!«, sagte sie und fügte leise hinzu: »Bring mich von hier weg, Max! So schnell es geht.«

Ein paar Wochen später, am Morgen der Hochzeit in Bad Saarow, wurden sie von den Sonnenstrahlen geweckt, die durchs offene Schlafzimmerfenster ihres Häuschens fielen. Ein warmer Wind wehte vom Scharmützelsee herauf, bewegte die Vorhänge und fuhr über ihre nackten, aufgeheizten Körper. Draußen vorm Fenster zwitscherten die Vögel, es summten Insekten, und von Ferne drang das Geräusch einer Landmaschine. Anny schmiegte sich an Max, der ein zufriedenes Seufzen von sich gab.

Eine Weile dösten sie eng umschlungen auf den Laken und genossen ihre Zweisamkeit. Es war ihr großer Tag, und sie hatten sich fest vorgenommen, ihn zu genießen. Nichts sollte heute ihr Glück trüben. Alle Sorgen und Probleme würden sie für einen Tag beiseiteschieben. Das hatten sie sich heilig versprochen.

Max blinzelte lächelnd. Mit einem genüsslichen Seufzer

umfasste er ihre Taille und zog sie zu sich heran. Als er sie küsste, sprang Whiskey mit einem hellen Bellen ins Bett. Er wollte offenbar mitspielen. Max lachte, packte den Hund und drückte ihn spielerisch auf den Rücken. Whiskey gab vor, mit den Zähnen zu fletschen und zu knurren. Doch als Max ihn losließ, sprang er schwanzwedelnd um ihn herum, bis er wieder auf den Rücken geworfen wurde. »Sieg durch technisches K.O.: Max Schmeling!«, verkündete Max.

Anny kraulte Whiskey lachend die Ohren. Max nahm daraufhin ihre Hand. Sein Blick wurde ernst.

»Wir gehören zusammen, Anny«, sagte er. »So ist es doch, oder?«

Er spielte an auf ihre Bedenken wegen der Hochzeit. Die öffentliche Meinung, die gegen Anny sprach, und der Umstand, dass sie keine Deutsche war.

»Für immer«, sagte er. »Ich will dich nie wieder verlieren.«

»Ich wollte nur sagen …«, begann sie.

»Anny! Du bist alles, was ich will. Verstehst du das? Ich lass dich nicht ziehen, was auch passiert. Mir ist egal, was der Rest der Welt denkt. Ich will mit dir zusammen sein, zusammen mit dir alt werden.«

Er sagte es mit solcher Entschlossenheit, dass sie mit den Tränen kämpfen musste. Er nahm ihr Gesicht in seine Hände und sah sie forschend an. »Wirst du mich heute heiraten, Anny? Willst du meine Frau werden, in guten wie in schlechten Zeiten?«

Natürlich wollte sie das! Sie fiel ihm in die Arme.

»Ich werde …«, begann sie, als ein lautes Hupen durchs offene Fenster drang. Whiskey stieß ein erschrockenes Bellen aus und sprang vom Bett.

»Wer ist denn das jetzt schon?«, fragte Anny.

Sie löste sich schweren Herzens von Max, schlug die Decke zur Seite, warf sich den Morgenmantel über und trat ans Fenster. Unten vor dem Lattenzaun ihres Gartens stand eine schwarze Limousine.

»Ich geh mal nachsehen«, sagte Max und suchte nach seinem Morgenmantel.

»Bleib liegen, ich regle das.«

Sie ging hinunter und trat in den Garten. Ein Mann in einer SA-Uniform hob den Arm und rief: »Heil Hitler!«

»Ja? Was kann ich für Sie tun?«

»Ich habe ein Hochzeitsgeschenk vom Führer!«

»Vom *Führer?*«, fragte sie verdattert.

»Jawohl, Frau Ondra.«

»Nun, das … ist ja eine Ehre.«

»Wo kann ich es abstellen?«

Er riss die Tür zur Rückbank der Limousine auf und zog einen kleinen Baum mit leuchtendroten Blättern hervor.

»Es ist ein japanischer Ahorn«, sagte der Mann.

»Wie nett. Stellen Sie ihn doch bitte in den Garten, gleich hier am Zaun.«

Sie zog eine Glückwunschkarte aus der kleinen Baumkrone hervor, der junge Mann salutierte, wünschte alles Gute zum Ehrentag, warf sich hinters Steuer und brauste davon.

Max, der inzwischen seinen Morgenmantel gefunden hatte, trat hinter sie und bestaunte den Baum.

»Ein Geschenk von Hitler, wer hätte das gedacht«, sagte er. »Du siehst, wie müssen uns gar keine Sorgen machen, was die öffentliche Meinung angeht. Wenn der Führer uns doch persönlich gratuliert! Findest du nicht?«

Er sah auf seine Armbanduhr. »Aber jetzt sollten wir frühstücken, Anny. Unser Zeitplan wird sonst zu eng.«

Nach dem Frühstück kamen Nachbarn, um bei den Vorbereitungen zu helfen. Anny ließ sich frisieren und schlüpfte in das Kleid, das einer ihrer Kostümbildner entworfen hatte. Max zog einen Smoking an, in dem er wie ein Hollywood-Star aussah. Beim Einzug in die Dorfkirche von Saarow-Pieskow vergaß Anny endgültig, was am Vortag noch gegen eine Hochzeit gesprochen hatte. Alles war wie im Märchenbuch.

Die Kirche platzte aus allen Nähten. Halb Berlin war angereist, um mit ihnen zu feiern, so fühlte es sich an. Sie nahmen im vorderen Gang am Altar Platz, Max mit Zylinder auf dem Schoß, Anny mit einem Blumenstrauß, während sich die elegante Gesellschaft hinter ihnen gerührt schnäuzte und räusperte.

Der junge protestantische Pfarrer wählte das Lied: »*So nimm denn meine Hände und führe mich/ Bis an mein selig Ende und ewiglich./ Ich mag allein nicht gehen, nicht einen Schritt: Wo du wirst gehen und stehen, da nimm mich mit.*«

Da wurde Anny endgültig von ihren Gefühlen übermannt. Auch Max Hände zitterten, und sie legte ihre Hand in die seine. Er sah auf, seine Augen schwammen in Tränen.

Nach dem Segen traten sie hinaus in das strahlende Sommerlicht. Die Dorfjugend stand Spalier, Mädchen streuten Blumen, es wurde gelacht und umarmt und gratuliert. Es ging hinüber in das Esplanada, das aus allen Nähten platzte, zum Essen. Fast fiel es gar nicht auf, dass einige ihrer Freunde fehlten, weil sie Deutschland längst verlassen hatten. So viele waren gekommen.

Nach dem Essen siedelte die Festgesellschaft zu ihrem Häuschen über. Max hatte in die Einladungen schreiben lassen, alle Gäste sollten Badesachen mitbringen, und mit großem Hallo stürmte die Gesellschaft den Swimmingpool. Es wurden Faxen gemacht, Gedichte vorgetragen, Lieder gesungen und Scherze gerissen.

Was für eine großartige Stimmung, dachte Anny, die irgendwann am Rande stand und das Fest beobachtete. Beinahe konnte man alles vergessen, was jenseits von Saarow passierte.

Doch obwohl ihre Freunde ausgelassen feierten, glaubte sie, dass ein wenig Anstrengung darin lag. Als wäre die Unbekümmertheit zum Teil erzwungen. Als hätten sich alle vorgenommen, diesen Tag so zu feiern, wie es vor Monaten noch selbstverständlich gewesen war.

»Anny!« Es war Max, der neben ihr auftauchte und ihre Hand nahm. »Worüber denkst du nach?«

»Es ist nur wegen der leeren Plätze«, sagte sie.

Er wusste natürlich sofort, was sie meinte. Ein Schatten fiel über sein Gesicht.

»Ich habe auch schon daran gedacht«, sagte er.

»Die Damskis, George Grosz, Fritz Kortner, Ernst Deutsch, Alfred Flechtheim, Gitta Alpár, Kurt Gerron … Ich weiß gar nicht, wo ich aufhören soll.«

»Ich weiß, Anny. Vor ein paar Wochen wären sie alle noch dabei gewesen.«

Die Feier ging laut und unbekümmert weiter, keiner achtete auf das Brautpaar, das am Rand stand und schaute.

»Lass uns heute feiern, Anny. Dies ist unser Tag.«

Er hatte recht. Wer wusste, wie viele ausgelassene Feste noch gefeiert werden würden. Sie ließ sich von Max zurück ins Geschehen ziehen und tauchte ein in die Feier.

Nach Sonnenuntergang wurde ein Feuerwerk über dem Scharmützelsee gezündet. Anny hatte das zuerst ein wenig übertrieben gefunden, aber nun, wo sie Arm in Arm mit Max am Gartenzaun stand und das Feuerwerk betrachtete, spürte sie ihre Ergriffenheit. Es war wirklich wie in einem Märchen. Die schönste Hochzeit, die sie sich denken konnte.

Nachdem das Feuerwerk abgebrannt war, applaudierten die Gäste und wandten sich wieder dem beleuchteten Garten zu, wo Speisen und Getränke auf sie warteten. Anny und Max blieben noch eine Weile stehen, sahen in den dunklen Abendhimmel, der erfüllt war vom Zirpen der Grillen und in dem die Fledermäuse nach Motten jagten, sie hielten sich schweigend an den Händen.

»Im Film käme jetzt die Blende«, sagte Max. »*Happy End.*«

»Ja.« Sie lehnte sich an seine Schulter. »Aber es fällt kein Vorhang, nicht bei uns.«

»Nein, Anny, unsere Geschichte geht weiter.«

»Ich kann es kaum abwarten.«

Sie wandten sich ab, um zu den anderen zu gehen. Beinahe wären sie über ein Hindernis gestolpert. Ein kleines Bäumchen, dessen rote Blätter im Zwielicht glänzten. Es war der japanische Ahorn, der in der Dämmerung stand – das Geschenk von Adolf Hitler.

MAX

KAPITEL 18

Berlin

Januar 1935

Die wollen eine Halle bauen?«, fragte Max ungläubig.

»Wenn ich es doch sage«, erwiderte Machon. »Mitten in Hamburg. Nur für deinen Boxkampf.«

»Das ist doch ein Scherz. Wie groß soll die denn werden?«

»Mindestens fünfundzwanzigtausend Plätze.«

»Ich hab mich wohl verhört?«

»Nein. Da soll nichts Geringeres entstehen als die größte europäische Veranstaltungshalle. Die Bauarbeiten haben schon angefangen. Das Ding soll in Rekordzeit fertig sein.«

Das musste Max erst mal verdauen. Ein ziemlicher Aufwand für einen Boxkampf.

»Die brauchen eh eine Halle in Hamburg, heißt es«, wiegelte Machon ab. »Dein Kampf war nur der Anlass. Hitler persönlich will den Boxsport in Deutschland nach vorne bringen. Und der Kampf gegen Neusel hat da allen gezeigt, was möglich ist.«

Walter Neusel, ein weiteres deutsches Talent im Schwergewicht, das sich daran machte, die Weltspitze zu erlangen, war im August gegen Max angetreten. Neunzigtausend Besucher waren zum Hamburger Freiluftring gekommen. Es war die bis dahin spektakulärste Boxveranstaltung, die es in

Deutschland gegeben hatte. Sie konnte sich problemlos mit den großen Kämpfen in den USA messen.

Max hatte mit diesem Kampf endgültig zu seiner alten Form zurückgefunden. Er besiegte Neusel nach acht Runden. Die Pechsträhne, die ihn seit dem Kampf gegen Max Baer begleitet hatte, war beendet. Die Welt würde wieder mit ihm rechnen müssen, sagte er sich.

Der Veranstalter war nach dem Riesenerfolg in Hamburg geradezu überschwänglich geworden. Er wollte unbedingt weitere Kämpfe mit Max in Deutschland.

»Wir holen Steve Hamas nach Hamburg!«, meinte er. »Koste es, was es wolle.«

Max hatte gegen Hamas im Vorjahr eine schmerzliche Niederlage in New York erlitten, immer noch unter dem Eindruck seines Totalversagens im Kampf gegen Max Baer. Ein weiterer Tiefschlag, den er hatte verdauen müssen. Jetzt allerdings, zu alter Form zurückgelangt, würde er diesen Kampf zu gern wiederholen.

»Wir besorgen Ihnen eine Revanche, Herr Schmeling. In den nächsten Monaten holen wir Hamas nach Hamburg.«

»Für eine Freilichtveranstaltung ist es zu kühl«, hatte Max schulterzuckend gesagt. »Da müssen Sie schon bis zum nächsten Sommer warten.«

»Lassen Sie uns nur machen, Herr Schmeling. Wir bekommen das schon hin.«

Und wie es aussah, waren das keine leeren Versprechungen gewesen. Steve Hamas ließ sich auf eine Revanche ein. In der neu errichteten Hanseatenhalle. Er würde sich auf den Weg nach Deutschland machen, um gegen Max in den Ring zu steigen.

»Der Kampf findet am zehnten März statt«, sagte Machon. »Bis dahin haben wir acht Wochen. Wir müssen sofort das Training planen. Du bist in hervorragender Form, und das soll auch so bleiben.«

»Wenn Hamas kommt … dann haben sie der Kampfbörse zugestimmt? Das sind ja Preisgelder, die bisher nur in Amerika gezahlt wurden.«

»So ist es. Aber da lassen sie sich nicht lumpen.«

Max pfiff durch die Zähne. »Nicht schlecht.«

»Sonst wäre Hamas nicht gekommen.«

»Und wie kratzen sie das Geld zusammen? Wer zahlt dafür?«

»Das soll nicht unser Problem sein. Wir wollen uns lieber an die Trainingspläne machen. Dieser Kampf könnte dich endgültig zurück ins Spiel bringen.«

Max hatte das kaum mehr für möglich gehalten. Seine Karriere schien bereits zu Ende. Und jetzt winkte die Aussicht, noch mal in der Ersten Liga mitzuspielen. Am liebsten hätte er Anny sofort davon erzählt. Aber sie drehte gerade eine Zirkuskomödie und war mal wieder rund um die Uhr beschäftigt. Danach ginge es nach München zu einem Dreh in den Bavaria-Studios, was bedeutete, sie wäre in Bayern, wenn er in die Arena trat.

Er wusste ja, sie hatte ohnehin keinen Sinn für Sportkämpfe, aber dass sie sich von ganzem Herzen mit ihm freuen würde, weil seine Karriere sich erneut im Höhenflug befand, das wusste er auch. Denn wenn sie auch nichts vom Boxen verstand, vom Auf und Ab einer Profikarriere verstand sie eine Menge.

Bereits eine Woche, bevor Hamas nach Deutschland kam, erreichte Joe Jacobs mit dem Schiff Bremerhaven und machte sich auf den Weg nach Berlin. Max hatte ihm versichert, dass er nichts zu befürchten habe, trotz der politischen Lage in Deutschland. Schließlich war er Amerikaner und dazu sein Manager. Max buchte eine Suite für ihn im Hotel *Bristol,* einem der vornehmsten Häuser der Stadt auf dem Boulevard *Unter den Linden,* damit sie ein paar Tage gemeinsam in Berlin hätten, bevor es nach Hamburg ging. Am Tag von Joes Ankunft rief morgens der Chefportier des *Bristol* bei Max an und bat ihn dringend, ins Hotel zu kommen, es gäbe ein kleines Problem.

»Sie haben vor ein paar Tagen für einen Herrn Jacobs aus New York eine Suite bestellt, Herr Schmeling«, begrüßte der Portier Max diskret, als der eintrat. »Wir können den Herrn aber bei uns nicht unterbringen.«

Max traute seinen Ohren nicht. »Wie ist das denn möglich?«, fragte er verärgert. »Haben Sie meine Reservierung vergessen? So ein Fauxpas sollte in einem Haus wie diesem ausgeschlossen sein.«

»Darum geht es nicht, Herr Schmeling«, sagte der Portier verlegen. »Herr Jacobs, Sie wissen doch, was ich meine, nicht wahr? Wir können Herrn Jacobs einfach kein Zimmer geben.«

Erst jetzt begriff Max, worauf er hinauswollte. »Sie meinen, Sie können Herrn Jacobs nicht unterbringen, weil er Jude ist?«

Mit einem raschen Blick vergewisserte sich der Portier, dass keiner in der Halle sie gehört hatte. Dann hob er verlegen die Schultern und lächelte entschuldigend.

»Dann werde ich Ihnen mal etwas sagen«, empörte sich Max, der gar nicht vorhatte, auf die anderen Gäste Rücksicht zu nehmen. »Wenn Herr Jacobs hier nicht wohnen darf, dann passiert etwas! Sie werden sich wundern. Sie wissen wohl nicht, wer Herr Jacobs ist! Wenn das in einer New Yorker Zeitung steht, was Sie hier vorhaben, dann haben Sie Ihren letzten amerikanischen Gast gesehen. Da können Sie Gift drauf nehmen.«

»Sie müssen verstehen …«, wandte er gequält ein. »Die neue Situation … Wo wir so viele Gäste aus der Wilhelmstraße haben. Bedaure, ich kann nichts tun.«

»Ich habe Ihnen alles gesagt«, erwiderte Max scharf. »Das wird in den USA *der* Aufmacher in den Zeitungen werden, das verspreche ich. Steht nun das von mir bestellte Zimmer zur Verfügung oder nicht?«

Das Ganze schien dem Portier höchst unangenehm zu sein. Er bat sich ein wenig Bedenkzeit aus und besprach sich im Nebenraum. Das war der Moment, als Joe Jacobs eintraf. Er trat durch die Drehtür in die noble Hotelhalle und entdeckte Max sofort am Empfangsschalter.

»Bist du das Begrüßungskomitee?«, fragte er lachend. »Oder arbeitest du hier als Page?«

Sein Lächeln verrutschte ein wenig, als er erkannte, dass

Max nicht zu Scherzen aufgelegt war. Was sollte er seinem Freund jetzt sagen? Dass Joe bei ihm auf dem Sofa nächtigen müsse, weil man ihn als Jude keine Suite beziehen ließ?

Da trat der Portier hinter den Schalter und lächelte gequält. Natürlich sei die Suite noch frei, sagte er. Dann reichte er Joe Jacobs wortlos das Formular über den Tresen. Joe grinste schief und tat, als wäre alles ein Versehen. Aber natürlich durchschaute er das Spiel.

Max wusste, dass sein Manager in Amerika von vielen angefeindet wurde, weil er für Max arbeitete. Er wurde als Verräter beschimpft und als Helfer der Nazis. Und nun wollte man ihm hier in Deutschland nicht einmal ein Hotelzimmer geben. Für Max fühlte es sich an, als säße er zwischen allen Stühlen. Er war nur froh, dass Anny in München war und nichts hiervon mitbekam, denn es wäre für sie nur ein weiterer Grund gewesen, sich Sorgen zu machen.

»Was hältst du davon, wenn wir irgendwo was essen gehen?«, fragte Joe, offenbar um die Stimmung zu heben. »Ich habe einen Bärenhunger. Außerdem gibt es eine Menge zu besprechen, und wir haben uns lange nicht gesehen.«

»Ja, gehen wir etwas essen. Aber nicht hier. Komm, wir fahren nach Charlottenburg, zur Gedächtniskirche.«

Am Ku'damm wählte Max eins der vielen Restaurants, in dem er wohlbekannt war und wo sie freudig begrüßt wurden. Hier wurde der Gast von Max Schmeling bevorzugt behandelt.

Sie nahmen Platz und ließen sich auf Joes Wunsch Schnitzel und Bier bringen, für Max eine Flasche Wasser.

»Dass du die Börse ohne mich verhandelt hast!«, kommentierte er. »Nicht zu fassen.«

»Es war ganz einfach. Hamas musste was geboten werden. Ich habe mich an amerikanischen Börsen orientiert. Ohne ein ordentliches Preisgeld wäre der niemals gekommen.«

»Nein. Nicht, wenn er einen guten Manager hat.«

»Unsere politische Führung will nun mal, dass solche Kämpfe auch in Deutschland stattfinden. Das ist der Preis, den sie dafür zahlen müssen.«

Die Börse war den Nazis dabei übel aufgestoßen. Hamas einen solchen Betrag zu zahlen, damit er nach Hamburg käme, das war in ihren Augen nicht zu ändern, aber Max solle doch nicht für den Reichtum boxen, sondern für die sportliche Ideologie.

»Sie wollten, dass ich auf die Börse verzichte. Ich sollte für die Ehre kämpfen. Für Deutschland.«

»Darauf hast du dich nicht eingelassen!«

»Was glaubst du?« Max lachte. »Nein, ich bin hart geblieben.«

Das Schnitzel wurde gebracht, und Joe bestellte gleich einen weiteren Humpen Bier.

»Aber jetzt erzähl mal, was gibt es Neues in New York?«

»Es gibt einen neuen Boxer, von dem alle sprechen«, sagte Joe Jacobs. »Ein Mann, der durch eine Reihe schneller Siege wie aus dem Nichts ins Blickfeld der Öffentlichkeit gerückt ist. Ich sage dir, Max, das ist ein Boxgenie, wie es nur alle Jubeljahre auftaucht.«

»Wie heißt er? Kenne ich ihn?«

»Er heißt«, sagte er und machte eine dramatische Pause, »Joe Louis.«

Nein, diesen Namen hörte er zum ersten Mal.

»Joe Louis. Was muss ich über ihn wissen?«

»Er ist ein blutjunger Schwarzer. Willensstark und voller Entschlusskraft. Er kämpft gegen jeden und alles. Siebzehn Siege, davon vierzehn K.O.« Joe schüttelte lächelnd den Kopf. »Das hat ihm den Spitznamen *der braune Bomber* eingebracht.«

Der nächste Kampf dieses Jungen sei gegen Primo Carnera im Madison Square Garden. Eine weltberühmte Arena und ein Exweltmeister. Nicht schlecht für den Anfang, dachte Max.

»Hört sich an, als wäre ein neuer Stern aufgegangen«, kommentierte er mit milder Ironie.

Joe Jacobs stach mit dem Schnitzelmesser in die Luft.

»Merk dir besser seinen Namen, Max! Von dem wirst du noch hören. Denk an meine Worte.«

Nach dem Essen brachte Max ihn persönlich ins Bristol, um sicherzugehen, dass er wie jeder andere Gast behandelt wurde. Für den Rest seines Aufenthalts gab es keine Zwischenfälle mehr, und eine Woche später machten sie sich gemeinsam auf den Weg nach Hamburg.

Die Arena war gerade rechtzeitig fertiggestellt worden. Ein Provisorium mit viel Holz, aber ein vollfunktionsfähiger Veranstaltungsort, in dem es zuging wie im Dampfkessel. Bis auf den letzten Platz ausverkauft, herrschte am Kampftag in der Hanseatenhalle eine Stimmung wie auf einem Reichsparteitag. Unzählige Hakenkreuzflaggen wurden geschwenkt, Kampflieder gesungen und Propagandareden gehalten. Es war die vollendete Inszenierung des Dritten Reiches.

Steve Hamas, der Max beim letzten Kampf geschlagen hatte, wirkte überheblich. Mit seinem knapp dreißig Jahren galt Max im Boxsport als alt, Hamas hingegen als jungenhaft und vital. Er war ein Draufgänger, und als der Gong erklang, ging er direkt auf Max los. Der spürte jedoch seine alten Reflexe. Er ließ Hamas ins Leere schlagen, bearbeitete ihn ständig mit der Linken und ließ dann die Rechte hinterherschießen, so hart und schnell, dass Hamas getroffen wurde wie von einer Kanonenkugel. Er versuchte, standhaft zu bleiben, doch in der sechsten Runde war kaum noch etwas von ihm übrig. Er taumelte, wurde langsam und fahrig. Bis zur neunten Runde hielt er durch, als der Ringrichter dazwischenging, den Kampf abbrach und verkündete: »*Sieg durch technisches K.O.: Max Schmeling.*«

Keinen der fünfundzwanzigtausend Besucher hielt es auf dem Sitz. Spontan sang das Publikum wie aus einer Kehle: »*Deutschland, Deutschland über alles.*« Die Massen hoben die Hand zum Hitlergruß.

Joe Jacobs stürmte in den Ring, umarmte Max übermütig, lachte vergnügt, wandte sich der Arena zu, realisierte, was um ihn herum passierte. Die unvermeidliche Zigarre in der Hand, hob er den Arm zum Hitlergruß, wie alle anderen es taten. Bei ihm sah es aus, als wollte er der Menge mit der Zigarre zuprosten. Dann wandte er sich zu Max um und zwinkerte ironisch. In dem Moment flammte zischend ein Blitzlicht auf.

Max fiel seinem Manager nochmals in die Arme. Sie hatten es geschafft. Mit diesem Sieg war er wieder zurück an der Weltspitze. Besser hätte es nicht laufen können, dachte er euphorisch.

Aber da wusste er noch nicht, dass das Bild, das kurz zuvor geschossen wurde, das Foto seines ironisch lächelnden Managers, der mit Zigarre in der Hand einen fahrigen Hitlergruß vollführte, dass dieses Bild in den nächsten Tagen durch die Weltpresse gehen würde.

Der Kampf lag schon ein paar Tage zurück. Joe war wieder auf dem Weg über den Atlantik, und Max erkannte an der Auslage der Zeitungen an den Kiosken, dass sein Sieg von der Propaganda nach allen Regeln der Kunst ausgeschlachtet worden war. Der Sieg des Teutonen über die Welt. Hitler persönlich hatte ihm am Telefon gratuliert, und er wähnte sich gänzlich in der Gunst der Reichsführung.

Anny hatte ebenfalls angerufen, aus München, um ihm zu gratulieren. Sie war überschwänglich und voller Begeisterung, obwohl sie – das hörte er sofort heraus – den Kampf am Radio nicht verfolgt hatte. Das war typisch für Anny. Sie versprach, schnellstmöglich nach Berlin zurückzukommen, um mit ihm zu feiern, dann beendete sie das Gespräch, um zu den Dreharbeiten zurückzueilen.

Zufrieden saß er allein in der Wohnung und ging die Post durch, lauter Glückwunschschreiben und Telegramme. Aber dann fand er einen Brief vom neuen Reichssportführer, der ihn in strengem Tonfall zum Haus des Sports zitierte. Was immer das zu bedeuten hatte, Max machte sich keine weiteren Gedanken und genoss ungestört seinen Sieg.

Wie befohlen, machte er sich ein paar Tage später auf den Weg zum Sitz des Reichssportführers und trat pünktlich auf die Minute in dessen Büro. Hans von Tschammer, der trotz aller Freundlichkeit eine unterschwellige Aggressivität ausstrahlte, als könne er jederzeit sein Lächeln abstellen und laut herumbrüllen, begrüßte Max zwar zuvorkommend, aber dennoch reserviert.

Auf seinem Schreibtisch sah Max Zeitungen liegen. Internationale Blätter, auf deren Titelseiten das Foto von ihm und Jacobs im Ring zu sehen war, mit ironischem Hitlergruß und samt Zigarre. Obenauf lag eine New Yorker Zeitung mit der Schlagzeile: »*When Yussel went Nazi*«. *Yussel* war der jiddische Name für Joe, und der Rest ließ sich schnell zusammendichten. Das sah nicht aus wie die deutsche Propagandaschlacht.

Max Begriff sofort, warum er herzitiert worden war. Es würde um Joe Jacobs gehen.

»Sie sollten mehr in Deutschland boxen«, eröffnete Tschmammer das Gespräch. »Das wäre ein besserer Umgang für Sie.«

Max hätte am liebsten erwidert, dass er zwei Kämpfe mit internationaler Strahlkraft in Hamburg geführt hatte. Nie war Deutschland als Boxstandort so sichtbar gewesen wie aktuell.

Höflich sagte er: »Kämpfe und Kampforte richten sich nach dem besten Angebot, Herr Reichssportführer.«

»Die Jugend braucht aber Vorbilder!«, kam es scharf zurück. »Nachahmenswerte Vorbilder, die ein Ansporn sind.«

»Vorbild kann man überall sein«, beharrte Max. »Was ich in Amerika erreiche, begeistert die Jugend auch hier.«

Tschammer wirkte zunehmend ungehalten. Offenbar hatte er nicht damit gerechnet, von Max Widerworte zu bekommen.

»Gerade in unserem neuen Deutschland brauchen wir Sportler wie Sie«, sagte er gereizt. »Sportler, die hier in der Heimat als Vorbild dienen. Darüber sollten Sie mal nachdenken.«

Was sollte denn dieser Unsinn? Warum sprach Tschammer ihn nicht endlich auf Joe Jacobs an. Ihm vorzuwerfen, er kämpfe nicht oft genug in Deutschland, war nun wirklich lächerlich.

»Gerade wenn ich in Amerika boxe, erhöhe ich doch das deutsche Ansehen!«, insistierte er. »Ich fahre ja als deutsches Aushängeschild dorthin. Wie kann ich mehr Vorbild sein?«

Tschammer wurde heftig. »Sie sollten nicht so kurzsichtig sein, Herr Schmeling«, blaffte er. »Denken Sie an Ihr Alter! Sie werden noch froh sein, hier einen Posten als Trainer zu erhalten. Drüben wird kein Hahn nach Ihnen krähen, wenn Sie erst mal verbraucht sind. Lassen Sie es sich gesagt sein: Es wäre dumm, alle Brücken hinter sich abzubrechen!«

Tschammer war es offenbar gewohnt, Befehle zu erteilen, die ohne Nachfrage befolgt wurden. Doch je erregter er wurde, desto gelassener gab sich Max.

»Ich hoffe, Herr Reichssportführer, im Alter von meinen Börsen und Ersparnissen leben zu können.«

Mit dieser Antwort hatte von Tschammer nicht gerechnet. Er geriet aus dem Konzept.

»Wie hoch sind denn Ihre Einkünfte?«, fragte er. »Was bekommen Sie für einen Kampf?«

»Das kommt ganz darauf an«, meinte Max ausweichend.

»Na, dann frage ich mal so: Was war denn bisher die Höchstbörse?«

»Nun, als ich gegen Sharkey kämpfte, habe ich ungefähr eine Million bekommen.«

Seine Gesichtszüge froren ein. »*Wie viel?*«

»Eine Million Reichsmark.«

Tschammer nahm sein Lineal vom Schreibtisch und betrachtete es schweigend von allen Seiten. Dann legte er es zurück, hob den Kopf und bedachte Max mit einem eisigen Blick.

»Nun, Sie müssen es ja wissen. Heil Hitler.«

Damit war die Besprechung beendet. Max, der einen raschen Blick zu den Zeitungen auf dem Tisch warf, war von dem schnellen Ende der Audienz überrascht. Aber er empfahl sich, verließ das Büro und marschierte davon.

Kaum zwei Tage später lag wieder ein Brief in seiner Post. Der Absender: *Tschammer, Reichssportführer*. Beunruhigt riss Max den Umschlag auf und zog das Schreiben heraus.

Was bei dem Besuch nicht angesprochen wurde, stand jetzt in dürren Worten schwarz auf weiß: *Sehr geehrter Herr Schmeling, ich habe die beschämenden und skandalösen Bilder vom Ring-Auftritt des Juden Joe Jacobs gesehen. Auch der Herr Reichsminister für Volksaufklärung und Propaganda ist höchst ungehalten über die Affäre. Sie sind der einzige deutsche Sportler, der mit einem Juden zusammenarbeitet. Ich lege Ihnen aufs Dringlichste nahe, die Sache möglichst schnell und umgehend zu bereinigen. Hochachtungsvoll, Hans von Tschammer und Osten, Reichssportführer.*

ANNY

KAPITEL 19

Bad Saarow

Juni 1935

Frisch in Saarow angekommen, nach Abschluss der Dreharbeiten, genoss Anny die Aussicht von ihrem Wohnzimmerfenster: Ein strahlendblauer Himmel wölbte sich über dem Scharmützelsee, Schwalben schossen durch die Luft, Insekten zirpten im Gras, und auf dem Wasser glitzerte das Sonnenlicht. Irgendwo in der Ferne bellte ein Hund, und Whiskey hob träge den Kopf, bis das Bellen verklang und er sich wieder auf Annys Schoss sinken ließ.

»Von wem hat er nur diesen Killerinstinkt?«, fragte Max amüsiert, der hinter ihr auftauchte und ihm den Kopf kraulte. »Ein herrlicher Tag, nicht wahr, Anny?«

»Man könnte beinahe alles vergessen.«

»Ach, meine Liebe«, sagte er mitfühlend und legte den Arm um sie. »Du hast natürlich andere Sorgen. Was sagen denn die Anwälte? Gibt es neue Entwicklungen?«

Bevor sie nach Saarow gefahren war, hatte Anny eine weitere Besprechung mit ihren Anwälten gehabt. Die Ondra-Lamač-Film war längst nicht aus den wirtschaftlichen Untiefen heraus. Für eine kleine Firma, die sich ursprünglich aus Tschechen und Juden zusammengeschlossen hatte, war das wohl kein Wunder in diesen Zeiten.

»Abwarten«, sagte sie. »Die nächsten Monate sind vorerst gesichert. Bis dahin wird sich zeigen, ob wir eine Lösung für die finanziellen Probleme haben.«

»Und was ist mit Hollywood?«, fragte er.

Hollywood. Karel erwägte seit einer Weile, die Firma dorthin zu verlegen. Es war die Idee der Anwälte gewesen. Aber bislang hatte sie sich nicht durchringen können, dazu Stellung zu beziehen. Karel erging es kaum anders.

»Ich weiß nicht, ob ich Berlin verlassen könnte«, meinte sie. »Nach Amerika? Ach, Max ...«

»Wir müssen offen darüber sprechen, Anny. Seien wir ehrlich zueinander. Würdest du gerne gehen? Wenn nur du allein entscheiden müsstest?«

»Ich möchte ja nicht mal Bad Saarow verlassen!«

»Das verstehe ich. Auch ich bin am liebsten hier mit dir. Aber so wie du zu Dreharbeiten fortmusst, so muss ich zu Boxkämpfen. Dies hier«, sagte er und deutete auf das Haus und den Garten, »ist nur eine Insel für uns. Wir können uns hier nicht dauerhaft vor der Welt verstecken.«

Insgeheim war es jedoch genau das, was sie sich erträumte. Und selbst wenn sie sich eingestand, dass Saarow nur für begrenzte Zeit eine Insel des Glücks darstellte, konnte sie sich schwer vorstellen, gleich das Land zu verlassen. Nach Prag zurückzugehen, das wäre noch denkbar, aber Hollywood?

Max nahm ihr Gesicht in seine Hände.

»Du weißt, ich würde dich begleiten, oder?«

Er meinte es todernst. Das zu wissen, gab ihr Halt. Sie schmiegte sich fest an ihn.

»Weißt du, Max … Für mich ist es nicht so leicht wie für dich. Du lebst seit Jahren halb in den Staaten. Es ist längst dein zweites Zuhause.«

»Du glaubst, für mich wäre es leicht?«, fragte er amüsiert. »Nein, Anny, ganz und gar nicht. Ich bin Deutscher. Dies ist meine Heimat. Mir würde es genauso schwerfallen zu gehen. Außerdem lebt meine Mutter hier. Die würde nie im Leben mitkommen nach Amerika.«

»Ob Berlin oder Hollywood. Für mich ist nur wichtig, dass wir zusammen sind.«

Das entlockte ihm ein Lächeln, denn dies war in den letzten Monaten für ihrer beider Geschmack ein wenig zu kurz gekommen. Er küsste sie und sagte: »Das ist die Hauptsache, Anny. Da stimme ich mit dir überein.«

Nach den vielen Niederlagen hatte es schon ausgesehen, als wäre seine Karriere als Boxer vorüber, doch mit dem glanzvollen Sieg in Hamburg war er an die Spitze zurückgekehrt.

»Wie geht es für dich weiter?«, fragte sie forschend. »Was hast du als Nächstes vor?«

»Joe will, dass ich einen neuen Boxer kennenlerne«, sagte er zerknirscht. »Er heißt Joe Louis. Ich werde rüberfahren und mir in New York einen Kampf mit ihm ansehen. Mit etwas Glück bekommen wir ihn dazu, dass er gegen mich antritt. Nach dem Sieg über Hamas wäre das denkbar.«

»Und wenn du gegen ihn gewinnst, dann …?«

»Dann könnte ich für einen Weltmeisterkampf antreten. Ein letztes Mal.« Er lächelte. »Aber das sind noch Wunschgedanken. Und es hat nichts mit Hollywood zu tun.«

Hollywood … Die Vorstellung überforderte sie. Sie kraulte Whiskey und sah zum Scharmützelsee hinaus. Max schien zu ahnen, wie sie sich fühlte.

»Wir müssen das nicht heute entscheiden«, sagte er. »Lassen wir uns Zeit. Aber was auch immer kommt, meine Karriere als Boxer wird bald enden. Ich will noch einmal als Weltmeister antreten. Danach muss ich mir überlegen, was kommt.«

Sie wusste, er träumte insgeheim von der Schauspielerei. Er war durch und durch ein Mann des Showgeschäfts. Vom Boxring auf die Bühne zu wechseln wäre für ihn ein Riesenspaß. Anny beschloss, sich was einfallen zu lassen, wenn es so weit wäre.

Wie aus dem Nichts bellte Whiskey laut los. Sein ganzer Körper stand unter Strom, er war kaum wiederzuerkennen. Wie von der Tarantel gestochen, sprang er zur Terrassentür und bellte die Klinke an. Anny und Max wechselten einen erstaunten Blick, dann entdeckte Anny am Gartenzaun eine Nachbarin, die für Whiskey stets ein Stück Wurst in der Kittelschürze bei sich hatte.

»Na, also«, sagte Max anerkennend. »Noch so ein Exchampion, der zeigt, was in ihm steckt.«

Er öffnete Whiskey die Tür, der fröhlich bellend in den Garten sprang. Die Nachbarin winkte ihnen zu und nahm den schwanzwedelnden Hund in Empfang.

»Komm, Anny. Wir sagen ihr schnell Guten Tag.«

Sie stand auf, um ihm zur Terrasse zu folgen, da fiel ihr Blick auf einen Brief, der auf dem Tisch lag. Es war das Schreiben vom Reichssportführer, das Max seit Tagen mit sich herumtrug.

»Was hast du damit vor?«, fragte sie. »Willst du dich von Joe trennen?«

»Ich denke gar nicht daran!«

»Aber der Brief ist eindeutig.«

»Ich lasse mir etwas einfallen«, brummte er.

Die Nachbarin winkte erneut, und sie beließen es dabei. Stattdessen traten sie hinaus in den Garten, plauderten ein wenig und beschlossen kurzerhand, mit Whiskey ins Dorf zu spazieren und dort in der Gastwirtschaft zu essen. Den Brief vom Reichssportführer vergaß Anny darüber.

Früh am nächsten Morgen, als Max zu seinem morgendlichen Waldlauf aufbrach, machte sie sich auf den Weg zurück nach Berlin. Sie hatte einen Termin in der Friedrichstraße, wo sie mit Karel und Hans Zerlett über neue Projekte sprechen wollte.

Polenblut, einer ihrer zuletzt abgedrehten Filme, war frisch in die Kinos gekommen und hatte nur durchwachsene Kritiken bekommen. Anny und Hans Moser, der ihren Filmvater gespielt hatte, wurden wohlwollend erwähnt, doch insgesamt fielen die Besprechungen eher mau aus.

»Diese Rolle passte nicht zu mir«, beschwerte sich Anny bei Karel. »Die brave Hausfrau, das bin ich nicht. Und dann das schwulstige Drehbuch.«

Hans Zerlett lächelte zufrieden, denn dieser Streich ging nicht auf sein Konto. Bei dem Film waren andere Autoren zum Zuge gekommen.

»Ich will andere Rollen spielen«, sagte sie. »Rollen, bei denen ich mehr zeigen kann.«

»Und was schwebt dir da vor?«, fragte Karel.

»Ich weiß nicht. Mehr etwas wie … wie *Kiki*.«

Die beiden Männer wechselten bedeutungsvolle Blicke.

»Was stimmt nicht damit?«, fragte Anny.

»Du weißt schon«, sagte Karel. »Es hat sich viel verändert. Dieser Frauentyp, der passt nicht in die neue Zeit. Das waren die Zwanziger.«

Er meinte eine anarchische Frauenfigur, die auf gesellschaftliche Konventionen pfiff und ihr Schicksal selbst in die Hand nahm. Das deckte sich nicht mit der tugendhaften Frau und Mutter, die von den Nazis propagiert wurde. Die neue Zeit, das waren verordneter Optimismus, Gleichschaltung und Kraft durch Freude. Das Gegenteil von *Kiki*. Trotzdem wollte sie sich nicht so leicht zufriedengeben.

»Du meinst Frauen, die widerspenstig und klug sind? Die passen nicht mehr?«

»Vor allem dann nicht, wenn sie auch klug sind«, räumte Karel ein.

»Ich weiß nicht, was daran nicht zeitgemäß sein soll«, beschwerte sich Anny. »Ein Mädel aus einfachen Verhältnissen, dass sich gegen alle Widerstände durchsetzt? Ein bisschen Klamauk und Musik und Artistik? Es gibt immer genug Menschen da draußen, die sich auf diese Weise ein paar Stunden von ihrem grauen Alltag ablenken lassen wollen.«

Doch Karel und Zerlett wirkten nicht überzeugt.

»Die Filme müssen auch Goebbels gefallen«, wandte er ein.

Plötzlich hatte Anny eine Idee. Sie kam wie aus dem Nichts, trotzdem fragte sie sich, warum sie nicht eher darauf gekommen war.

»Wie wäre es«, fragte sie strahlend, »wenn das berühmteste Paar des Dritten Reichs gemeinsam in einem Film spielte? Würde sich dafür zahlendes Publikum finden?«

Karel begriff sofort. »Du meinst, du und Max?«

Er war auf Anhieb begeistert von der Idee, erkannte sie. Er strahlte wie ein kleiner Junge, der unerwartet einen Becher Eis bekam.

»Das wird ein Riesenerfolg, Anny!«, rief er. »Die Menschen werden uns die Lichtspielhäuser einrennen!« Er stockte. »Aber denkst du, Max würde da mitmachen?«

Dass für Max damit ein Traum in Erfüllung ging, behielt sie lieber für sich. Das brauchte keiner zu wissen, aber innerlich platzte sie fast vor Spannung, ihm davon zu berichten. Sie musste ein Kichern unterdrücken, wenn sie sich sein Gesicht vorstellte, wenn sie ihm davon erzählte.

»Ich kann ihn mal fragen …«, meinte sie vage.

»Wir könnten so was wie *Liebe im Ring* machen«, sagte Hans Zerlett. »Nur diesmal auf Anny zugeschnitten. Ich setze mich sofort ans Drehbuch. Mal sehen, was mir einfällt.«

»Aber unter einer Bedingung«, sagte Anny. »Ich will eine Rolle wie in *Kiki*. Keine brave Hausfrau, keine Heilige. Ich will, dass wir eine Komödie machen. Ich will eine Frau spielen, die ihren eigenen Kopf hat.«

Die beiden Männer wirkten zuerst verwundert, dann ließen sie es sich durch den Kopf gegen, und schließlich grinsten sie verschwörerisch.

Ein paar Tage später, Anny hatte den Tag im Büro in der Friedrichstraße verbracht, fuhr sie abends in die Dahlemer Wohnung, die sie und Max nach der Hochzeit bezogen hatten. Sooft sie konnten, waren beide in Saarow, doch besonders für Anny war eine Stadtwohnung unerlässlich. Es gab für sie zu viele Verpflichtungen in Berlin.

An diesem Abend war Max ebenfalls in der Stadt. Anny hatte nicht mit ihm gerechnet und fiel ihm freudestrahlend um den Hals. Sie brannte darauf, ihm von der Idee des gemeinsamen Films zu erzählten.

»Du, Max, ich muss dir unbedingt was sagen!«

Doch er schien verlegen und mit den Gedanken woanders.

»Was ist los?«, fragte sie. »Ist was passiert?«

»Du weißt doch, der Brief vom Reichssportführer«, begann er.

»Ja? Was ist damit?«

»Mir fiel ein, dass mir Hitlers Adjutant Herr Brückner mal gesagt hatte, ich kann mich getrost bei ihm melden, wenn was ist. Wenn er kann, hilft er mir.«

»Und weiter?«

»Ich habe ihn gestern angerufen. Ob ich nicht kurz mit

Hitler persönlich sprechen könnte. Er wollte wissen, worum es geht, und ich habe ihm gesagt, um meinen Manager Joe Jacobs.«

»Was hat er darauf gesagt?«

»Dass er sich darum kümmern würde. Und … nun ja, heute hat er angerufen. Er hat gesagt: *Der Führer erwartet Sie und Ihre Gattin morgen um fünf Uhr zum Tee.*«

»Deine Gattin?«, fragte sie verdattert. »*Ich* soll zum Führer?«

»Du hast ihn doch schon mal getroffen. So ist es ja nicht.«

»Bei einer großen Veranstaltung ist er mir über den Weg gelaufen. Aber doch nicht bei einer Privataudienz.«

Bei dem Gedanken wurde ihr flau im Magen. Auf diesen Termin hätte sie gern verzichtet. Aber sie konnte schlecht absagen, wenn Adolf Hitler persönlich zum Tee einlud.

»Ich konnte das nicht ahnen«, sagte Max zerknirscht. »Es ist wegen Joe. Tu es ihm zuliebe.«

Sie seufzte. »Aber was soll ich anziehen?«

Erleichtert schnappte sich Max den Fernsprecher.

»Warte, Anny!«, sagte er und ließ sich mit einem seiner Freunde aus dem Automobilclub verbinden, der es weit gebracht hatte unter den Nazis und regelmäßig mit Hitler dinierte. Er bat ihn, seine Frau ans Telefon zu holen, und gab die Frage weiter. Hörte leicht überfordert zu und sagte dann: »Einen Moment bitte. Das machen die Frauen besser unter sich aus.«

Er reichte den Hörer an Anny weiter.

»Hoffmann hier, Frau Ondra«, meldete sich eine freundliche Stimme. »Was Sie zum Tee mit dem Führer anziehen sollen, richtig? Ich würde raten, weder zu sportlich noch zu gewöhnlich, auch keine parteiähnliche Kostümierung.«

»Aber was dann?«, fragte sie.

»Am besten modisch und elegant, der Führer liebt solche Damen.«

Anny fügte sich in ihr Schicksal. Denn war es nicht, was Max immer wollte? Als Roosevelt ihn empfangen hatte, war er geplatzt vor Stolz. Jetzt begegnete man ihm auch in Deutschland von oberster Ebene mit Respekt.

»Was wolltest du mir denn eigentlich sagen?«, fragte Max nach dem Telefonat.

Die Sache mit dem gemeinsamen Film. Dieses Gespräch hatte sie sich anders vorgestellt. »Später …«, sagte sie daher lediglich, denn der anstehende Besuch beim Führer hatte ihr fürs Erste die Stimmung verhagelt.

Sie beherzigte den Rat der Dame und kleidete sich am kommenden Tag entsprechend. Eine Limousine brachte sie zur Alten Reichskanzlei in der Wilhelmstraße, wo sie von einem livrierten Diener, an dessen Revers ein SS-Siegel hing, ins Kaminzimmer geführt wurden.

Kaum waren sie eingetreten, kam Hitler aus dem Nebenraum lächelnd auf sie zu. Anny spürte ihr Herz klopfen. War es Angst vor dem mächtigsten Mann im Land? Er küsste ihr höflich die Hand. Der Diener führte sie in den Nebenraum, wo ein gedeckter Tisch auf sie wartete.

»Trinken gnädige Frau Kaffee oder Tee?«, fragte Hitler.

»Einen Tee bitte«, erwiderte sie schüchtern.

»Tee, wie schön, Frau Schmeling. Ich trinke auch immer Tee. Nur, stark darf er nicht sein!«

Er hatte Mundgeruch. Das war bekannt, trotzdem irritierte es Anny. Er hatte die Macht, sie wie ein Insekt zu zertreten, und dann so eine Schwäche.

Sie sah zu Max, der mit seinem Buddhalächeln dastand und Kraft und Stärke ausstrahlte. War ihm gar nicht unwohl zumute?

»Und Sie, Herr Schmeling?«

»Ich bin leidenschaftlicher Kaffeetrinker.«

Warum trank er nicht aus Höflichkeit ebenfalls Tee? Der Diener schob den Teewagen heran, auf dem verschiedene Kuchen drapiert waren. Wiederum war es Hitler, der Anny bediente.

»Ich nehme Gugelhupf«, entschloss sie sich.

»Du lieber Himmel, Gugelhupf!«, rief Hitler entzückt. »Wie lange habe ich das Wort *Gugelhupf* nicht mehr gehört!«

Er reichte ihr das Gebäck.

»Sind Sie Wienerin?«, fragte er.

Seltsam, das musste er doch wissen!

»Nein, ich komme aus Prag.«

»Prag!«, rief er erfreut. »Das schöne, alte deutsche Prag!«

Er begann von der Stadt zu schwärmen, von der ältesten deutschen Universität, die dort beheimatet war, von der Residenz der Habsburger. Überhaupt sei Böhmen das Herz und Kleinod Deutschlands. Anny lächelte freundlich. Sie war Tschechin und gehörte nicht der deutschen Minderheit an. Auch darüber war Hitler sicher informiert.

»Ja, die goldene Stadt«, wiederholte er gedankenverloren.

Max rutschte ungeduldig auf Stuhl herum. Er hatte ja ein Anliegen, das er vortragen wollte. Er wartete darauf, sie beide unterbrechen zu können, ohne unhöflich zu werden. Endlich ergab sich eine Gesprächspause, und er rückte seinen Sessel nach vorn.

»Ich habe einen Brief von der Reichssportführung bekommen«, sagte er. »Dort will man, dass ich mich von Joe Jacobs trenne. Er ist seit 1928 mein Manager.«

Hitler nahm die Tasse und schlürfte laut seinen Tee.

»Gewiss, Joe Jacobs ist Jude«, fuhr Max fort. »Aber zwischen ihm und mir ist nie von Protestanten oder Katholiken oder Juden die Rede. Es geht immer nur ums Boxen.«

Jetzt verfinsterte sich das Gesicht des Führers. Anny sah erschrocken zu Max. Er musste doch merken, dass Hitler keine Lust hatte, dieses Gespräch fortzuführen.

»Ich brauche Joe Jacobs dringend«, versuchte er es weiter. »Alles, was ich in Amerika erreicht habe, verdanke ich ihm.«

Anny wagte kaum mehr zu atmen. Sie zerkrümelte ihren Gugelhupf, während Max weiterredete.

»Mister Jacobs ist tüchtig, er ist ordentlich und korrekt. Außerdem kann man in New York ohne einen dort ansässigen Manager nichts werden.«

Max wirkte mit jedem Wort verunsicherter, da Hitler einfach stumm dasaß.

»Außerdem ist doch die Treue eine deutsche Tugend …«, versuchte Max es weiter.

Das war offenbar zu viel des Guten. Hitler machte jetzt eine ungehaltene Geste. Und endlich sagte er etwas.

»Gugelhupf.« Mit einem Lächeln wandte er sich Anny zu. »Ich hatte das Wort fast vergessen. Schön, dass Sie mich wieder darauf gebracht haben.«

Er erhob sich. »Es hat mich sehr gefreut, Sie wieder einmal zu sehen. Was macht der Film? Haben Sie schöne Rollen?«

Ohne die Antwort abzuwarten, gab er ihr die Hand, dann bedeutete er dem livrierten Diener, vorzutreten und die Gäste nach draußen zu geleiten.

Anny trat etwas verwirrt, aber erleichtert auf die Wilhelmstraße. Der Verkehr, die Menschen, all die Geräusche der Großstadt fühlten sich leicht und luftig an. Max nahm sie an der Hand und führte sie zurück zum Wagen.

»Was ist jetzt mit Joe?«, fragte sie. »Er hat nichts gesagt.«

»Eben. Er hat nichts gesagt.«

»Ja, und weiter?«

»Ich will das als Lektion nehmen. Ich mache einfach so weiter und rede mit keinem darüber.«

»Dann willst du Joe behalten?«

»Natürlich. Wir sind Freunde. Ich habe ihm alles zu verdanken.«

»Und was willst du Tschammer sagen? Er erwartet eine Antwort auf sein Schreiben.«

»Das ist die Lektion, die ich gelernt habe«, sagte Max und zwinkerte ihr zu. »Wenn etwas unangenehm ist, schweigt man. Ich mache es wie der Führer. Ich werde Tschammer erst gar nicht antworten.«

Max ging zufrieden voran, und Anny folgte ihm mit leichter Beklemmung. Sie hoffte, dass sich diese Dinge tatsächlich so einfach regeln ließen.

Da blieb Max abrupt stehen und wandte sich zu ihr um.

»Was wolltest du mir eigentlich sagen?«

»Wie bitte?«, fragte sie irritiert.

»Na, gestern. Als du von deinem Gespräch mit Karel gekommen bist, da wolltest du doch unbedingt etwas loswerden.«

Der gemeinsame Film. Du lieber Himmel, einen größeren Kontrast hätte sie sich nicht denken können. Sie sah zur Staatskanzlei, die wie eine Trutzburg vor dem Wolkenhimmel stand.

»Erzähl es mir unterwegs«, schlug Max vor und hielt ihr die Tür auf, damit sie in die Limousine einsteigen konnte. »Ich hoffe, es ist eine gute Geschichte.«

»Wir werden sehen«, sagte Anny mit einem Lächeln, bei dem sie sich leicht und heiter fühlte, zum ersten Mal an diesem Tag. »Besser als diese Audienz ist sie auf jeden Fall!«

ANNY

KAPITEL 20

Die Dreharbeiten für ihren gemeinsamen Film *Knock-out* begannen im Admiralstheater an der Friedrichstraße. Für Anny war es ein Heidenspaß, mit Max auf der Bühne zu stehen. Ganze Tage gemeinsam am Set zu verbringen und Schulter an Schulter als gleichberechtigte Arbeiter der Unterhaltung zu dienen, gab ihrer Beziehung eine tiefere Ebene. Sie waren nicht mehr nur Liebhaber, sondern Kollegen.

Der Admiralspalast war als Kulisse für einen Teil der Innenaufnahmen gedacht. *Knock-out* spielte in einem Theater, in dem eine Revue einstudiert wurde. Anny hatte dabei die Rolle der Buchhalterin Marianne, die Arbeit suchte und aus Versehen als Nummerngirl eingestellt wurde. Und Max spielte einen Beleuchter, der sich in Marianne verliebte, ihretwegen in einen Boxkampf geriet und dabei von einem Manager entdeckt wurde. Es gab Komik und Klamauk, Irrungen und Wirrungen, Herz und Schmerz und natürlich ein dickes Happy End.

Reinhold Schünzel, der *Liebe im Ring* gedreht hatte und Max daher kannte, war als Regisseur dabei. Hans Zerlett schrieb das Drehbuch und Otto Heller stand hinter der Kamera. Das perfekte Team, davon war Anny überzeugt.

Sie brachte gleich am ersten Tag eine Schmalfilmkamera mit zum Set und filmte alles, was passierte, fürs heimische Kino. Sie konnte nicht anders. Sie hätte verstanden, wenn Reinhold Schünzel deswegen genervt wäre, aber er lächelte nur gutmütig. Er teilte großzügig ihre Freude, zusammen mit Max vor der Kamera zu stehen. Wie beim letzten Film war er bemüht, das Beste aus dem Schauspiellaien herauszuholen. Und Anny sah durchaus Potenzial bei ihm.

Ab und zu tauchten Reporter auf, die Max und sie interviewten und Fotos für Illustrierte schossen. Auch in diesen Situationen zeigte Schünzel nur ein geduldiges Lächeln und wies für alle fünfzehn Minuten Pause an. Bei einer dieser Gelegenheiten, als ein Sportreporter Max über den Film und seine Kämpfe interviewte, stand Anny halb verborgen hinter einem Vorhang und beobachtete ihren Mann, wie er mit der Presse sprach. Sie lauschte heimlich, was er sagte, und unterdrückte ein Kichern. Er habe sich für den Beruf seiner Frau immer viel mehr interessiert als umgekehrt, behauptete er stolz. Man müsse sich das mal vorstellen, sie habe ihn noch nie kämpfen sehen.

Amüsiert dachte Anny, dass sich das ja nun ändern werde. Denn im Drehbuch gab es eine Boxszene, in der Marianne im Publikum saß und heftig ihren Oberbeleuchter Max anfeuerte. Es sei ja nur ein Schaukampf, hatte Max zuvor versichert, als er ihr sorgenvolles Gesicht bemerkt hatte. Sie müsse sich überhaupt keine Sorgen machen, dass er verletzt würde. Bei diesem Dreh würde er keinen einzigen blauen Flecken davontragen, das könne er fest versprechen.

Sie wandte sich vom Vorhang ab, um Max mit dem Reporter allein zu lassen, als zwischen den Requisiten plötzlich Karel vor ihr stand. Das Theater war nicht weit von ihren Büroräumen entfernt, trotzdem war sein Auftauchen überraschend. Sie zog den Vorhang ein Stück weiter zu, damit der Reporter ihn nicht entdeckte.

»Karel! Was machst du denn hier?«

Er lächelte ironisch. »Ich rette euch den Hals.«

»Wie? Was meinst du damit?«

Er vergewisserte sich, dass sie keiner hören konnte.

»Reinhold Schünzel ist raus«, erklärte er umstandslos. »Er wird vom Film abgezogen.«

Es fühlte sich an, als hätte sie eine Backpfeife bekommen. Sie starrte ihn fassungslos an.

»Das passiert auf oberste Anweisung hin«, fügte er hinzu.

»Aber weshalb? Reinhold ist perfekt für uns. Es hat ein Gespür für Timing. Er kann mit Schauspielern umgehen. Wir sind alle froh, dass wir ihn haben!«

»Tut mir leid, Anny. Nichts zu machen.«

»Aber was ist passiert? Ich verstehe das alles nicht.«

»Du weißt bestimmt, dass Reinhold Halbjude ist?«

Sie nickte ungeduldig. Der Regisseur arbeitete mit einer Sondergenehmigung, das war allgemein bekannt. Würde man im Propagandaministerium nicht ab und zu ein Auge zudrücken, wären der Ufa und dem deutschen Film endgültig alle begabten Lustspielregisseure abhandengekommen. Deshalb wurde Reinhold Schünzel geduldet, und daran hatte sich in den letzten Jahren nichts geändert.

»Das ist keine Neuigkeit«, sagte sie. »Alle wissen das. Und wir sind mitten in den Dreharbeiten. Wieso sollte von heute auf morgen alles anders sein?«

»Weil Goebbels das so entschieden hat.«

Anny traute ihren Ohren nicht. Karel erklärte ihr, dass der Minister, der alle Filme persönlich bewertete, *Amphitryon* gesehen habe, den zuletzt abgedrehten Film von Reinhold Schünzel. Ein Bühnenstück von Heinrich von Kleist mit Starbesetzung. Willy Fritsch und Adele Sandrock waren dabei, und der Film sollte demnächst in die Ufa-Theater gebracht werden. Sie fragte drängend, was das Problem sei.

»Das Problem, meine liebe Anny, ist, dass man den Film als Parodie sehen kann. Als eine Persiflage auf die Reichsparteitagsfilme von Leni Riefenstahl. Und Goebbels ist völlig außer sich. Reinhold soll kaltgestellt werden.«

»Aber … wieso hat Reinhold so was getan?« Es hatten sich doch alle eingerichtet unter der neuen Führung. »Ist er lebensmüde? Und was sagt die Ufa dazu? Er macht für die doch einen Kassenschlager nach dem anderen.«

Karel hob nur die Schultern und grinste schief. Also verzichtete die Ufa mal wieder darauf, sich mit Goebbels anzulegen.

»Und wir?«, fragte Anny. »Was passiert jetzt mit *Knockout?*«

»Ich sage doch, ich bin hier, um euch den Hals zu retten. Ich habe mir gedacht, wenn die Ondra-Lamač-Film den Streifen schon produziert, dann kann ich auch als Regisseur einspringen. Im Ministerium hat man nichts dagegen.«

Anny sah betroffen am Vorhang vorbei zur Bühne. Max scherzte mit dem Reporter und zeigte ihm spielerisch eine Boxtechnik. Dahinter saß auf seinem Klappstuhl Reinhold Schünzel und plauderte mit Otto Heller. Der Rest der Schauspieler stand herum und vertrieb sich anderweitig die Zeit.

»Weiß er Bescheid?«, fragte sie.

»Ja. Wir werden die bisherige Arbeit gemeinsam durchgehen. Es wird schon klappen, wenn ich übernehme.«

Reinhold wirkte völlig unbekümmert. Keiner, der ihn so sah, würde vermuten, was passiert war.

»Ist er in Gefahr?«, fragte Anny leise.

»Das kann ich mir nicht vorstellen. Gut möglich, dass die Nazis ihn in ein paar Monaten wieder filmen lassen. Sie brauchen gute Leute. Aber für *Knock-out* ist nichts mehr zu machen.«

Nachdem sie den ersten Schreck verdaut hatte, war sie froh und dankbar, dass Karel die Regie übernahm. Max hätte es sicher besser gefallen, Reinhold wäre geblieben. Dass ihr verflossener Liebhaber die Leitung übernahm, würde ihm wenig Freude bereiten. Immerhin würden sie weiterdrehen können. Und Karel sorgte dafür, dass die Qualität der Arbeit nicht litt. Sie beobachtete Max, der immer noch mit dem Reporter scherzte. Sie wünschte, ihr gemeinsames Filmprojekt hätte ohne solche Zwischenfälle abgedreht werden können.

»Wie war's am Wochenende bei den Goebbels?«, fragte Karel aufgeräumt. »Hattet ihr einen schönen Tag?«

Anny hörte den verhaltenen Spott in seiner Stimme. Sie zog den Vorhang zurück und funkelte ihn böse an. Die Familie Goebbels lebte nicht weit von ihrer neuen Wohnung in Dahlem entfernt, und da Anny dem Minister schon einige Mal begegnet war, hatte er sie und Max am Wochenende eingeladen.

»Du wärst auch hingegangen!«, gab sie fauchend zurück. »Tu doch nicht so.«

»Lass dich nicht von mir ärgern, Anny«, sagte er versöhnlich. »Ich meine es doch gar nicht böse.« Er seufzte. »Es ist nicht verkehrt, gute Beziehungen zu Joseph Goebbels zu haben. Oder ihm gewogen zu sein. Nicht, solange er über jeden Film, der in Deutschland entsteht, den Daumen hebt oder senkt. Wer weiß, wann es einem hilft.«

Anny gefiel es trotzdem nicht. Am liebsten lebte sie zurückgezogen von allem Rummel. Doch die Prominenz des Ehepaars Schmeling lockte viele an, auch die politische Führung. Egal, wie sehr sie sich wünschte, in ihrer freien Zeit allein mit Max in Saarow zu sein, sie mussten Kompromisse machen.

»Magda ist ganz nett«, sagte sie. »Und die zwei kleinen Kinder, die sind niedlich. Sie hat vorgeschlagen, dass wir uns häufiger sehen. Joseph Goebbels ist selten da. Und wo ich nur einen Steinwurf entfernt wohne …«

Er zeigte sein typisches Lächeln, doch sein Blick blieb unergründlich. Sie wollte fragen, ob er sich nicht doch insgeheim über sie amüsierte, da dröhnte Reinholds Stimme durch den Saal. Er stand mit dem Sprachrohr am Regieplatz und verkündete, die Pause sei vorbei, alle Mann an Deck.

»Wir sehen uns, Anny«, sagte Karel, immer noch mit diesem seltsamen Lächeln auf den Lippen. »Morgen werden es alle erfahren. Bis dahin halte still.«

»Ich darf doch Max davon erzählen?«

»Natürlich. Grüß ihn von mir.«

Damit verschwand er, einer rätselhaften Erscheinung in einem unheimlichen Film gleich, zwischen den Aufbauten. Anny kehrte ans Set zurück. Sie war unkonzentriert und fand nicht mehr in ihre Rolle. Max erkannte natürlich, dass etwas nicht stimmte, und bei der nächsten Pause erzählte sie ihm in ihrer Garderobe von den Neuigkeiten. Wie befürchtet, gefiel ihm nicht, dass Karel das Kommando übernahm. Doch vor allem war er erschrocken darüber, dass Reinhold kaltgestellt werden sollte.

Offenbar waren sie nicht die Einzigen, die von der Sache Wind bekommen hatten, denn die Neuigkeiten verbreiteten sich wie ein Lauffeuer. Obwohl Karel erst am kommenden Tag verkünden wollte, was los war, wussten vor Ende des Drehtags alle Bescheid. Da spielte es keine Rolle, dass Max und Anny wie versprochen dichtgehalten hatten.

In der allgemeinen Betroffenheit ergab es sich, dass ein paar Schauspieler aus dem Ensemble sich auf ein Bier zusammensetzen wollten, um die Neuigkeit gemeinsam zu verdauen. Anny hätte sich gerne rausgezogen, doch das war unmöglich, und so landeten sie am Ende des Tages in der *Roxy*-Bar.

Max, der dort bekannt war wie ein bunter Hund, begrüßte überall Freunde und Bekannte. Schauspieler, Sportler, Showgirls. Doch als er zu Anny zurückkehrte, die am Eingang auf ihn wartete, kommentierte er: »Es trifft sich immer noch alle Welt in der *Roxy-Bar,* nur ist alle Welt die halbe Welt geworden. Jedes Mal, wenn ich herkomme, erfahre ich, wer Deutschland verlassen hat.«

Nach dem heutigen Tag und angesichts der Probleme, die Reinhold bekam, war das keine aufbauende Aussage. Die Truppe aus dem Ensemble setzte sich an einen Tisch, und Max ging zur Theke, um den Wirt Heinz Ditgens zu begrüßen. Anny trat höflich neben ihn und sagte ebenfalls Guten Tag.

»Ich hab gehört, du willst Hermann Göring verklagen?«, begrüßte der Wirt Max fröhlich.

Max lachte drauflos. »Da weißt du mehr als ich.«

»Das hört man überall. Wegen des Kampfes vor ein paar Monaten. Du willst Göring verklagen, weil du die Börse nicht bekommen hast.«

»Nur den preußischen Staat«, sagte Max. »Das ist ein großer Unterschied. Wir haben einen Vertrag geschlossen. Ich musste das tun.«

»Respekt, mein Junge«, sagte Ditgens. »Wenn du mal damit durchkommst.«

Anny hakte sich bei Max unter, als suche sie seinen Schutz. Die Sache mit der nicht gezahlten Börse war ihr von Anfang an nicht geheuer gewesen. Ausländische Boxer, die gegen Max antraten, wurden mit überhöhten Börsen bezahlt, das sah man bei den Veranstaltern ein. Bei Max erwartete man aber, dass er für Deutschland und nicht für das Geld kämpfte.

Anny hatte ihn gebeten zu verzichten. Es war nur ein kleiner Betrag in Anbetracht dessen, was er in Amerika verdiente. Aber da war Max Geschäftsmann. So leicht ließ er sich nicht die Butter vom Brot nehmen.

Der Wirt der *Roxy-Bar* senkte die Stimme.

»Ich habe gehört, es hat deswegen eine Ratsversammlung gegeben«, vertraute er ihnen an. »Die Herren Parteibonzen waren ziemlich sauer. Sie haben dich einen jüdischen Börsenjobber genannt. Da sind Worte wie Landesverrat und Geldgier und Strolchigkeit gefallen.«

»Hitler interessiert sich nicht für das Gekläff«, sagte Max leichthin. »Das ist, was ich gehört habe.«

»Pass nur auf, dass du dich mit denen nicht anlegst.«

Ditgens vergewisserte sich, dass keiner zuhörte.

»Da waren Leute, die wollten, dass du für ein paar Wochen ins Konzentrationslager kommst, zur Umerziehung. Mit Frühsport, hieß es, allerdings in etwas anderer Form, als es der Herr Boxer gewohnt sei.«

Anny wurde blass, als sie das hörte. Sie klammerte sich fester an seinen Arm. Max schenkte ihr sein Buddhalächeln. Als gäbe es nichts, worüber sie sich Sorgen machen müsse.

»Keine Angst, Anny«, sagte er. »So weit wird es nicht kommen. Sie wollen den Skandal vermeiden. Wir werden uns auf eine Summe einigen, und dann ziehen alle weiter.«

Und an Heinz Ditgens gewandt, fügte er hinzu: »Ich soll Werbung machen für Olympia. Das kam von ganz oben. Ich glaube nicht, dass sich irgendwer für diese Ratsversammlung interessiert. Sie brauchen mich.«

»Werbung für Olympia?«, fragte der Wirt überrascht.

»In Amerika. Dort wird diskutiert, ob man an den Spielen in nächsten Sommer teilnehmen soll. Wegen der Juden und der Schwarzen. Ich soll versichern, dass ihnen nichts droht. Dass alle für die Zeit der Spiele in Berlin willkommen sind.«

»Aber wie willst du das sicherstellen?«, fragte Ditgens.

»Die Nazis wollen vor den Augen der Welt glänzen. Was soll denn passieren? Undenkbar, dass sie während Olympia gegen ausländische Juden und Schwarze vorgehen.«

Ditgens wirkte nicht überzeugt, und Max fügte mit gesenkter Stimme hinzu: »Ein anständiges Deutschland wird sich durchsetzen, Heinz. Das ist mein fester Glaube.«

Agnes Ditgens, die Frau des Wirts, stellte schäumende Biergläser auf den Tresen.

»Für die durstigen Schauspieler«, sagte sie.

Max nahm so viele Krüge, wie er tragen konnte, und brachte sie zum Tisch. Anny wartete auf die restlichen Humpen. Die Wirtin bemerkte ihre Miene und schenkte ihr ein mütterliches Lächeln.

»Es wird schon alles gut werden«, sagte sie. »Hier, die letzten Biere. Und für unseren Max ein Glas Milch.«

Anny dankte und ordnete die Krüge. Als sie zugriff, hörte sie neben sich verhaltene Stimmen.

»Hast du das nicht gehört? Tucholsky hat sich das Leben genommen.«

»*Kurt* Tucholsky?«

»Natürlich, wer sonst. In Schweden.«

Anny warf einen verwunderten Seitenblick hinüber. Die beiden Frauen verstummten sofort. Man kannte sich nicht. Eilig senkten sie die Blicke.

Anny wandte sich ab, nahm die Bierkrüge und trug sie zum Tisch der Kollegen. Kurt Tucholsky, dachte sie betroffen. Sie erinnerte sich, wie er angesichts der Beliebtheit des berühmten deutschen Boxers mal in einer Geschichte geschrieben hatte: *Wir brauchen einen Diktator wie Max Schmeling!* Aber das war während der Demokratie gewesen, in anderen Zeiten.

KAPITEL 21

New York

Juni 1936

Dunkle Wolkenwände brauten sich am Himmel über dem Central Park zusammen. Kein Vogel war zu sehen und ein aufkommender Sturm ließ Baumkronen wogen und alte Zeitungen durch die Luft flattern. Max stand am Fenster im vierzehnten Stock des Plaza Hotels und sah nachdenklich in das aufkommende Unwetter hinaus. Wie auf Knopfdruck ging da ein Platzregen los und prasselte gegen die Fensterscheiben seiner Suite.

»Nur ein Schauer, keine Sorge«, sagte Machon, der hinter ihm in die Suite trat. »Das geht vorüber.«

Max erwiderte nichts. Das Wetter schien sinnbildlich für sein inneres Gemüt. Er spürte die Unruhe. Der Kampf gegen Joe Louis stand bevor, der zwar kein Weltmeisterkampf war, aber dennoch zum wichtigsten seiner Karriere werden konnte.

Der Mann, der Joe Louis schlägt, wird der Boxer aller Zeiten sein, hieß es in den Sportblättern. Denn dem *braunen Bomber,* wie er genannt wurde, umgab ein Nimbus wie keinen Boxer zuvor. Er galt als unschlagbar und übermenschlich. Der amtierende Weltmeister hieß zwar Jimmy Braddock, aber es schien nur eine Frage der Zeit, bis Louis ihn ablöste.

»Bist du bereit?«, fragte Machon forschend.

Er war es. Nach drei Monaten im Trainingscamp, in dem er sich akribisch vorbereitet hatte, nach drei Monaten in den Vereinigten Staaten, fern von Anny und Berlin, gab es für ihn nur noch den Kampf. Und ob er bereit war!

»Wir sind bestmöglich vorbereitet«, sagte Machon. »Du hast eine Chance gegen Louis. Es ist kein Gesetz, gegen ihn zu verlieren.«

Max lächelte dünn. Als er im Dezember nach New York gekommen war, um den Vertrag zu unterschreiben, hatte er einen Kampf von Joe Louis aus dem Publikum heraus beobachtet und anschließend den Mythos verstanden. Louis hatte den Gegner ruhig und methodisch auseinandergenommen. Er schien unangreifbar und gnadenlos. Max hatte sich ebenfalls gefragt, ob er überhaupt gegen ihn antreten solle. Ob es nicht Selbstmord sei.

Heute war es allerdings so weit. Die Aufregung angesichts des Kampfes hielt sich in New York in Grenzen, die Wetten standen zehn zu eins gegen ihn. Keiner glaubte, dass der ehemalige Weltmeister, der inzwischen als in die Jahre gekommen galt, eine Chance gegen den jungen Boxstar hatte.

»Wie lange haben wir noch?«, fragte Max.

»Es geht gleich zum Wiegen. Danach acht Stunden.«

Der Himmel verdunkelte sich weiter, und Wetterleuchten flackerte am Horizont. Der Regen drosch nun wütend auf die Fensterscheiben seiner Suite ein.

»Ich bin bereit«, wiederholte Max.

»Denk immer daran, du hast eine Chance. Du hast einen

Plan.« Auf Englisch fügte er hinzu: »Du hast etwas gesehen.«

Max lächelte bei diesem Kommentar. Ja, er hatte etwas gesehen. Bei dem Kampf im Dezember, bei dem er im Publikum gesessen hatte. Nach der Begegnung hatten ihn Reporter bestürmt, ob er keine Angst vor Louis habe. Ob er sich nicht in die Hosen mache. Er müsse doch wissen, den Weg zur Weltmeisterschaft könne keiner Joe Louis versperren.

»Ich traue mir zu, Louis zu schlagen«, hatte Max geantwortet. Was einen Tumult zur Folge hatte. Es wurde gelacht und gepfiffen und durcheinandergerufen, aber Max blieb dabei.

»Ich habe etwas gesehen!« *I've seen something.*

Natürlich hatte er nicht verraten, was das gewesen war, aber mit diesem Satz war er schon jetzt in die Boxgeschichte eingegangen. Er prangte auf allen Zeitungen, und alle rätselten, ob es nur Effekthascherei sei oder ob er eine geheimnisvoll Strategie habe. *I've seen something.*

Er und Machon hatten tatsächlich etwas gesehen. Machon hatte Filme von den Louis-Kämpfen besorgt, die sie wochenlang in einem abgedunkelten Raum studiert hatten. Max hatte jedes einzelne Bild analysiert, hatte die Filme sogar rückwärts laufen lassen. Louis verfügte über eine grandiose Körperbeherrschung und über bravouröse Kampftechnik. Aber er hatte eine kleine Schwäche: Jedes Mal, wenn er mit der Linken seine gefährlichen Haken schlug, ließ er im Anschluss daran den linken Arm fallen. Eine kaum merkliche, unbewusste Reaktion, durch die seine linke Gesichtshälfte einen Augenblick lang offen lag. Dazu kam, dass bei Max der Schlag mit seiner hervorschießenden Rechten derjenige war, mit dem er viele Kämpfe entschieden hatte. Eine Kombination, aus der sich etwas machen ließe.

Auf dem Weg durch die Stadt ging das Unwetter erst richtig los. Der Verkehr ging nur langsam voran, Regen trommelte auf das Wagendach. Zu allem Überfluss wurden sie von der Polizei angehalten, weshalb sie das Yankee Stadium eine halbe Stunde zu spät erreichten. Max ging wie immer mit einem kumpelhaften Lächeln auf seinen Gegner zu, gab ihm die Hand und sagte: »*Hello Joe, how do you do?*«

Damit entlockte er Louis, der sonst stets stoisch und gelassen blieb, ein Lächeln. »*Hello Max, how are you?*«

Und allein damit war die geladene Presse in Aufregung versetzt, die bis dahin selbst gestandene Boxer beim Wiegen vor Louis stehen sehen hatte wie Kaninchen vor der Schlange. Max dagegen lächelte entspannt und wünschte Louis alles Gute.

Jetzt dauerte es noch acht Stunden bis zum Kampf. Sie kehrten zurück ins Plaza. Der Regen verwandelte sich in einen Wolkenbruch, und jenseits der eleganten Fensterbretter seiner Suite schien die Welt unterzugehen. Und dann kam die Nachricht, der Kampf werde wegen des Wetters um einen Tag verschoben.

Es war das reinste Nervenspiel. Max versuchte zu schlafen, versuchte, nicht unentwegt an den *braunen Boxer* zu denken. Er spielte mit Freunden Skat, ließ sich Essen aufs Zimmer bringen, legte sich hin. Doch vergebens. Er blieb schlaflos und dachte unentwegt an den Kampf. Machon war bei ihm, und die Nacht verbrachten sie damit, immer wieder ihre Strategie für den Kampf durchzugehen.

Zuletzt blieb Max allein und versuchte sich zu konzentrieren. Ein Telegramm von Anny erreichte ihn. Magda Goebbels habe sie eingeladen, die Nacht bei ihnen zu verbringen und dort den Kampf am Radio zu verfolgen. Er wusste nicht, was er davon halten sollte. Über sechstausend Kilometer entfernt saß Anny nun bei der Familie Goebbels und wartete auf den Gong zur ersten Runde. Obwohl es Unsinn war, fühlte es sich in diesem Moment für ihn an, als hielte der Minister seine Frau als Geisel, damit er nicht in Amerika bliebe. Als wäre dies eine Botschaft der Parteiführung.

Bestimmt war das nur Einbildung, und schlimmstenfalls war Anny nur beim Minister, damit der Fotos bekam, die er für seine Propaganda nutzen konnte, trotzdem: Max hoffte, dass Anny sich wohlfühlte und sorglos war bei den Goebbels und dass ihr dieser Gedanke nicht in den Kopf kam. Die Vorstellung, dass sie sich bedroht fühlte und er war mehrere Tagesreisen von ihr entfernt, war unerträglich.

Endlich tauchte Machon auf und sagte: »Der Wagen steht unten.«

»Ich komme«, sagte er und zwang sich, die Gedanken an Anny zur Seite zu wischen. Er musste sich auf seinen Kampf konzentrieren. Es gab ohnehin nichts, was er tun konnte. Nach dem Fight würden sie miteinander sprechen, und er würde alles über diese Sache erfahren. Doch zuerst musste er raus in die Arena.

Er fuhr ins Yankee Stadium und bezog dort seine Kabine. Draußen in der Arena waren Zigtausende, die brüllten und johlten und pfiffen. Jedes Mal, wenn die Tür aufging, schwappte hysterischer Lärm herein.

Die Verantwortlichen gaben sich die Klinke in die Hand, während Max wartete. Dann trat Tom O'Rourke ein, ein geachteter und erfolgreicher Boxmanager, der mit seinen fünfundachtzig Jahren immer noch im Geschäft war. Er setzte sich zu ihm auf die Pritsche.

»Nun, Max, wie fühlst du dich?«

»Danke, es geht mir gut, Tom.«

»Du siehst auch vorzüglich aus. Ich sage dir, wenn einer mit Joe Louis fertig wird, dann du. Du musst nur …«

Er stockte, griff nach dem Herzen, schnappte nach Luft. Dann brach der alte Mann vor seiner Pritsche zusammen. Max rief um Hilfe, Betreuer stürmten herein, versuchten, ihn zu reanimieren. Doch vergeblich. Dann trugen sie ihn eilig fort, damit er nicht begriff, dass O'Rourke gerade in seiner Kabine gestorben war. Doch Max hatte alles gesehen.

Ein Vertreter der Boxkommission streckte seinen Kopf durch die Tür. »Are you ready?«

Er sah geschockt auf und taumelte aus dem Raum. Sah sich nach O'Rourke um, konnte ihn nirgends sehen. Und tauchte in das Scheinwerferlicht der siedendheißen Arena. Eine Woge der Hysterie schwappte über ihn hinweg. Die Nerven der Zuschauer waren zum Zerreißen gespannt. Wie sollte es da erst ihm ergehen? Er versuchte, wie immer alles aus dem

Kopf fallen zu lassen. Joe Louis stand bereits im Ring, wirkte eiskalt und zu allem entschlossen.

Der Gong zur ersten Runde folgte. Louis ging nicht sofort auf ihn los, sondern umrundete Max abwartend und lauernd. Dann griff er an, und es war, als kämpfe Max gegen einen Panzer, der ihn überrollen wollte. Bis zur dritten Runde steckte er einen Schlag nach dem anderen ein. Sein Auge schloss sich, das Gesicht schwoll an, er trug zahllose Blessuren davon.

»Werde nicht ungeduldig«, sagte Machon in der Ecke. »Denk daran, was wir gesehen haben.«

In der vierten Runde passierte es dann, dass Louis genau den Fehler machte, auf den Max wartete. Er schlug mit der Linken zu und ließ kurz die Hand fallen, woraufhin Max ihn mit aller Kraft einen rechten Haken am Kinn verpasste. Louis taumelte, Max schlug wieder zu, dann wurde sein Gegner vom Gong gerettet.

Im Publikum gab es Tumulte. Allein die Tatsache, Louis taumeln zu sehen, ließ das Stadion toben. Max versuchte es weiter. Louis geriet immer wieder in die Defensive. Bis zur sechsten Runde, in der Max auf ihn einhämmerte, bis seine Rechte regelrecht müde wurde. Doch es gelang ihm kein K.o.-Schlag.

In der siebten Runde kam Louis wie entfesselt zurück und schlug auf Max ein, als wäre er frisch aus der Ecke gekommen. Beinahe hätte diese Runde die Wende gebracht. Diesmal war es Max, der vom Gong gerettet wurde.

»Du hälst dich gut«, sagte Machon.

»Er schlägt immer noch wie ein Büffel!«, stöhnte Max in der Ecke.

»Du musst dich auf alles gefasst machen. Nimm ihm die nächste Runde wieder ab.«

Max schaffte es, den Kampf zu drehen und landete mehrere Treffer. Doch Louis überstand alles. Er hatte unfassbare Nehmerqualitäten. Erst in der zwölften Runde fand Max Rechte den Weg zum Kinn des Amerikaners, der von der Wucht förmlich herumgerissen wurde. Diesmal stürzte er zu Boden und blieb wie leblos liegen. Die Stimme des Ringrichters drang wie durch Nebel zu Max: »… acht – neun – AUS!«

Das Yankee Stadium verwandelte sich augenblicklich in einen Hexenkessel. Die Sensation war perfekt, der scheinbar Unschlagbare war geschlagen. Max nahm wahr, wie sein Arm hochgerissen wurde. Machon umarmte ihn stürmisch. Joe Jacobs sprang in den Ring und brüllte den Reportern wie von Sinnen zu: »Hab ich es euch nicht gesagt!«

Max sah zu Louis, der völlig benommen war. Sein Trainer Jack Blackburn, ein älterer Schwarzer, legte ihm sanft ein Handtuch über den Kopf. Dieser aufgeladene Kampf, der von allen Seiten zur Rassenfrage emporgehoben wurde, war von Louis verloren. Blackburn hielt sich aufrecht und würdevoll, doch sah Max, dass dem alten Mann die Tränen herunterliefen.

»Was ist passiert?«, murmelte Louis, kaum bei sich.

»Nicht tragisch, mein Junge«, sagte Blackburn weinend, »du bist eben k.o. gegangen.«

Max spürte, wie er in die Luft gehoben wurde. Unter frenetischem Jubel trugen ihn seine Leute in die Kabine. Machon und Jacobs waren außer sich. Menschen stürmten von allen Seiten auf ihn zu und gratulierten. Und dann stand plötzlich der amtierende Weltmeister vor ihm, Jimmy Braddock. »Es war ein großer Kampf, Max«, sagte er. »Mein Glückwunsch.« In diesem Moment wurde Max klar, dass er und nicht Louis gegen ihn antreten würde. Seine Rückkehr zum Weltmeistertitel schien zum Greifen nah.

Die nächsten Stunden vergingen wie im Rausch. Er würde sich später kaum erinnern, wer alles in seine Kabine gestürmt war, was er den Reportern gesagt hatte, wie er unter die Dusche gekommen war. Erst auf der Rückfahrt zum Plaza begriff er so richtig, was passiert war.

Auf dem Weg durch Harlem schaute er durch den Spalt im Vorhang seiner Limousine. Gespenstische Szenen trugen sich im Viertel der aufgewühlten schwarzen Bevölkerung zu. Eine Musikkapelle zerschlug ihre Instrumente, die zum Ruhm von Joe Louis hätten aufspielen sollen. Jugendbanden bewarfen vorbeifahrende Autos mit Ziegelsteinen. Alle Welt war auf der Straße. Im gesamten Stadtteil herrschte ein Ausnahmezustand.

Zurück in seiner Suite erwartete ihn ein Meer von Blumen und Glückwunschkarten. Telegramme von überall auf der Welt. Halb Hollywood gratulierte ihn, von Clark Gable bis Mary Pickford, dann waren da Glückwünsche von Marlene Dietrich, George Grosz, Ernst Lubitsch, Aenne Maenz, und für einen Moment nahm jene halb verlorene Welt vor ihm wieder Gestalt an. Dann folgten Adolf Hitler, Joseph Goebbels und Hermann Göring, Letzterer versprach ihm einen Jagdausflug und einen kapitalen Hirsch. Max nahm alle Glückwünsche entgegen. Über viele freute er sich, über manche besonders. Trotzdem wollte er nur noch mit Anny sprechen.

Das dauerte nur Minuten, denn die Damen vom Übersee-Fernsprechdienst hatten für den berühmten Sieger alle Ferngespräche zurückgestellt, um seine Frau an die Strippe zu holen. Da die Suite über einen Apparat verfügte, brauchte er nicht mal das Zimmer zu verlassen, um Annys Stimme unvermittelt in der Leitung zu hören.

»Max!«

»Anny!«

Er klammerte sich an den Hörer, so wie sie es sicher ebenfalls tat, tausende Kilometer entfernt, und lauschte. Es gab so viel zu sagen, so vieles, das er erfahren wollte. Doch statt zu reden, lauschten beide nur sehnsuchtsvoll in die Muschel und schwiegen. Anny durchbrach schließlich die Stille.

»Wann kommst du?«

»So schnell ich kann!«

Mehr brauchte sie nicht wissen, meinte sie, sie werde auf ihn warten.

Er dauerte nur zwei Tage, bis Max sich auf den Weg nach Deutschland machen konnte. Die schnellste Verbindung war die Fahrt mit dem Zeppelin. Zwar hatte er kein Billet, aber ein Offizier räumte für Max seinen Platz. Immer noch mit einem Schlafdefizit fand er sich an Bord der *Hindenburg* wieder, die hoheitsvoll und geräuschlos über den Atlantik schwebte.

All das erlebte er wie im Traum. Nichts davon schien real. Da passte es ins Bild, dass sie ihn – als es beim Überflug plötzlich hieß, unter ihnen sei das niederländische Doorn, wo Kaiser Wilhelm II. in seinem Exil lebe – im Garten stehen sahen, wie er den Hut nahm und ihnen am Himmel zuwinkte.

Sie erreichten Frankfurt am Nachmittag. Der Bug der silbergrauen Zigarre senkte sich langsam über das Flugfeld, Halteseile fielen zu Boden, und das Luftschiff wurde am Ankermast festgemacht. Von überall rannten Menschen auf das Flugfeld. Tausende erwarteten Max, um ihn für den Sieg zu feiern. Unter ihnen, gleich in der ersten Reihe der Herbeiströmenden, entdeckte er die kleine Anny.

Sie fielen sich auf dem Flugfeld in die Arme. Max erinnerte sich an die Rückkehr nach seinem letzten Weltmeisterkampf, als er und Anny in der Öffentlichkeit noch Versteck gespielt hatten. Zum Glück waren diese Tage vorbei. So schön es war, sie gleich bei der Ankunft in die Arme schließen zu dürfen, am liebsten wäre er mit ihr allein gewesen. Doch das war unmöglich bei den Menschenmassen, von denen sie umringt wurden.

Eine Stunde später brachte sie eine Sondermaschine nach Berlin, und vom Tempelhofer Flugfeld ging es mit einer offenen Limousine in die Stadt. Überall an den Straßen standen Menschenmassen Spalier. Die Leute waren außer sich. Nie zuvor war ein Sportler so gefeiert worden. So viel Liebe und Bewunderung schlugen ihm von überall entgegen, es war schlichtweg überwältigend.

Endlich, viele Stunden später, erreichten sie ihre Dahlemer

Wohnung, wo sie allein waren und durchatmen konnten. Auch hier versank alles in Blumen und Glückwünschen. Sie ließen sich inmitten des Blütenmeers auf das Sofa sinken. Anny schmiegte sich an ihm.

»Du musst mir alles erzählen«, sagte sie. »Aber ich brauche zuerst ein wenig Erholung.«

»Mir geht es genauso. Am liebsten würde ich direkt nach Saarow fahren.«

»Saarow«, schwärmte sie. »Und da schließen wir uns für ein paar Tage ein.«

»Keiner, der was von uns will. Nur wir zwei.«

»Ja, Max«, sagte sie seufzend und lehnte sich an seine Schulter. »Das wäre herrlich.«

Da fiel ihm eine Karte auf, die aus dem prachtvollsten Blumenstrauß herausragte. Er zog sie hervor und warf einen Blick drauf.

»Ich fürchte, Saarow wird warten müssen«, sagte er.

»Wieso?«, fragte sie enttäuscht. »Was ist passiert?«

Er hielt ihr das Schreiben entgegen.

»Wir haben eine Einladung von Hitler persönlich«, sagte er. »Für morgen in der Reichskanzlei.«

ANNY

KAPITEL 22

Bad Saarow,
einige Wochen später

Endlich kehrten Tage der Ruhe ein, die Anny und Max zu zweit in ihrem Sommerhaus verbringen konnten. Der Trubel, der die Wochen nach dem Sieg begleitet hatte, war abgeklungen, und sie hatten endlich Zeit für sich allein. Anny hatte extra Drehtermine verschoben, damit sie den Sommer zusammen in Saarow verbringen konnten. Sie schliefen lange, kühlten sich an den heißen Nachmittagen am Pool ab und saßen mit Nachbarn im Garten. Nur ab und zu fuhren sie zur Stippvisite nach Berlin, hauptsächlich, um die Olympischen Spiele zu besuchen.

Durch Olympia war Berlin kaum wiederzuerkennen. Die Parteiführung wollte der Welt die Stadt von ihrer besten Seite zeigen. Straßen und Plätze waren herausgeputzt, die Menschen wirkten offen und freundlich, Gäste aus aller Herren Länder spazierten über die Boulevards, und nirgends waren Hetzplakate gegen Juden zu sehen, kein *Stürmer* an den Kiosken, keine Schilder in Parks, dass Juden unerwünscht seien, keine Warnungen und Verbote. Stattdessen lagen in den Buchhandlungen Bücher von Thomas Mann oder Hermann Hesse aus, an den Zeitungsständern gab es Blätter aus der ganzen Welt und von judenfeindlicher Propaganda war nichts zu spüren. Berlin präsentierte sich als offene und friedliche Stadt. Auf den ersten Blick schien es für Anny beinahe wieder das lebendige und internationale Berlin der zwanziger Jahre zu sein, das sie und Karel damals angezogen hatte.

In der *Roxy-Bar*, wo im engen Zirkel rund um das Betreiberehepaar Ditgens nach wie vor offen gesprochen wurde, waren die meisten der Ansicht, dass es nach den Spielen mit der Offenheit wieder vorbei sei. Die Repressionen würden umstandslos weitergehen. Aber Anny wollte nicht schwarzsehen. Oder an das Morgen denken. Sie genoss die Freiheiten und die lebensfrohe Atmosphäre während der Spiele. Sie genoss es, mit Max im sommerlichen Berlin zu flanieren und das sportliche und friedliche Spektakel zu bestaunen.

Max war an dem heutigen Tag allein in die Stadt gefahren, wo er einen Pressetermin im Olympiastadion absolvierte, während Anny bei Nachbarn in der Kolonie zu Kaffee und Kuchen eingeladen war. In seiner Abwesenheit hockten alle bei brütender Hitze unter Sonnenschirmen. Luis Trenker und Joseph Thorak, die wie faule Katzen dalagen, und ihre Frauen, die Rhabarberkuchen und frisch geschlagene Sahne aufdeckten. Anny setzte sich in kurzen Hosen zu ihnen, man plauderte und saß träge herum und verplemperte herrlich gemütlich den Nachmittag.

Erst als die Sonne hinter Schönwetterwolken verschwand und kurz drauf dunkle Wolkenbänke am Horizont aufzogen, veränderte sich die Stimmung am Tisch.

»Ich hab ja gesagt, es soll ein Gewitter geben«, meinte Frau Thorak. »Das hat in der Zeitung gestanden.«

»Als wenn die wüssten, wie das Wetter wird«, erwiderte ihr Mann. »Da kannst du nichts drauf an.«

»Das sieht aber böse aus, was da aufzieht«, meinte Anny mit Blick zum Horizont. »Ob Max heil nach Hause kommt? Was, wenn es doch übel wird?«

Luis Trenker lachte über ihre Sorgen. »So was wie ein richtiges Gewitter erlebt ihr hier nicht, ihr Flachlandtiroler.«

Doch die rasch aufziehenden Wolken wurden schwarzgelb, und heiße Böen kamen auf. Frau Thorak stand auf und machte sich daran, den Tisch abzuräumen.

»Wir sollten besser alles ins Haus bringen«, schlug sie vor, woraufhin die Frauen aufstanden und mithalfen, Teller und Tassen zusammenzuräumen und die Kissen von den Gartenstühlen zu nehmen. Anny wurde eingeladen, es sich im Haus mit ihnen gemütlich zu machen, doch sie ging lieber rüber, bevor es zu regnen anfing, um die Sitzbezüge der Gartenmöbel in Sicherheit zu bringen. Vor allem aber, um auf Max zu warten.

Als sie zum Haus spazierte, sah sie seinen Wagen bereits vorm Gartenzaun stehen. Ein Glück. Sie fand Max im Swimmingpool, wo er sich nach dem langen, heißen Tag in Berlin abkühlte.

»Was für eine Hitze«, stöhnte er. »Komm rein, Anny, hier drin ist es angenehm.«

Zuerst sammelte sie die Kissen zusammen und brachte sie ins Haus, bevor sie sich zögernd an den Beckenrand setzte. Die Wolken verdunkelten weiter den Sommerhimmel.

»Stell dir vor, ich war heute im Trainingscamp der Amerikaner«, sagte Max, der träge im Wasser schwebte. »Jetzt rate, wenn ich da getroffen habe?«

»Doch nicht Jesse Owens?«, riet sie.

Der schwarze Amerikaner, der einen Rekord nach dem anderen einheimste und zum heimlichen Star der Spiele wurde, auch wenn das Hitler und den Nazis gar nicht gefiel.

»Eben der«, verkündete Max stolz. »Wir haben uns eine ganze Weile unterhalten. Ich habe ihm gratuliert zu seinen Leistungen. Wir haben auch übers Boxen gesprochen.«

Da Max in Amerika genauso bekannt war wie hier, konnte sie sich vorstellen, wie groß die Überraschung und die Freude über sein Auftauchen im amerikanischen Camp gewesen war.

»Er hat mich gefragt, ob ich geschickt worden bin, um ihm zu gratulieren«, sagte Max betrübt. »Von offizieller Stelle.«

»Und was hast du gesagt?«

»Ich konnte ja schlecht lügen.«

»Nein, das verstehe ich.«

Die Partei gab sich zwar weltoffen während der Spiele, trotzdem war die Rassenfrage weiterhin von höchster Priorität. Einem schwarzen Olympioniken würde keine offizielle Gratulation überbracht werden. Am liebsten schwieg man seine Leistungen tot.

Es war wie bei dem Sieg von Max gegen Joe Louis. Der wurde überall als deutscher Sieg gefeiert, als ein Sieg des Ariers über die schwarze Rasse. Die Zeitungen überschlugen sich geradezu. *Schmelings schmetternde Faust*, hatte in einer gestanden, *hat am empfindlichsten die Gegner des Natio-*

nalsozialismus getroffen. In einer anderen: *Alle Feinde Deutschlands, gleich welcher Hautfarbe, sie rechneten mit einem brutalen Niederschlag des Deutschen. Schmeling hat den Sieg errungen, weil er davon überzeugt war, dass es um mehr ging, nämlich um das Ansehen Deutschlands in der Welt.* In diesem Tonfall ging es überall weiter. Dabei hatte Max große Hochachtung vor Joe Louis und bewunderte seine Leistungen. Das allerdings wurde nirgends erwähnt.

Was, fragte sie sich, würde aus ihr und Karel werden, wenn die Entwicklungen so weitergingen? Den beiden Tschechen, die nach Deutschland gekommen waren, um dort ihr Glück zu suchen, hatten keinen Status als Herrenmenschen. Immer häufiger fühlte es sich an, als wäre der Boden unter ihren Füßen in Bewegung, als könnten sie jederzeit mit einem plötzlichen Ruck umgeworfen werden.

Ihre gemeinsame Firma bewegte sich weiterhin in unsicheren Fahrwassern. Nicht nur zogen sich die Teilhaber zurück. Das legendäre Quartett, mit dem sie ihre größten Erfolge gefeiert hatten, fiel ebenfalls auseinander. Hans Zerlett, ihr Drehbuchautor, war neuerdings eng mit dem Nazi-Kulturpolitiker Hans Hinkel befreundet, mit dem ausgerechnet Max ihn bekannt gemacht hatte. Zerlett war jetzt für Regiearbeiten bei Propagandafilmen im Gespräch. Weil viele Stellen im Film von Juden und Andersdenkenden nachzubesetzen waren, bot sich ihm eine Chance. Dass ausgerechnet er sich anschicken würde, bei den Nazis Karriere zu machen, hätte sie trotzdem nicht gedacht. Zu allem Überfluss sollte seine erste Regiearbeit die Dokumentation des Kampfes von Max gegen Joe Louis werden, *Max Schmelings Sieg – ein deutscher Sieg*. Er würde daher kaum länger Drehbücher für die Ondra-Lamač-Film schreiben.

Otto Heller dagegen, der Kameramann aus ihrem Quartett, war zurück in die Tschechoslowakei gegangen. Er habe die Schnauze voll von den Deutschen, hatte er ihr anvertraut. Anny und Karel könnten gern bleiben, wenn das ihr Wunsch sei, für ihn sei es nicht länger zu ertragen. *Knock-out* war seine letzte Arbeit gewesen, ausgerechnet. Danach hatte er ihnen den Rücken gekehrt. Was das alles für ihre Firma bedeutete, ließ sich noch nicht abschätzen. Die Zukunft wurde immer ungewisser.

Ein Donnergrummeln riss Anny aus ihren Gedanken. Sie sah in der Ferne ein Wetterleuchten. Das Gewitter kam näher.

»Komm doch noch schnell ins Wasser«, bettelte Max. »Es ist so angenehm hier.«

»Besser nicht«, sagte sie mit Blick zum Himmel. »Gleich fängt es an zu regnen.« Dann fragte sie: »Wann fahren wir gemeinsam wieder zu Olympia? Vielleicht können wir Jesse Owens bei einem Wettkampf zusehen.«

Er tauchte kurz unter Wasser, als wollte er sein Gesicht vor ihr verbergen. Als er wieder auftauchte, sagte er voller Bedauern: »Ich muss nach New York. So schnell wie möglich.«

»Schon wieder?« Sie hörte selbst die Enttäuschung in ihrer Stimme. »Wir wollten doch die nächsten Wochen zusammen verbringen. Nur wir zwei.«

»Ich weiß, Anny«, sagte er verlegen. »Aber der Weltmeisterkampf … Machon sagt, da stimmt was nicht. Er hat das Gefühl, die könnten uns Schwierigkeiten machen.«

»Aber nach deinem Sieg kann dir keiner mehr streitig machen, im nächsten Weltmeisterkampf anzutreten, oder?«

»Schon. Nur habe ich das Gefühl, da ist was im Busch. Ich muss hinfahren.«

Sie nickte tapfer, wollte sich nichts anmerken lassen. Doch er kannte sie zu gut, um das nicht zu durchschauen.

»Es tut mir von ganzem Herzen leid, Anny«, sagte er. »Ich bin so schnell wie möglich zurück, fest versprochen, und den Rest des Sommers verbringen wir hier, ja?«

Donnergrummeln erfüllte die Luft, ein heißer Wind fuhr über sie hinweg, dann fielen erste schwere Tropfen.

»Komm lieber raus, Max«, sagte sie. »Vergiss nicht, Wasser leitet.«

»Ach, das Gewitter ist noch weit weg.«

»Es kommt schnell näher. Raus mit dir.«

Ein Blitz erhellte den wolkenverhangenen Himmel.

»Warte …« Er zählte mit den Händen und lauschte. Beim Donnergrummeln sagte er: »Das lässt sich ausrechnen. Der Schall verbreitet sich mit dreihundertvierzig Metern pro Sekunde. Wenn du das multiplizierst mit der Zeit zwischen Blitz und Donner … das bedeutet, dass sich das Gewitter ungefähr bei Storkow rumtreibt.«

Genau in diesem Moment kam der Schlag. Ein Blitz, der alles in grelles unwirkliches Licht tauchte, und gleichzeitig ein ohrenbetäubender Knall. Anny stieß einen hellen Schrei aus. Dann hörte sie das Knistern. Aus dem Dach schlugen meterhohe Flammen in den Himmel.

»Max!«, schrie sie.

Er sprang aus dem Wasser, stand in Sekundenschnelle neben ihr. Das Reetdach brannte lichterloh. Löschen war unmöglich, das begriffen sie sofort. In Minutenschnelle fraß sich das Feuer durch das ausgetrocknete Stroh.

Max rannte wie von Sinnen durch die offene Terrassentür ins Haus. Anny schrie ihm nach, immer wieder, doch er achtete nicht auf sie. Die Arme voller persönlicher Dinge, voller Andenken, Bilder, Preise, allem, was in der Eile greifbar war, tauchte er immer wieder in der offenen Tür auf, während sich das Feuer tiefer ins Haus fraß.

»Max, lass das sein!«, schrie sie, doch er lief ein weiteres Mal hinein. »Max, ich beschwöre dich! Es brennt wie Zunder.«

Das wütende Fauchen der Flammen erfüllte alles. Qualm drang schon aus den Fenstern. Aber Max machte sich daran, noch ein weiteres Mal in die Brandhölle zu rennen. Er war außer sich, und plötzlich begriff Anny, was passierte. Er würde darin umkommen.

»Max!«

Sie sank zu Boden.

In wie vielen Filmen hatte sie genau dies getan? Eine Ohnmacht vorzuspielen, fiel ihr nicht besonders schwer. Und es funktionierte. Denn augenblicklich war er bei ihr und trug sie behutsam vom Haus fort.

Erst, als er sie im Gras ablegte, blinzelte sie heimlich. Aber da hatte er sich abgewandt und tauchte die große Gießkanne in den Pool. Als er sich ihr zuwandte, schloss sie eilig die Augen, und im nächsten Moment ergoss sich ein riesiger Schwall Wasser über sie.

Sie schnappte nach Luft, riss die Augen auf. Sie war klatschnass. Fassungslos sah sie zu Max. Doch der sprang, wo es ihr offenbar wieder gut ging, zum Haus und machte sich daran, erneut hineinzulaufen.

In diesem Moment stürzte der Dachstuhl krachend in sich zusammen. Max stolperte zurück und fiel neben ihr ins Gras. Der Lärm war ohrenbetäubend. Überall schossen Flammen hervor, aus Fenstern und Türen und hinter eingestürzten Wänden. Anny starrte in das Feuer. Zwar war Max wohlauf, weil sie ihn erfolgreich abgehalten hatte, nochmals hineinzulaufen. Aber ihr Haus! Ihr Rückzugsort, ihr Refugium, ihr Liebesnest. Es brannte bis auf die Grundmauern nieder.

Nachbarn kamen angelaufen, darunter Luis Trenker und Joseph Thorak, die versuchten zu löschen. Doch es war nichts mehr zu machen, das erkannten alle. Nun verstärkten sich die schweren Tropfen, und im nächsten Moment ging ein Platzregen nieder. Die Nachbarsfrauen kümmerten sich um Anny, während die Männer die geretteten Gegenstände vor dem einsetzenden Wolkenbruch in Sicherheit brachten.

Bei den Regenmengen, die an diesem Abend niedergingen, dauerte es nicht lange, bis die Flammen zischend zurückgedrängt wurden. Aber für das Sommerhaus war es zu spät, es blieben nur die Grundmauern stehen.

Später am Abend, als der Regen etwas nachließ und der

erste Schock verdaut war, saßen Anny und Max in ihrem Garten neben dem Swimmingpool und betrachteten Arm in Arm die Ruine.

»Wir haben überlebt«, sagte Max betrübt. »Das ist das Wichtigste.«

Anny warf ihm verlegen einen Seitenblick zu.

»Du, Max, ich muss dir was gestehen.«

»Was denn? Geht es um das Gewitter?«.

»Nein. Der Ohnmachtsanfall war nur gespielt.«

Er starrte sie verdattert an. Auf die Idee war er offenbar gar nicht gekommen. Doch dann funkelte es ironisch in seinen Augen.

»Du!«, rief er und sprang auf. »Ich werde es dir zeigen!«

Doch Anny schrie: »Eine ganze Gießkanne! Mindestens zwanzig Liter, und einfach ins Gesicht! Was denkst du dir nur?«

Jetzt lachten beide, umarmten sich stürmisch, kicherten und küssten sich, denn mit dem Leben davongekommen und im Angesicht der Ruine war zu lachen tausendmal besser, als in Tränen auszubrechen. Sie würden neu anfangen, alles schöner und prächtiger aufbauen. Denn was auch passiert war, sie hatten sich, und das war das Wichtigste.

Wie von vielen befürchtet, war nach dem Ende der Olympischen Spiele bald nichts mehr von den Freiheiten zu spüren. *Der Stürmer* kehrte zurück an die Kioske, die Bücher von Thomas Mann verschwanden augenblicklich aus den Schaufenstern, und die judenfeindlichen Schilder wurden auch wieder aufgestellt.

Zudem tauchte die Gestapo frühmorgens in der Künstlerkolonie in Saarow auf. Ein Nachbar, dessen jüdische Exfrau im Sommerhaus lebte, war denunziert worden. Nach den Rassegesetzen durften die beiden nicht länger in einem Haushalt leben. Max hatte seine Kontakte zu Goebbels benutzt, um in der Sache zu vermitteln. Zwar hatte der sein Ansinnen frostig entgegengenommen, denn schon wieder ging es um eine jüdische Angelegenheit, aber kurz darauf waren beide von der Gestapo entlassen worden. Fürs Erste war die Sache bereinigt.

Dieser merkwürdige Zwischenfall ereignete sich kurz nach dem Brand, kaum, dass die optimistischen Spiele vorüber waren. Für Anny war er wie ein Zeichen. Er drückte ihre Zuversicht, was den Wiederaufbau des Hauses anging. Die Gestapo in Bad Saarow hatte die Idee, sich dort ein neues Refugium zu schaffen, entzaubert.

Als sie in ihrer Dahlemer Wohnung über den Plänen saßen und Details zum Wiederaufbau besprachen, hob Anny irgendwann den Kopf und sprach aus, worüber sie eine Weile nachdachte.

»Ist die Kolonie eigentlich das, was wir wollen?«

»Wie meinst du das? Uns gefällt Saarow, oder?«

»Schon. Aber … ich weiß nicht, Max, vielleicht war das Unglück ein Wink des Schicksals. Das Haus war doch eher ein Ausflugsziel. Nichts für die Dauer. Nichts mit Zukunft.«

»Es war unser Sommerhaus.«

»Ich denke, wir sollten uns fragen, wie unsere Zukunft aussehen soll«, sagte sie behutsam. »Wo wir uns dauerhaft niederlassen wollen. Das könnte jetzt ein Anlass sein.«

Seine Karriere als Boxer wäre bald zu Ende. Er dachte zwar kaum darüber nach, denn er war entschlossen, den Weltmeistertitel noch einmal zurückzugewinnen und dann wie sein Idol Gene Tunney unbesiegt abzutreten. Aber spätestens danach würde sich diese Frage stellen, und das bedeutete ja, in wenigen Monaten.

»Aber deine Firma …«, begann er. »Du hast doch ein Geschäft.«

»Für die Ondra-Lamač-Film stehen schwere Zeiten bevor. Und die Rollen, die mir angeboten werden … das bin ich nicht, Max! Ich meine … Vielleicht sollten wir uns beide überlegen, wie wir weitermachen.«

Sie deutete auf die Pläne vor ihnen. »Kannst du dir denn vorstellen, dass wir in der Kolonie in Saarow beide mal als alte Leute leben?«

»Hast du etwa über Hollywood nachgedacht? Gibt da immer noch Angebote?«

»Nein, Max.« Sie seufzte schwer. »Und ich kann mir auch nicht vorstellen, im Ausland noch mal ganz neu anzufangen. Wir gehören da doch nicht hin. Unser Zuhause ist doch hier, in Deutschland und der Tschechoslowakei.«

»Aber wo willst du hin, Anny?«

»Ich könnte mir vorstellen, aufs Land zu ziehen.«

»Aufs Land? *Du*?«

»Max, du bist doch am glücklichsten, wenn du draußen durch die Wälder streifst. Wenn du auf der Jagd bist, durch die Natur läuft, am Wasser sitzt. Man merkt doch, dass du ursprünglich vom Land kommst. Die Uckermark hängt dir noch im Blut, auch wenn du als Kind nach Hamburg gekommen bist. Tief in deinem Herzen bist du kein Städter, Max, sondern ein Landwirt oder Förster.«

»Aber du, Anny, du bist Städterin. Du kommst aus Prag.«

Sie machte eine wegwerfende Handbewegung. »Ich kann mir inzwischen vorstellen, Berlin zu verlassen. Mit allem, was dazugehört. Eigentlich sogar möglichst weit weg. Keine Politik, keine Öffentlichkeit … Wir könnten uns ins Private zurückziehen. Das muss ja nicht von heute auf morgen passieren. Aber die Aussicht gefiele mir.«

In seinem Kopf schien es zu arbeiten. Der Gedanke war neu, und er musste nachspüren, wie er sich anfühlte.

»Was meinst du?«, fragte sie.

»Mit dir würde ich überall hingehen.«

Sie lachte. »Und ich mit dir, Max.«

Sie fielen sich in die Arme, und Anny spürte ihre Erleichterung. Sie würden Ausschau halten nach einem neuen Versteck. Diesmal einem, das weit genug weg war von Berlin.

MAX

KAPITEL 23

Rotterdam

Sommer 1937

Die alte holländische Hafenstadt tauchte am Horizont auf, am Delta von Rhein und Maas und inmitten endloser Wiesen ragten plötzlich Kirchtürme und Hafenanlagen aus dem Marschland, die wie eine Puppenstadt das Land vom grauen grenzenlosen Meer trennten.

»Wir könnten morgen irgendwo zum Strand fahren, bevor es zurück nach Deutschland geht«, schlug Machon vor, der am Steuer saß und den Wagen in die Hafenstadt hineinlenkte. »Oder wir sehen uns die Altstadt an. Was meinst du, Max?«

»Zum Meer, das wäre was«, kommentierte er. »Es erinnert mich ein bisschen an Hamburg.« Dann lachte er und wandte sich an seinen Freund. »Aber zuerst will ich den Titelkampf sehen. Alles andere interessiert mich erst morgen.«

Gustav Eder hatte sie nach Rotterdam eingeladen, der amtierende Europameister im Schwergewicht, weil er seinen Titel gegen den Holländer Bep van Klaveren verteidigte.

»Ich brauche dringend etwas Ablenkung, nach den verkorksten letzten Monaten«, sagte Max. »Ich hoffe auf einen spannenden Kampf. Um auf andere Gedanken zu kommen.«

Er und Machon waren frisch aus New York zurück, wo

sie nach wochenlangen Vorbereitungen auf den Weltmeisterkampf unverrichteter Dinge abgezogen waren. Machon hatte recht behalten mit seinem Riecher nach dem Kampf gegen Louis, etwas sei nicht in Ordnung. Seit einem Jahr wurde Max von Jimmy Braddock und den Boxbehörden an der Nase herumgeführt. Der Weltmeisterkampf wurde immer wieder verschoben. Zuerst hieß es, Braddock sei krank, er habe eine Verletzung am kleinen Finger. Keine große Sache, glaubte man den Ärzten, trotzdem wurde der Kampf abgesagt. Dann ein neuer Termin, auf den sich Max gewissenhaft vorbereitete. Er ignorierte, was überall gemunkelt wurde, nämlich dass Braddock nicht gegen ihn um den Weltmeistertitel kämpfen werde, sondern gegen Joe Louis. Das sei für die Amerikaner das Beste, denn diesen Vertreter Nazi-Deutschlands, den wolle man nicht länger im Wettbewerb haben. Bei einem erneuten Kampftermin vor wenigen Wochen war Braddock erst gar nicht zum Wiegen erschienen. Er hatte Max schlichtweg versetzt. Die Boxkommission verurteilte ihn wegen Nichterscheinen zu einer Strafe von tausend Dollar. Mehr passierte nicht.

Frustriert reiste Max wieder ab. Er hatte einen Vertrag für diesen Kampf unterschrieben, aber es half nichts. Die Intriganten in den Boxverbänden setzten sich darüber hinweg. Er war fürs Erste kaltgestellt worden.

»Es wird einen Weltmeisterkampf geben«, erwiderte Machon. »Sie können dich nicht dauerhaft ignorieren.«

»Ja, aber wie alt werde ich dann sein?«

»Wir müssen abwarten.«

Max betrachtete die gedrungenen Häuser und die blätternde Pracht der mittelalterlichen Straßen und Grachten, die auf ihrem Weg ins Zentrum vorüberzogen. Um die Laune zu heben, und weil sie beide hungrig waren, hielt Machon am Hafenkai, wo sie vom Geländer aus den Schiffen nachsehen und dem Geschrei der Möwen lauschen konnten, und besorgte ihnen frischen Matjes als kleine Mahlzeit.

»Was macht der Wiederaufbau eures Sommerhauses?«, fragte Machon kauend, um das Thema zu wechseln.

»Es geht voran. Aber … wir werden es verkaufen.«

»*Verkaufen?*«, rief er.

Machon wusste ja, wie wichtig die einsame Kolonie am Scharmützelsee für Max und Anny jahrelang gewesen war. Sie stand sinnbildlich für ihr gemeinsames Glück.

»Das ist nicht dein Ernst!«

»Es ist zu klein für uns geworden«, erklärte Max. »Und es steht für eine Zeit, die vorüber ist. Wir überlegen, Berlin ganz zu verlassen. Uns ein Haus auf dem Land zu kaufen, etwas Größeres auf Dauer. Ein neues Domizil.«

»Auf dem Land. Aber doch nicht in die Berge?«

Max lachte. Für einen Norddeutschen war das undenkbar.

»Nein, wir dachten eher an Pommern oder Mecklenburg«, sagte er. »Da gibt es wunderschöne Landschaften. Wir haben uns ein paar Bauernhöfe angesehen, aber das Richtige war nicht dabei.«

Max sah den Möwen hinterher, die einem Fischkutter aufs Meer folgten. Annys Karriere verlief momentan ähnlich deprimierend wie seine. Sie hatte im Februar, bevor er nach New York gefahren war, den vorerst letzten Film mit Lamač gedreht. Der Tscheche glaubte, nicht länger in Deutschland arbeiten zu können. Zwar habe Goebbels ihn nicht endgültig abgesägt, aber die Luft zum Atmen werde dünner. Max konnte kaum einschätzen, wie ernst die Lage war. Er hoffte für Anny, dass sich ein Weg für ihn fände, weiterzuarbeiten.

Gedreht hatten sie bei jenem Film in Prag, in ihrer beider Geburtsstadt, und Max war spontan vorbeigekommen, um sie am Set zu besuchen. Eigentlich eine schöne Zeit, in der sie alle für eine Weile ihre Probleme vergessen konnten. Doch irgendwie lag dabei Abschied in der Luft, und das nicht nur, weil Otto Heller längst nach Frankreich geflohen war und Hans Zerlett als Nazi-Regisseur Karriere machte. In Prag zu sein, das fühlte sich an, als könne man Pause machen vom Dritten Reich. Auch konnte Anny wieder eine Rolle spielen, die ihr Spaß machte. Nicht die patente, tugendhafte Frau, die dem veränderten Gesellschaftsbild entsprach. Sondern mal wieder die chaotische Träumerin, über die das Publikum so gern gelacht hatte.

Ein paar Möwen entdeckten sie am Kai und nahmen schreiend ihren Matjes in den Blick. Max drehte sich von ihnen weg.

»Ich würde Anny gern überraschen«, sagte er, wobei er den restlichen Fisch verputzte. »Mit dem perfekten Haus für uns beide. Das ich ihr dann als Geschenk mache.«

»Du wirst sicher etwas finden«, sagte Machon aufgeräumt

und verschlang ebenfalls den Fisch. »Und jetzt lass uns weitergehen, sonst kommen wir zu spät zum Kampf.«

»Oder wir werden von den Möwen gefressen«, fügte Max lachend hinzu.

Kurz darauf betraten sie die Arena in Rotterdam und nahmen auf ihren Sitzen, gleich in der ersten Reihe vor dem Ring, Platz. Von dort verfolgten sie den Boxkampf aus nächster Nähe. Es war ein spannendes Duell, wie Max gehofft hatte. Gustav Eder, amtierender Europameister, musste einiges einstecken. Es sah lange nicht gut aus für ihn. Bep van Klaveren lag nach Punkten klar in Führung, als in der achten Runde wie aus dem Nichts der k.o.-Schlag durch Eder kam. Ein Wahnsinnsmanöver, mit dem Eder alles auf den Kopf stellte. Und seinen Titel rettete.

Bei der anschließenden Siegesfeier, die in einem altehrwürdigen Hotel stattfand und bei der sie in fröhlicher Runde zusammensaßen, sprachen sie zu vorgerückter Stunde über alte Zeiten und über Max' Anfänge im Berliner Luna-Park. Da sagte Eders Trainer unvermittelt zu Max: »Wissen Sie eigentlich, dass Freunde von Ihnen in einem Kabarett auftreten, nur ein paar Kilometer entfernt?«

»Nein. Wen meinen Sie?«

»Na, Otto Wallburg und Willy Rosen, die kennen Sie doch von den Berliner Bühnen? Und Siegfried Arno, der ist ebenfalls dabei. Den kennen Sie auch, oder?«

Und ob er sie alle kannte. Es waren Freunde aus den zwanziger Jahren. Und Siegfried Arno ein lieber Kollege von Anny. Herrje, wie lange hatte er nichts von ihnen gehört.

»In einem Kabarett, sagen Sie?«

»So ist es. In Scheveningen. Die Truppe gehört zum Unterhaltungsprogramm im Seebad.«

»Da müssen wir hin«, sagte er zu Machon. »Unbedingt.«

Er wünschte nur, Anny wäre dabei. Welch eine Freude wäre es für sie gewesen, ihren alten Freund Siegfried Arno wiederzusehen.

»Dann fahren wir morgen wie geplant zum Strand«, scherzte Machon. »Nur eben nach Scheveningen.«

Sie fanden heraus, wie das Kabarett hieß und wann Vorführungen gegeben wurden. Außerdem buchten sie Zimmer im Seebad und verlängerten ihren Aufenthalt. Pünktlich zur Nachmittagsveranstaltung saßen sie dann im dunklen Zuschauerparkett und sahen die altbekannten Gesichter nach und nach auf die Bühne treten. Das Programm unterschied sich kaum von dem, was sie zu Berliner Zeiten auf der Bühne veranstaltet hatten. Es gab ein paar Spitzen gegen Hitler und das Dritte Reich, doch insgesamt blieb alles harmlos. Sie machten Späße, sangen Chansons und boten clowneske Einlagen.

Irgendwann ließ Willy Rosen den Blick durchs Publikum wandern und blieb bei Max hängen. Vor Schreck vergaß er die Liedzeile. Er fing sich wieder, sang stotternd und mit erkennbarer Entgeisterung weiter, so dass auch die beiden Kollegen ins Publikum spähten und ihn entdeckten. Zuerst herrschte auch bei ihnen große Verblüffung, aber dann schienen sie sich aufrichtig über das unverhoffte Treffen zu freuen. Siegfried Arno wirkte regelrecht aufgedreht, ebenso

Willy Rosen. Sie überboten sich mit Komik und Klamauk, als wollten sie Max einen warmen Empfang bereiten, dann sangen sie Lieder und Couplets aus ihren gemeinsamen Berliner Tagen, an die sich Max erinnern musste, und auf dem Höhepunkt schmetterte Arno den von Ralph Benatzky eigens für ihn komponierten Schlager: *Was kann der Sigismund dafür, dass er so schön ist.*

Max saß bewegt da, er lachte und genoss die Show ebenso wie das Wiedersehen mit den Freunden. Er wünschte jetzt sehnlichst, Anny wäre hier. In diesen Tagen, wo alte Gewissheiten bröckelten und jede Woche weitere Freunde das Land verließen, wäre es schön für sie gewesen, die vertrauten Gesichter zu sehen.

Nach dem Auftritt bahnte sich Max den Weg hinter die Bühne, wo die drei ihn schon erwarteten. Sie fielen sich in die Arme, versicherten sich gegenseitig, welche Freude es war, sich zu sehen, und dann ging es in ein Lokal, wo man das Wiedersehen feiern wollte. Beim Essen brannten sie darauf, alles aus Berlin zu erfahren: Wie es bei *Aenne Maenz* liefe und wer bei *Schwannecke* verkehre und was aus der *Roxy-Bar* geworden sei. Sie fragten nach alten Freunden, nach Anny und Lamač, und sie waren fassungslos darüber, dass Hitler *Unter den Linden* die Bäume hatte abhacken lassen. Max spürte das Heimweh der Männer, das über dem Tisch greifbar zu sein schien. Ihre Sehnsucht nach der verlorenen Zeit, nach den alten Freunden, der deutschen Sprache, nach Berlin.

Je länger der Abend dauerte, umso mehr gerieten sie ins

Schwärmen. Was Berlin alles zu bieten habe und wie großartig ihre gemeinsame Zeit dort gewesen sei. Bis Otto Wallburg plötzlich unvermittelt zu weinen anfing.

»Lass doch, Otto«, sagte Willy Rosen und legte ihm den Arm auf die Schulter. »Die Stadt fehlt uns doch allen.«

»Wir möchten ja auch zurück«, sagte Arno verständnisvoll. »Es geht nun mal nicht.«

»Das kann doch nicht wahr sein!«, brach es aus Wallburg hervor. Er nahm den Kopf in die Hände. »Ich habe im Weltkrieg das Eiserne Kreuz bekommen! Und meine Familie …«

Er stockte, wischte sich die Tränen weg. Arno und Rosen lächelten. Sie wussten, wie er sich fühlte. Sie hatten ebenfalls Tränen in den Augen.

»Wir sind doch dort groß geworden!«, schluchzte Wallburg. »Das kann doch nicht sein, dass wir nie mehr in unser Vaterland zurückdürfen!«

Max wurde still. Auch er musste mit seinen Gefühlen kämpfen. Es war ein herzzerreißender Anblick, diese erwachsenen Männer in einem Lokal in Scheveningen sitzen und weinen zu sehen. Immer noch hofften sie, eines Tages zurückzukommen. Noch immer hofften sie, nicht dauerhaft aus ihrer geliebten Heimat verstoßen zu sein.

»Kommt, trinken wir noch einen«, sagte Arno aufmunternd und winkte nach dem Kellner. »So jung kommen wir nicht mehr zusammen.«

»Ja, lasst uns einen heben«, rief auch Rosen, um die Schwere des Moments zu vertreiben. »Ich für meinen Teil kann einen gebrauchen.«

Statt des Kellners trat jedoch der Besitzer des Lokals an den Tisch, ein untersetzter Herr, der seine prominenten Gäste erkannt hatte und höflich fragte, ob er ein Foto zur Erinnerung machen dürfe. Für die emotional angeschlagenen Männer kam die Unterbrechung gerade recht. Sie verscheuchten die Schwermut, stellten sich strahlend auf und ließen sich ablichten.

Danach ging der Abend weiter, man redete und palaverte bis in die frühen Morgenstunden, und allen fiel es schwer, sich am Ende zu trennen. Als Max schließlich mit Machon ins Hotel zurückkehrte, ging ihm alles Mögliche durch den Kopf. Auf den Gedanken, dass dieses Foto, das dort geschossen wurde, den Weg in die Berliner Parteiführung finden würde, kam er jedenfalls nicht.

Auf der Rückfahrt dachte Max oft an das Treffen in Scheveningen zurück. An die Traurigkeit und die Sehnsucht der Männer. Vor allem rührte ihn, dass sie ganz ohne Feindseligkeit an die Heimat dachten, aus der sie vertrieben waren. Den Aufschwung, den das Land genommen hatte, beobachteten sie selbst aus der Ferne mit heimlichem Stolz. Der Rückgang der Arbeitslosigkeit, die allgemeine Aufbruchstimmung, die großen Bauprojekte. Hätte man sie gelassen, wären sie eher heute als morgen zurückgekehrt, trotz allem, was passiert war.

In seiner Dahlemer Wohnung angekommen, erzählte er

Anny von Scheveningen und erlebte dabei, wie sich die Gefühle des Abends in ihren Reaktionen wiederholten. Zuerst die große Freude, die bei der Erwähnung der Freunde zu spüren war, dann die Traurigkeit und Sehnsucht, denn sie vermisste die alten Zeiten und die dazugehörigen Menschen ja ebenso. Und als Max ihr die persönlichen Wünsche von Siegfried Arno ausrichtete, standen ihr schließlich Tränen in den Augen. »Das kann doch alles nicht wahr sein«, wiederholte sie die Worte von Otto Wallburg. »Was ist nur mit uns passiert?«

Ein paar Tage später, sie hatten sich längst wieder in ihrem Alltag eingerichtet und dachten kaum mehr an Scheveningen zurück, klingelte bei ihnen das Telefon. Am Apparat war der Reichspropagandaleiter Hinkel, zu dessen engen Freunden seit einiger Zeit Hans Zerlett gehörte. Ganz ungezwungen nahm Max das Gespräch entgegen, war doch Hinkel ihm gegenüber immer wohlgesinnt gewesen.

»Ah, Tag, Herr Hinkel! Wie geht's denn?«

Max erhielt keine Antwort darauf. Stattdessen kam der Mann in kühlem Tonfall auf sein Anliegen zu sprechen.

»Wie war's denn in Holland, Herr Schmeling?«

Ach herrje. Max wusste sofort, was los war. Aber wie hatte Hinkel davon erfahren? Was in einem Seebad in Holland passierte, drang doch kaum bis nach Berlin? Hatten die Nazis denn überall Augen und Ohren?

»Ach so«, sagte er betont gelassen. »Sie meinen die Begegnung mit Arno und Wallburg? Ist das bis zu Ihnen vorgedrungen?«

»Das ist es, Herr Schmeling. Das Foto ist uns bekannt. Ein Reporter hat Wind von der Sache bekommen. Sie sind eben auch im Ausland berühmt.« Seine Stimme wurde freundlicher, fast ein wenig bekümmert, als er sagte: »Die Sache liegt schon auf dem Tisch des Ministers.«

Es war klar, was das bedeutete. Der Propagandaminister würde außer sich sein. Max dachte an Otto Wallburg, der in Tränen ausgebrochen war, und spürte Wut in sich aufsteigen.

»Ich will Ihnen mal was sagen, Herr Hinkel«, sagte er ungehalten. »Das stört mich überhaupt nicht, dass es auf dem Tisch des Ministers liegt. Ich benehme mich im Ausland, wie es sich für einen guten Deutschen gehört. Das sind meine alten Freunde, und da lasse ich mir nichts vorschreiben.«

»Regen Sie sich nicht auf, Herr Schmeling«, stöhnte Hinkel. »Das ist ja nicht alles, was an der Sache aufstößt. Mussten Sie sich denn unbedingt fotografieren lassen? Das war wirklich dumm von Ihnen.«

»Was hätten Sie denn gemacht, wenn Sie nach vielen Jahren alte Freunde getroffen hätten?«

»Nehmen Sie's mir nicht übel, Herr Schmeling. Ich hätte nachgedacht. Sie stehen im Zentrum der Öffentlichkeit. Sie müssen doch wissen, was so ein Foto auslösen kann.«

Sollte er sich etwa für seine Freunde schämen? Das Bild des erwachsenen Mannes, der weinte, weil er nicht zurückkonnte nach Deutschland, würgte jede Reue ab.

»Von Politik verstehen Sie wirklich nicht viel, Herr Schmeling. Man darf Sie im Ausland eigentlich nicht allein lassen.«

Max antwortete nicht darauf. Mit einem Seufzer sagte

Hinkel: »Ich werde mit dem Minister reden und ihm die Sache zu erklären versuchen.«

Damit wurde das Gespräch beendet. Max hielt die Sache für erledigt. Er dachte kaum mehr an Hinkel und das Foto, als er ein paar Tage später zu einer feierlichen Gesellschaft eingeladen worden war. Anny, die wenig Lust hatte, ihn zu begleiten, bat, sie wegen einer Migräne zu entschuldigen. Max störte sich nicht daran, er ging ohnehin oft allein zu Empfängen. Es war ein Bankett, zu dem ranghohe Personen der Berliner Gesellschaft geladen waren, und Max fand sich neben einem älteren Herrn wieder, der sich als ein Herr von Alvensleben vorstellte.

»Haben Sie nicht Lust, Nachfolger des alten Blücher zu werden?«, fragte der Herr amüsiert.

»Wie bitte? Marschall Blücher?«

Meinte er den preußischen Generalfeldmarschall, der mit dem Sieg über Napoleon bei Waterloo berühmt wurde? Wie sollte er dessen Nachfolger werden?

»Entschuldigen Sie«, sagte der Mann. »Ich habe gehört, dass Sie eine Landwirtschaft suchen, als Ruhesitz für Sie und Ihre Frau. Für die Zeit, wenn Sie die Boxhandschuhe an den berühmten Nagel hängen.«

»Das hat sich also rumgesprochen«, sagte er halb amüsiert. »Dass das Ende meiner Karriere naht.«

»Es gibt da einen Besitz, der einmal Blücher gehört hat«, erklärte der Herr. »Er steht zum Verkauf.«

Soweit sich Max erinnerte, war Blücher nach seinen Siegen an den Rhein gezogen, sogar übergesetzt, wie man sagte, was bedeutete, der Besitz läge im Elsass-Lothringischen. Doch Herr von Alvensleben winkte ab.

»Ganz im Gegenteil«, sagte er lachend. »Eher im Kaschubisch-Masurischen, also am anderen Ende des Reichs. Es ist das Rittergut Ponickel, das zum Verkauf steht. Im Kreis Rummelsburg in östlichen Pommern. Blücher hat es für seine Verdienste von König Friedrich Wilhelm III. bekommen.« Amüsiert fügte der Adlige hinzu: »Kein König verschenkt Liegenschaften im Westen!«

»Wie groß ist denn das Gut?«

»Es umfasst achthundert Hektar. Es ist also nicht klein. Davon einhundertfünfzig unter Pflug.«

Was bedeutete, es war groß genug für die Jagd. Aber würde er sich ein so riesiges Gut leisten können? Achthundert Hektar, das waren endlose Flächen.

»Was soll es denn kosten?«, fragte er.

Herr von Alvensleben nannte einen Preis, der niedriger war als erwartet. Max wurde bewusst, dass es für ihn kein Problem wäre, sich das Gut zu leisten. Achthundert Hektar! Meine Güte, ging es ihm durch den Kopf, was man mit seinen Fäusten alles erobern kann.

Sie plauderten eine Weile über die Schönheit der pommerschen Landschaften, und die Idee, ein Rittergut zu beziehen, gefiel ihm zunehmend. Als sich der Adlige entschuldigte und verschwand, entdeckte Max am anderen Ende des Raums den Minister Goebbels, der ebenfalls zugegen war. Er ging auf ihn zu, um ihn freundlich zu begrüßen, doch die Miene des Ministers war eisig. Er machte aber keine Anstalten, mit

Max zu sprechen, sondern ließ den Blick an ihm vorbei über die Gesellschaft wandern.

Im Vorbeigehen zischte er leise: »Was denken Sie sich eigentlich? Sie tun, was Sie wollen! Sie kümmern sich nicht um die Gesetze! Sie kommen zum Führer, Sie kommen zu mir, und Sie verkehren dennoch ständig mit Juden.«

Dann marschierte er, ohne eine Miene zu verziehen, lediglich mit einem wütenden »*Heil Hitler!*« auf den Lippen, an Max vorbei und ließ ihn stehen.

MAX

KAPITEL 24

Ponickel in Pommern

Februar 1938

Ponickel war kein Schloss, wie Max zuerst vermutet hatte, nicht einmal ein Herrensitz. Es war ein altes Gutshaus, das in den Jahrhunderten häufig umgebaut worden war, umgeben von einfachen Wirtschaftsgebäuden und einem verwilderten Parkstück, das gleich hinterm Haus begann. Zu den ausgedehnten Liegenschaften, den Wäldern und Äckern, gehörte auch ein Dorf mit sieben Häusern. Alles war zwar ein bisschen heruntergekommen, aber nichts, was man nicht in den Griff bekommen konnte, und zum Ausgleich gab es die idyllischen und malerischen Landschaften Pommerns.

Es lag noch Schnee, als sie Anfang Februar aus Berlin herzogen, pünktlich zu Mariä Lichtmess, dem Beginn des neuen Wirtschaftsjahrs in der Landwirtschaft. Sie begrüßten die Arbeitnehmer des Guts persönlich, lernten die Pächter kennen und waren guter Dinge und bereit, sich mit Eifer in die neue Aufgabe zu stürzen.

Anny, die angesichts des Gutshauses zuerst nicht in Begeisterung ausgebrochen war, schaute dem neuen Leben auf Ponickel inzwischen ebenfalls freudig entgegen. Bei der Besichtigung im vorangegangenen Sommer war sie als Erstes in eine Kreuzotter gestolpert, die vor der Haustür zu ihren Füßen lag. Ein ziemlicher Schock für sie, genau wie die vielen renovierungsbedürftigen Gebäude und die weiten menschenleeren Landschaften. Sie war eben doch eine Städterin. Erst eine romantische Ausfahrt mit Pferd und Kutsche durch die Umgebung, vorbei an malerischen Wäldern und glasklaren Seen, versöhnte sie ein wenig mit dem Landleben.

»Aber denkst du nicht, dass es hier ein bisschen zu einsam ist?«, fragte sie nach der Besichtigung.

Max, ein wenig enttäuscht über ihre Reaktion, schließlich sollte das Gut ein Geschenk für sie sein, erwiderte: »Fürs Erste behalten wir ja unsere Dahlemer Stadtwohnung.«

»Aber die ist weit weg. Man braucht Stunden bis Berlin. Überhaupt ist es hier weit weg von allem.«

»Aber das war es doch, was du dir gewünscht hast?«

Er sah ihren skeptischen Blick und fügte hinzu: »Du wirst dich erst gewöhnen müssen, Anny, alles ist ein bisschen primitiv. Aber ... es sind ganz dicke Hirsche da und Wildschweine!«

Sie lachte drauflos, und ihre trübe Stimmung schien wie weggewischt. »Na, wenn Hirsche und Wildschweine da sind, Max, dann sollte ich mich schnell eingewöhnen können.«

Max dagegen freute sich auf die Jagd und das Leben am Ende der Welt. Er hatte keine Angst mehr davor, den Boxhandschuh an den Nagel zu hängen und in die Einsamkeit Pommerns zu ziehen. Er freute sich auf sein Dasein als Gutsherr, auf die Arbeit in der Landwirtschaft, die Natur, die Tiere und das gemeinsame Leben mit Anny. Endlich würden sie sie in einen gemeinsamen Alltag hineinfinden, weit ab von

Berlin und der Politik. Sie würden mit den Jahreszeiten leben, säen und ernsten, Anny würde in der Küche Kuchen backen, während er auf der Jagd wäre, sie würde den Holzherd anfeuern, wenn er im Winter nach den Tieren sah, würde an langen Abenden neben ihm im Schaukelstuhl sitzen und stricken, während sie über die Arbeit und das Gut sprachen. Vor allem würden sie nicht mehr monatelang voneinander getrennt sein, sondern nur noch füreinander da sein. Irgendwann, wenn ihrer beider Karrieren vorbei waren.

Der Umzug im Februar fand jedoch in merkwürdiger Stimmung statt. Anny wirkte zwar erleichtert, Berlin zu verlassen. Trotzdem war sie still und in sich gekehrt. Artur Hohenberg, einer ihrer ehemaligen Produzenten, der versucht hatte, Deutschland zu verlassen, wurde daraufhin der Reisepass entzogen. Es war immer schwerer für Juden, aus dem Land zu gelangen, und Artur Hohenberg hatte für sich danach keinen Ausweg mehr gesehen als den Freitod.

Auch Lamač hatte Deutschland inzwischen verlassen. Einer seiner Filme war Goebbels so übel aufgestoßen, dass der beschlossen hatte, hart durchzugreifen. Im Gegensatz zu Hohenberg gelang es ihm zwar, das Land zu verlassen. Daraufhin wurde jedoch Annys Firma endgültig abgewickelt. Die Ondra-Lamač-Film GmbH war Vergangenheit.

Seitdem erhielt sie kaum mehr Angebote. Gedreht wurden zunehmend *BluBo-Filme*, wie Lamač sie spöttisch nannte, die Blut-und-Boden-Filme, für die Anny als Besetzung kaum infrage kam. Ihr Talent lag im Komischen und Grotesken.

»Ich wünschte nur, du würdest bei mir bleiben«, sagte sie,

als sie im frostigen Februar Ponickel erreichten. »Dann würden wir mit dem Landleben anfangen. Zusammen das bäuerliche Wirtschaftsjahr beginnen.«

»Es ist nur dieser eine Kampf, Anny. Egal, ob ich ihn gewinne oder verliere, danach ist Schluss. Wenn ich zurückkehre, bleibe ich. Versprochen.«

Bei dem Intrigenspiel rund um den Weltmeister Jimmy Braddock war er ausgebootet worden. Inzwischen hieß der Weltmeister im Schwergewicht Joe Louis, und überall war man der Meinung, dass es ein zweites Aufeinandertreffen der Giganten geben müsse. Max war der einzige Boxer, der Louis je geschlagen hatte. Joe Jacobs hatte alle Hebel in Bewegung gesetzt, die Presse hatte das ihrige dazu getan, und auch Joe Louis wollte die Revanche. Nun waren die Verträge unterschrieben, und im Juni würde Max wieder um den Weltmeistertitel kämpfen.

»Ich weiß, Max«, sagte sie zärtlich. »Und ich will nicht ungeduldig sein. Ich werde hier auf dich warten. Und ich wünsche dir alles erdenklich Gute für den Kampf.«

Max blieb nicht viel Zeit, sich mit Anny in Ponickel einzurichten. Ende Februar war er bereits auf der *Bremen*, die ihn nach New York brachte, wo er sich auf den Kampf mit Joe Louis vorbereiten würde. Wie jedes Mal war es ein erhabenes Gefühl, mit dem Schiff den Hudson River hinaufzufahren und die Skyline Manhattans vor sich aufragen zu sehen. Als jedoch der Pier in den Blick rückte, sah er, dass sich dort Menschenmengen versammelt hatten. Seltsam. Von der Reling aus sah es wie eine Demonstration aus. Er fragte sich noch, was es damit auf sich habe, als er die ersten Schilder und Plakate entziffern konnte. *Herrenmensch,* stand auf einem, auf einem anderen: *Parade-Arier.* Und überall: *Boycott Nazi-Schmeling.*

Der Auflauf war seinetwegen zustande gekommen. Max war noch im Schock darüber, als Polizisten auf der *Bremen* auftauchten, um ihn auf Schleichwegen ins Hotel zu bringen. Er konnte nicht fassen, was passierte. New York war immer seine zweite Heimat gewesen, und jetzt schlug ihm offener Hass entgegen.

Im Hotel warteten zahllose Drohbriefe auf ihn, die ihn als Judenfeind und Antidemokraten beschimpften. Auf der Straße wurde ihm abfällig *»Heil Hitler, Mäx!«* nachgerufen, und Protestgruppen warteten vor dem Hotel. Letztlich blieb ihm nichts übrig, als sich in seiner Suite zu verbarrikadieren.

Er war verzweifelt. Vor zwei Jahren war er noch stürmisch von der Stadt gefeiert worden, und jetzt das.

»Ich bin Sportler«, empörte er sich gegenüber Machon, der mit ihm in der Suite saß. »Ich bin kein Nazi.«

»Die Propaganda läuft nun mal auf Hochtouren. Das ist überall so. Mach dir nichts draus.«

»Aber warum können die Menschen hier Sport und Politik nicht auseinanderhalten?«

Machon lächelte bedauernd. »Weil man das in Deutschland auch nicht tut«, sagte er.

»Ich bin kein Nazi. Würde ich denn sonst Joe Jacobs als Manager und Joe Louis als Gegner haben?«

»Die Leute sagen, Hitler weiß schon, warum er damit einverstanden ist. Du wirst hier keinen überzeugen.«

Er war zum Verzweifeln. Max war das Aushängeschild der Nazis, ob er wollte oder nicht. Als kurz darauf Österreich angeschlossen wurde, gab es kein anderes Thema mehr. Wenn immer ein Reporter im Trainingscamp auftauchte, fragte er als Erstes: »Max, bist du für den Einmarsch in Österreich oder dagegen?«

Was sollte er tun? Würde er *nein* sagen, könnte er nicht mehr nach Deutschland zurück. Würde er *ja* sagen, wäre er ein Nazi. Es gab keinen Ausweg. Zunehmend wurde ihm klar: Er war eine politische Figur geworden. Er stand für Nazideutschland, ob ihm das gefiel oder nicht.

Im Mai besuchte ihn Jack Dempsey, ein alter Bekannter und ehemaliger Schwergewichtsboxweltmeister, im Trainingscamp. Max, der immer noch unter dem Eindruck der Anfeindungen stand, schüttete ihm sein Herz aus. Doch Dempsey reagierte ähnlich wie Machon.

»Werde Amerikaner, Max, und alles ist okay«, sagte er.

Es war nicht das erste Mal, dass Dempsey ihn davon überzeugen wollte, nach Amerika zu ziehen. Inoffiziell war das mehrmals an ihn herangetragen worden. Max hatte sich nur nicht dazu durchringen können.

»Aber ich bin Deutscher«, sagte er schwermütig.

»Gut«, meinte Dempsey. »Dann bist du Nazi.«

»Nein! Ich bin Sportler. Seht ihr das denn nicht?«

Dempsey hob bedauernd die Schultern.

»Du musst handeln, Max, dich entscheiden.«

Aber das war unmöglich. Er wollte Deutschland nicht auf Dauer verlassen. Er war verbunden mit den norddeutschen Landschaften, den Menschen, der Lebensart. Und selbst wenn er wollte … Was, wenn Anny nicht rauskäme aus Deutschland? Sie war Tschechin und damit gefährdeter als er. Kurz vor seiner Abreise war in der *Roxy-Bar* die Neuigkeit umgegangen, dass sich Goebbels von dem berühmten Schauspieler Viktor de Kowa bei einem Besuch im Ministerium den Pass hatte zeigen lassen, um ihn dann kurzerhand in seiner Schublade verschwinden zu lassen. Ähnliches war bereits Artur Hohenberg passiert. Ohne Pass war die Wahrscheinlichkeit, Deutschland verlassen zu können, gleich null.

»Tut mir leid, Max«, sagte Dempsey. »Aber solange du keine Position beziehst, bist und bleibst du Hitlers Stellvertreter.«

»Jeder, der mich kennt, weiß, dass ich das nicht so sehe. Jeder weiß, dass viele meiner Freunde Juden sind.«

»Das wird nicht reichen. Du musst dich distanzieren.«

Für Max fühlte es sich an, als säße er in der Falle. Anny war in Deutschland, seine Mutter ebenfalls. Er konnte nicht fort. Nachdem Dempsey gegangen war, versuchte er, sich nur auf den Kampf zu konzentrieren. Der Titel sollte sein einziger Fokus sein. Doch spätestens, wenn Reporter kamen, die berichteten, dass Joe Louis so verbissen trainierte wie nie zuvor und fest entschlossen sei, in diesem Kampf gegen Nazi-Deutschland zu siegen, kehrte die Zerrissenheit zurück.

Am Kampftag war das Yankee Stadium restlos ausverkauft. Fünfundsiebzigtausend Zuschauer warteten auf die

Revanche, die von allen Seiten als Kampf der Systeme beschworen wurde. Als wäre es Max Ansinnen, persönlich Demokratie und Toleranz zu bekämpfen. Während sich die Arena füllte, saß er mal wieder in der Kabine und wartete. Es waren die letzten Minuten vor dem Fight.

Nur diesmal war er allein, keiner war da, um ihn aufzuheitern. Joe Jacobs war disqualifiziert worden, weil er mit seinem losen Mundwerk einen Funktionär beleidigt hatte. Er durfte den Umkleideraum nicht betreten. Und Machon war bei Joe Louis im gegnerischen Lager und focht einen Kampf aus, bei dem es ums Wickeln der Bandagen ging. Max fühlte sich deprimiert. Dabei war er im Trainingscamp bei bester Verfassung gewesen. Er wünschte, wenigstens Machon wäre da, um ihn aufzuheitern.

Die Tür seiner Kabine öffnete sich und Polizisten strömten herein. Zuerst begriff Max nicht, doch sie waren da, um ihm auf dem Weg zum Boxring Deckung zu geben. Denn als das Publikum ihn im Bademantel auftauchen sah, brach die Hölle aus. Schreie und Pfiffen und Buhrufe erfüllten das Stadion. Er wurde mit Bananenschalen und Coca-Cola-Bechern beworfen, laut beschimpft und bespuckt. Eilig zog er sich das Handtuch über den Kopf, um sich vor den Anfeindungen zu schützen, doch niemals zuvor in seinem Leben waren ihm hundert Meter so lang vorgekommen wie diese hundert Meter zum Ring.

Joe Louis dagegen wurde frenetisch gefeiert. Die ganze Sympathie der Arena schlug ihm entgegen. Er galt als Vertreter der freien Welt, der gegen das hässliche Deutschland antrat. Erst jetzt tauchte Machon auf und eilte zu Max in die Ecke. Zu spät, um ihn aufzuheitern. Zu spät, um ihm Trost zu spenden. Es ging augenblicklich los, die Boxer traten in den Ring und der Gong ertönte.

Entgegen seiner Erwartung stürzte Louis sofort los. Ehe Max begriff, was passierte, trafen ihn zwei schwere Linke im Gesicht. Alles geschah in unglaublichem Tempo. Louis trieb Max mit Körper- und Kopfserien vor sich her. Er war wie paralysiert.

»Beweg dich, Max!«, hörte er Machon schreien. »Jetzt mach schon!«

Ihm gelang ein Treffer in Louis' Gesicht, aber es lag nicht genug Kraft darin. Dann drosch sein Gegner wie eine Schlagkanone auf ihn ein, landete Treffer im Gesicht, an der Schulter, den offenen Flanken seines Körpers. Max verlor den Überblick. Er taumelte, schwankte, stand bleischwer im Schlaghagel.

Machon schrie etwas, das er nicht verstand. Das Publikum tobte. Es war, als senkte sich ein Vorhang zwischen ihn und die Welt. Louis traf ihn erneut am Kinn, diesmal schlug Max schwer auf die Planken. Alles drehte sich. Er kämpfte gegen die Bewusstlosigkeit. Versuchte aufzustehen, doch war wie ferngesteuert. Er verlor das Gefühl für die Zeit, dann hörte er den Ringrichter wie aus einer anderen Welt: *Max Schmeling k.o. gegangen. Alter und neuer Weltmeister: Joe Louis.*

Später würde Max erfahren, dass Machon das Handtuch geworfen hatte, um ihn vor Schlimmerem zu bewahren. Der Kampf hatte einhundertvierundzwanzig Sekunden gedauert.

Der kürzeste Weltmeisterkampf in der Geschichte. Der tosende Lärm der Arena drang nur gedämpft zu ihm durch. Die Niederlage war perfekt.

Etwas stimmte nicht in seinem Körper. Er war verletzt. Sein Gefühl sagte ihm, dass es ernst war. Er brauchte einen Arzt. Ihm wurde es unmöglich, sich auf den Beinen zu halten. Er sackte immer wieder zu Boden. Kämpfte gegen die Bewusstlosigkeit.

Dann war er in einem Auto. Machon saß neben ihm und redete beruhigend auf ihn ein. Auf der Fahrt ins Krankenhaus durchquerten sie Harlem, so wie beim letzten Mal, nach seinem Sieg. Mühsam hob Max den Kopf und sah durchs Milchglasfenster hinaus auf die Straßen.

Diesmal waren sie voll jubelnder und tanzender Menschen. Die Kapellen hatten die Gastwirtschaften verlassen, zogen musizierend umher, die Menschen tanzten über Bürgersteige und Fahrbahnen. Das ganze Schwarzenviertel war auf den Beinen und erfüllt von Jubel und Gesang. Sie konnten ihr Glück kaum fassen. Immer wieder war der Name ihres Idols zu hören: Joe Louis. Denn er war der Mann, der den weißen Herrenmenschen aus Deutschland vernichtend geschlagen hatte. Das Symbol für die Hoffnung, an die sich alle klammerten.

ANNY

KAPITEL 25

Anny verließ das pommersche Landgut so oft wie möglich, um Max im Krankenhaus zu besuchen. Er lag in einer Charlottenburger Privatklinik, unweit der Gedächtniskirche, und kurierte die Verletzungen aus, die er im Kampf gegen Joe Louis davongetragen hatte. Professor Gohrbandt, ein befreundeter Arzt, hatte Röntgenbilder erstellt und dabei Risse am Wirbelfortsatz des dritten Rückenwirbels entdeckt. Dazu kamen eine beschädigte Niere und seine depressiven Verstimmungen. Er sagte, alles werde wieder verheilen und in Ordnung kommen. Trotzdem waren es leidvolle Tage für Max, und soweit es möglich war, versuchte Anny, ihn aufzuheitern.

Das Krankenzimmer hatte sich innerhalb weniger Tage in ein Blumenmeer verwandelt. Telegramme von überall auf der Welt erreichten ihn. Viele trostspendende Worte, von Arno und Lubitsch und anderen Freunden. Nur die offiziellen Stellen hüllten sich nach der verhängnisvollen Niederlage in Schweigen, was eine neue Erfahrung für Max war. Zwar hatte Goebbels gleich nach dem Kampf sein Bedauern ausgesprochen und Anny Blumen geschickt, doch danach hatten sie nichts mehr von der Parteiführung gehört.

»Ich finde es nicht schlimm, wenn sie uns in Ruhe lassen«, versuchte sie ihn aufzumuntern. »Wir haben doch jetzt unser Leben in Ponickel. Nicht wahr, Max?«

»So viele von meinen New Yorker Freunden haben mir den Rücken gekehrt«, sagte er niedergeschlagen. »Sie sehen in mir nur den Deutschen. Und unsere alten Freunde? Kurt Gerron oder Siegfried Arno. Weißt du, der Besuch in Scheveningen …«

Er brach ab, starrte zum Fenster. Anny wusste schon, was er meinte. Vielleicht, dachte sie bei sich, war es ja das Beste für ihn, dass er den Weltmeisterkampf verloren hatte. Denn hätte er gewonnen, wäre er unwillkürlich zu dem Parade-Arier geworden, als der er in New York beschimpft wurde. Es hätte keinen Ausweg für ihn gegeben. Aber das behielt sie lieber für sich.

»Sobald du gesund bist, fahren wir nach Ponickel«, sagte sie. »Du glaubst nicht, was in deiner Abwesenheit alles passiert ist. Das Dach der Scheune ist repariert, und ich habe eine neue Küche bekommen.«

Im Gegensatz zu ihm fand sie es erholsam, die Distanz der Nazis zu spüren. Ihre Prominenz war weiterhin wichtig für die Partei, das wusste sie. Sie galten immer noch als das Traumpaar der deutschen Öffentlichkeit. Das verlieh ihnen eine gewisse Unantastbarkeit. Möglich, dass der Rückzug ins Private nun gelang. Dass sie auf Ponickel alt werden konnten und man sie irgendwann einfach vergaß.

Nach ein paar Wochen wurde Max entlassen, und sie begaben sich auf das pommersche Landgut. Der Spätsommer zeigte sich von seiner herrlichsten Seite. Unter einem weiten, wolkenlosen Himmel wurde die Getreideernte eingefahren. Erntehelfer aus der polnischen und deutschen Umgebung trafen ein, Max fand in seine Rolle als Gutsherr hinein, und nach und nach gewöhnten sich alle an ihr neues Leben. Vor allem Max genoss es, in die endlosen Jagdgebiete abzutauchen. Manchmal begleitete Anny ihn, doch blieb die Jagd für sie letztlich etwas, das sie lieber ihrem Mann überließ.

Die ersten kalten Herbstnächte kündigten sich an. Anny spürte Veränderungen an sich, die sie zuerst dem Landleben zuschrieb. Ihre Haare wurden fettig, das Hautbild veränderte sich, manchmal war ihr morgens übel. Doch nicht einmal, als ihre Periode ausblieb, die häufig unregelmäßig war, zählte sie eins und eins zusammen. So lange sehnte sie sich schon nach einem Kind. Es klappe halt nicht, sagten sie sich, und ihnen bliebe nichts anderes, als es wieder und wieder zu versuchen. Die Ärzte hatten ihr gesagt, dass es schwierig werden würde für sie, auch wenn sie gesundheitlich prinzipiell dazu in der Lage wäre. Eines Tages, hieß es dann, sie müssten beide die Geduld behalten.

Umso größer war die Freude, als Anny begriff, was es mit den Veränderungen auf sich hatte. Sie würden ein Kind bekommen. Eine Familie gründen. Als sie Max davon erzählte, sah sie ihn zum ersten Mal seit Langem uneingeschränkt glücklich. Ein Kind! Damit war ihr neues Leben auf Ponickel perfekt.

Anfang November fuhr er mal wieder zu einem Empfang nach Berlin. Anny, die ohnehin wenig Lust auf Rummel und

Menschenmassen hatte, blieb in Pommern. Sie solle tun und lassen, wozu sie Lust habe, insistierte Max, besonders in ihrem Zustand. Daher blieb sie und genoss die ersten Frostnächte, die klare Morgenluft über dem Raureif und die einsamen Spaziergänge im Wald.

Kurz nach seiner Abfahrt drangen jedoch beunruhigende Nachrichten ins abgelegene Ponickel. Es hatte ein Attentat gegeben auf einen deutschen Diplomaten in Paris. Ein Jude habe ihn ermordet, was in der Presse als Beleg für die Verschwörung des Weltjudentums herhielt. Ein Aufruhr ging durchs Land. Es folgten Übergriffe gegen Juden und deren Wohnungen und Geschäfte. Der Mob war auf den Straßen, und gesteuert von SA-Gruppen, griff er Gemeindehäuser, Schulen und Synagogen an. Die Meldungen im Radio waren verwirrend. Doch scheinbar brannten überall im Land die Synagogen, und Juden wurden massenhaft verhaftet.

Auf Ponickel spürte man nichts davon, doch Anny wollte sich gar nicht vorstellen, was in Berlin passierte. Vor allem beunruhigte sie, dass Max nicht wie versprochen nach zwei Tagen zurückkehrte. Im Hotel hieß es lediglich, er sei krank und wolle ungestört bleiben. Anny machte sich furchtbare Sorgen. Es gab in Berlin niemanden mehr, den sie bitten konnte, nach dem Rechten zu sehen. Ihre Freunde waren entweder ausgewandert oder sie standen der Partei nahe.

Sorgenvoll wachte sie am Küchenfenster, wo sie die Auffahrt zum Landgut im Blick hatte, hielt sich dabei den Bauch und zwang sich zur Ruhe, um dem ungeborenen Kind keinen

Kummer zu bereiten. Und dann, zwei weitere Tage später, sah sie in der Abenddämmerung den Maybach den holprigen Weg zum Gutshaus hinauffahren. Max war zurück.

Sie ließ alles stehen und liegen und rannte nach draußen. Das Dienstmädchen folgte ihr, von Neugierde getrieben, und an der Scheune stellten zwei Landarbeiter die Heugabeln zur Seite, um näher zu treten und den Herrn zu begrüßen.

Max fuhr bis vors Eingangsportal. Anny sah, dass er nicht allein im Wagen saß. Da waren zwei Silhouetten auf dem Rücksitz, schlanke, hochgewachsene Wesen, denen sie weder Alter noch Geschlecht zuschreiben konnte. Als Max schwungvoll aus dem Wagen sprang, sah Anny sofort, dass etwas nicht stimmte. Er breitete theatralisch die Arme aus und gab ihr einen Kuss. Die Knechte an der Scheune sahen hinüber, ebenso das Dienstmädchen, das sich die Hände an der Schürze trocknete.

»Hallo, mein Schatz«, sagte er fröhlich. »Ich habe Besuch mitgebracht.«

Er klang wie auf der Bühne, als spielte er eine Rolle, die nicht zu ihm passte. In nächsten Moment kletterten zwei Jungs aus dem Wagen, halbstarke Pennäler, die sich ängstlich umsahen.

»Das sind Werner und Heinz«, sagte Max gut gelaunt. »Meine Neffen. Du kennst die beiden doch.«

Sie begriff sofort, was los war, und spielte mit.

»Natürlich. Wie geht es euch?«, rief sie freudig. »Das ist ja eine Überraschung!« Dann legte sie den Arm um den Kleineren und führte ihn zum Haus. »Kommt rein, ihr müsst einen Bärenhunger haben. Mal sehen, was wir für euch zu essen haben. Ich hoffe, ihr besucht uns für länger!«

Nach und nach verloren ihre Angestellten das Interesse an den Neuankömmlingen und gingen wieder ihrer Arbeit nach. Anny wies das Dienstmädchen an, Fleisch zu holen, zur Feier des Tages, damit sie eine Weile allein waren. Dann schloss sie die Küchentür und ging sicher, dass keiner zuhörte.

»Was ist los?«, fragte sie. »Was ist passiert?«

»Erinnerst du dich an David Lewin? Aus Potsdam?«

Sie schüttelte knapp den Kopf. Max war mit so vielen Menschen befreundet, da konnte man schnell den Überblick verlieren. Aber beim Namen Lewin ging sie davon aus, dass es sich um einen Juden handelte.

»Dies sind seine Söhne. Sie …«

Er stockte. Anny brauchte keine weitere Erklärung.

»Setzt euch hin, ihr beiden. Sicher habt ihr nichts gegen eine heiße Milch mit Honig?«

Die beiden kletterten auf die Holzbank und saßen scheu da wie Kinder, die sie im Grunde nicht mehr waren. Anny setzte einen Topf mit Milch auf den Herd.

»Er hat mich gebeten, sie zu verstecken«, sagte Max. »Nur für ein paar Tage. Du weißt nicht, was los war.«

»Ich habe gehört, was in Berlin passiert ist.«

»Nicht nur in Berlin«, sagte er mit gesenkter Stimme. »Überall im Land. Sie nennen es Reichskristallnacht. Es wurden Läden eingeschlagen und in Brand gesetzt, Männer wahllos verhaftet, Scheiben zertrümmert, Frauen misshandelt.

Wie die Barbaren sind die Leute auf die Juden los. Und natürlich die Synagogen, die wurden überall in Brand gesteckt.«

»Was ist mit den Jungs?«, fragte sie.

»David Lewin konnte sie in Sicherheit bringen. Er hat mich gebeten, sie zu verstecken. Deshalb komme ich so spät. Ich habe sie in meiner Suite einquartiert und an der Rezeption gesagt, dass ich krank bin.«

»Hattest du keine Angst, dass es auffliegt?«

»Ich habe zwei Tage gewartet, bis wir das Hotel verlassen haben. Sie sollten sich hinten im Auto ducken und still verhalten.«

»Und dann konntest du unbehelligt Berlin verlassen?«

»Es waren überall Posten. Gestapo, SS. Aber sie haben mich erkannt und fahren lassen.«

»Keiner hat sich getraut, den Boxstar anzusprechen«, sagte Anny, die vor Erleichterung lachte. Die Milch begann zu kochen, sie holte den Honig vom Brett und brachte alles zum Küchentisch.

»Na, dann wollen wir euch mal ein bisschen aufpäppeln«, sagte sie zupackend. »Und nachher mach ich euch stramme Maxe, was haltet ihr davon?«

Beim Abendessen schienen die Jungs beinahe wie normale Pennäler. Sie stürzten sich auf das Essen, ließen es sich schmecken, drückten sich spielerisch gegenseitig weg und lachten. Anny betrachtete sie und hielt sich mit der Hand den Bauch.

Wie würde sie sich fühlen, fragte sie sich, wenn die beiden ihre Kinder wären? Schulkinder, die von allen ausgegrenzt und mit Hass überschüttet wurden. Die in diesem zarten Alter bereits um ihr Überleben kämpfen mussten. Es war eine grässliche Vorstellung.

»Wie geht es weiter?«, fragte sie, als sie später im Schlafzimmer unter die Decken schlüpften.

»Wir werden sehen«, sagte er.

»Aber die Grenzen sind so gut wie dicht für Juden. Es kommt keiner mehr raus.«

»Uns wird etwas einfallen.«

»Sie können so lange bleiben, wie es sein muss«, sagte sie. »Ich werde mich um sie kümmern.«

Dazu kam es jedoch nicht. Am nächsten Tag tauchte Herr Lewin in der Abenddämmerung vorm Haus auf. Anny fragte nicht nach, wo er in den vergangenen Tagen gewesen war oder wie er es nach Ponickel geschafft hatte. Max sprach mit ihm, während sie die Kinder holte, ihnen etwas Essen zusteckte und sie mit Handschuhen und Wollmützen ausstattete.

»Es ist alles geplant«, sagte Herr Lewin. »Wir werden illegal über die Grenze in die Tschechoslowakei gehen. Und von da aus weiter bis Shanghai. Da haben wir ein Visum bekommen.«

Im Schutze der Dunkelheit verabschiedeten sie sich, und kurz darauf waren Max und Anny wieder allein.

»Was sind das nur für Zeiten«, kommentierte sie. »Ob wir hier in Ponickel in Sicherheit sind?«

»Aber natürlich, Anny. Was soll uns passieren?«

Max erwartete keine Antwort auf diese Frage, sondern führte sie hinein, wo das Herdfeuer prasselte und sie sich aufwärmen konnten. Trotzdem ging Anny nicht aus dem Sinn, wie es sich anfühlen würde, wenn es ihre Kinder wären, die aus dem Land fliehen mussten.

Ein paar Tage später fuhr sie mit dem Auto nach Stolp, um ein paar Dinge einzukaufen, hauptsächlich Stoffe und Nähzubehör. Es hatte geschneit, und nachdem die Sonne zwischen den Wolken hervorgebrochen war, setzte Tauwetter ein. Die Straßen wurden matschig, dann wieder gefährlich glatt, dann nass. Anny fuhr vorsichtig, war jedoch in Gedanken, denn sie wollte den Einkauf schnell hinter sich bringen und zurück in Ponickel sein, bevor die nächsten Schneefälle heraufzogen.

In einer Kurve wurde die Straße ohne Vorwarnung spiegelglatt. Das Heck rutschte unter ihr fort, sie steuerte hektisch dagegen, der Wagen glitt seitlich von der Straße, überschlug sich und knallte gegen einen Kiefernstamm. Anny begriff gar nicht, was geschah, da fand sie sich schon in dem dampfenden, zischenden Auto wieder, eingeklemmt zwischen Lenkrad und Sitz. Keuchend orientierte sie sich, bewegte vorsichtig den Körper, lauschte in sich hinein.

Sie spürte, etwas stimmte nicht. Mit ihrem Kind war etwas nicht in Ordnung. Sie tastete nach ihrem Bauch, Panik übermannte sie. Nicht das Kind! Bitte, nur nicht das. Sie brauchte einen Arzt, so schnell wie möglich. Mühsam hob sie den Kopf, sah die verwaiste Straße hinter sich liegen. Sie brauchte Hilfe. Bitte. Wie von Sinnen begann sie zu schreien und um Hilfe zu flehen. Doch keiner hörte sie in der Einsamkeit der pommerschen Landschaft.

MAX

KAPITEL 26

Zwei Monate später

Seit dem Autounfall lag ein dunkler Schatten über dem Gut in Ponickel. Es wurde ein langer und kalter Winter, der von Trauer und Dunkelheit bestimmt war. Max und Anny verbrachten viel Zeit miteinander, machten lange Spaziergänge, sprachen sich Trost zu, schwiegen.

Es war nicht leicht für Max, sich das einzugestehen, aber er spürte, der Verlust des Kindes war für Anny schlimmer als für ihn. Möglich, dass die Verbindung der Mutter mit dem ungeborenen Kind ausgeprägter war, für ihn waren die ersten Monate der Schwangerschaft irreal und wenig greifbar gewesen. Er hatte sich unendlich gefreut, doch richtig realisiert hatte er die Schwangerschaft nicht. Jetzt blieb ihm nichts, als zu versuchen, Anny ein Stück der Trauer zu nehmen.

»Wir werden noch ein Kind bekommen«, sagte er. »Wirst schon sehen, wenn wir alt sind, haben wir einen ganzen Stall von Kindern und Enkeln hier auf dem Landgut.«

Anny lehnte sich schweigend an seine Schulter und hielt sich an ihm fest, als suchte sie einen Trost, der nicht in seinen Worten lag, sondern in seiner schlichten Existenz.

Ein neues Wirtschaftsjahr begann auf Ponickel, diesmal eines, dass Max von Anfang an begleiten würde. Keine Aufenthalte in Amerika, kein Training in Berlin. Stattdessen übernahm er die Verantwortung auf dem Gut, fuhr auf die Felder hinaus, organisierte die Landarbeiter. Nur selten verließ er Pommern, um für einen Schaukampf in den Ring zu steigen. So ganz konnte er die Boxhandschuhe noch nicht an den Nagel hängen. Im Sommer gelang ihm dann ein Coup, indem er den Titel des Europameisters im Schwergewicht gegen Adolf Heuser erlangte. Schon mit einem Bein im Ruhestand, wurde er Europameister. Damit ließe sich die Karriere endgültig abschließen, fand er. Zwar lag ihm der Reichssportführer von Tschammer mit großen Plänen in den Ohren, was weitere Kämpfe auf deutschem Boden anging, aber Max hielt ihn hin. Zuerst müsse er die Ernte einfahren, das habe Vorrang.

Sein zweites Leben schob sich langsam vor das erste. Weit weg von allem schien in Ponickel die Welt in Ordnung, auch deshalb fühlte er sich dort am wohlsten. Nach der Sudetenkrise und der Zerschlagung der *Rest-Tschechei,* wie die tschechischen Gebiete genannt wurden, war fürs Erste wieder trügerische Ruhe eingekehrt. Doch spürte man überall die Anspannung, keiner traute dem Frieden.

Im März, als Max bei einem Berlinaufenthalt der *Roxy-Bar* einen Besuch abstattete, um zu sehen, wer in der *Vermisstenstation* noch anzutreffen war, fand er Teile seines alten Stammtischs rund um die Wirtin Agnes Ditgens vor. Max freute sich vor allem, Michael Bohnen zu sehen, den berühmten Kammersänger, mit dem er seit Jahren befreundet war. Und da die Ditgens dafür sorgten, dass in der *Roxy-Bar* frei gesprochen werden konnte, palaverten sie über die Ereignisse in der Tschechoslowakei. Die Drohung eines Krieges lag offen in der Luft, was Angst und Unsicherheit auslöste.

Agnes Ditgens schimpfte unverhohlen auf Hitlers Glücksspiel bei den Landnahmen im Osten, weil er damit einen Krieg provoziere. Keiner widersprach ihr, im Gegenteil.

»Hitler!«, rief der Regisseur Rolf von Goth. »Der Mann muss verschwinden! Er treibt doch zum Krieg.«

Da sprang wie aus dem Nichts Michael Bohnen auf und stand steif vor ihnen. »Ich würde meinen eigenen Sohn zur Verfügung stellen, wenn er solche Reden führte!«

Alle starrten ihn verdattert an, doch er geriet weiter in Rage. »Da kenne ich keine Rücksicht! In meiner Gegenwart lasse ich nicht so reden!«

»Michael, spinn doch nicht«, sagte Max, der seinen Auftritt gar nicht ernstnehmen konnte. »Spiel doch nicht den wilden Mann. Komm, setz dich wieder und trink was zur Beruhigung.«

Aber Bohnen war nicht zu beruhigen. Zu allem Überfluss meinte Rolf von Goth spöttisch: »Michel, du musst deinen Kopf ja nicht hinhalten, wenn es losgeht.«

Da fiel Bohnen die Kinnlade herunter. Das war zu viel. Zu Agnes Ditgens gewandt, sagte er: »Ich zahle morgen.« Damit nahm er seinen Hut und stürmte aus dem Lokal.

»Was ist denn in den gefahren?«, wunderte sich die Ditgens. »Seit wann ist der auf Parteilinie?«

»Ach, der kommt schon wieder zur Ruhe«, sagte Max. »Das meint er doch nicht ernst.«

Zwei Stunden später jedoch öffnete sich die Tür zum Lokal, und die Gestapo trat ein. Der verbliebene Stammtisch war sprachlos: Michael Bohnen hatte sie denunziert. Über ein Jahrzehnt waren sie Freunde gewesen, dachte Max fassungslos, und nun schwärzte man sich gegenseitig bei der Gestapo an.

Max war der Einzige, der nicht mitkommen musste. Wieder einmal war ihm seine überirdische Prominenz zugutegekommen. Einen Skandal rund um Max Schmeling wollte man um jeden Preis vermeiden. Er versprach seinen Freunden, sich um die Sache zu kümmern. Und kaum waren sie in den dunklen Limousinen verschwunden, machte er sich daran, seine Kontakte zu verschiedenen Parteibonzen zu nutzen, um sie aus dem Gefängnis zu holen. Es gab immer weniger, die ihm wohlgesinnt waren. Sein Name öffnete längst nicht mehr alle Türen. Selbst Hinkel, der ihm wieder einmal aushelfen sollte, begrüßte ihn reserviert mit der Frage: »Geht es wieder einmal um irgendwelche Verbrecher oder Juden?«

Max klärte ihn über die Sache auf. Man habe missverständlich gesprochen, sagte er, und die Leute wüssten doch, wie Künstler sind. Das dürfe man nicht so ernst nehmen. Hinkel ließ sich erweichen und versprach zu tun, was möglich sei. Noch am gleichen Tag kamen Agnes Ditgens und die anderen frei.

Natürlich sprach sich die Sache rum, und Hans Zerlett, Annys ehemaliger Drehbuchautor, der inzwischen erfolgreicher Regisseur und ein Vertrauter von Hinkel war, ließ überall vernehmen, man könne mit keinem mehr aus diesem Stammtisch verkehren. Auch nicht mit Schmeling.

»Auch nicht mit dir?«, fragte Anny fassungslos, als er am Frühstückstisch davon erzählte. »Wir sind doch seit über zehn Jahren Freunde.«

»Wenn er nicht mit mir verkehren möchte, respektiere ich das«, sagte Max bitter. »Dann ist es so, Anny.«

Was ihn in dieser Zeit tröstete, waren der weite Himmel über Pommern, der oft dramatische Wolkenformationen zeigte, und die malerischen Kiefernwälder mit ihren sandigen Waldwegen. Der Spätsommer war in diesem Jahr unvergleichlich. Die Äcker trugen erstmals Früchte, die er selbst ausgetragen hatte, was ihn beim Anblick der Getreide- und Rübenberge, die sich auf der Tenne türmten, mit Stolz erfüllte. Zwar ließ sich die Welt nicht aussperren, denn die Beziehungen zu Polen waren angespannt, und erstmals kamen keine polnischen Landarbeiter zur Ernte nach Ponickel. Doch trotz dieser Einschränkungen kam es Max vor, als hätten er und Anny wieder eine neue Idylle gefunden, ähnlich wie in Bad Saarow, in der sie wie in einer Blase leben konnten.

Es war der Abend des 31. Augusts, als Max auf die Jagd ging, die Wälder durchstreifte, dem Wild auflauerte, und den Großteil der Nacht still auf einem Hochsitz hockte, um das Morgengrauen abzuwarten.

Diese Nacht war jedoch merkwürdig unruhig. Ständig waren Motorengeräusche zu hören, und einmal sah er von Ferne eine Wehrmachtseinheit, die Staub aufwirbelte. Ein Kraftradmelder in Uniform knatterte am Waldweg entlang, dann glaubte er, eine Propellermaschine zu hören. Von Unruhe erfasst, brach er die Jagd ab. Wild würde sich bei diesem Durcheinander ohnehin nicht sehen lassen. Er warf sich die Flinte über die Schulter und kehrte nach Ponickel zurück. Dabei verstärkte sich dieses merkwürdige Gefühl, Zeuge von dramatischen Geschehnissen zu sein. Im Morgengrauen dröhnte es dumpf über seinem Kopf, und am Himmel sah er Bomberverbände, die nach Osten flogen.

Auf dem Hof lagen die meisten noch in den Federn, nur einer seiner Landarbeiter kam ihm entgegen und brachte ihn über das Geschehen auf den Stand.

»Tja, Herr Schmeling«, sagte er. »Es ist jetzt wohl passiert. Das wird nun der Krieg sein.«

TEIL 3

1940–1945

ANNY

KAPITEL 27

Ponickel

Mai 1940

Alles lief wie gewohnt auf dem Gut in Ponickel. Max, der nur selten Pommern verließ, um Termine in der Öffentlichkeit wahrzunehmen, ging gänzlich auf in seiner Rolle des Gutsbesitzers. Er scheute weder harte Arbeit noch neue Aufgaben. Oft sah Anny ihn vor Tagesanbruch im Stall stehen, um beim Melken zu helfen, sah ihn gemeinsam mit Landarbeitern die dreihundert Schweine versorgen oder selbst auf dem großen Traktor sitzen, um hinaus aufs Feld zu fahren.

Es schien Normalität zu herrschen in ihrer pommerschen Idylle. Doch Anny wusste, das war nur an der Oberfläche so. Militärfahrzeuge ratterten von Zeit zu Zeit am Gut vorbei, einzelne Wehrmachtseinheiten auf dem Weg nach Osten. Oder Fliegerverbände zogen wie Vogelschwärme über ihren Köpfen hinweg, und im Radio wurden Siege der Wehrmacht im Osten verkündet. Der Krieg schien weit weg, und doch befanden sie sich mittendrin.

Das merkte sie nicht zuletzt daran, dass die jungen Männer der Gegend verschwanden, nachdem sie eingezogen wurden. Anny spürte die Gefahr. Sie wagte nicht, sich auszumalen, was wäre, wenn Max in den Krieg ziehen würde. Der konnte über diese Sorgen nur lachen.

»Ich bin viel zu alt, um eingezogen zu werden«, sagte er. »Ich bin fast fünfunddreißig, Anny. Da komme ich nicht mehr infrage. Oder glaubst du, die wollen einen alten Mann wie mich an der Waffe ausbilden?«

»Vielleicht nicht heute. Aber was, wenn der Krieg weitergeht? Und sie später die Alten einziehen werden?«

»Ach, Anny. Mach dir doch keine Sorgen. Ich werde auf dem Gut gebraucht. Außerdem weißt du, dass Künstler, Schauspieler und Sportler *u.k.* gestellt werden, *unabkömmlich*. Sie ziehen keine Prominenten ein.«

Könnte sie nur seine Unbekümmertheit teilen. Doch das ungute Gefühl, das sie umtrieb, blieb hartnäckig. Es war wie eine böse Ahnung.

Sie erinnerte sich, wie sie vor ein paar Wochen zu einem Empfang geladen worden waren, einem Treffen mit finnischen Künstlern im Haus der Kameradschaft der deutschen Künstler. Es waren eine Menge vertrauter Gesichter zugegen, alte Bekannte vom Film und aus ihrer Berliner Zeit. So traf Anny ihren alten Filmpartner Hans Söhnker wieder, der sich aufrichtig zu freuen schien, ihr über den Weg zu laufen. Sie standen da und plauderten übers Geschäft, als Max, keine fünf Meter entfernt, seelenruhig vor einer Gruppe ein Foto aus der Tasche zog, das ihn zusammen mit Roosevelt zeigte. Er erzählte den Umstehenden von seiner Begegnung mit dem amerikanischen Präsidenten und davon, wie der ihm alles Gute für den Kampf gewünscht hatte. Dann legte er das Roosevelt-Foto offen auf den Tisch und sagte mit Nachdruck: »Ja, das ist schon ein toller Mann, nicht wahr!«

Der Saal war voller brauner Bonzen. Und in Goebbels Propaganda galt Roosevelt als Kriegshetzer, Whiskysäufer und Judenknecht. Trotzdem sagte keiner etwas. Keiner außer Max, der vom anschließenden Kampf gegen Sharkey erzählte.

»Hut ab vor so viel Schneid«, sagte Söhnker gedämpft.

Anny warf ihm einen Seitenblick zu, doch ihr Kollege meinte es aufrichtig. »Er sollte vorsichtiger sein«, flüsterte sie. »Wer alles im Raum ist!«

»Keine Sorge, Anny. Die Nazis trauen sich an ihr Massenidol nicht ran.«

»Ich hoffe, du hast recht.«

»Ihn ins KZ zu stecken, wäre eine allzu unpopuläre Maßnahme. Das können sie sich nicht leisten.«

Dann zwinkerte er ihr zu und ging weiter. Und Anny sah mit Erleichterung, wie Max das Foto wieder einsteckte und das Thema wechselte. Doch schürten solche Erinnerungen ihre Sorge, was seine Einbestellung anging.

Max war zwar prominent, das stimmte. Aber es gab zahlreiche Funktionäre, die ihn hassten. Allen voran der Reichssportführer von Tschammer, der Max für einen Judenfreund und Börsenjobber hielt. Viele warteten nur darauf, dass sich Hitler, Goebbels und Göring nicht länger schützend vor ihn stellten. Sie würden wie Hyänen über ihn herfallen. Max und Anny verkehrten kaum mehr in den Parteikreisen. Anfangs war es für sie eine Erleichterung gewesen, doch jetzt bereitete ihr das Sorgen.

Am Nachmittag erreichte sie zur üblichen Zeit die Post

fürs Landgut. Max war nach der Mittagsruhe hinausgefahren zu den Kühen auf die Weide, um einen Trog zu reparieren. Anny setzte sich mit dem Stapel Briefe und Sendungen in ihr kleines Arbeitszimmer, in dem sie üblicherweise die Post durchging. Es handelte sich um Autogrammanfragen, Pachtverträge, Rechnungen und Belegexemplare von Illustrierten, in den sie abgebildet waren. Das tägliche Durcheinander, das sie gewissenhaft sortierte und abarbeitete.

Bis plötzlich ein Brief vom Wehrbezirkskommando in ihrer Hand lag, adressiert an Herrn Max Schmeling. Ihr sackte augenblicklich das Herz in die Hose. Eilig riss sie den Umschlag auf, wie Max es ihr ausdrücklich erlaubt hatte. Es war ein Musterungsbefehl, den sie in ihren zitternden Händen hielt.

Aber wie war das möglich? Wer spielte hier sein übles Spiel mit ihnen? Sie hatte doch geahnt, dass etwas in der Luft lag!

Sie stürmte mit dem Brief in der Hand auf den Hof, wo Max gerade mit dem Traktor heimkehrte. Er sah sofort, dass etwas nicht stimmte, sprang vom Bock und lief auf sie zu.

»Anny! Was ist passiert?«

Sie reichte ihm das Schreiben.

»Deine Einberufung«, hauchte sie. »Du sollst zur Wehrmacht.«

»Ich soll *was*?«

Er las den Brief aufmerksam, kratzte sich am Hinterkopf und schenkte ihr ein schiefes Lächeln.

»Anny, das ist ein Irrtum!«

»Woher willst du das wissen?«

»Du weißt, ich bin über das Einberufungsalter. Da geht sicher einiges durcheinander. Die Leute in den Amtsstuben! Ich gehe einfach hin, dann sehen wir weiter.«

Doch so leicht war Anny nicht zu beruhigen. In der darauffolgenden Nacht dachte sie fiebrig nach, was sie in der Sache tun könne. Reichssportführer Tschammer müsse dahinterstecken, glaubte sie, denn der saß längst im Reichsministerium für Inneres und war zum SA-Obergruppenführer ernannt worden. Bedeutete das, es war Hitler recht, wenn Max eingezogen wurde?

Sollte sie ihre Freundschaft mit Magda Goebbels erneuern? Um im Bewusstsein des Ministers zu sein? Max hatte immer Wert auf gute Kontakte gelegt, und war es ihm nicht manches Mal gelungen, damit Leute vor Inhaftierungen und Schlimmeren zu bewahren? Aber das warf die Frage auf: Legte man im Hause Goebbels noch Wert auf den Namen Anny Ondra?

Anny hatte schon seit zwei Jahren keinen Film mehr gedreht, seit ihrem Umzug nach Ponickel. Zuletzt war ihr Verhältnis zu Goebbels deutlich abgekühlt. Nach dem Ende der Dreharbeiten des letzten Films, *Narren im Schnee* (sie drehten in München, kurz nach dem Einmarsch in die Tschechoslowakei, und Max war zu Besuch gekommen), hatte man auf einer Gesellschaft im kleinen Kreis über die Deutschen in der Tschechoslowakei gesprochen. Dass sie doch im Grenzgebiet froh seien, annektiert worden zu sein, sagte jemand in der Runde. Max war damit nicht einverstanden gewesen. Er meinte, viele dieser Deutschen seien dort ganz zufrieden damit, wie es gewesen war. Und wie aufs Stichwort tauchte Goebbels am Tisch auf und bestand darauf, dass es das natürliche Recht der Deutschen sei, gleich wo sie sich befänden, Teil des Reichs zu sein. Er war düster entschlossen, wie so oft, sein Auftreten beinahe diabolisch.

In der Runde saß auch Lída Baarová, die wie Anny tschechische Schauspielerin war und der ein jahrelanges Liebesverhältnis mit Goebbels nachgesagt wurde. Sie fragte den Minister, ob er die Landkarte kenne, denn dann würde er sehen, dass das Land auf allen Seiten von Bergen umgeben sei. Es seien natürliche Grenzen, und die Natur könne man nicht ändern. Daraufhin wurde Goebbels Gesicht steinern, und er befahl hasserfüllt, sie solle aufstehen und gehen. Anny und Max durften zwar bleiben, doch die Stimmung war für diesen Tag versaut. Und Lída Baarová, obwohl bis dahin eng befreundet mit Goebbels, war inzwischen mit einem Spielverbot belegt und es war ihr untersagt worden, Deutschland zu verlassen.

Was sollte Anny also tun? Nach Berlin fahren und sich um den Kontakt zu Magda bemühen? Oder würde sie damit alles nur schlimmer machen?

»Anny«, flüsterte Max neben ihr, der merkte, dass sie nicht schlafen konnte. »Es wird sich morgen alles aufklären. Mach die Augen zu.«

»Aber …«

»Schlaf, mein Schatz. Es kommt alles in Ordnung.«

Am nächsten Tag kehrte Max tatsächlich recht aufgeräumt und sorglos von der Musterung zurück. Er trat in die Küche, gab Anny einen Kuss und setzte sich an den Bauerntisch.

»Stell dir vor, ich war allein mit Neunzehn- und Zwanzigjährigen«, sagte er und lachte. »Der Oberstabsarzt hat mich begrüßt mit: *Was treibt Sie denn zu uns, Herr Schmeling? Welch ein prominenter Glanz in unserer Hütte.*«

Anny stellte ihm Brot und Käse hin, dann setzte sie sich nervös zu ihm. »Und du warst der Einzige, der kein halbes Kind mehr war?«

»Nein! Einen gab es noch. Stell dir vor, ich habe Bernhard Minetti getroffen.«

»Den Schauspieler?«

»Ja, zuerst habe ich ihn gar nicht erkannt. Er war ja splitternackt, genau wie ich. Hat sich höflich vorgestellt. Dass man sich von George in Berlin kenne. Ich habe mich entschuldigt, dass ich ihn nicht gleich erkannt hatte. Nackt sähen die Leute ja doch anders aus.«

Er lachte dröhnend über die Situation, doch Anny konnte ihr Unbehagen nicht so leicht abschütteln.

»Minetti sagte, wir müssen uns keine Sorgen machen, Prominente sind *u. k.* gestellt. Den Bescheid von Göring habe er in der Tasche.«

»Aber bist du den auch *u. k.*? Hat der Arzt das bestätigt?«

»Ich hab ihn auf meine Sportverletzungen aufmerksam gemacht. Er meinte, das interessiere gar nicht. So schlimm werde es nicht. Bis ich eingezogen werde, ist sowieso alles vorbei.«

Sie ließ sich von seiner Zuversicht ein wenig beruhigen, blieb aber misstrauisch. Wenn Minetti ein Schreiben von Göring hatte, warum dann nicht Max?

Es dauerte nur zwei Wochen, da lag wieder ein Brief vom Wehrbezirkskommando in der Post. Diesmal schnappte sie sich den Umschlag, ließ den Rest der Post fallen und rannte sofort zu Max, der nebenan in der Stube saß und Zeitung las.

»Max, sieh nur! Was soll das jetzt?«

Er zog das Schreiben aus dem Umschlag und überflog es.

»Es ist eine Einberufung«, sagte er ungläubig. »Ich soll zu einer Flakeinheit nach Ostpreußen.«

Anny glaubte, ihr würde der Boden unter den Füßen weggezogen werden. Also doch! Sie hatte es die ganze Zeit geahnt. Etwas stimmte nicht, und jetzt bekam sie die furchtbare Bestätigung.

»Aber das geht doch gar nicht!«, rief sie. »Du hast nicht einmal eine militärische Grundausbildung.«

»Die soll ich dort wohl bekommen«, murmelte er benommen.

Dann schoss er hoch. »Ich werde mich darum kümmern, Anny«, sagte er und nahm das Telefon. »Warte nebenan. Wir werden eine Lösung finden.«

Sie blieb wie betäubt in der Stube zurück. Wie Max aus dem Zimmer stürmte, ohne ihr Trost zuzusprechen, war es beinahe, als zöge er bereits in den Krieg. Max als Soldat? Es durfte nicht sein. Was, wenn sie ihn verlöre? Wenn er im Einsatz getötet wurde? Nein, das würde sie nicht überleben. Zuerst starb ihr gemeinsames Kind und nun er?

Nervös ging sie in die Küche und setzte Wasser auf. Sie versuchte, sich mit einer Tasse Tee zu beruhigen. Den Nachmittag über hörte sie ihn nebenan telefonieren. Anny verstand wenig von dem, was er sagte, aber sie richtete unentwegt Stoßgebete zum Himmel, dass diese Gespräche etwas brachten. Er gab sich offenbar Mühe, mal wieder einflussreiche Bekannte zu mobilisieren, diesmal in eigener Sache, doch lange schien das fehlzuschlagen.

»Ich muss nach Berlin«, sagte er, als er zu ihr in die Küche trat. »Am besten heute noch.«

Sie traute ihren Ohren nicht. Der Alptraum wollte einfach nicht enden. Sie kämpfte ihre Übelkeit nieder.

»Hat dir keiner helfen können?«, fragte sie schwach.

»Nein. Aber ich habe herausgefunden, dass es sich bei der Einberufung nicht um einen Irrtum handelt. Wie's aussieht, hat von Tschammer seine Finger im Spiel. Er hat das persönlich erwirkt, mit Rückendeckung von Hitler, dass die zuständigen Wehrmachtsstellen mich einberufen.«

»Ich wusste es«, hauchte sie. »Die wollen dich drankriegen.«

»So weit ist es noch nicht. Lass den Kopf nicht hängen. Ich mache mich gleich auf den Weg.«

Er schnappte sich ein paar Sachen und eilte zum Wagen. Anny stand benommen in der Tür und sah ihm tatenlos beim Aufbruch zu. Trotz besseren Wissens fühlte es sich für sie an, als würde er in den Krieg aufbrechen. Wie betäubt sah sie ihm dabei zu, unfähig, etwas zu tun oder zu sagen.

Als er seine Sachen im Wagen verstaut hatte, drehte er sich zu ihr um. Er sah ihr in die Augen, und die Zeit schien für den Moment stillzustehen.

»Max …«, begann sie atemlos.

Er beugte sich vor und küsste sie. Dann umschlangen sie sich auf der Türschwelle. Anny kämpfte gegen ihre Tränen an. Wenn er erst fort war, hätte sie noch genug Zeit zu weinen.

»Ich melde mich schnellstmöglich bei dir«, sagte er. »Sobald ich etwas erreicht habe.«

Dann löste er sich aus der Umarmung, warf sich in sein Mercedes Coupé und knatterte vom Hof.

Anny blieb allein in der offenen Tür des Gutshauses zurück. Es fühlte sich an, als würde er möglicherweise niemals zurückkehren. Sie ließ nun ihren Tränen freien Lauf. Ab jetzt konnte sie nur noch hoffen, dass er unversehrt zu ihr zurückkäme.

Leuchtendrote Wolkenbänke türmten sich am Horizont, und in der untergehenden Sonne wirkte es, als stünde das Land in Flammen. Der Mercedes entfernte sich in Richtung Westen und fuhr direkt in das Abendleuchten. Anny sah dem Wagen lange nach, bis er nicht mehr zu sehen war. Eine Weile hörte sie noch das Knattern des Motors, dann wurde alles still, und sie blieb allein mit dem glutroten Horizont, in dem ihr Max verschwunden war.

MAX

KAPITEL 28

Max beschloss, es von Tschammer so leicht nicht zu machen. Er besprach sich mit Freunden, und es formte sich bald eine Idee. Professor Gohrbandt, sein Arzt aus der Charlottenburger Privatklinik, erinnerte ihn daran, dass eine Operation am Mittelfinger seit Langem geplant war, und kurzerhand entschieden sie, dass Max sich ihr umgehend unterziehen solle. Was ihm einen vorläufigen Freistellungsbescheid einbrachte.

Er hatte kein schlechtes Gewissen dabei, denn er wusste ja, dass keiner in seinem Alter eingezogen wurde, schon gar keine Prominenten. Wäre er nur Gutsbesitzer und nicht ein ehemaliger Weltmeister, der es sich mit Funktionären verscherzt hatte, wäre er nicht einmal gemustert worden. Er wusste, da waren Leute, die sich für den Herrn Boxer einen ausgedehnten KZ-Aufenthalt wünschten. Ihn wenigstens an die Front zu schicken wäre für sie die zweitbeste Genugtuung.

Die Operation verlief problemlos, und anschließend verbrachte er ein paar Wochen im Krankenhaus. Anny besuchte ihn, sooft sie konnte, dabei war die Sache mit dem Finger völlig harmlos. Sie benähme sich, als läge er schwerverletzt im Feldlazarett, scherzte er einmal, doch darüber konnte sie nicht lachen.

Als er die Klinik verließ, war der Feldzug gegen Polen abgeschlossen, und es sah so aus, als wäre der Krieg in absehbarer Zeit zu Ende. Von einem Freund aus der Wehrmacht erhielt er zwar die Warnung, sich zu melden, man habe ihn nämlich nicht vergessen. Aber Max beachtete das nicht weiter.

Kurz darauf verließ er wieder einmal Ponickel in Richtung Berlin, diesmal, um einen Empfang für prominente Sportler zu besuchen, zu dem ihn ein Zeitungsredakteur eingeladen hatte. Später würde Max lange darüber nachdenken, was es mit der Einladung auf sich gehabt hatte und wer dahinterstecken könnte. Doch an diesem Tag spazierte er gut gelaunt in den Saal, begrüßte den Redakteur, freute sich darüber, bekannte Gesichter zu sehen, mit Kollegen über den Sport zu plaudern und gab der Presse bereitwillig Interviews.

Bis plötzlich ein hochdekorierter Luftwaffengeneral neben ihm stand und sich vorstellte. Max, der es gewohnt war, auf Empfängen angesprochen zu werden, schöpfte keinen Verdacht. Sie redeten eine Weile über seine Kämpfe in New York und die Erfahrungen, die er in Amerika gemacht hatte. Dann wechselte der General unvermittelt das Thema.

»Ich habe gehört, Sie sollten an die Ostfront?«

Max erschrak. Er wagte nicht nachzufragen, woher er dieses Wissen hatte, sondern erzählte ihm von der Operation an seinem Finger, die notwendig gewesen sei.

»Sagen Sie, Herr Schmeling, wollen Sie nicht den Militärdienst bei den Fallschirmjägern ableisten?«

Da Max um eine schnelle Antwort verlegen war, fügte er hinzu: »Das wäre sicher nicht so langweilig wie bei der Flak im Osten.«

Die Fallschirmjäger galten als modern und beliebt. Eine Novität der Wehrmacht, denn nie zuvor hatte es solche Verbände gegeben. Viele wollten unbedingt dazugehören.

»Ich habe keine Grundausbildung an der Waffe«, sagte er zurückhaltend. »Überhaupt habe ich keine militärische Ausbildung.«

Der General lachte. »Sie sollen ja in Ihrem Alter nicht mehr Soldat werden. Ich habe eher gedacht, Sie könnten die jungen Freiwilligen auf ihre körperliche und sportliche Gesundheit überprüfen.«

»Offen gesagt, hatte ich gehofft, nicht mehr eingezogen zu werden.«

»Ich verstehe schon. Aber Sie können der Wehrmacht nicht entgehen, das wissen Sie. Denken Sie über meinen Vorschlag nach. Wenn es nichts für Sie ist, sagen Sie es mir. Aber Freiwillige zu testen, ist sicher amüsanter, als an der Ostfront zu kämpfen.«

Im Grunde war der Vorschlag annehmbar, dachte Max. Er wäre Soldat und doch nicht Soldat. Die Idee gefiel ihm immer besser, je länger er darüber nachdachte. Auf dem Weg nach Hause gratulierte er sich sogar, zu dem Empfang gegangen zu sein. Scheinbar verschafften ihm seine Prominenz und die Hilfe von hohen Parteimitgliedern wieder einmal Vorteile. Besser, als in den Osten zu gehen, war es allemal.

Zwar sagte er dem General nicht ausdrücklich zu, trotzdem erhielt er ein paar Wochen später einen Gestellungsbescheid, diesmal für die Luftwaffe. Dennoch war er zufrieden mit dem Coup. Mithilfe des sportbegeisterten Generals, glaubte er, sei es ihm gelungen, den Funktionären rund um von Tschammer ein Schnippchen zu schlagen. Er sammelte die letzten Benzingutscheine zusammen und ließ sich mit dem Wagen von einem seiner Landarbeiter nach Stendal bringen, zum Ausbildungsbataillon der Fallschirmjäger.

Anny drehte zu dieser Zeit nach langer Pause einen Film mit Heinz Rühmann. Max erreichte sie am Set, wo es ihnen gelang, regelmäßig zu telefonieren. Glücklich war sie nicht mit ihrer Rolle und dem Drehbuch. Sie träumte davon, einen Film zu machen, bei dem sie ihre Stärken ausspielen konnte, aber solche Filme wurden nicht mehr gedreht. Über den Bescheid war sie in höchster Sorge. Sie wusste von der Sache mit dem General und auch davon, dass Max nicht als Soldat eingezogen wurde. Aber das beruhigte sie nicht.

»Anny, ich bin nur eine Art Ausbilder«, versuchte Max sie aufzuheitern. »Weit weg von der Front. Wer weiß, vielleicht kann ich sogar übers Wochenende nach Ponickel.«

»Ich wünschte, du würdest für immer auf Ponickel sein.«

»Das geht nun mal nicht. Um die Wehrmacht komme ich nicht herum. Seien wir froh, dass es so ist und nicht anders.«

»Ich weiß schon, was du meinst, Max. Trotzdem …«

»Ach, Anny. Damit haben wir doch jahrelange Erfahrung, oder nicht? Wenn ich wieder zu einem Kampf in die USA musste oder du rund um die Uhr mit Dreharbeiten beschäftigt warst. Dann lagen wir abends allein im Bett und träumten von Bad Saarow. Von unserem Nest. So machen wir es auch dieses Mal, ja? Wir wissen, es ist nur vorübergehend. Sie können uns nicht für immer trennen.«

Damit ließ sie sich ein wenig trösten. Schweren Herzens wünschte sie ihm viel Glück und nahm ihm das Versprechen ab, ihr so oft wie möglich zu schreiben. Danach machte sich Max auf den Weg. Seine Ankunft in Stendal verursachte eine Menge Unruhe in der Kompanie. Überall drängten sich die Männer und standen Spalier, während er zum Bataillonskommandeur marschierte. Seine Prominenz eilte ihm offenbar mal wieder voraus. Von Kummer, so der Name des Kommandeurs, nahm ihn in der Stube in Empfang.

»Herr Schmeling«, rief er freudig. »Nehmen Sie doch Platz, ich weiß über alles Bescheid.«

Max setzte sich zu ihm, und sie plauderten eine Weile informell, dann räusperte sich von Kummer und sagte: »Die Rekruten-Ausbildung wird Ihnen als Sportler sicher leichtfallen. Gleich morgen geht es los.«

Max glaubte, sich verhört zu haben. Rekruten-Ausbildung?

»Herr Oberst, ich weiß nichts davon, dass ich Soldat bin oder Soldat werden soll. Ich bin lediglich informiert, dass ich junge Freiwillige prüfen soll.«

»Ja, ja, natürlich, da haben Sie schon recht!« Er wand sich, die Situation schien ihm unangenehm. »Aber Sie werden verstehen. Sie sind eine Art Vorgesetzter, da müssen Sie den

Ausbildungsgang kennen. Machen Sie die Grundausbildung, dann sehen wir weiter.«

Rückblickend hätte er merken müssen, dass hinter dem Angebot des Luftwaffengenerals eine Falle stecken könnte. Doch auf gewisse Weise konnte er von Kummers Argument verstehen. Er begab sich daher in die Kompanie, der er zugeteilt wurde, um am nächsten Morgen mit der Ausbildung zu beginnen.

Der prominente Zugang machte bei den Soldaten schnell die Runde. In der Kammer, die er sich mit zwei blutjungen Rekruten teilte, kehrte niemals Ruhe ein. Ständig tauchten Soldaten auf und verlangten Autogramme. Mitten in der Nacht stand sogar ein Feldwebel neben seinem Bett, der ihn über den Kampf gegen Louis ausfragte. Und selbst Offiziere ließen es sich nicht nehmen, dem berühmten Boxer in der Rekrutenkammer einen Besuch abzustatten.

Von Kummer erließ nach ein paar Tagen einen Bataillonsbefehl: *Es ist strengstens verboten, den Schützen Schmeling mit Autogrammbitten zu belästigen.* Ein bewaffneter Posten wurde vor die Tür gestellt. Jedoch konnte der die Besucher nicht abhalten, denn meist standen die in der Hierarchie höher und mussten keine Befehle von ihm entgegennehmen. Max blieb eine vielbesuchte Attraktion in der Kompanie.

Die Ausbildung an der Waffe war bereits abgeschlossen, als Max zu den Rekruten stieß, und ließ sich für ihn nicht nachholen. Deshalb wurde er bei Gefechtsübungen zur Geländeaufklärung geschickt, was bedeutete, dass er in einer Sandkuhle lag und sich die Sonne ins Gesicht scheinen ließ.

Danach folgte die Sprungausbildung, bei der die Rekruten unter anderem in eine sechs Meter tiefe Grube sprangen. Er machte dabei anfangs eine gute Figur, bis er bei einem Sprung unglücklich aufkam und sein ohnehin lädierter Meniskus heraussprang.

»Ich bin wohl aus dem Alter raus für so was«, sagte er zum Bataillonskommandeur, der ihn am nächsten Tag auf der Krankenstation besuchte. »Am Ende bin ich nur ein verbrauchter Boxer.«

»Ach, Schmeling«, sagte von Kummer gutmütig. »So verbraucht sehen Sie mir gar nicht aus.«

Doch es half nichts, der Meniskus musste operiert werden. Professor Gohrbandt war inzwischen Generalarzt der Luftwaffe, deshalb konnte Max wie gewohnt in seine Charlottenburger Privatklinik. Die Operation verlief gut, nur musste er danach sechs Wochen im Krankenhaus bleiben. Selbst Anny, die während der Dreharbeiten vorbeikam, um ihn zu besuchen, war vorerst beruhigt, Max weit ab von der Wehrmacht zu sehen.

»So gefällst du mir«, scherzte sie. »Alt, verbraucht und invalid. Bleib ja, wie du bist, Max!«

Doch kaum war er aus dem Krankenhaus entlassen, bekam er den nächsten Marschbefehl. Springerschule Wittstock, dort sollte seine Springausbildung abgeschlossen werden. Erst da wurde ihm langsam klar, dass jemand im Ministerium seine Schritte genauestens beobachtete. Ob von Tschammer oder sonst jemand. Trotz seines Alters, trotz seiner Verletzungen und trotz der fehlenden militärischen Grundausbildung achtete man genau darauf, dass er bei der Luftwaffe und somit dem Kriegsdienst erhalten blieb.

Ende April einundvierzig, seine Springerausbildung war inzwischen abgeschlossen, war er wieder mal auf Ponickel. Anny, die nach ihrem Dreh mit Heinz Rühmann keine weiteren Angebote bekam, war ebenfalls in Pommern. Sie war überglücklich, ihn wieder bei sich zu Hause zu haben. Sie verbrachten gemütliche erste Frühlingstage in ihrem Garten, spazierten, lachten, genossen die warmen Sonnenstrahlen oder saßen aneinandergeschmiegt und schweigend auf der Bank und betrachteten zufrieden das Gut und die Ländereien.

Max besprach mit dem Verwalter die Arbeit auf den Ländereien und in den Stallungen, die er selbst nicht länger betreuen konnte, und Anny buk den ersten Rhabarberkuchen der Saison. Sie saßen im Wintergarten und ließen sich bei Kaffee und Kuchen die Sonne ins Gesicht scheinen, als Max beschloss, ihr die Neuigkeiten zu berichten, die er bis zu diesem Zeitpunkt für sich behalten hatte, um die wenige gemeinsame Zeit, die sie miteinander verbringen konnten, nicht zu trüben.

»Du musst da was wissen, Anny«, begann er.

»Geht es um die Wehrmacht?«

Er nickte. »Wir werden nach Südungarn verlegt. Unser ganzes Bataillon.«

»In den Kampf?«, fragte sie geschockt.

»Das ist noch nicht ausgemacht. Der Balkanfeldzug scheint nach der Kapitulation Griechenlands beendet.«

Sie starrte ihn an wie eine Erscheinung. Dann ließ sie ihre Kaffeetasse sinken, als fehlte ihr die Kraft, sie in den Händen zu halten.

»Es muss nichts bedeuten«, sagte er. »Der Balkan, Anny. Das ist doch Beweis dafür, dass mir kein ernstliches Kriegsabenteuer bevorsteht.«

Doch Anny hörte gar nicht zu. Sie war leichenblass.

»Max, sie haben dich reingelegt!«, brach es aus ihr hervor. »Von den Freiwilligen und den Sportprüfungen ist doch gar keine Rede mehr!«

»Ich weiß ja selbst, dass sich die Dinge anders entwickeln. Aber …«

»Mach dir nichts vor!«, rief sie außer sich. »Du bist jetzt ein richtiger Soldat!«

»Anny, wie soll ich denn Soldat sein? Ich bin weder am Gewehr noch an der Handgranate ausgebildet.«

Sie raufte sich die Haare, dann verzog sie das Gesicht und lachte ironisch, was sich in seinen Ohren gar nicht nach der lieben Anny anhörte. »Das wird den Herrn von Tschammer aber sehr interessieren!«

Daraufhin verfiel er in Schweigen. Rückblickend wirkte alles wie ein Winkelzug, der ihn auf oberstes Geheiß hin an die Front bringen sollte. Es fiel ihm immer noch schwer, das zu glauben. Er tastete nach Annys Hand und spürte, dass sie zitterte.

»Ich bin nicht mal am Gewehr ausgebildet worden«, wiederholte er, doch Anny schien sich nicht mehr von solchen Überlegungen beruhigen zu lassen.

In der Nacht klammerte sie sich an Max wie an einen Rettungsring, der in den einsamen Weiten des Ozeans trieb. Sie fanden kaum Schlaf, und als am Morgen seine Abreise bevorstand, konnte sie die Tränen nicht länger zurückhalten.

»Der Krieg ist sicher bald vorbei«, versuchte er zu trösten. »Gut möglich, dass ich in ein paar Wochen zurück bin, und dann lachen wir über alles.«

»Das denkst du, Max? Dass wir darüber lachen werden?«

»Nein«, sagte er und drückte sie fest an sich, diese kleine und wundervolle Frau, die er am liebsten nie mehr loslassen würde. »Aber was bleibt uns sonst übrig, als optimistisch zu bleiben?«

Er nahm ihr Gesicht in seine Hände, damit sie ihm in die Augen sah. »Ich verspreche dir, dass ich zurückkommen werde«, sagte er. »Das verspreche ich hoch und heilig.«

»Wehe, du hältst dich nicht daran!«, presste sie hervor.

Er fuhr zurück nach Wittstock, und gemeinsam mit dem Bataillon wurde er nach Ungarn verlegt. Schnell war klar, dass es zu Kampfhandlungen kommen würde, so wie Anny es vorhergesagt hatte. Die griechische Insel Kreta, die von den Engländern gehalten wurde, sollte angegriffen werden. Es hieß, Hitler scheue sich, Großbritannien von außen anzugreifen, deshalb wolle er es an anderer Stelle schwächen. Offiziell wurde jedoch verlautbart, die rumänischen Ölquellen, die kriegswichtig waren, sollten vor britischen Flugzeugen geschützt werden. Was auch immer die strategische Erwägung war, in der Nacht zum zwanzigsten Mai wurden sie in Marsch gesetzt. Und Max war trotz seines Alters und trotz der fehlenden Kenntnisse an der Waffe mitten unter ihnen.

Im Morgengrauen des nächsten Tages würden sie auf Kreta über den englischen Verteidigungsstellen südlich von Chania abspringen. Seine Einheit gehörte zur ersten Welle. Ihm wurde bewusst, was das bedeutete: Er würde nicht nur in den Kampf ziehen, sondern an die vorderste Front geworfen werden, dorthin, wo das Gemetzel am größten wäre. Es war, als hätte Anny die ganze Zeit über gewusst, dass dies passieren würde. Er hatte ihre Befürchtungen lange nicht ernst genommen, aber jetzt bewahrheiteten sie sich.

Er dachte an sein Versprechen, dass er ihr gegeben hatte. Er würde zurückkommen, in einem Stück. Er musste jetzt alles tun, um dieses Versprechen zu halten. Sie würden noch viele Jahre vor sich haben, gemeinsam alt werden, vielleicht noch Kinder bekommen. Das war es, was er vor seinen Augen beschwor. Wie vor einem Boxkampf versuchte er, alles aus dem Kopf fallen zu lassen. Konzentriert zu bleiben und vor allem keine Angst zu empfinden.

Um Mitternacht ging es los. Er stampfte mit seiner Einheit in schwerer Montur auf das Flugfeld, wo Maschinen mit laufenden Motoren bereitstanden. Er stieg in den Bauch einer Propellermaschine und setzte sich auf einen Klappsitz, ihm gegenüber eine Reihe Männer, fast noch Kinder, die, mit Fallschirmen und Waffen bepackt, blass und schweigend auf den Sprungbefehl warteten.

Sie flogen in geringer Höhe, um den feindlichen Aufklärern zu entgehen. Im Halbdunkel, das erfüllt war vom gleichmäßigen Dröhnen der Motoren, mischte sich das Pfeifen der Jagdflugzeuge, die ihnen Begleitschutz gaben. Der Zugführer versuchte mit einer Taschenlampe, auf seiner Karte den Kurs nachzuverfolgen. Immer noch sagte keiner ein Wort.

Dann tauchte draußen im blassen Dämmerlicht der Umriss einer Insel auf. Kreta. Die Brandung schäumte im Zwielicht, und Bergspitzen zeichnen sich am Horizont ab, der sich langsam von schwarz zu blau färbte. Es folgte das Kommando zum Fertigmachen. Die Soldaten sprangen hoch und stellten sich in einer Reihe auf. Ehe sie richtig begriffen, was passierte, flog schon die Tür auf und wütendes Flakfeuer brach draußen los. Der Himmel unter ihnen war voller Fallschirme, und im Dunkel der Insel flackerte das Mündungsfeuer. Wie Jahrmarktrosen wurden die Springer in der Luft abgeschossen, begriff Max. Es war ein Himmelfahrtskommando!

Vor ihm sprang ein Soldat, dann noch einer, dann war Max an der Reihe. Er fiel in den Himmel hinaus, ins dunkle Nichts, der Lärm der Maschine verklang, Luft zischte an seinem Gesicht vorbei. Er zog an der Lasche des Fallschirms, und mit einem Ruck wurde er in die Seile gezogen. Nun war er ebenfalls eines dieser leichten Ziele, die wehrlos durch die Luft segelten. Hing im Fallschirm und sank quälend langsam auf die Insel nieder.

Von unten knatterte Mündungsfeuer. Sie segelten mitten in die Geschossgarben hinein. Einige Fallschirme öffneten sich nicht, Körper verschwanden in der Schwärze der Nacht.

Andere wurden von Maschinengewehrschüssen regelrecht zerschnitten, und die Schreie der abstürzenden Soldaten gingen im Geknatter der Waffen unter. Links und rechts taumelten getroffene Flugzeuge durch den Himmel, eine Rauchfahne hinter sich herziehend, und rasten pfeifend gegen die Felsen, an denen sie zerschellten. Wohin er auch sah, überall war Feuer, Rauch und Lärm. Und er selbst schwebte träge und lautlos hindurch.

Einen Soldaten, direkt über ihm, traf ein Geschoss. Sein Körper sackte leblos in die Seile. Ein anderer Schirm wurde zerrissen, und der schreiende Soldat stürzte an ihm vorbei ins Bodenlose. Max konzentrierte sich auf seinen Atem. Auf den Schirm, den Sprung, die Landung. Möglich, dass er sterben würde. Möglich, dass die nächste Kugel ihn oder seinen Schirm traf. Möglich, dass er Anny nie wiedersehen würde. Doch falls er lebend den Boden erreichte, brauchte er seine ganze Konzentration, um sich abzurollen und zu kämpfen.

ANNY

KAPITEL 29

Die Post, Frau Ondra!«

Das war der Verwalter, unten in der Halle. Anny, die gerade dabei war, die Betten frisch zu beziehen, ließ alles stehen und liegen und nahm auf der Treppe zwei Stufen auf einmal, um schnell nach unten zu kommen. Der Verwalter stand in der offenen Tür, um keinen Dreck ins Haus zu tragen, und hielt einen Stapel Briefe in der Hand.

»Ist Feldpost dabei?«, fragte sie außer Atem.

»Ich habe nicht nachgesehen.« Er betrachtete ratlos den Stapel. »Der Postbote hat mir alles in die Hand gedrückt, unten am Tor.«

Sie nahm die Post entgegen und wühlte sich eilig hindurch. Keine Feldpost von Max. Sie hatte schon seit gefühlten Ewigkeiten nichts mehr von ihm gehört. Sie war außer sich vor Sorge.

»Die Briefe von der Front brauchen immer ein bisschen länger«, sagte der Verwalter, der offenbar sah, was in ihr vorging. »Bei Tetzlaffs, da kam zwei Wochen gar nichts, und dann drei Briefe an einem Tag.«

»Ja, Sie haben vermutlich recht«, sagte sie, konnte die Enttäuschung aber nicht aus ihrer Stimme vertreiben.

»Bald ist der Krieg vorbei, Frau Ondra.«

»Ja, hoffen wir es.«

»Sie werden sehen, zur Ernte sind alle wieder da.«

»Nicht aber die polnischen Landarbeiter«, murmelte sie in Gedanken, woraufhin sich sein Gesicht versteinerte. Sie fragte herausfordernd: »Und was ist, wenn nicht? Wenn zur Ernte immer noch Krieg herrscht?«

»Die Alten und die Frauen sind noch da. Sie werden die Ernte einbringen, Frau Ondra. Machen Sie sich keine Sorgen.«

Er tippte mit dem Finger an seine Mütze, dann drehte er sich um und trat wieder hinaus auf den Hof. Anny blieb alleine zurück. Sie legte die Post auf der Kommode ab, ging in die Küche und stellte den Kessel auf den Herd, um sich einen Tee zu kochen.

Während sie auf das Wasser wartete, sah sie durchs Fenster hinaus in die weiten Himmel. Schönwetterwolken schwebten über dem Land, die Sonne brach hervor und tauchte die Welt in ein goldenes Leuchten. Wie friedlich hier draußen alles schien.

Wo Max wohl in diesem Moment war? Hockte er in einem Lager? War er an der Front? Ging es ihm gut? Dachte er auch gerade an sie?

Wenn sie sich nur mit Arbeit ablenken könnte. In ein paar Wochen würde *Der Gasmann* uraufgeführt werden, ihr Film mit Heinz Rühmann, der nach über einem Jahr in die Kinos kam. Weitere Rollen waren nicht absehbar. Sie hatte gemischte Gefühle, wenn sie an den *Gasmann* dachte. Im Vergleich zu den Produktionen, die sie früher gemacht hatte, war er behäbig, altbacken und langweilig. Kein Vergleich zu den Stummfilmen, mit denen sie berühmt geworden war, oder selbst zu den Tonfilmen der frühen Dreißiger. Wie fröhlich und ungezwungen ihre Arbeit damals gewesen war. Aber die Zeiten waren ja auch nicht mehr fröhlich. Und schon gar nicht ungezwungen.

Trotzdem wünschte sie, Max würde auf Ponickel sein, wenn der Film rauskam. Sie hatten einen Filmprojektor und eine Leinwand, die sie in der Scheune aufbauen konnten. Von Zeit zu Zeit präsentierte Anny in ihrem provisorischen Kino Filme für die Landarbeiter. Wenn sie den *Gasmann* aufführte, wollte sie so gern neben Max in der Scheune sitzen, der es liebte, den Filmprojektor zu bedienen.

Die Freundschaft zu den Goebbels hatte sie wieder ein wenig aufgewärmt. Doch hatte das etwas gebracht? Nicht, was Max betraf. Goebbels gab sich weder zuständig noch befugt, was seinen Kriegseinsatz anging. Das läge nicht in seiner Hand, und überhaupt, meinte er, wenn Max an der Front fürs Vaterland kämpfe, sei das ein Vorbild für alle jungen Männer im Land.

Sie betete heimlich dafür, dass Max zum Filmstart zurück in Pommern wäre. Denn alles, was sie sich für ihr Leben noch wünschte, war, mit ihm zusammen zu sein und ein gemächliches Leben auf dem Land zu führen. Der Film hatte längst seinen Reiz verloren. Alle waren weg, mit denen sie vor zehn Jahren gearbeitet hatte. Karel war erst von Prag aus in die Niederlande emigriert, danach über Frankreich nach Großbritannien. Otto Heller war inzwischen ebenfalls in England. Hans Zerlett machte Propagandafilme und zog es vor, nicht mehr mit ihnen zu verkehren. Artur Hohenberg hatte sich das Leben genommen, nachdem man ihm den Pass abgenommen hatte und er nicht mehr ausreisen konnte. Siegfried Arno war aus Deutschland geflohen, ebenso wie Kurt Gerron oder Gitta Alpár. Reinhold Schünzel, der nach seinem Rausschmiss aus *Knock-out* noch ein paar Filme gemacht hatte, hatte nun ebenfalls das Land verlassen und lebte in den USA. Die Liste ließe sich endlos weiterführen. Nichts war mehr, wie es gewesen war.

Als sie mit Karel nach Berlin gekommen war, den Kopf voller Träume, und sie einen Film nach dem anderen gedreht hatten – das schien jetzt wie zu einem anderen Leben zu gehören. Was für aufregende Zeiten das gewesen waren! Wie sehr sie die Filme geliebt hatte, die sie damals drehten. Sie dachte an *Kiki*, ihren Lieblingsfilm, den sie zusammen mit einer französischen Produktionsfirma gedreht hatten, teilweise in Paris. Zu einer Zeit, als Frieden herrschte und Juden und Nicht-Juden, Tschechen, Deutsche und Franzosen freudig zusammengearbeitet hatten. Heute wäre so etwas undenkbar.

Ein monotones Surren drang von draußen herein. Hoch am Himmel sah sie Fliegerverbände Richtung Osten ziehen. Das ging schon seit Tagen so. Die Wehrmacht verlegte Truppen in den Osten, obwohl der Polenfeldzug längst abgeschlossen war. Das machte gar keinen Sinn, fand sie, denn sie würden ja kaum der Sowjetunion den Krieg erklären.

Der Kessel begann zu pfeifen. Sie wandte sich ab, goss Tee auf und setzte sich einsam an den Küchentisch. Wenn sie nur wüsste, wie es Max ginge! Die Briefe, die er ihr schrieb, waren positiv gestimmt, aber trotzdem war ihr klar, dass er in Gefahr schwebte. Wäre dieser furchtbare Krieg nur endlich vorbei und Max wieder zu Hause.

Das Telefon riss sie aus ihren Gedanken. Mit einem Seufzer stand sie auf und ging zum Apparat. Ein Engländer meldete sich, sie verstand seinen Namen nicht und brauchte eine Weile, bis sie begriff, dass er vom englischen Rundfunk anrief. Anny fühlte sich überfordert, aus dem Nichts ihre mittelmäßigen Englischkenntnisse zu bemühen.

»Was kann ich für Sie tun?«, fragte sie.

»Was können Sie uns sagen zum Tod von Max Schmeling?«

Sie glaubte, sich verhört zu haben. »Entschuldigen Sie?«

Ein kurzer Moment der Verunsicherung am anderen Ende.

»Dann wissen Sie es noch gar nicht?«, fragte er.

Annys Herz setzte einen Schlag aus. Es war, als öffnete sich ein schwarzer Abgrund zu ihren Füßen. Sie sagte nichts, klammerte sich an den Apparat.

»Das wird von Reuters verbreitet, der Nachrichtenagentur, die Meldung ist überall«, sagte der Mann am anderen Ende. *»Der ehemalige Weltmeister im Schwergewicht Max Schmeling bei den Kämpfen auf Kreta gefallen.«*

MAX

KAPITEL 30

Im Zwielicht des heraufziehenden Tages zeichnete sich ein Weinberg unter ihm ab. Max sah felsigen Untergrund, Rebstöcke, die in dichten Reihen standen, und einen abschüssigen Hang. Er versuchte noch, den Schirm umzulenken und auszuweichen, doch es war zwecklos. Krachend landete er in den Reben. Sich abzurollen wurde dadurch unmöglich. Statt sauber zu landen, stürzte er mitten in die Hölzer der Rebstöcke, die sein Bein wegrissen, ihn beinahe aufspießten, mit Zweigen auf ihn einpeitschten und den Aufprall doch kaum dämpften.

Wie verprügelt landete er am Boden. Schmerzen flammten auf. Er sah stöhnend hinauf in den Himmel. In den Fallschirmen, die über ihm schwebten, schienen nur erschossene Soldaten zu hängen. Auch sah er keine Kameraden im Weinberg. Dafür Mündungsfeuer der Engländer, das sich näherte.

Beim Versuch, sich zu bewegen, unterdrückte er einen Aufschrei. Die Rückenverletzung aus dem Kampf gegen Louis war zurück, und als er aufstehen wollte, spürte er, dass sein Meniskus wieder rausgesprungen war. Er konnte sich kaum bewegen. Mehrmals wurde ihm vor Schmerz und Übelkeit schwarz vor Augen. Zudem musste er Deckung suchen, um den Beschuss der Engländer zu entgegen. Hinter einem Felsen brachte er sich fürs Erste in Sicherheit.

Um ihn herum zeigte sich ein Feld der Verwüstung. So viele waren gestorben. Er hatte unfassbares Glück, noch am Leben zu sein. Offenbar waren die leichten Ziele am Himmel zu zahlreich gewesen, um sie allesamt abzuschießen. Ihn hatten sie verfehlt.

Sein Versorgungsbehälter, eine weiße Tonne, lag etwa hundertfünfzig Meter entfernt. Er robbte weiter, bis die Schmerzen unerträglich und ihm schwarz vor Augen wurde. Als er wieder zu Bewusstsein kam, war Nachmittag. Den Behälter erreichte er nur mit Mühe, aber er war allein in dem abgelegenen Weinberg. Den Kontakt zur Einheit hatte er verloren.

Es dauerte über einen Tag, bis er im Schutze der Dunkelheit zur Truppe zurückfand. Er wurde ins Lazarett gebracht, wo man ihn versorgte. Zu den Verletzungen hatte sich da schon eine Ruhr gesellt, und tagelang lag er mit Fieber und Darmerkrankungen in Isolation. Schließlich brachte man ihn nach Athen, wo er in einem Lazarett auf dem Festland versorgt wurde.

Er erholte sich nur langsam. Der Arzt sagte ihm, dass er nicht länger wehrdiensttauglich sei mit diesen Verletzungen. Das könne er sich abschminken. Allerdings werde die endgültige Entscheidung darüber woanders getroffen.

Was für eine Ironie, dachte Max, der nur zwei Tage an der Front gewesen war und dabei keinen einzigen Schuss abgegeben hatte. Sollte das die Bilanz seines Kriegseinsatzes sein?

Einen Tag später, er hatte sich gerade in der neuen Bleibe akklimatisiert, trat ein junger Uniformierter an sein Bett, der stramm den Arm hob und »*Heil Hitler!*« rief. Er sei im Auftrag des Propagandaministeriums gekommen.

»Mein Einsatz dient kaum den Zwecken der Propaganda«, wunderte sich Max. »Das war wenig heldenhaft, kann ich versichern.«

»Darum geht es nicht«, klärte er in sachlichem Tonfall auf. »In der ausländischen Presse heißt es, Schmeling sei gefallen. Das wurde von fast allen amerikanischen und englischen Zeitungen gebracht.«

»Und in Deutschland?«, fragte Max erschrocken. Hatte Anny von seinem angeblichen Tod gehört? Glaubte sie etwa, er sei gefallen?

»Wurde die Meldung nicht gegeben«, erwiderte er knapp. »Minister Goebbels wollte zuerst die Bestätigung abwarten.«

Er konnte nur hoffen, dass Anny somit von seinem vermeintlichen Tod erst hören würde, wenn er nach Hause käme und ihr davon erzählte.

»Aber von wem haben die das?«, fragte er. »Ich war nur etwas länger als einen Tag von meiner Einheit getrennt. Wie will die ausländische Presse davon Wind bekommen haben?«

»Es wurden deutsche Soldaten auf Kreta gefangen genommen«, sagte der junge Mann. »Die haben es den Vernehmungsoffizieren gesagt. Es haben wenige aus Ihrer Einheit überlebt, und Sie hatten den Kontakt verloren.«

Dann war es mehr als ein Gerücht. Sicher waren alle, die wussten, aus welcher Maschine er abgesprungen war, überzeugt gewesen, dass er nicht mehr lebte.

»Meine Frau …«, sagte er betroffen.

»Sie ist informiert. Sie weiß, dass Sie wohlauf sind. Als einer der Wenigen Ihrer Kompanie, wenn mir der Kommentar gestattet ist.«

Es war ein Gemetzel gewesen. Sie hatten ihn in die vorderste Front geworfen, und er hatte unfassbares Glück gehabt.

»Der Minister möchte, dass Sie den Amerikanern ein Interview geben«, sagte der Soldat.

»Der ausländischen Presse? Weshalb das?«

»Er will die Gelegenheit nutzen, sie als Lügenpresse zu entlarven. Nicht nur im Reich, auch im Ausland. Und Sie sind nicht ohne Einfluss. «

Max fühlte sich zwar noch immer geschwächt, doch ein Interview mit amerikanischen Journalisten, das würde ihn nicht überfordern. Daher sagte er zu, und der Soldat verließ mit zackigem Gruß das Krankenzimmer.

Es wäre gut, wenn Anny auf diese Weise von seiner Situation erfuhr. Die Feldpost konnte manchmal Ewigkeiten unterwegs sein. Sie würde in der Zeitung lesen, dass er wohlauf war und am Krankenbett gut gelaunt Interviews gab. Er konnte nur hoffen, dass die Nachricht von seinem vermeintlichen Tod bis dahin noch nicht zu ihr durchgedrungen war.

In Athen sprach sich schnell herum, dass ein prominenter Patient im Lazarett lag. Wie schon zuvor konnte sich

Max bald nicht mehr retten vor Besuchern, die Autogramme wollten oder ihn mit Fragen zum Boxen löcherten.

Es hatte schon eine gewisse Ironie, dachte er. Andere Prominente standen zur Truppenunterhaltung auf der Bühne, ich dagegen bin im Einsatz oder liege im Lazarett, um genau das Gleiche zu tun.

Ein junger Amerikaner mit irischen Gesichtszügen tauchte in seinem Krankenzimmer auf. Er stellte sich als Bill Flannery von der Agentur *International News Service* vor. Sie plauderten eine Weile über New York und den Präsidenten Roosevelt, dann zückte er seinen Block und fragte nach dem Einsatz auf Kreta. Max erzählte die wenig ruhmreiche Geschichte seines Überlebens, ohne taktische Details zu benennen oder Informationen über den deutschen Angriff zu verraten. Flannery hakte nicht nach und kam schnell auf das Kriegsgeschehen im Allgemeinen zu sprechen.

»Stimmt es, dass die Engländer bei der Verteidigung von Kreta Gräueltaten verübt haben?«, fragte er.

»Davon ist mir nichts bekannt«, sagte Max.

»Es gab Überfälle auf deutsche Soldaten. Wie ist denn das Gerücht über die Gräueltaten entstanden, Max? Was glauben Sie?«

»Soviel ich weiß, sind die Einwohner der Insel in ihrem Hass gegen die Deutschen zu weit gegangen. Angesichts der Zerstörung ihrer Dörfer ist das wohl passiert. Vermutlich hat man die Gräuel der Kreter den Engländern zugeschrieben.«

»Dann gab es Ihres Wissens nach keine kriegsrechtswidrigen britischen Handlungen?«

»Nein, die Engländer sind faire Gegner, und der britischen Armee traue ich keine Grausamkeiten zu.«

Flannery wechselte das Thema und kam auf das neutrale Amerika zu sprechen, das über einen Eintritt in den Krieg diskutierte. »Mr Schmeling, was halten Sie von der Möglichkeit, dass die USA in den Krieg eintritt?«

»Das würde ich für ein Unglück halten«, sagte er aus vollem Herzen. »Ich habe Amerika immer als meine zweite Heimat angesehen.«

Kurz darauf war das Interview beendet. Flannery meinte freundschaftlich, Max müsse unbedingt wieder einen Fight im Yankee Stadium austragen. Sein Land vermisse seine Kämpfe.

»Sehe ich aus, als würde ich noch mal in den Ring steigen?«, fragte er lachend und deutete auf das Krankenbett. »Außer auf einer Trage, vielleicht.«

»Ich bitte Sie! Sie sind der *schwarze Ulan vom Rhein*! Sie können es immer noch mit den meisten aufnehmen.«

Sie verabschiedeten sich, und ein paar Tage später trudelte eine amerikanische Zeitung ein, die das Interview gedruckt hatte. Bald darauf zeigte sich, dass es überall gebracht worden war. Es hatte ein großes Aufsehen in der englischen und amerikanischen Presse verursacht, in der deutschen Presse jedoch herrschte Stillschweigen darüber.

Und nicht nur das. Eines Morgens, als sein Arzt zur Untersuchung in sein Zimmer trat, sagte er betreten: »Sie werden heute entlassen, Herr Schmeling.«

»Aber das ist doch was Gutes, oder?«

»Man wird Sie nach Berlin überstellen. Wegen des Interviews.«

An seinem ratlosen Gesicht erkannte der Arzt, dass Max nicht im Bilde war. »Dann hat man es Ihnen noch gar nicht gesagt. Der Minister schäumt vor Wut, heißt es.«

»Sie meinen Goebbels?«

»Ja, er wollte Sie vor den Volksgerichtshof bringen. Wegen Hochverrats.«

Max traute seinen Ohren nicht. Natürlich kannte er die Launen des Ministers, aber sollte er es sich wirklich mit ihm so gründlich verscherzt haben? Er hatte in dem Interview nichts Falsches gesagt.

»Hochverrat«, murmelte er.

»Die Wehrmacht hat das verhindert. Als deren Angehöriger unterstehen Sie der Militär-Gerichtsbarkeit. Es wird nur ein reguläres Kriegsgerichtsverfahren geben.«

Er sollte vor Gericht gestellt werden? Da hatte Max eine Menge zu verdauen.

»Mich wundert, dass keiner Ihnen etwas gesagt hat«, sagte sein Arzt.

»Wo wird das Verfahren stattfinden?«

»In Berlin. Ihr Flug geht morgen früh.«

Heinz Ditgens, der Wirt aus der inzwischen verwaisten *Roxy-Bar*, holte ihn vom Flughafen ab. Max hatte nicht das Recht, einen zivilen Anwalt hinzuzuziehen, deshalb bot er sich an, ihn wenigstens zum Gericht zu begleiten. Die Vorladung ließ nicht lange auf sich warten, und gemeinsam machten sie sich auf dem Weg.

»Wird schon schiefgehen«, sagte Ditgens. »Du hast der Presse keine Lügen erzählt. Im Grunde können sie dir gar nichts.«

»Lass mal, Heinz. Diese Erfahrung haben wir oft genug gemacht. Es geht nicht um die Wahrheit. Es geht darum, ob sich einer auf deine Seite stellt oder nicht.«

»Das wird schon. Ich meine, du bist Max Schmeling. Bisher hast du dich mit deiner Berühmtheit noch aus jeder Schlinge ziehen können.«

Er wollte hoffen, dass es dabei bliebe. Ditgens versprach vor der Tür, dass er einen befreundeten Strafverteidiger informieren würde, wenn Max nicht innerhalb von drei Stunden zurück wäre.

Zum Glück kam es nicht dazu. Es gab eine Vorverhandlung, die sehr informell wirkte und bei der man feststellte, dass Sympathiebekundungen für das neutrale Amerika kein Vergehen seien. Und da nicht nachgewiesen werden konnte, dass die britischen Soldaten Gräueltaten begangen hatten, fiel auch dieser Punkt weg. Und mehr hatte Max nicht gesagt.

Zur eigentlichen Verhandlung kam es daher nicht. Sie ließen ihn laufen. Ob es mit seiner Prominenz zu tun hatte, wie Heinz Ditgens vermutete, oder nicht, spielte keine Rolle. Er war frei.

»Das wird Goebbels sicher nicht gefallen«, kommentierte

Ditgens, nachdem er Max gratuliert hatte. »Er wird sich auf andere Weise an dir rächen wollen.«

»Hoffen wir, dass er mich einfach vergisst. Denn ich habe nicht mehr vor, mich großartig in der Öffentlichkeit sehen zu lassen.«

»Was hast du stattdessen vor?«

»Ich will nur noch nach Ponickel«, sagte er. »So schnell wie möglich. Und dort zur Ruhe kommen.«

Er machte sich nach der Vorverhandlung sofort auf den Weg und erreichte den Landkreis Rummelsburg am späten Nachmittag. Fuhr vorbei an den kleinen Dörfern mit den gedrungenen Häusern, an weiten Feldern unter blauem Himmel, an Kiefernwäldern und Heidelandschaften. Er konnte es nicht erwarten, Anny endlich wiederzusehen. Was würde sie für ein Gesicht machen, wenn sie hörte, dass er ab jetzt nur noch Gutsherr sein wolle.

Als er das Tor zum Rittergut erreichte, löste der Anblick seltsame Gefühle in ihm aus. Wie sehr ihm Ponickel gefehlt hatte, wurde ihm erst jetzt bewusst, als er die Auffahrt zum Gutshaus hinauffuhr. Die hohen Linden im Hof, die Wirtschaftsgebäude, in denen eifrig gearbeitet wurde, das Haupthaus mit dem Spitzgiebel. Er war überwältigt von dem Glück, das er empfand. Dies war sein Zuhause, wurde ihm bewusst, sein Reich, in dem er gemeinsam mit Anny herrschte. Hier spielte keine Rolle, was im fernen Berlin geschah. Der Krieg, die Nationalsozialisten, die amerikanische Presse, all das war weit weg. Dieser Ort war, vorauf es ankam, dieser Flecken Land, der ihm jetzt wie in einer anderen Welt zu sein schien, einer Welt, die bestimmt war vom ewiglichen Wechsel der Jahreszeiten, von der Saat und der Ernte, vom Werden und Vergehen.

Kaum hatte er den Hof erreicht, tauchte Anny in der Tür auf. Sie stieß einen spitzen Schrei aus, ließ den Korb fallen, den sie unterm Arm trug, und rannte ihm entgegen. Mit Anlauf warf sie sich ihm in die Arme.

»Sie haben gesagt, du bist tot«, schluchzte sie. »Du seiest gefallen. Zwei Tage lang dachte ich, du würdest nie mehr zurückkommen.«

»Es tut mir so leid, Anny. Ich wünschte, ich hätte dich davor beschützen können.«

»Du bist ja hier. Endlich bist du zu Hause.«

»Ja, das bin ich«, sagte er und fügte in Gedanken hinzu: *Denn genau das ist es, mein Zuhause. Du bist mein Zuhause.* Dieser Ort war es mehr als jeder andere in seinem Leben, mehr sogar als Saarow. Nichts spielte mehr eine Rolle, solange sie nur lebten und auf Ponickel zusammen waren.

»Ich lasse dich nicht mehr weg«, hauchte Anny. »Von jetzt an bleiben wir immer zusammen.«

ANNY

KAPITEL 31

Pommern

Januar 1945

Das Landgut war überfüllt mit Flüchtlingen. Überall standen Leiterwagen, Handkarren und Pferdewagen, auf denen in feuchten und durchgeweichten Tüchern das Hab und Gut ihrer Besitzer verstaut war. Anny eilte mit der Frau des Verwalters, der längst in den Krieg eingezogen worden war, über den Hof, um die Neuankömmlinge unterzubringen. Sie hatten die ohnehin halb leeren Ställe und Scheunen in Notunterkünfte umgemünzt, und versuchten zu helfen, wo es möglich war.

Es erreichten immer neue Wagen Ponickel. Zwar wollte keiner lange bleiben, allen ging es nur darum, sich kurz auszuruhen und durchzuatmen, bevor es ohne ein bestimmtes Ziel nach Westen weiterging. Doch für jeden Wagen, der das Gut verließ, erreichten es zwei neue. Auf dem Bock saßen die Alten und die Kinder, die mit bleichen und leeren Gesichtern die beschwerliche Fahrt über sich ergehen ließen, während die Frauen neben den Pferden herliefen und zu Fuß die Wagen führten. Sie alle waren auf der Flucht vor der Roten Armee, die seit ein paar Tagen ihre Ostpreußenoffensive weiterführte und jetzt auf Königsberg zusteuerte.

Im vergangenen Sommer waren die sowjetischen Truppen

fast unaufhaltsam auf die Ostgebiete zu gerückt, bis sie im Herbst die Memel erreichten und erstmals deutschen Boden betraten. Danach hatte es vorübergehend eine stabile Front und damit scheinbare Sicherheit gegeben, bis diese Front vor ein paar Tagen durchstoßen wurde und eine Großoffensive auf Königsberg begann.

Derweil war im Winter ein Treckverbot erlassen und den Menschen die Flucht verboten worden, wodurch sie auf gepackten Sachen in Ostpreußen festsaßen. Erst mit dem Durchstoß an der Front hatten sich alle überstürzt auf den Weg gemacht, und bei minus zwanzig Grad bewegten sich nun zahllose Trecks auf dem Weg in Richtung Westen, die Straßen völlig verstopft und den Feind im Rücken.

In Ponickel angekommen, waren sie erschöpft von Kälte, Krankheit und dem langen Marsch. Teils hatten sie Tote zu beklagen, auch Kinder waren unterwegs gestorben. Sie sprachen wenig, waren unruhig und konnten kaum erwarten weiterzukommen. Dabei waren sie hier in Pommern, dachte Anny. Die Ostfront war weit entfernt und würde es doch hoffentlich bleiben.

»Frau Schmeling, die Vorräte gehen zur Neige«, sagte die Frau des Verwalters gedämpft, die mit Anny die neuen Wagen in Empfang nahm. »Ich weiß nicht, wie vielen wir noch helfen können.«

»So vielen, wie es möglich ist«, sagte Anny mit Blick auf einen trostlosen Leiterwagen, der vor ihnen auf den Hof fuhr.

»Wir können unmöglich alle versorgen«, sagte die Frau.

»Es werden immer mehr. Das Mehl geht uns aus, und Gemüse ist kaum noch da.«

»Die Rüben auf der Tenne«, sagte Anny. »Und Kartoffeln sind im Lager. Sicher kein Festmahl, aber den schlimmsten Hunger können wir stillen.«

»Die Kartoffeln sind für die Aussaat im Frühling gedacht.«

»Ach, wen interessiert das jetzt. Wir müssen helfen.«

Auf dem Bock des Leiterwagens sah sie blasse und ausgemergelte Kinder sitzen. Es brach Anny das Herz, sie konnte den Anblick kaum ertragen. So viele Kinder …

»Wann kommt Ihr Mann zurück, Frau Schmeling?«, fragte die Frau des Verwalters.

»Jeden Moment, hoffe ich. Er hat von Berlin aus telefoniert, er ist auf dem Weg hierher.«

»Hoffen wir, dass er nicht lange auf sich warten lässt.«

Anny konnte seine Rückkehr auch kaum erwarten, selbst wenn sie fand, dass sie Frauen diese Notsituation ganz gut allein organisierten. Aber sie wollte Max an ihrer Seite haben, sie brauchte seinen unbeirrbaren Optimismus und seine Entschlossenheit, um diese Aufgabe zu erfüllen.

Das Auswärtige Amt hatte ihn vor einigen Wochen gebeten, im Auftrag Deutschlands den Papst im Vatikan zu besuchen. Ihm wolle er eine Audienz geben, da er kein Mitglied der Partei sei und nicht der Regierung angehöre. Das war auf persönlichen Wunsch des Ministers in Gang gesetzt worden, hieß es, und Max hatte sich pflichtschuldig auf den Weg nach Rom gemacht. Obwohl das schon ein paar Tage her war, hatte sie nichts von der Audienz im Radio gehört.

Was wohl bedeutete, dass sich der Papst offenbar nicht dazu durchringen konnte, für den Sieg zu beten, und die Propaganda somit mit dem Besuch nichts anfangen konnte.

Es wurde bereits dunkel, als der Wagen, mit dem Max unterwegs war, auf den Hof steuerte. Mitten zwischen den schlammbespritzten Karren wirkte seine elegante Limousine mit den polierten Kotflügeln wie ein Fremdkörper. Max hielt direkt vor dem Haupthaus und sprang aus dem Wagen, und Anny, die ihn bemerkt hatte, lief ihm entgegen.

Er sah sich sorgenvoll auf dem Hof um, betrachtete die Flüchtlinge und ihre Wagen. Keiner nahm besondere Notiz von ihm, alle waren mit sich selbst beschäftigt. Er gab Anny einen flüchtigen Kuss. »Was ist hier los?«

»Seit der Offensive kommen sie hier an. Ein Wagen nach dem anderen. Die meisten fahren schnellstmöglich weiter.«

»Mir sind unterwegs Trecks entgegengekommen. Auf der Fahrt zwischen Stargard und Kolp. Aber dass sie hier auf dem Gut sind ...«

»Sie sind überall. Ein Treck geht, zwei neue kommen.«

Anny sah sich um und schüttelte den Kopf. Es war kaum zu glauben, was passierte. Wie war es möglich, dass sich ihr verschlafenes Landgut in einen Rummel des Untergangs verwandelt hatte? Nachdenklich fragte sie: »Was meinst du, wie lange es dauert, bis sie Pommern erreichen?«

»Du meinst die Rote Armee?« Er wirkte erschrocken über diese Frage. »Der Angriff wird schon zum Stehen gebracht. Noch ist der Osten nicht verloren.«

»Du meinst den Endsieg?«, fragte sie bitter ironisch.

Jetzt sah er sie beinahe an, als würde er sie nicht wiedererkennen. Sie stieß einen Seufzer aus.

»Ich bin nur erschöpft, Max«, sagte sie. »Tut mir leid.«

Er legte die Hand an ihre Wange. »Ich weiß auch nicht, was kommen wird«, meinte er zärtlich. »Wir müssen das Beste hoffen.« Er fügte hinzu: »Wir wissen nicht, was hinter den Kulissen passiert. Es gibt Gerüchte, dass verhandelt wird. Eine Art Waffenstillstand, einen Teilfrieden nach Westen hin. Und dann? Wer weiß, möglich, dass die Koalition aus den Westmächten und der Roten Armee zusammenbricht.«

Es wirkte ein bisschen fahrig, was er sagte, als fantasierte er sich das aufs Geratewohl zusammen. Das Gewühl um ihn herum lenkte ihn ab. Er sah zu den Ställen, zur Scheune, ließ den Blick über das gesamte Gut schweifen, als suchte er die Antwort auf eine unbekannte Frage.

»Die Kinder sind hier nicht mehr in Sicherheit«, stellte er fest. »Sie müssen Ponickel verlassen.«

Er meinte die Gäste von der Kinderlandverschickung. Kinder, die aus den zerbombten Großstädten überall aufs Land gebracht worden waren, um außer Gefahr zu sein.

»Die meisten sind weg«, sagte Anny. »Es sind nur noch die beiden Mädchen aus Kiel da.«

Sie waren Kinder von Freunden, die sie gebeten hatten, sie privat aufzunehmen.

»Wo sind sie?«, fragte Max.

»Im Haus. Sie spielen.«

»Wir müssen sie fortbringen. Lange sollten wir nicht damit warten.«

»Willst du mich wieder allein lassen?«, fragte sie alarmiert. Aber es blieb ihnen nichts anderes übrig, das wusste sie selbst. Für Kinder war dies nicht länger ein passender Ort. »Vergiss das, Max, du musst sie zu ihren Eltern bringen. Du hast recht. Ich sage den Mädchen Bescheid.«

»Wir warten ein paar Tage, wie sich die Lage entwickelt. Noch sind die Russen in Ostpreußen.«

Doch wie sich schnell herausstellte, blieb es nicht dabei. Die Rote Armee hatte in kürzester Zeit Königsberg umgangen, womit Ostpreußen abgeschnitten war. Wer mit dem Treck noch nicht hinausgekommen war, saß nun in der Falle. Und die Ostfront rückte daraufhin direkt vor ihre Haustür.

Max, der mit finsterer Miene zum Horizont sah, als erwartete er jeden Moment Russen, die mit geladenen Waffen aus dem Kiefernwald traten, fasste einen Entschluss.

»Es ist so weit, Anny«, sagte er. »Ich muss die Kinder wegbringen.« Mit einem Seitenblick fügte er hinzu: »Und dich auch.«

»Aber …«

»Wir sind hier nicht mehr sicher. Ich bringe dich nach Berlin. Oder mit den Kindern nach Schleswig-Holstein. Das können wir später entscheiden.«

Anny protestierte nicht weiter, denn im Grunde teilte sie diese Ansicht. In den ersten Tagen kamen die Trecks, die auf den Straßen unterwegs waren, aus Ostpreußen, doch inzwischen flohen die Menschen auch aus Pommern.

»Und was ist mit dir?«, fragte sie.

»Wenn ihr in Sicherheit seid, werde ich zurückkehren

und abwarten, wie sich die Lage entwickelt. Ich passe auf unser Zuhause auf, bis es sicher genug ist, dass du zurückkannst.«

So machten sie sich am nächsten Morgen auf den Weg nach Westen. Die Koffer der Mädchen waren gepackt, Anny hatte ebenfalls ein paar Sachen zusammengelegt und alles im Kofferraum verstaut. Der Wagen stand abfahrbereit vorm Haus, die Mädchen saßen auf der Rückbank.

Sie wandte sich an Max, der vor dem Gutshaus stand und schaute. Er schaffte es nicht, den Blick loszureißen. Ohne ein Wort zu sagen, hakte sich Anny bei ihm unter, und sie kehrten noch mal ins Haus zurück, um Abschied zu nehmen. Traten in die Halle und gingen schweigend durch die Zimmer. Beide befürchteten, dass sie das letzte Mal durch diese Räume gingen, selbst wenn Max sich verzweifelt an die Aussicht klammerte, dass die Russen im Osten zurückgedrängt würden und Ponickel damit gerettet wäre.

Das Haus war voller Erinnerungen an die vergangenen Jahre und an ihre gemeinsame Zeit in Berlin. Auf dem Kaminsims standen Bilder von der Hochzeit in Bad Saarow. Dann, in Max Arbeitszimmer, sahen sie den Weltmeisterschaftsgürtel, die Glückwunschtelegramme, die ihn nach dem Kampf gegen Louis erreicht hatten, und ein Paar Miniatur-Boxhandschuhe, die der von ihm so verehrte Gene Tunney ihm einst geschenkt hatte. Max schluckte schwer, als er sich umsah.

Sie verstand, wie ihm zumute war. Doch was half es? Sie durften sich nicht an Dinge binden. Dafür war keine Zeit.

»Max, es ist doch alles nicht so wichtig!«, drängte sie ihn. »Wenn nur wir beide durchkommen. Das ist doch das Wichtigste.«

Er nickte knapp, dann drehte er sich um und verließ das Zimmer. Unten stiegen sie stumm ins Auto. Anny schenkte den ängstlichen Mädchen auf der Rückbank ein warmes Lächeln, während Max mit leerem Blick den Motor startete. Sie sahen sich nicht um, als sie den Schotterweg hinunterfuhren und das Tor durchquerten. Das Gutshaus und die Ländereien, alles, was sie sich in den letzten Jahren aufgebaut hatten, und die Landschaft, die ihnen ein Gefühl von Zuhause gegeben hatte, das alles ließen sie hinter sich.

Max nahm Schleichwege, die abseits der mit Trecks verstopften Hauptstraßen in Richtung Westen verliefen, nach Berlin. Das in Trümmern liegende Stettin umfuhr er weiträumig, lenkte den Wagen durch winterliche Dörfer, in denen kaum ein Mensch zu sehen war, und machte immer wieder Platz für entgegenkommende Militärfahrzeuge.

Anny hatte Angst vor dem, was in Berlin auf sie wartete. Wie schlimm die Zerstörungen tatsächlich wären. Sie erreichten die Stadt am späten Nachmittag, und die Zerstörungen waren immens. Überall Schuttberge. Das Atrium, in dem viele ihrer Filme uraufgeführt wurden, war nur noch ein Gerippe. Die Straßen drumherum kaum passierbar. Manche Orte waren fast nicht wiederzuerkennen, dann wiederum bog man um die Ecke und fand sich plötzlich in einem komplett erhaltenen Straßenzug wieder, in dem nicht einmal eine Fensterscheibe zerbrochen war.

Die Gedächtniskirche war eine Ruine, ihr gegenüber stand der Gloria-Palast, dessen Dach zwar weggebombt worden und dessen Säle ausgebrannt waren, aber sie stand noch, die Trutzburg der Unterhaltung. Auch am Kurfürstendamm sah sie überall Trümmer. Hier eine prachtvolle kaiserliche Fassade, daneben ein ausgebranntes Hausgerippe. Wie es wohl am Sachsenplatz aussähe, fragte sie sich, wagte aber nicht, Max zu bitten, sie hinzufahren.

Sie blieben bei Freunden in Grunewald. Es gab eine Villa am Roseneck, die bislang verschont geblieben war. Max war zuvor schon als Gast dort untergekommen.

»Ihr müsst weiter nach Kiel«, sagte er. »Die Kinder müssen in Sicherheit gebracht werden, und du auch.«

»Aber was ist mit dir, Max? Was hast du vor?«

»Ich gehe noch einmal zurück. Nach Ponickel. Vielleicht kann ich etwas retten.«

»Ich flehe dich an, Max! Das ist zu gefährlich.«

»Ich kann nicht anders, Anny.«

»Wieso denn nicht? Wie kannst du auch nur daran denken!«

Heftig sagte er: »Es ist unser Zuhause!«

Das brachte sie zum Schweigen. Die Aussicht, dieses Zuhause zu verlieren, zerriss ihm das Herz, das wusste sie ja.

»Wir sind uns ein Zuhause, Max, wir einander.«

Seine Augen wurden feucht. »Ich weiß, Anny. Trotzdem. Ich muss retten, was möglich ist. Verstehst du das nicht?«

Sie nickte. Zwar erfasste sie nicht vollends, warum er sich an diesen Besitz klammerte, aber sie spürte, sie würde es ihm nicht ausreden können. Er hatte noch etwas zu erledigen in Pommern. Und da sie fürs Erste in Sicherheit waren und Anny fest daran glaubte, dass er zurückkehrte, sobald er mit Ponickel abgeschlossen hatte, ließ sie ihn ziehen.

Den Mädchen sagte sie, es ginge weiter nach Kiel, sobald sie jemanden gefunden hätten, dem sie sich anschließen könnten, und sie machte sich daran, eine Mitfahrgelegenheit zu organisieren. Wer in diesen Tagen die Möglichkeit hatte, verließ die Stadt, falls er es noch nicht getan hatte. Sie würden schon einen Platz finden.

Am nächsten Vormittag, Anny war in den Garten der Villa getreten und sah zum Grunewald hinüber, hörte sie das Dröhnen von Motoren über ihren Köpfen. Gleichzeitig begannen die Sirenen zu heulen, reichlich spät. Sie sah hinauf in den Himmel. Bomberverbände flogen über sie hinweg Richtung Innenstadtbezirke. Es war kaum Flakfeuer zu sehen oder zu hören. Zahllose Maschinen brummten über sie hinweg wie ein Mückenschwarm an einem Sommerabend. Es nahm überhaupt kein Ende.

»In den Keller, Anny!«, rief Max am Haus. »Schnell!«

Sie lief zu ihm, ergriff seine Hand und ließ sich in den Keller ziehen. Die Bombardierungen trafen nicht die entlegenen Villen. Kreuzberg und Mitte wurden an diesem Tag schwer getroffen, in zwei Wellen waren zahllose Spreng- und Brandbomben abgeworfen worden. Als sie sich wieder aus dem Haus wagten, war ein Feuersturm am Horizont zu sehen. Rauchwolken türmten sich über der Stadt. Von hier sah es aus, als würde ganz Berlin in Flammen stehen, und obwohl der Feuersturm Kilometer entfernt war, drang Brandgeruch bis zu ihnen in den Garten.

»Willst du uns nicht doch begleiten?«, fragte Anny flehend. Doch Max, mit den Gedanken auf Ponickel, wirkte wie zerrissen.

»Ich muss unser Zuhause retten, Anny. Oder wenigstens unsere Erinnerungsstücke aus dem Haus holen. Ich …«

Seine Augen füllten sich mit Tränen. Sie sah, dass es keinen Sinn hatte. Sie musste Max ziehen lassen.

»Versprich mir, so oft wie möglich anzurufen. Ja, Max?«

Er nickte, wischte eine Träne fort.

»Und du kommst ins sichere Schleswig-Holstein, sobald sich die Ostfront nähert?«

Er schluckte. »Das verspreche ich dir.«

Eine Weile standen sie da und schwiegen, dann fiel Anny ihm in die Arme. Sie konnte nun auch die Tränen nicht zurückhalten. Bald ist alles vorüber, sagte sie sich. Sie würden sich wiedersehen.

Dann trennten sie sich, und Anny verließ mit den Kindern über die Heerstraße das brennende Berlin. Unterwegs erkannten sie, dass das ganze Land in Schutt und Asche lag, und überall waren Menschen auf der Flucht. Hamburg glich einer Trümmerwüste, und es brauchte nicht lange, um herauszufinden, dass die Mietshäuser, die Max in der Stadt besaß, dem Erdboden gleichgemacht worden waren. Alles, was sie jetzt noch ihr Eigen nannten, war das Rittergut in Pommern.

Es ging weiter nach Schleswig, wo Anny die Kinder übergab und bei Freunden unterkam. Lange dauerte es nicht, bis

Max sich erstmals meldete. Die Telefonleitungen funktionierten noch, auch wenn keiner sagen konnte, wie lange das der Fall sein würde. Er sagte, er sei auf dem Weg nach Ponickel von Wehrmachtssoldaten angehalten worden. Ostpommern sei überrollt, und ihr Gutshof läge hinter der Frontlinie.

Anny flehte ihn an, nach Schleswig zu kommen, aber er schaffte es immer noch nicht, sich von ihrem Besitz im Osten zu trennen. Er wolle in Berlin abwarten, sagte er, hoffe, dass irgendeine Offensive, irgendeine Wunderwaffe den Kriegsverlauf doch änderte und ihn nach Ponickel zurückkehren lasse.

Doch das passierte nicht. Es war ein Wunder, dass das Telefon überhaupt noch funktionierte. Und erst, als sich der Ring um Berlin schloss und absehbar war, dass die Stadt bald eingekesselt wäre, setzte er sich in seine Limousine und fuhr über die Heerstraße hinaus, die von HJ-Jungen erbittert gehalten wurde. Hinter ihm die brennenden und rauchenden Trümmer der Hauptstadt, von der mit jedem Tag weniger übrig blieb.

Max erreichte Schleswig auf Umwegen. Die Stadt war weitgehend von Bombenangriffen verschont geblieben, als eine der wenigen Städte in Deutschland. Jedoch war sie völlig überrannt von Flüchtlingen, die von überallher kamen, war vollgestopft mit Menschen und barst aus allen Nähten.

Max erregte einiges Aufsehen mit seiner prachtvollen Limousine, deren geschwungene Kotflügel in der Sonne glänzten. Wer käme schon auf die Idee, dass dieses teure Auto alles war, was er außer dem Hemd am Leibe besaß. Max und Anny, die durch ihren Ruhm reich geworden waren und über beträchtliche Vermögen verfügt hatten, fanden sich nun heimat- und besitzlos als Flüchtlinge in einer Kleinstadt wieder.

Anny fiel ihm in die Arme, überglücklich, dass er endlich Berlin verlassen hatte. Der Verlust von Ponickel schmerzte ihn, das wusste sie, doch für sie spielte das Rittergut keine Rolle mehr. Sie würden ein neues Zuhause finden. Nach Saarow und Ponickel, davon war sie überzeugt, würde die Zukunft ein weiteres Nest für sie bereithalten.

»Nicht einmal meine Preise und Medaillen konnte ich retten«, sagte Max betrübt. »Alle Erinnerungen weg.«

»Wir haben uns, Max, das ist das Wichtigste.«

Ein paar Tage später unterzeichnete Dönitz die Teilkapitulation der Wehrmacht für Nordwestdeutschland, und die Stadt wurde kampflos durch die Briten übernommen. Kurz darauf folgte die Kapitulation. Der Krieg war vorbei. Anny und Max gingen an diesem sonnigen Maitag in der überfüllten Stadt spazieren. Sie waren hungrig und erschöpft – aber sie waren zusammen. Anny schmiegte sich an seine Schulter, dankbar, dass er bei ihr war.

»Es ist vorbei«, sagte sie. »Uns kann nichts mehr geschehen. Wir haben überlebt.«

Er sah zu ihr herab. »Wir haben alles verloren, Anny. Unser Wohlstand und unser Ruhm sind Vergangenheit. Wir stehen vor dem Nichts.«

»Aber wir haben uns, Max! Wir leben, und unsere Liebe hat den Krieg überdauert. Das reicht mir. Mehr brauche ich nicht.«

Sie sah zu ihm auf. Er ließ den Blick in die Ferne schweifen. Ein angedeutetes Lächeln erschien in seinem Gesicht.

»Woran denkst du, Max?«

»Es ist genau passiert, wovor ich immer Angst hatte: Meine Boxkarriere ist zu Ende, ich habe keinen ordentlichen Beruf gelernt und das Vermögen ist verloren. Das, was ich immer versucht habe zu verhindern, ist eingetreten.«

»Und wieso lächelst du?«

»Weil auch davon die Welt nicht untergeht.«

»Was willst du jetzt tun?«

»Ich werde mir was einfallen lassen. Du weißt doch«, sagte er und schenkte ihr sein schiefes, spitzbübisches Lächeln, in das sie sich damals verliebt hatte. »Das Wort Aufgeben gibt es in meinem Sprachschatz nicht.«

NACHBEMERKUNG

Nicht weit von meiner Schöneberger Wohnung lässt sich einer jener zahlreichen geheimnisvollen Orte finden, an denen die Berliner Geschichte spürbar wird. Recht unscheinbar steht dort ein sperriger Wohnkomplex aus den siebziger Jahren, von den Berlinern Sozialpalast genannt, der eine Verkehrsstraße überragt und einen graffitibesprühten Hochbunker aus dem Zweiten Weltkrieg umschließt. An dieser unscheinbaren Stelle befand sich einmal der legendäre Berliner Sportpalast, der in den zwanziger Jahren vor allem durch die Sechs-Tage-Rennen, später durch die Propagandareden Hitlers und Goebbels und die Ausrufung des »totalen Kriegs« berühmt wurde. Durch einen Bombenangriff schwer beschädigt, nach dem Krieg stark vereinfacht wieder aufgebaut, wurde der Sportpalast 1973 endgültig abgerissen.

Beschäftigt man sich mit der Geschichte dieses Ortes, stößt man zwangsläufig auf den berühmtesten deutschen Boxer aller Zeiten, Max Schmeling, der in den zwanziger Jahren seine Karriere im Sportpalast begründete und dank spektakulärer Siege in die vorderste Reihe des internationalen Boxsports katapultiert wurde. Weniger bekannt ist die Liebesgeschichte, die Max Schmeling während dieser Zeit mit der

Schauspielerin Anny Ondra verband. Es war eine Liebe, die über fünfzig Jahre bestand hatte und gänzlich ohne Skandale und Gerüchte auskam. Sie lernten sich 1930 kennen, wurden daraufhin ein Paar und blieben bis zu Ondras Tod 1987 glücklich liiert. Für mich Grund genug, dieser erstaunlichen Beziehung nachzugehen, die gleich zu Beginn durch die dunkelste Zeit der deutschen Geschichte führte.

Nachdem ihre Liebesbeziehung 1932 bekannt wurde, avancierten die beiden über Nacht zum beliebtesten Paar in der deutschen Öffentlichkeit. Max Schmeling, spätestens mit seinem Weltmeistertitel im Schwergewicht der berühmteste deutsche Sportler, und die beliebte Schauspielerin aus Prag, die heute weitgehend vergessen ist, ihm damals jedoch in ihrer Popularität in keiner Weise nachstand, gaben ein schillerndes Paar im Rampenlicht ab. Auch deshalb gerieten sie nach der Machtübernahme der Nationalsozialisten schnell ins Visier der NS-Propaganda. Die Nazis versuchten, die Popularität der beiden für ihre Zwecke zu nutzen. Sie umgarnten das Paar, erkauften sich Gefälligkeiten und inszenierten ihre öffentlichen Auftritte für die Propaganda. Besonders Max Schmeling, der wegen seines internationalen Ansehens und des Gentleman-Images als idealer Botschafter Deutschlands galt, wurde mehrfach bemüht, ein positives Bild von Deutschland zu vermitteln. So machte er beispielsweise in New York Werbung für die Ausrichtung der Olympischen Spiele 1936 in Berlin und half dabei, einen Boykott der Amerikaner abzuwenden – eine Fürsprache, die er später als »grenzenlose Naivität« bezeichnete.

Andererseits bemühte sich Max Schmeling jedoch, seine Nähe zur Parteiführung dafür zu nutzen, jüdischen Freunden zu helfen – was ihm mehrmals gelang. Viele aus ihrem Umfeld der Berliner Künstler- und Intellektuellenszene und aus ihrem Freundeskreis aus Schauspielern, Sängern, Showgirls und Sportlern galten unter der neuen Führung als missliebig. Max Schmeling nutzte wiederholt seine Kontakte, um Bekannte aus dem Gefängnis zu holen oder ihnen die Ausreise zu ermöglichen. Auch rettete er während der Reichspogromnacht 1938 zwei jüdische Jungen, die er in seinem Hotelzimmer versteckte und Tage später aus der Stadt brachte. Diese Geschichte wurde erst in den achtziger Jahren publik, als die inzwischen in Los Angeles lebenden herangewachsenen Männer über Schmelings Hilfe berichteten – Max Schmeling selbst hatte bis dahin darüber geschwiegen, selbst in seinem Entnazifizierungsverfahren.

Das widersprüchliche Verhalten von Max Schmeling und Anny Ondra unter der Diktatur ist aus heutiger Sicht oft schwer zu verstehen. »Wer nicht dabei war, kann nicht nachvollziehen, wie viel Mut auf der einen Seite und wie viel Opportunismus auf der andren vorhanden sein musste, um das eine zu tun und das andere zu lassen«, fasst es die Journalistin Dorothea Friedrich zusammen. In seinen Biographien gibt Schmeling wenig Preis über seine Gedanken und Gefühle angesichts seiner Vereinnahmung durch die Nationalsozialisten. Ich habe mich bemüht, nah an den Quellen zu bleiben und möglichst wenig eigene Interpretationen über seine Motive anzustellen. Fest steht, dass er durchweg mit

Nazis und Juden Kontakt pflegte, ein Umstand, der für ihn vor und nach 1945 zu einem Problem wurde.

Von den Freunden, die Schmeling 1937 im holländischen Badeort Scheveningen traf, überlebte nur Siegfried Arno, dem die Flucht in die USA gelungen war. Otto Wallburg, der in Tränen ausgebrochen war, weil ihm Deutschland so fehlte, wurde 1941 in Auschwitz ermordet, ebenso Willy Rosen. Kurt Gerron, sein Filmpartner, mit dem er den Schlager *Herz eines Boxers* eingesungen hatte, war nach Theresienstadt deportiert worden. Dort ließ man ihn den Propagandafilm *Der Führer schenkt den Juden eine Stadt* abdrehen, mit dem Versprechen, alle Beteiligten würden den Tötungslagern entgehen. Doch zuerst wurden die mitwirkenden Kinder nach Auschwitz deportiert, dann die Erwachsenen und zuletzt Gerron selbst.

Karel Lamač kehrte nach dem Krieg krank und verarmt aus Großbritannien zurück. Zusammen mit Anny Ondra wollte er noch einmal neu anfangen, mit ihr drehen und an alte Erfolge anknüpfen. Aber dann verschlechterte sich sein gesundheitlicher Zustand, und er starb 1952 in Hamburg. Hans Zerlett, Anny Ondras Drehbuchautor, war nach Kriegsende von den Sowjets festgenommen und als NS-Propagandafilmer inhaftiert worden. Er starb zwei Jahre später im Speziallager Buchenwald an Tuberkulose. Otto Heller dagegen wurde britischer Staatsbürger und arbeitete bis zu seinem Tod 1970 erfolgreich als Kameramann. Anny Ondra war nur noch in wenigen Filmen zu sehen, sie zog sich ins Privatleben zurück. Der Frauentyp, den sie verkörperte und der schon im

NS-Film nicht hineinpasste, fand auch im deutschen Nachkriegsfilm keinen passenden Raum.

Dennoch konnten Max Schmeling und Anny Ondra nach 1945 ungebrochen an ihre Popularität anschließen. Nach Kriegsende, das sie völlig mittellos in Schleswig-Holstein erlebten, stieg Schmeling mit über vierzig wieder in den Ring, um sich ins Gespräch zu bringen und mit den Preisgeldern ein Grundstück in Hollenstedt zu kaufen. Fortan züchteten sie dort Hühner und Nerze, anfangs auch Tabak, und kamen zu bescheidenem Wohlstand, bis Schmeling durch einen Kontakt zum ehemaligen Wahlkampfhelfer Franklin D. Roosevelts zum Chef von Coca-Cola in Norddeutschland wurde.

Zurückgezogen von der Öffentlichkeit, starb Anny Ondra 1987 in Hollenstedt. Max Schmeling, der mehrmals verlautbaren lassen hatte, seinen hundertsten Geburtstag erleben zu wollen, starb neunundneunzigjährig im Februar 2005. Ihr Erbe war einer Stiftung zugedacht, die SOS-Kinderdörfer unterstützt.